Wolfgang Stahnke

Und der böse Wolf

Wolfgang Stahnke

Und der böse Wolf

Ein Taubertal-Krimi

Silberburg-Verlag

Wolfgang Stahnke, geboren 1936 in Stettin, war 35 Jahre lang zunächst Diakon und später Pfarrer in mehreren badischen Gemeinden, davon zwölf Jahre in Lauda-Königshofen. Er lebt in Bad Mergentheim.

Für Stephanie,
die den Wildpark liebt

1. Auflage 2010

Lektorat: Michael Raffel, Tübingen.
Umschlaggestaltung: Wager ! Kommunikation, Altenriet.
Druck: CPI books, Leck.
Printed in Germany.

ISBN 978-3-87407-989-1

Taubertal

Reizvoll zu schaun ist das blühende, liebliche Tal der Tauber,
Anmutig liegt es vor dir wie ein grüner, schimmernder See.
Lichter tanzen darüber und kleine Wellen spielen.
Du träumst, beschaulich im Boot auf der glänzenden Fläche zu gleiten,
Doch die Geister und Wesen der Tiefe tragen Horrorgesichter.
Komm, lass deine Angel daheim. Schau nur still in die reizende Runde.

1

Dicke Luft herrschte im frisch renovierten Kurhaus von Bad Mergentheim. Die Menschen im Kursaal redeten durcheinander, und es roch intensiv nach einer Mischung aus frischer Farbe und Schweiß. Mehr als dreihundert Personen stöhnten unter der Hitze an diesem späten Sommerabend im Juli.

Mitten auf der Bühne thronte Oberbürgermeister Jakob Kahl mit seinen Gesprächsfeinden an einem langen, mit Blumen dekorierten Tisch. Die fünf Männer hätten eigentlich seine Gesprächspartner sein sollen, doch er behandelte sie wie Gegner und ließ sie kaum zu Wort kommen. Er tat einen demonstrativen Schnaufer, zog ein großes kariertes Taschentuch aus der Hosentasche und wischte sich mit einer weit ausholenden Geste die Schweißtropfen von Stirn und Glatze.

»Ich habe da eine glänzende Idee.« Seine Stimme dröhnte wie eine Pauke durch die Lautsprecher über die Zuhörer hinweg. »Lassen Sie es mich ruhig *so* sagen: eine wirklich *einmalige* Idee.«

Er redete weitschweifig, wie immer.

»Die Krimiserie ›Tatort‹, die kennen Sie doch alle. Die sollten wir zu uns in die Kurstadt holen und hier einen richtig deftigen und harten Krimi drehen.« Er war sichtlich in Fahrt. Er griff sich das Tischmikrofon und hielt es dicht an seine Lippen, damit seine Worte auch sicher alle Geräusche im Saal übertönten.

»Wollen Sie den Titel hören? Hier: ›Tod eines Kurdirektors!‹ – Ha!«

Er ballte seine Rechte zur Faust, dann öffnete er sie wieder und schlug mit der flachen Hand auf den Tisch, unmittelbar neben dem Tischmikrofon, das er in der anderen Hand hielt. Über die Lautsprecheranlage klang der Knall wie ein Schuss.

Plötzlich war es mucksmäuschenstill im Kursaal. Doch nach drei Sekunden lähmender Stille schien der Lärm im Volk zu explodieren, aus den hinteren Reihen vernahm man Stimmen, die »Aufhören!« riefen, und auf der Fensterseite begannen einige schon zu johlen:

»Göckel sind zum Krähen da,
falleri und fallera,
nicht zum Eierlegen
kann man sie bewegen …«

Die Plebejer von Bad Mergentheim grölten die heimliche Hymne der Opposition gegen Jakob Kahl. Den schien das jedoch nicht zu stören. Im Gegenteil, es war offensichtlich, dass er die Stimmung genoss.

Der machtbewusste Blick des bulligen Oberbürgermeisters war fest auf die Gesichter in den ersten Reihen gerichtet. Aus seinen stahlgrauen Augen leuchtete der Zynismus, den die Menschen seit vielen Jahren an ihrem Stadtoberhaupt kannten. Über den Zuschauern im Kursaal lag ein Geräuschteppich aus Murmeln und Summen, kaum einer hatte bis dahin dem zugehört, was die Experten vorne auf der Bühne geredet hatten. Die Art, wie ihr Stadtoberhaupt seine Selbstdarstellung zu zelebrieren pflegte, war allen längst vertraut.

Jakob Kahl war seit vielen Jahren Oberbürgermeister in der Kurstadt. In seiner Studienzeit, die lange zurücklag, hatte er sich selbst als ehrgeizigen, aufstrebenden und vielversprechenden Kommunalpolitiker gesehen. Schon damals, als jeder junge Mann, der etwas auf sich hielt, lange Haare trug, hatte er sich in Anlehnung an seinen Familiennamen als Markenzeichen das Kopfhaar restlos herunterscheren lassen. Kraftvoll hatte er damals wirken wollen, geradlinig, entschlossen, schnörkellos und unbestechlich. Anhängsel wie eine kunstvolle Frisur – er sagte ›Zotteln‹ – störten dabei. Die waren in seinen Augen nur etwas für Weicheier.

Inzwischen freilich, nach Jahrzehnten des Kampfes um die Macht, wirkte OB Jakob Kahl auf die Menschen nur noch wie ein Bullenbeißer.

In der ersten Reihe saß, zusammen mit den übrigen Vertretern der Medien, der schlaksige Lokalredakteur Hans-Ulrich Faber von der Tauber-Post, der von allen in der Stadt seit Menschengedenken einfach nur »der Faber« genannt wurde. Wie alle anderen im Saal hatte er bisher die am OB gewohnte Selbstdarstellung über sich ergehen lassen. Jetzt wurde es ihm zu viel. Er hob die Hand zum Zeichen, dass er eine Frage hatte, und stand auch gleich auf, damit der Oberbürgermeister ihn nicht übergehen und zugleich jeder im Saal ihn sehen und verstehen konnte.

»Wer sollte nach Ihrer Meinung das Drehbuch zu diesem Film schreiben?«, fragte Faber laut und deutlich.

Der Oberbürgermeister schwenkte die Augen auf den Fragenden in der ersten Reihe. Sein Blick saugte sich an dessen Hals geradezu fest, als wollte er ihn damit erdrosseln. Es war offensichtlich, dass er sich durch die Zwischenfrage in seinem Vortrag gestört fühlte. Und wenigstens die Hälfte der Menschen im Kursaal verstand, dass genau das die Absicht Fabers gewesen war – den OB zu ärgern.

Der OB murmelte, unhörbar zwar, aber jeder in den ersten Reihen konnte die Worte von seinen Lippen ablesen: »Der

Faber mal wieder, natürlich. Wer auch sonst«, und starrte weiter den Fragenden an. »Der Faber natürlich«, murmelte er noch einmal. Doch damit hatte er sich auch schon wieder gefangen und parierte den Angriff: »Schreiberlinge haben wir in der Stadt doch mehr als genug, nicht wahr, Herr Faber? Und das wissen wir doch alle, dass die besten Filme aus schlechten Romanen gemacht werden.«

Faber spürte zornig, wie es ihm eng um den Hals wurde. Gleich, so fürchtete er, würde ihm der Kragen platzen.

Fabers Blick ging zu den Kameras der Regionalsender, die rechts und links postiert waren, und zu den Mikrofonen von Radio Tauberfranken, SWR 4 und Antenne Würzburg.

»Oh nein!«, flüsterte Fabers junge Kollegin Hebenstreit, »Er irrlichtert mal wieder!« Sie saß neben ihm und machte sich gewohnheitsmäßig klein, damit sie mit ihrer Körperlänge – sie selbst gab »einspaarundneunzig« zu, Genaueres behielt sie für sich – den Reihen dahinter nicht die Sicht versperrte.

»Das brauchen wir alles wörtlich«, erklärte Faber laut. »Sie, eh, du brauchst nicht zu flüstern. Es hat ohnehin jeder gehört.«

Das »Du« kam bei ihm noch zögernd. Er und Hebenstreit hatten, nachdem er drei Jahre lang ihr Ausbildungsredakteur gewesen war, erst in der letzten Woche festgestellt, dass nun die Zeit gekommen sei, einander zu duzen. Er hatte sich dafür das nüchternste aller Settings ausgesucht, das ihm eingefallen war. In ihrem gemeinsamen Arbeitszimmer, in welchem ihre Schreibtische einander gegenüberstanden, hatte er nur gesagt: »Gibst du mir bitte mal den Locher rüber?« Und als sie, aufmerksam geworden, aufgeblickt und vor lauter Erwartung errötend ihn mit ihren wasserhellen Augen angeschaut hatte, hatte er fortgefahren: »Nun, wo es schon mal passiert ist, da können wir auch gleich dabei bleiben.«

Das war alles gewesen. Faber, und darauf war er stolz, hielt sich für einen nüchternen Menschen. Man konnte es auch anders sehen: Wenn es darum ging, Gefühle zuzulassen, dann konnte er auffällig hölzern wirken. Und ging es gar darum, Gefühle nicht nur zuzulassen, sondern obendrein auch noch zu zeigen, dann bekam er regelmäßig Probleme.

»Schon erledigt.« Sie flüsterte immer noch und zeigte auf die Bühne. »Wird schon aufgezeichnet.« Sie legte einen ihrer auffällig langen Finger an die Lippen und wies mit der anderen Hand auf das kleine Aufnahmegerät, das vor ihren Füßen auf dem Boden lag.

»Seit wann läuft es mit?«, fragte er leise.

»Seit zwei Minuten oder mehr.«

»Gut. Woher hast du gewusst, was er sagen wird?«

Sie grinste ihn an und tippte kurz mit dem Finger an ihre Nasenspitze. »Näschen!«, bedeutete das.

Er nickte ihr anerkennend zu.

An der Rückwand der Bühne, so groß, dass es den ganzen Kursaal beherrschte, prangte ein weißes Spruchband mit blauer Schrift: »Deutscher Bädertag in Bad Mergentheim«; in der Zeile darunter stand das Thema der diesjährigen Tagungswoche: »Die Zukunft der deutschen Heilbäder«.

Neben dem Oberbürgermeister saß der alte Präsident des Deutschen Heilbäderverbandes, der eigentlich diese Abschlussveranstaltung des Bädertages straff hätte führen müssen. Doch er leitete sie nur halbherzig und ließ sich von OB Kahl das Heft aus der Hand nehmen. In sich zusammengesunken saß der schmächtige Mann auf seinem Stuhl, trotz der brütenden Hitze in Anzug samt Krawatte, fächelte er sich mit einem Blatt Papier Luft zu und starrte seinen bulligen Nachbarn fassungslos über die Brille an.

Außerdem saßen noch die Referenten der Tagungswoche mit am Tisch, alle vier bekannte Fachleute auf ihren Gebieten. Der Wirtschaftsfachmann hatte am Montag über »Vitalitätsspritzen für den Kurbetrieb« referiert und Vorschläge dazu ausgebreitet. Am Dienstag hatte Prof. Dr. med. Schlageter »Reha nach Schlaganfall und Diabetes« behandelt, und ein Kollege von ihm hatte am Mittwoch »Die dreiwöchige Anschlussheilbehandlung (AHB)« vorgestellt. Trockene Themen, alle miteinander. Schließlich, am heutigen Nachmittag, hatte ein Fachmann für Öffentlichkeitsarbeit wortreich dafür geworben, an Stelle des Begriffes »Kurstadt« nur noch das Wort »Gesundheitsstadt« zu benutzen.

Und nun, am Donnerstagabend, drohte die Abschlussveranstaltung, auf der die Ergebnisse der Tagungswoche zusammengefasst und der Öffentlichkeit vorgestellt werden sollten, völlig aus dem Ruder zu laufen, weil der Oberbürgermeister wieder einmal einen seiner gefürchteten Selbstdarstellungsanfälle hatte.

Dabei war allen im Saal im Laufe des Abends aufgefallen, dass auf der Bühne jemand fehlte, nämlich der Kurdirektor. Manfred Steffan hätte vorne mit auf dem Podium sitzen, dort mitdiskutieren und von dort aus auch dem Publikum Rede und Antwort stehen müssen.

Doch wo, so fragten sich alle, wo war er? Faber stand wieder auf und trat einen Schritt vor.

Der Oberbürgermeister schaute eilig zur Seite und wollte seinen Vortrag fortsetzen, doch Faber rief: »Wo ist Kurdirektor Steffan!? Warum sitzt er nicht mit am Tisch?«

»Weil«, erwiderte das Stadtoberhaupt und zeigte mit hochgezogenen Augenbrauen und ausgestrecktem Arm den Tisch entlang, »weil, wie Sie sehen, hier nur sechs Plätze sind.«

Da endlich ermannte sich der Präsident. Er legte seine schmale Hand vor Jakob Kahl auf den Tisch, wohl in der Hoffnung, diese Geste werde genügen, den OB zu bremsen. Doch sie blieb wirkungslos. Da streckte der Präsident seine Hand dem Publikum entgegen zum Zeichen, jetzt werde er sprechen. Endlich schwieg Jakob Kahl.

Im Publikum erwartete man, der Präsident werde nun eine Rüge aussprechen, doch er redete nur mit dünner Stimme: »Kurdirektor Steffan, meine Damen und Herren, befindet sich meines Wissens in Urlaub.«

»Bad Mergentheim bekommt nur einmal in fünfzehn Jahren den Deutschen Bädertag in die Stadt, und da ist der Kurdirektor in Urlaub?«, hakte der Faber nach. »Seit wann denn? Doch nicht etwa schon die ganze Woche?« Er wollte noch hinzufügen, er habe ihn am heutigen Donnerstag noch gesehen, doch das unterließ er im letzten Augenblick, er wollte die Ausrede des Präsidenten abwarten. Möglicherweise gelang es ihm, ihn damit aufs Glatteis zu locken.

»Seit heute«, gab der Präsident Auskunft, ganz offensichtlich widerwillig.

»Erst ab morgen!«, rief da eine laute Stimme vom Ende des Saales nach vorne.

Faber, der noch stand, drehte sich um und die Leute in der ersten Reihe mit ihm. An der Rückwand des Saales stand Kurdirektor Manfred Steffan mit einem Glas in der Hand mitten in einer kleinen Gruppe von Menschen, mit denen er sich bis dahin lebhaft unterhalten hatte. Unter ihnen erkannte Faber den Kollegen Andreas Oehm aus der Lokalredaktion der Tauber-Post.

Schnell flüsterte er Hebenstreit zu: »Mach du weiter! Ich muss mal raus«, und ging durch die Sitzreihe und dann durch den Außengang auf die Gruppe zu.

»Jetzt fallt ihr Schreiberlinge schon zu zweit über mich her«, lachte der Kurdirektor ihm entgegen, aber seine Stimme klang bitter dabei und zugleich unsicher. Faber schaute das Glas in Steffans Hand genauer an, es enthielt zweifellos den vom Kurdirektor so sehr geliebten, herben Apfelwein. »Du brauchst dir gar keine Mühe zu geben, Faber«, fuhr Steffan fort, »zu all dem hier sage ich nichts. Nicht ein Wort bringst du aus mir raus.«

»Grüß dich, Manni«, sagte Faber nur. »Stimmt das mit deinem Urlaub?«

»Es ist richtig, Faber. Ja, ich bin im Urlaub«, antwortete der Kurdirektor, »aber erst ab morgen. Morgen früh um halb sechs, da sitze ich im Flieger in Richtung Kanada. ›Über den Wolken‹, das verstehst du sicher. Weit weg von hier will ich sein, so weit, dass es nicht mehr weiter geht, und allein. In einer Fischerhütte am See in der Wildnis. Keinen Menschen mehr sehen müssen – am liebsten für immer.«

Er seufzte tief.

»Dieser Scheißladen hier«, fuhr er fort, »ich kann dir gar nicht beschreiben, Faber, wie sehr mir der stinkt. Ich will nichts als meine Ruhe. Ich werde mir doch nicht die letzte Nacht vor meinem Urlaub verderben, das verstehst du wahrscheinlich. In drei Wochen, da ist eine andere Zeit. Dann darfst du mich anrufen und fragen, was du willst. Bis dahin …« – er machte eine entschiedene Geste mit der Hand – »… bis dahin könnt ihr mich alle …«

Er drehte ihnen ohne Gruß den Rücken zu und eilte mit langen Schritten durch die zweiflügelige Saaltür hinaus in die Vorhalle.

Faber warf seinem Kollegen Andreas Oehm einen Blick zu, er solle versuchen, ihn aufzuhalten.

»Bleib dran, Andreas! Wir brauchen noch was zu den Bildern!«, zischte er ihm zu. Oehm eilte dem Kurdirektor nach.

Steffan war ein großer, schlanker Mann mit dichtem, grauem Haar, das er recht lang trug. Seine Kleidung und sein Auftreten entsprachen dem Image, das er sorgfältig pflegte: bestickte Lederweste, dazu ein auffällig groß kariertes Hemd, an der Seite geschnürte Lederleggins und Mokassins. Privat spielte er Gitarre in einer Rockband, denn der Lebensstil des Rock symbolisierte in seinen Augen Lebensfreude und Freiheitsdrang.

Steffan stammte aus einem Nachbardorf der Kurstadt und war damit ganz in der heimischen Gesellschaft verwurzelt. Er kannte alles und jeden; mit dem einen war er in die Schule gegangen, mit dem anderen gemeinsam zur Erstkommunion, mit anderen wiederum war er durch die Mitgliedschaft im Schützen- oder Fischereiverein verbunden.

Faber, der seit fünfundzwanzig Jahren in der Stadt lebte, hatte ihn gleich in den ersten Monaten kennengelernt, als

Steffan noch ein junger Angestellter der Stadtverwaltung im Amt für Öffentlichkeitsarbeit war. Etwa zehn Jahre danach hatte sich Steffan um das Amt des Kurdirektors beworben und die Stelle bekommen.

Manfred Steffan, das wussten alle, redete gerne und viel. Selbst wenn er, wie jetzt, betonte, dass er schweigen wolle – selbst dann redete er immer noch zu viel.

Faber schaute sich um. Er sah den Kurdirektor in der Vorhalle gleich neben dem Ausgang, wo ihm Oehm die Tür aufhielt.

»Manni!«, rief Faber ihm nach. »Wenigstens noch zwei Sätze zu deiner Korniliew-Ausstellung hier im Foyer des Kursaals! Wie hast du dir die denn unter den Nagel gerissen?«

Manfred Steffan drehte sich noch einmal um, nun sichtlich verärgert.

»Unter den Nagel gerissen, sagst du, Faber? Willst du wirklich wissen, wie viel wir dafür hingeblättert haben?«

»Ja, sicher!«, antwortete Faber und zückte erwartungsvoll seinen Notizblock.

»Das könnte dir so passen!«, lachte der Kurdirektor unsicher und wandte sich ab. Doch dann hielt er inne und sah den Faber an. »Einen Haufen Scheine«, rief er, »einen Haufen!«

Faber hakte sofort nach: »Scheine? Also in bar? Du hast die drei Bilder selber gekauft, hast sie bar bezahlt und willst sie jetzt weiterverkaufen?«

Steffan wehrte ab: »Frag Albert Klapproth, der hat sie ausgegraben, ich mach nur die Ausstellung. Alles, was du sonst zu den Bildern wissen willst, erfährst du aus dem Katalog. Da drüben auf der Theke liegt ein ganzer Stapel.«

Draußen war es jetzt, um halb zehn, noch hell, aber die Luft hatte sich nach dem heißen Tag abgekühlt. Faber trat vor die Tür und atmete tief. Er sah, wie Oehm mit dem Kurdirektor in dessen Wagen stieg und hörte ihn noch sagen: »Komm Manni, ich fahr dich heim.«

Faber ging zurück und nahm sich einen Katalog. Allerdings musste er feststellen, dass er den Prospekt, der bloß aus zwölf

Druckseiten bestand und den Namen Katalog sicher nicht verdient hatte, schon längst kannte. Auf einer Seite war jeweils eines der drei ausgestellten Bilder abgebildet, auf der Seite gegenüber eine Beschreibung mit Würdigung des Kunstwerkes, ergänzt durch eine Einführung und eine zwei Seiten lange Beschreibung des Weges, auf dem die bisher unbekannten Bilder des Expressionisten Alexander Korniliew in die Hände des Finanzprokuristen der Kurverwaltung, Albert Klapproth, gelangt waren. Das habe man, so las er dort im ersten Satz, einem überaus glücklichen Umstand zu verdanken.

Faber hatte schon lange mehrere Exemplare des Prospektes in seinem Schreibtisch. Eines hatte er in der letzten Woche nach München an den Kunsthistoriker Professor Bronold ins Lenbachhaus geschickt, der dort die berühmteste Sammlung von Werken der Gruppe »Der Blaue Reiter« betreute, zu denen Korniliew in enger Verbindung gestanden hatte. Zudem hatte das Lehnbachhaus 1996 eine große Werkschau Korniliews gezeigt. Die drei Bilder, die jetzt in der Vorhalle des Kursaales hingen, waren den Kunsthistorikern unbekannt und bisher in keiner Sammlung und auf keiner Ausstellung aufgetaucht. Sie waren noch nicht einmal in den bekannten Dokumenten aus dem Kreis um Kandinsky und Marc erwähnt worden.

Der Prospekt erklärte das so: Ein französischer Student und späterer reicher Industrieerbe habe in den ersten Jahren des zwanzigsten Jahrhunderts in München im Kreis der Künstler verkehrt. Er habe dem damals noch unbekannten Korniliew die Bilder direkt von der Staffelei weg abgekauft und sie in seiner im Lauf der Jahre wachsenden Sammlung versteckt gehalten. Nun brächten dessen Erben die ganze Sammlung auf den Markt, um mit dem Erlös aus dem Verkauf ihre Steuerschulden zu bezahlen. Die Sammlung enthalte weitere unbekannte Kunstwerke, die wie die drei hier ausgestellten Bilder von einem Kölner Kunsthändler über das Internet auf den Markt gebracht und zu einem großen Teil schon von Privatpersonen gekauft worden seien. Das

Ganze sei, so schrieb der Autor, eine Jahrhundertentdeckung.

Unter dem Text stand kein voller Name, er war nur mit »ff« gezeichnet, aber Faber war sicher, dass Manfred Steffan selber ihn geschrieben hatte. Es handelte sich ohne Zweifel um gute und wertvolle Bilder, echte Meisterwerke, vor allem die »Dame mit dem weißen Federhut«, aber auch das »Zimmer des Künstlers« mit den ungewöhnlichen Farben und erst recht das »Haus am Park«, das noch an die Tradition der romantischen Malerei erinnerte, aber schon Korniliews ungewöhnliche Farbpalette zeigte. Das Haus leuchtete in strahlendem Kobaltblau. Es passte also alles gut zusammen, doch in Fabers inneren Windungen, wie er das ohne nähere Angaben zu deren Lokalisation nannte, hatten sich Zweifel eingenistet.

Er sah sich noch einmal die »Dame mit dem weißen Federhut« genauer an. Das Bild habe, so erklärte der Prospekt, die flächigen Farben und die kräftigen Linien, wie sie für Korniliew typisch seien.

Faber freilich konnte mit dieser Beschreibung herzlich wenig anfangen. Seine Augen hatten eine, wie er es nannte, gewisse Rot-Grün-Schwäche. Das war ganz gewiss eine beschönigende Beschreibung. In Wirklichkeit nämlich war der Faber so gut wie farbenblind.

Nun, für den nächsten Tag war er mit dem Münchner Professor verabredet. Der hatte versprochen, nach Bad Mergentheim zu kommen und sich die kleine Sammlung anzusehen. Danach würde man mehr wissen.

Faber brauchte jetzt frische Luft. In den stickigen Mief und die aufgeladene Atmosphäre des Kursaales würde er heute nicht mehr zurückkehren. Und die Arbeit, darüber zu berichten, die würde er Hebenstreit überlassen.

Als er hinaus auf die Straße trat, war das Auto mit dem Kurdirektor und Fabers Kollegen Oehm verschwunden.

2

Am Freitagmorgen wachte Faber davon auf, dass ihn etwas unangenehm Haariges am Kinn kitzelte. Genervt fuhr er hoch und sah sich um, konnte aber niemanden entdecken, der ihn da gekitzelt haben könnte. Das Kopfkissen der Weichen war leer, aber neben dem Bett seiner Frau buckelte und reckte sich Hemingway, fuhr seine Krallen aus und gähnte drohend mit seinem Minilöwengebiss.

Der rote Kater mit den blonden Querstreifen an der Schwanzspitze wusste genau, dass er nicht zu seinen Menschen ins Bett durfte, und er akzeptierte das Verbot, solange es durchgesetzt und er verjagt wurde. Doch wenn er morgens von seiner nächtlichen Jagd heimkehrte, müde, aber mit sich und seiner Raubtiernatur im Reinen, dann, so fand er, habe er sich als Lohn ein kuscheliges Plätzchen bei seinen Menschen verdient.

Dabei unterschied Hemingway genau die Personen. Der Männchen-Mensch, der Faber, der kannte sich anscheinend gut mit der Katzensprache aus. Der konnte ihn wie ein Riesenkater furchterregend anfauchen, so dass Hemingway immer schon erschrocken vom Kopfkissen sprang, sobald Faber sich im Schlaf auch nur regte.

Der Weibchen-Mensch dagegen war da viel umgänglicher. Die Weiche sagte nur: »Raus aus dem Bett, Hemingway!«, oder: »Mach, dass du wegkommst!« Doch dann wartete sie ab und ließ ihm immer reichlich Zeit, sich in Würde zu trollen.

Faber sah auf seinen Wecker. Schon fast acht Uhr. Zeitungsleute hatten abends oft lange zu arbeiten, und so begann der Werktag in der Redaktion nicht vor neun Uhr.

Seine Frau Ursula, die bei der Eheschließung den Familiennamen Weiche behalten hatte, pflegte der Faber immer nur »die Weiche« zu nennen; manchmal, das freilich nur in ganz bestimmten, mit den Jahren allmählich seltener gewordenen Situationen, auch »meine Weiche«.

Die Weiche war deutlich jünger als der Faber, der die Fünfzig schon vor zwei Jahren überschritten hatte. Sie arbeitete in der Sparbank, einer regionalen Genossenschaftsbank, und war, so sah er es, obgleich körperlich von üppiger Weiblichkeit, ein Rechengenie. Dieser Widerspruch aus Rechenmaschine und Weib, wie er das nannte, der reizte ihn ungemein, und wenn sie, für ihn unbegreiflich, mit Zahlen, ja mit ganzen Kolonnen und Ketten von Zahlen hantierte, manipulierte und jonglierte, dann durchfuhr ihn immer ein Schauder, gemischt aus Bewunderung und Furcht.

Sie musste schon um acht Uhr anfangen und vorher Miriam wecken, um mit ihr alles für die Schule zu richten. Faber genoss diese letzte, zusätzliche Stunde morgendlichen Schlafes immer sehr.

Jetzt stand er auf, nur mit seiner bunten Turnhose bekleidet. Die war dunkelblau, hellgrün und weiß mit einem leuchtend krapproten Hinterteil, und die Weiche nannte sie deshalb immer nur »die Pavianhose«. Ihm war es egal, er sah nur die Farben blau, weiß und grau, und die gefielen ihm.

Faber zog die Rollläden auf und blinzelte im plötzlichen Sonnenlicht, das hereinfiel. Es werde, so befand er, heute genau so heiß werden wie in den vergangenen Tagen. Er ging barfuß die Treppe hinunter ins Wohnzimmer, öffnete die Terrassentür und begann mit der Morgengymnastik, die seit seinem Bandscheibenvorfall vor einem Jahr fest zu seinem Tagesablauf gehörte. Dazu stellte er den linken Fuß vor und den rechten weit zurück. Dabei drückte er mit beiden Händen fest gegen den Türpfosten, um seine Rückenmuskeln zu strecken.

Hemingway fuhr vom Sofakissen auf, sprang zu seinem Kratzbaum und packte ihn. Dann machte er seinem Kater-Menschen alles nach – Aufrichten, Dehnen und Recken.

Faber musste lachen: »Na, Alter, dann wollen wir beide mal unsere Krallen schärfen, hm?«

Er fuhr seine langen Finger aus, als wären es Löwenkrallen, und ächzte, während er sich streckte: »Wenn ich solche

Pranken – ächz – hätte wie du, da würde sich ein gewisser Herr Ober- – ächz – bürgermeister – ächz – Jakob Kahl aber gewaltig umschauen!«

Er reckte hier und dehnte da und zog dort noch ein bisschen, und damit, fand er, war es an Körperertüchtigung für heute genug. Er spannte auf der Terrasse den großen Sonnenschirm auf und ging wieder hinauf. Hemingway folgte ihm. Mit großer Geste lud Faber den Kater zu sich unter die Dusche ein.

Der sprang beleidigt und erschrocken davon und verschwand im Flur. Um das kleine Zimmer im Haus, in dem nach seiner Erfahrung jederzeit schlechtes Wetter losbrechen konnte, machte der Kater schon seit Jahren einen großen Bogen.

Hans-Ulrich Faber und Ursula Weiche waren mit ihrer kleinen Tochter Miriam vor einem Jahr in dieses Haus in der Liobastraße gezogen. Ihr Nachbar und Freund Leo Schmidt, dem innerhalb eines Jahres Ehefrau und Schwiegermutter unter schlimmen Umständen gestorben waren, war in eine andere Stadt gezogen und hatte sein Haus zum Kauf angeboten. Der Faber hatte bei der Aufklärung der Hintergründe eine wichtige Rolle gespielt und viel Lob aus der Öffentlichkeit dafür bekommen.

Die Weiche hatte ihre Beziehungen in der Sparbank eingesetzt; der Leiter der Kreditabteilung war in die Sache mit Leo Schmidt verwickelt gewesen und einigermaßen heil da herausgekommen.

»Ich rede mal mit Mikka Honegg«, hatte sie gesagt. Faber hatte sie verwundert angeschaut. Bis dahin war ihr direkter Vorgesetzter für sie immer »mein Chef« gewesen oder »der Herr Honegg«. Jetzt war er auf einmal nur noch »Mikka Honegg«.

»Du willst ihn doch nicht etwa unter Druck setzen?«, hatte Faber geantwortet. »Das fehlte uns noch, dass der denkt, wir wollten ihn erpressen oder etwas in der Art.«

»Lass mich nur machen, Uli«, hatte sie geantwortet. »Ich stelle einen soliden Finanzplan auf, den lege ich ihm vor und frage ihn, was er davon hält.«

»Mit anderen Worten: Du stellst dich blond.«

»Genau.« Sie schüttelte ihre kastanienbraune Mähne. »Mach du das mit Leo und kümmere dich darum, dass er uns mit einem guten Preis entgegenkommt.«

Faber, dessen Denkwelt von der Sprache beherrscht wurde, war ein weiteres Mal neidisch darauf gewesen, wie flink und souverän die Weiche sich in der Zahlen- und Rechenwelt bewegte. Er hatte seine Bedenken aufgegeben, und der Kauf war innerhalb nur weniger Monate über die Bühne gegangen.

Obgleich er spät dran war, nahm Faber für den Weg in die Redaktion sein altes Fahrrad. Das Zeitungshaus befand sich in der Burgstraße, bis dahin waren es aus Weberdorf mit dem Rad nur ein paar Minuten. Er überquerte die Würzburger Straße an der Ampel und radelte durch den Schlossgarten, die Kapuzinergasse und über den Deutschordensplatz. Das Zeitungshaus betrat er von hinten, von der Funkengasse her. Es war ein schmales Fachwerkhaus, bald dreihundert Jahre alt und für alles, was darin war, viel zu eng. Im Erdgeschoss ging es noch, dort befanden sich der Vertrieb und die Anzeigenabteilung, aber im ersten Obergeschoss, wo die Redaktion ihren Sitz hatte, waren die Zimmerdecken kaum mehr als zwei Meter hoch.

Hebenstreit, die Längste in der Mannschaft – die Männer eingeschlossen –, hatte in den ersten Monaten dort oben regelmäßig ihren Motorradhelm getragen. Der gehörte zu ihrem Motorroller, den sie »meine Rollerin Marilyn II.« nannte. Das hatte sie so gehalten, bis sie sich an die niedrigen Türstürze gewöhnt und sich ihren Kopf nicht mehr angeschlagen hatte.

Faber und Hebenstreit hatten das Arbeitszimmer gleich links mit Blick auf den Innenhof und auf die Druckerei, welche das Grundstück zur Funkengasse hin abschloss. Die

Chefin, Luise Blaustein, residierte im Zimmer gleich gegenüber, nach vorne, also zur Burgstraße hin. Sie war ein Morgenmuffel, und wenn ihr danach war, leitete sie die Redaktionssitzungen am Vormittag, als wäre sie ein General und befehligte eine Armee im Manöver oben auf dem Mergentheimer Drillberg. Ihre Redakteure, die eingesehen hatten, dass man die Chefin nicht mehr ändern konnte, nahmen es mehr oder weniger ergeben hin.

Das Sitzungszimmer war am Ende des Ganges. Dort traf sich die kleine Mannschaft an jedem Vormittag relativ spät, nämlich um zehn Uhr dreißig. Da war dann die Chefin richtig wach. Sie kam meist demonstrativ als Erste und strafte jeden, der sich auch um nur eine Minute verspätete, mit finsteren Blicken.

Sie setzte sich ans Kopfende des Tisches. Faber als stellvertretender Redaktionsleiter saß neben ihr und Hebenstreit ihm gegenüber.

»Wo ist Oehm?«, fragte die Chefin an diesem Morgen, als alle Platz genommen hatten. »Noch unterwegs?«

Die Antwort der Runde bestand aus Schulterzucken und Kopfschütteln.

»Keine Ahnung«, sagte der Sportredakteur Michael Weis. Die ihm zugewiesene Volontärin Stephanie Hehn schaute ihn verträumt an und schwieg.

»Bei mir hat er sich nicht gemeldet«, bemerkte die Chefin streng. »Bei dir, Faber?«

Faber schüttelte nur stumm den Kopf. Doch gleich wurde ihm klar, dass das als unhöflich ausgelegt werden könnte.

»Andreas hat sich bei mir nicht gemeldet«, brummte er deshalb. »Gestern war er noch gesund.«

»Na, gut. Wir beginnen mit den Berichten über den Deutschen Bädertag und dem Abschlussabend gestern. Hebenstreit, das, was Sie da heute Morgen vorgelegt haben, das liest sich ziemlich schlimm. Was da passiert ist, meine ich. Was war da los, Faber? Hat der Oberbürgermeister tatsächlich so geredet? ›Tod des Kurdirektors‹? Was, denkst du, steckt dahinter?«

»›Tod *eines* Kurdirektors‹, so hat er es tatsächlich gesagt«, antwortete er. »Und dahinter stecken, so denke ich, mindestens zwei Dinge, vielleicht sogar drei. Da ist erstens seine Sucht zur Selbstdarstellung. Er profiliert sich gerne auf anderer Leute Kosten und verspottet dabei öffentlich seine Opfer. Zum Zweiten kennen wir ja seine alte Fehde nicht nur mit dem Kurdirektor Steffan, sondern gleich mit der ganzen Kurverwaltung, weil er denen am liebsten in alles hineinregieren würde. Und zum Dritten, und das scheint mir neu zu sein, sieht es so aus, als wolle er versuchen, den ganzen Kurbetrieb an die Stadt zu binden, also an die Stadtverwaltung. Mit anderen Worten: an sich selber.«

»Du meinst, er hat das Ziel, die Kurverwaltung in die Stadtverwaltung einzugliedern? Die Stadt will die Kurverwaltung schlucken? Das könnte man ja geradezu einen Putsch nennen!«

»Es sieht jedenfalls so aus«, antwortete er.

»Aber das wäre doch unsinnig«, entgegnete die Chefin. »Die Stadt Bad Mergentheim ist nur *eine* unter drei Gesellschaftern. Der Main-Tauber-Kreis und vor allem das Land Baden-Württemberg als weitere Gesellschafter werden das nie mitmachen. Sie werden es nicht zulassen!«

»Klar, das wäre unsinnig«, bestätigte er. »Aber Jakob Kahl hat, wie wir alle wissen, schon viel Unsinniges angezettelt. Zuzutrauen wär's ihm jedenfalls. Dass er es versucht, meine ich.«

»Und der Kurdirektor?«, fragte sie. »Was hat Steffan geantwortet?«

»Manfred Steffan hat gar nichts gesagt«, antwortete Faber. »Der hat nur hinten im Kursaal an der Wand gestanden, zusammen mit ein paar seiner Kumpels. Er hat seinen Frust im Most ersäuft und ist um halb zehn schon verschwunden, offenbar leicht benebelt. Er hat nur gesagt, dass er sich ab sofort im Urlaub befindet und keinen Menschen mehr sehen will.«

»War Gebhardt da?«, fragte die Chefin weiter im Generalston.

»Der Vorsitzende des Verwaltungsrates?«, dachte Faber laut nach. »Hast du Professor Gebhardt gesehen?«, wandte er sich an Hebenstreit. »Ich nicht.«

»Ich auch nicht«, bestätigte Hebenstreit. »Und der Präsident des Bädertages, der war eher schwach.«

»Nicht nur eher, sondern richtig schwach«, unterbrach Faber seine junge Kollegin.

»Genau«, bestätigte sie. «Der hat sich vom OB total einschüchtern lassen.«

»Also gut«, entschied Luise Blaustein und setzte sich aufrecht. »Kann noch jemand etwas ergänzen?« Sie schaute in die Runde. »War sonst niemand dort?«

»Andreas Oehm war da«, sagte Faber.

»Aber«, erwiderte sie, »er hatte dienstfrei. Und weil er ja heute fehlt – unentschuldigt, bisher jedenfalls – brächte es ohnehin nichts. Ihr Artikel, Hebenstreit, ist mir ein bisschen zu einseitig. Sie nehmen für meine Begriffe zu sehr Partei gegen den Oberbürgermeister.«

»Kahls Äußerungen waren instinktlos. Nicht akzeptabel!«, wehrte sich Hebenstreit.

Faber warf ihr einen anerkennenden Blick zu und nickte. Noch vor einem Jahr hätte Hebenstreit es nicht gewagt, Luise Blaustein so offen zu widersprechen.

»Das behauptet auch niemand«, erwiderte die. »Aber wir werden zweigleisig fahren. Faber, du wirst den Artikel fertigstellen. Dabei wirst du ihn erweitern und glätten, alles schön neutral, aber ausführlich und genau. Beispiel: ›Gesundheitsstadt‹ an Stelle von ›Kurstadt‹ – die Reha nach Diabetes und Bandscheibensachen – AHB, also Anschlussheilbehandlung nach Operationen – all diese Dinge. Du hast dafür die halbe Seite eins im Regionalteil. Mit Hinweis auf die nächste Seite. Und dort, auf Seite zwei, werden Sie, Hebenstreit, eine Glosse schreiben. Setzen Sie ruhig Ihre Florettfeder ein, Titel ›Kurstadtposse‹ oder ›Provinzkabale‹ oder was auch immer Ihnen dazu einfällt. Eine ganze Spalte, blau unterlegt. Zusätzlich schreiben Sie einen Kurzbericht über den

Auftritt des OB, zweispaltig, jeweils drei Module. Den genauen Text dessen, was er gesagt hat, haben Sie ja, denke ich.«

»Den habe ich auf Band«, bestätigte Hebenstreit.

»Gut, das wäre klar«, stellte die Chefin sichtlich zufrieden fest. Auch Faber fand die Entscheidung richtig, den Bericht über den Bädertag und den über das Verhalten des Oberbürgermeisters getrennt zu behandeln, und er nickte dazu.

»Jetzt«, fuhr Luise Blaustein fort und fächelte sich Luft zu, »das nächste Thema: die Bilderausstellung in der Lounge des Kurhauses. Was ist damit?«

Luise Blaustein hörte sich gerne in Wörtern sprechen, die gebildet klangen. »Einen ersten Bericht darüber hatten wir – wann war das, Faber?«

»Vor etwas mehr als einer Woche«, antwortete Faber, »gleich nach der Vernissage.«

»Dann wäre es Zeit, dass wir nachhaken«, entschied sie. »Wie ist der Stand? Hast du Fühlung mit dem Gutachter aufgenommen, Faber?«

»Habe ich. Er kommt heute Nachmittag.«

»Sehr gut! Wer ist es?«

»Professor Bronold heißt er. Vom Lenbachhaus München.«

»Das hört sich gut an. Kompetent, vermutlich.«

»Unbedingt. Wir werden keinen kompetenteren Fachmann finden«, bestätigte er.

In diesem Augenblick klingelte in Fabers Zimmer das Telefon. »Entschuldigung«, sagte er und eilte nach nebenan. Nach weniger als einer Minute, noch bevor die Chefin ein anderes Thema angeschnitten hatte, war er schon wieder da.

»Er war es«, verkündete er und setzte sich wieder auf seinen Platz, »Bronold. Wir treffen uns heute Nachmittag in der Ausstellung. Er sagt, er ruft mich an, wenn er aus München da ist. Ich hab ihm meine Handynummer gegeben. Danach, denke ich, wissen wir mehr.«

»Sieh zu, dass du möglichst viel aus ihm herauskitzelst«, gab Luise Blaustein Anweisung. »Aber kein offizielles Gutachten für unsere Zeitung! Das können wir uns nicht leisten!«

»Lass mich nur machen«, sagte Faber. Niemand in der Redaktion außer ihm hätte so mit der Chefin reden dürfen. »Ich werde die Zeit bis dahin nutzen, um mich schlau zu machen. Du weißt, wie Fachleute sind. Wenn einer Interesse an ihrem Fachgebiet zeigt, dann reden sie von ganz alleine.«

»Gut. Sieh zu, dass wir morgen in der Wochenendausgabe dazu etwas Ordentliches haben.«

Das, so verstand der Faber, bedeutete für ihn heute wieder Arbeit bis in den späten Abend.

Als Faber in der Mittagspause heimradelte, machte er einen Umweg über das Kaufhaus mitten in der Stadt, um das dort bestellte Geburtstagsgeschenk für seine Frau abzuholen – ein flaches, kleines Radio, das die Weiche unter dem Küchenschrank anschrauben konnte. Daheim stellte er das alte Fahrrad, dessen Rahmen er vor Jahren violett angestrichen hatte, in der Garage an die Wand.

Faber hatte für das alte Rad nach einem passenden Namen gesucht, hatte dafür sogar Fachbücher und Lexika befragt, doch am Ende war ihm die richtige Idee dafür im Bereich des Militärs begegnet. Bei den Soldaten waren ein Gemeiner und ein General nur in der ursprünglichen Bedeutung des Wortes ein und dasselbe, in der Wirklichkeit jedoch wurde derjenige mit der lateinischen Bezeichnung, also der General, ungleich höher eingeschätzt. Diese Wertschätzung des Lateinischen beschloss der Faber zu nutzen und seinem alten Fahrrad, dankbar für dessen Haltbarkeit und unverwüstliche Treue, einen lateinisch klingenden Orden zu verleihen. Also nannte er es bis heute »Asinus ferrari«, eine, wie er zugab, sehr eigenwillige Übersetzung für das Wort »Drahtesel«.

Auf der Terrasse hatte die Weiche schon den Tisch für das Mittagessen gedeckt. Er klemmte die Schachtel mit dem Geschenk unter den Arm und schlich sich durch die wegen der Hitze offene Terrassentür ins Haus. Doch seine kleine Tochter hatte feine Ohren. Sie kam ihm entgegengerannt, sprang an ihm hoch und schlang ihre Ärmchen um seinen Hals.

»Papa!«, rief sie. »Mama, der Papa ist da!«

»Vorsicht!«, lachte er, »du rennst mich ja um!«

»Was hast du da?«, fragte sie und zeigte auf das Päckchen unter seinem Arm.

Er legte den Zeigefinger an die Lippen. »Psst!«, flüsterte er. »Geschenk für Mama.«

Die Kleine nickte heftig. »Ja«, flüsterte nun auch sie, aber eifrig und so laut, dass die Weiche nebenan in der Küche es hören konnte, »ich hab auch schon was Schönes für sie gemalt. Aber ich hab's gut versteckt!«

»Gut!«, flüsterte er zurück und löste sich vorsichtig von seiner Tochter.

Seit sie in das eigene Haus gezogen waren, besaß er ein schönes, großes Arbeitszimmer mit zwei Fenstern nach Süden zum Garten hinaus. Er versteckte das Geschenk in seinem Schreibtisch. Dann ging er hinüber in die Küche und begrüßte sie.

»Hallo, Weiche! Wie war's heute bei dir? Oh, ich muss erst mal was trinken!« Er ging zum Kühlschrank und goss sich ein großes Glas Sprudel ein.

»Na, wie immer«, lautete ihre Antwort vom Herd her. »Wie soll es schon gewesen sein?«

»Ich beneide euch um eure Klimaanlage«, sagte er. »Was gibt's heute, hm?«

»Kartoffelsalat und Bratwurst«, antwortete sie, »die Wurst heute aber aus dem Gemüse- und Essigsud. Also das mit der Klimaanlage, das kann man auch anders sehen, da kann man sich nämlich leicht erkälten, wenn man nicht aufpasst.«

»Mag sein, aber wir in unserem stickigen, alten Kasten, wir verschmachten fast. Also Blaue Zipfel gibt's? Sehr gut! Genau das Richtige bei dem Wetter. Schneidest du ein Stück frische Gurke in den Kartoffelsalat?«

»Schon passiert«, antwortete sie, nahm schnell die Topflappen, Miriams erste Häkelarbeit, vom Haken an der Wand und zog den Topf mit den im Sud schwimmenden Würsten vom Herd. »Fertig«, sagte sie. »Wir können essen.«

Nach dem Essen suchte Faber im Internet und wälzte zusätzlich das große Malereilexikon von Kindler, das er in seinem Arbeitszimmer in der Schrankwand stehen hatte. Er las die Artikel über Alexander Korniliew, um sich auf das Treffen mit Professor Bronold vorzubereiten. Dann machte er sich auf den Weg. Bei mehr als dreißig Grad im Schatten, so fand er, war es nicht mehr zumutbar, dass einer sich auf dem Fahrrad abstrampelte. Also beschloss er, für den Weg sein Pöschole zu nehmen.

»Das ist also dieses Pöschole«, so hatte im letzten Jahr die Weiche gesagt und dabei die Augenbrauen hochgezogen, als er ihr den gebrauchten Peugeot 106 vorgeführt hatte. »Siebenhundert Euro will der Bender dafür? Wie alt ist der?«

»Bestimmt über die Siebzig.«

»Nicht der Bender. Dieses, dieses Dings hier. Es hat nur zwei Türen. Wie soll Miriam denn da auf den Rücksitz kommen?«

»Dreizehn Jahre«, so hatte der Faber geantwortet. Auf die Türen war er gar nicht erst eingegangen.

»Also für dreizehn Jahre, finde ich, hat der aber schon viel erlebt.«

»Ein Auto mit Erfahrung«, hatte er mit ernsthaftem Nicken bestätigt.

»Und diese Farbe!« Dabei hatte sie verächtlich die Mundwinkel nach unten gezogen. »Die ist doch nun wirklich nicht das Wahre!«

»So? Findest du? Na ja«, hatte er geantwortet, »dieses kühle Dunkelundefinierbar …«

»Es ist grün, Uli! Dunkelgrün. So ein Hüpferle, und dann ist es auch noch dunkelgrün! Du mit deinen langen Knochen – da denken die Leute ja, da kommt ein Heupferdchen daher!«

Schließlich hatte sie aber doch zugestimmt, vorausgesetzt, Bender werde noch fünfzig Euro am Preis nachlassen, und Faber hatte dem russlanddeutschen Nachbarn das Auto abgekauft. Die Bezeichnung »Pöschole« aber war seither geblieben.

3

Faber fuhr eine Viertelstunde vor der vereinbarten Zeit zum Kurhaus, um sich vor dem Treffen noch einmal die Ausstellung genauer anzusehen.

Als er ins Foyer des Kurhauses kam, war bis auf den Mann aus der Kurverwaltung, der hinter der Garderobentheke saß und die kleine, aber wertvolle Bildersammlung bewachte, und einen Mann, der eines der Werke betrachtete, niemand in der Ausstellung. Die großen Fensterflächen nach Westen waren mit Jalousien verhängt, damit das pralle Nachmittagslicht den Kunstwerken nicht schadete. Die Bilder hingen gegenüber an der Wand zwischen den beiden Türen zum Kursaal und an der Querwand neben der Treppe, die hinunter in die Etage mit den Wellnessanlagen führte.

Faber stellte sich vor die »Dame mit dem weißen Federhut«. Das Bild gefiel ihm. Die weißen und braunen Flächen waren von starken, schwarzen Linien eingefasst, und daneben stand ein intensives, leuchtendes Hellblau als Hintergrund.

Der Mann, der vorhin vor dem »Haus am Park« gestanden hatte, war nun leise neben ihn getreten, und Faber betrachtete ihn aus den Augenwinkeln. Er war stämmig und reichte dem Faber eben bis knapp über die Schulter. Ein hellhäutiger, sommersprossiger Typus um die Sechzig mit großem Kopf, an dem seitlich die langen Haare nach hinten wie angeklebt anlagen. Deren Farbe lag zwischen weiß und einem gelblichen Hellbraun. Eine einzelne weiße, dünne Strähne war von oberhalb der Stirn nach hinten über den kahlen, mächtigen Schädel bis in den Nacken gelegt.

Der Mann tat, als würde er nicht bemerken, wie der Faber ihn musterte. Er zog ein Mobiltelefon aus der Tasche, zusammen mit einem kleinen Zettel, und las etwas davon ab, während er wählte. Seine Hände waren eher klein und die Finger kurz und kräftig. Die Handrücken waren dicht mit rotbraunen Härchen bedeckt. In diesem Augenblick rasselte das Handy in Fabers Hosentasche laut mit der Kuhkette, und der fremde Mann neben ihm erschrak.

»Ach! Sie sind das!« Der Mann hatte sich gleich wieder gefangen und lachte. »Das hätte ich mir eigentlich denken können!« Er schaltete sein Handy aus, steckte es ein und streckte dem Faber seine behaarte Hand hin.

»Bronold«, stellte er sich vor. »Und Sie sind demnach Herr Faber.«

»Richtig«, lachte nun auch Faber, griff sich die Hand des Professors und steckte sein Handy wieder in die Tasche zurück. Bronold hatte einen kräftigen Händedruck.

»Ja«, erklärte der, »ich war ein bisschen früher hier und habe schon einiges gesehen. Und um ehrlich zu sein, ich war auch ein bisschen neugierig. So etwas wie das hier sieht man ja nicht alle Tage.«

So etwas wie das hier, dachte Faber, was bedeutet das? Er tut, als seien diese Bilder eine Kuriosität.

»Die beiden Herren an der Spitze der Kurverwaltung sind mächtig stolz auf diesen Fund«, sagte er. »Der Kurdirektor hat die Ausstellung organisiert, aber gefunden und erworben hat die Bilder sein Stellvertreter, der Finanzprokurist Albert Klapproth. Der habe, so hört man, auch alles andere veranlasst, die Echtheitsprüfungen, und was so dazugehört. Und der bietet sie auch zum Kauf an.«

»Zu welchem Preis?«

»Das ist noch nicht bekannt. Verhandlungssache, sagen sie.«

»Hm.« Bronold nickte versonnen. »Ich habe den Prospekt gelesen. Was sagen Sie dazu? Als Journalist, meine ich. Zu der Geschichte, die da drinsteht.«

»Diese Geschichte? Nun, das ist alles sehr – wie soll ich sagen?« Faber machte eine Pause, um nachzudenken. »Alles sehr glatt«, sagte er dann.

»Glatt, sagen Sie. Sie haben demnach Zweifel«, stellte Bronold fest.

»Bisher, ja. Es sei denn, Sie als Fachmann würden mich eines Besseren belehren. Dieser französische Industrielle namens Goldblum – und wie noch? Goldblum-Defrois, Vorname Arnaud, genau, der als Student dem Russen Korniliew Bilder von der Staffelei weg abgekauft haben soll – ich weiß nicht so recht.«

»So etwas hat es durchaus gegeben«, sagte Bronold.

Eine kleine Gruppe von drei Personen betrat die Vorhalle, zwei Männer und eine Frau. Der Mann hinter der Theke händigte jedem einen Prospekt aus. Sie stellten sich vor das »Haus am Park« und sprachen leise. Faber beachtete sie nicht.

»Das mag ja sein«, fuhr er im Gespräch fort, »aber Korniliew war in München nicht irgendein armer Teufel, sondern ein junger, russischer Offizier, der immerhin reich genug war, sich eine komfortable Wohnung in Schwabing zu mieten. Der hatte es nicht nötig, von der Hand in den Mund zu leben. Goldblum-Defrois, sagt Ihnen der Name was?«

»Nein«, antwortete der Professor, »aber das muss er auch nicht, wenn der Mann seine Sammlung vor der Öffentlichkeit geheim gehalten hat. Zu glatt, meinen Sie als Journalist? Zu wenig Lücken? Ich gehe davon aus, dass Sie Erfahrung haben in Quellenforschung. *Sprachlicher* Quellenforschung, meine ich.«

Der Faber nickte. »Habe ich, ja. Ich denke, ich kann bei einem Text erkennen, ob es sich um einen Bericht handelt, oder ob er konstruiert ist.«

Der Professor nickte wieder. Er wirkte sehr konzentriert. »Schau'n mer mal«, sagte er und streckte beide Handflächen gegen die »Dame mit dem weißen Federhut« aus, als wollte er das große Bild abtasten. Kurz bevor seine kurzen, kräftigen Finger die Farben berührten, machte er Halt. »Ich darf leider nichts anfassen«, lachte er. Dann zeigte er auf den Hintergrund des Bildes, den Faber in einem intensiven Hellblau sah.

»Dieses Türkisgrün hier« – Faber zuckte bei seinen Worten nicht einmal mit der Wimper – »und dieses Purpurrot«, dabei wies der Professor auf die Fläche, die Faber als Graubraun sah, »solche Farben sind typisch für Korniliew. Dazu die starken, schwarzen Umrandungen der Flächen, und, ganz wichtig, wie Linien und Flächen das Bild aufteilen, das spricht schon für sich.«

»Der Rhythmus«, bemerkte der Faber dazu weise, um dem Professor zu demonstrieren, dass er sich kundig gemacht hatte.

»Genau!« Der Professor nickte heftig. »Der Rhythmus. Der muss stimmen, und so etwas kann man nicht so einfach nachmachen. Auf der anderen Seite – Korniliews geschichtliche Bedeutung liegt nicht in, sagen wir mal, seiner filigranen Kunst, sondern in dem Weg, den er eingeschlagen hat.«

Immer mehr Besucher kamen herein, um sich die Ausstellung anzusehen. Faber und der Professor, die immer noch vor der »Dame mit dem weißen Federhut« standen, gingen hinüber auf die andere Seite der schmalen Vorhalle, von wo aus sie die Bilder weiter betrachten und ihr Gespräch fortsetzen konnten.

»Die Maler vom Blauen Reiter in München wollten damals die Kunst neu erfinden«, zeigte Faber wieder, was er alles wusste, und spielte sich damit auf, so, wie er das gelegentlich tat, wenn seine Gefühle hoch zu Ross trabten.

»Das haben sie auch getan«, antwortete Bronold ernst, als habe er die Herablassung in Fabers Worten nicht gespürt. »Die haben in der Tat die Kunst neu erfunden. Es ging ihnen um das unsichtbare Innere der Dinge im Unterschied zum sichtbaren Äußeren, wenn Sie verstehen, was ich meine.«

»Sie wollten den Kern der Dinge zerlegen und sichtbar machen?«

»Genau so war es. Und es ist ihnen gelungen, zumindest weitgehend. Jedenfalls kam kein Maler in den folgenden hundert Jahren an dieser Künstlergruppe vorbei, und nach ihnen konnte keiner mehr so malen, wie man vor ihnen gemalt hatte.«

»Bedeutet das: Wenn einer diese neue Kunst verstanden hat, dann kann jeder einen Korniliew nachmachen?«

»Nein. Ganz gewiss nicht jeder. Um einen großen Maler nachzumachen, dazu muss einer selber zumindest ein guter, ausgebildeter Maler sein. Der allerdings könnte es lernen, so zu malen wie er. Korniliew war wie viele Russen ein ausgesprochen religiöser Mensch. Sehen sie das Kreuz im Gesicht der Frau?«

»Ja. Die Schatten über Stirn, Nase und Augen bilden ein Kreuz«, sagte Faber.

»Welcher Maler in Mitteleuropa würde heute so etwas malen?«, fragte der Professor. Er zog eine große Lupe aus seiner Aktentasche, trat dicht vor das Bild und betrachtete die Farbschichten in der linken, unteren Ecke des Bildes, wo sich die Signatur befand.

»Nun?«, fragte Faber. »Was sagen Sie?«

»Vorerst gar nichts«, antwortete Bronold. Er steckte die Lupe wieder in die Aktentasche zurück und zog stattdessen eine Kamera heraus.

Während er die drei Bilder sorgfältig eines nach dem anderen fotografierte, fragte er: »Der Finanzprokurist der Kurverwaltung betätigt sich privat als Kunsthändler?«

»Wollen Sie die Bilder für das Lenbachhaus erwerben?« Das, so dachte Faber, das wäre dann in der Tat eine Jahrhundertüberraschung, wenn ein so renommiertes Kunstmuseum die kleine Sammlung kaufen würde. Auf die Bemerkung über Albert Klapproth als Kunsthändler ging er nicht ein.

»Nein«, lachte Bronold, »das Geld dafür hätten wir nicht. Aber mitnehmen würde ich sie gerne, um sie genauer untersuchen zu können. Jetzt, wie gesagt, darf ich sie nicht einmal anfassen.«

»Sie sind angeblich schon verkauft, heißt es«, sagte Faber.

»Alle drei?«

»So hat man es läuten hören, ja.«

»Weiß man, an wen?«

»Nicht genau. Es handle sich, so raunt man, um einen russischen Industriellen.«

»Einen Neureichen demnach?«

»Das weiß ich nicht«, antwortete Faber. »Möglicherweise ja, Altreiche wird es in Russland ja wohl nicht viele geben. Der Käufer wolle, so flüstert man im Büro des Kurdirektors, in Deutschland kaufen, weil ihm solche Geschäfte in Russland zu unsicher seien. Hier dagegen seien die Händler seriös und zuverlässig. So denkt er.«

»So«, bemerkte Bronold trocken. »Denkt er das? Wenn er da nur nicht zu kurz denkt!«

Faber fiel auf, dass der Wächter hinter der Theke nervös war. Er versuchte, sich an dessen Namen zu erinnern, doch der fiel ihm nicht ein. Er wusste nur, dass der Mann in der Kurverwaltung arbeitete und zwar im Büro für Finanzen.

»Die scheinen da ja ganz schön zu klüngeln!«, fuhr Bronold unbeirrt in seiner Rede fort. »Das hört sich fast so an, als sei der Kurdirektor ein Strohmann seines Stellvertreters. In dieser Kurverwaltung scheint einiges los zu sein. Können Sie mir den Kontakt mit dem Kurdirektor herstellen? Wie heißt er, und wie komme ich an den heran?«

»Er heißt Manfred Steffan. Aber im Augenblick kommen Sie an den gar nicht ran. Er dürfte gerade um diese Stunde in Kanada gelandet sein. Er ist für drei Wochen in Urlaub und nicht zu erreichen.«

In der Halle war jetzt ein ständiges Kommen und Gehen, Der Wächter verteilte keine Prospekte mehr. Er war hinter der Theke hervorgekommen, stand jetzt ganz in Bronolds Nähe und blätterte scheinbar unbeteiligt in dem Prospekt, den er eigentlich auswendig kennen musste.

Der Faber sah es. Der spitzt die Ohren, dachte er. Den hat jemand angespitzt. Ein Spitzbube, offenbar.

»Schade«, antwortete der Professor. »Und dieser Klapproth? Wie komme ich an den heran?«

»Dessen Telefonnummer steht im Internet auf der Seite der Kurverwaltung.«

»Gut. Danke«, sagte der Professor. »Gleich nach der Ausstellung werden wir auf jeden Fall versuchen, die Bilder nach München zu holen, damit wir sie genau untersuchen können. Wir bleiben dran. Ich melde mich wieder bei Ihnen.«

Zurück in der Redaktion machte Faber sich an seinen Artikel für die Wochenendausgabe. »Jahrhundertüberraschung in der Kunst« wählte er als Titel, und als Untertitel »Angesehener Kunsthistoriker lobt die Ausstellung im Kurhaus«. Den Bericht begann er mit dem Satz: »Professor Ottfried Bronold vom Lenbachhaus in München hält nach einer ersten Untersuchung die Bilder für ›möglicherweise echt‹.«

Erst, als er damit fertig war, holte er sich Hebenstreits Glosse zum gestrigen Abend auf den Bildschirm. Als er den Anfang las, geschah etwas, was seine Kollegin selten zu sehen bekam – der Faber schmunzelte. Hebenstreit hatte mit einem hinterhältigen Lob für das Stadtoberhaupt begonnen.

»In der Stadt hat man es seit Menschengedenken nicht anders gekannt, als dass die Fraktionen des Gemeinderates untereinander heftig zerstritten waren und die Mitglieder einander fast die Köpfe eingeschlagen hätten. Doch jetzt ist es dem Oberbürgermeister gelungen, die Streithähne auf die Reihe zu bringen. Jakob Kahl hat den Gemeinderat geeinigt – gegen sich …«

Faber kicherte in sich hinein.

Abends, bevor er schlafen ging, holte er aus seinem Arbeitszimmer ein kleines Tischchen ins Wohnzimmer, deckte es mit einer weißen Serviette und legte das Küchenradio als Geschenk darauf.

Als er am Samstagmorgen die Rollläden hochzog und in seinen sonnendurchfluteten Garten hinuntersah, wurde dem sonst so brummigen Faber froh und leicht ums Herz. Seine

Weiche hatte heute Geburtstag, und der Samstag war für ihn dienstfrei. Der Morgen schien ganz mit sich zufrieden, voller Licht und leuchtender Farben, und spiegelte damit Fabers Stimmung wider. Die Weiche hielt sich irgendwo im Haus auf.

Früher, in der engen Mietwohnung, hatten sie jederzeit gewusst, wo der andere sich befand, doch hier, im eigenen, größeren Haus, da konnte es vorkommen, dass man einander suchen musste, ja, dass man durch das Haus irrte und »Hallo!« rief. Alles, dachte er, hat eben seine Vor- und Nachteile.

Unter der Dusche versuchte er zu singen, aber er hatte einen Frosch im Hals und seine Stimme war noch eingerostet. So pfiff er: »Ein Mädchen oder Weibchen wünscht Papageno sich...« Er kam jetzt in das Alter, in dem einen Mann solche Gefühle eher morgens, wenn er ausgeschlafen war, bewegten als am Abend.

Danach ging er leise hinunter, schlich sich um die Küche herum über die Terrasse in den Garten. Unter dem Wohnzimmerfenster wuchs das Rosenbäumchen, das er seiner Frau zum Einzug in das eigene Haus geschenkt hatte. Es blühte den ganzen Sommer hindurch und hatte im letzten Jahr bis weit in den November hinein Rosen getragen. Er schnitt die längste Rose heraus und steckte sie in eine schmale, hohe Vase.

Auf dem Geburtstagstischchen im Wohnzimmer lag inzwischen neben der Schachtel mit dem Küchenradio ein kleiner Blumenstrauß aus Löwenmäulchen. Er lag auf einem großen Bild, das Miriam für ihre Mutter gemalt hatte, mit vielen Engeln in bunten Gewändern darauf, die in der Luft tanzten, die Arme reckten und sangen. Darunter stand: »Klükwunsch an meine Mama – hebe büste tu ju«.

Miriam ging seit knapp einem Jahr in die Schule, und die Kinder wurden dort ermuntert, vorerst zu schreiben, wie sie es hörten, bis sie das Alphabet beherrschten. Die Rechtschreibung, so hatte es die Klassenlehrerin in der Elternversammlung gesagt, würde später kommen.

Faber stellte seine Rose dazu.

Die Weiche, die von der Küche aus mit ihren Ohren das heimliche Treiben verfolgt hatte, kam schnell herüber. Sie spielte die Überraschte, wunderte sich laut: »Ja, was ist denn das?«, und schlug die Hände zusammen. »Danke schön, meine Kleine, und dir, mein Brummbär.«

Sie umarmte beide gleichzeitig. »Du pfeifst ja schon am frühen Morgen«, flüsterte sie und küsste ihn hinter dem Ohr.

»Mama, weißt du, was ich glaub?«, fragte Miriam.

»Und was glaubst du?«

»Ich glaub, du bist in den Papa verknallt.« Es klang sehr überzeugt, und ihre kleine Tochter nickte heftig dazu. »Hmmm, das glaub ich!«

»Verknallt?«, fragte die Weiche. »Findest du?«

»Hmmm.« Wieder nickte die Kleine heftig.

»Nun ja«, gab die Weiche zu, »manchmal vielleicht. Und dann auch nur ein kleines bisschen. Du etwa nicht?«

»Doch«, gestand Miriam, »ich auch. Manchmal.«

»Siehst du, Uli?«, lachte die Weiche. »Deine Weiber!«

Faber, dem solche Reden peinlich waren, versuchte, sich aus der Umarmung zu lösen.

Doch schnell kam Hemingway angesprungen und drängte sich zwischen die Füße seiner Menschen, um den ihm gebührenden Anteil an Streicheleinheiten nicht zu verpassen.

»So«, sagte die Weiche plötzlich. »Das wäre erledigt. Du fährst jetzt schnell frische Brötchen holen, und wir decken derweil den Frühstückstisch.«

»Mama«, fragte Miriam, »wie alt bist du jetzt?«

»Psst, mein Mädchen!«, flüsterte die Weiche. »Schon neununddreißig. Aber nicht weitersagen!«

»Ui! Schon so alt?«

Beim Frühstück auf der Terrasse machten sie dann Pläne für den Geburtstag.

»Wie wär's mit einem festlichen Mittagessen in Weikersheim auf dem Karlsberg?«, schlug Faber vor.

»Im Gelben Haus, meinst du?« fragte die Weiche.
»Genau das meine ich.«
»Oh ja!«, rief die Kleine. »Bei den Wildschweinen!«
»Aber zum Kaffee kommen Kathrin und die Kolleginnen«, gab die Weiche zu bedenken.
»Wann?«
»Um halb vier.«
»Das reicht. Ich melde uns auf halb eins an, dann sind wir rechtzeitig zurück. Ich helfe dir dann beim Tischdecken.«
Wenn er, so dachte sie, schon mal dabei war nachzugeben, dann konnte sie auch noch eine kleine Schaufel voll nachlegen. Sie sah ihn von der Seite an. »Der Rasen muss aber vorher gemäht werden«, sagte sie dann.
»Wird gleich nach dem Frühstück erledigt«, versprach er und machte dazu ein Gesicht, als seien solche Zusagen für ihn selbstverständlich.

4

Am Sonntag war die Redaktion in der Regel nur zu zwei Dritteln besetzt. Der Teil der Montagsausgabe, der hier gemacht oder wie die Chefin sagte, »gebaut« wurde, bestand fast zur Hälfte aus den Berichten vom lokalen Sport, und der war das Aufgabengebiet des Redakteurs Michael Weis. Der Plan sah vor, dass jeder zwei Sonntage nacheinander Dienst und danach einen Sonntag frei hatte, mit Ausnahme des Kollegen Weis, der bekam in der Woche einen freien Tag zum Ausgleich.

Faber saß an seinem Schreibtisch bei offenem Fenster, als um zwölf Uhr die große Es-Glocke vom Münster das Angelus läutete. Er liebte den vollen, dunklen Klang der alten Glocke und legte den Stift aus der Hand, um zuzuhören. Er war ganz allein im Stockwerk, und er tauchte tief ein in den Glockenton und ließ sich von ihm entführen.

Da rasselte auf seinem Schreibtisch das Kuhkettenhandy. Der Faber, für einen Augenblick noch weit weg in der Angelusglockenwelt, schaute auf das Display. »Unbekannt« stand dort.

Er drückte die Taste und knurrte etwas ins Telefon, das von seinem Namen über »Wer ist da?« bis zu »Was gibt's denn?« alles heißen konnte.

Aus dem Handy krächzte eine aufgeregte, hohe Stimme: »Faber, bist du des? Du musst glei do hergomm'!«

»Wer ist denn dran?«, fragte Faber unwirsch.

»Wiesinger hier, Mampfred. Fuzzy«, nuschelte das Handy. Es klang reichlich hysterisch.

»Fuzzy! Was ist los? Du klingst so aufgeregt. Wohin soll ich kommen? Wo bist du überhaupt?«

»Im Wildpark. I awweid doch do.«

»Ja, ich weiß. Ist was passiert?«

»Un ob was bassierd is! Mir han was g'funn! Deile vome menschliche Gerber, verstrait üwwers ganze Gelände!«

»Über den Wildpark verstreute Teile eines menschlichen Körpers – hab ich dich da richtig verstanden? Leichenteile?«

»Genaa!«

»Wer hat das gefunden?«

»Der Gerald war des. Bei de Geier. Der wollt' fiedern …«

»Was wollte der?«

»Na füttern. Han i was anners g'socht?«

»Schon gut, weiter!«

»Awwer die sind ned her'gomm, se sen do g'hockt, wie wenn se satt wärn. Der hod erst denkt, des geht ene ned goud, dess se grank wärn, awwer do hod er gseh', der aane naagd an was, des wor en menschliche Gnoche. Vor ener Stund o'gfähr wor des.«

»Ist die Polizei schon da?«

»No ned, awwer der Gerald telefonierd grad mit dene.«

Dem Faber fuhr auf der Stelle der Turbo in die Glieder. »Ich bin in zehn Minuten da. Du stehst am Eingang und wartest auf mich. Klar?!«

»Klor, jou.«

Der Faber schob eilig das Handy in die Schultertasche und steckte die Digitalkamera dazu. Hinter sich hörte er die Chefin die schmale und steile Treppe heraufkommen.

»Gar niemand da?«, fragte sie, streckte den Kopf durch die Tür und schaute sich in seinem Zimmer um.

»Wieso?«, fragte er. »Bin ich niemand?«

»Stell dich nicht so an, Faber«, sagte sie.

»Niemand außer mir, wenn du das meinst«, antwortete er, »und ich bin auch schon so gut wie weg.«

»Hat sich Andreas Oehm inzwischen gemeldet?«, fragte sie.

»Bei mir nicht«, antwortete er.

»Na, warte! Dem zieh ich die Hammelbeine lang«, murmelte sie. »Wenn er krank ist, dann muss er sich melden. Das ist das Mindeste, was ich erwarten kann. Ruf du ihn doch gleich mal an und schau, ob er daheim ist. Frag ihn, wo er bleibt.«

»Geht jetzt nicht – muss fort!« Damit hatte er sich schon an ihr vorbei aus dem Zimmer gemogelt.

»Und wohin willst du so eilig?«

»Leichenfund im Wildpark!«, rief er, während er sich, die eine Hand gegen die Wand und die andere auf das Geländer gestützt, die schmale Treppe hinunterstürzte.

Oben auf dem Waldparkplatz am Wildpark standen zwei blau-weiße Pkw von der Polizei, und als Faber das Pöschole möglichst unauffällig in der Ecke unter einem Baum geparkt hatte und ausstieg, kam auch schon der VW-Bus von der Tauberbischofsheimer Kripo von der Bundesstraße herein.

Ein Stück links von der Kasse, wo gerade die Besucher durch ein Drehkreuz aus dem Park herausgeschleust wurden, stand im Schatten ein kleiner Mann. Er war schmal, so einer, den man hierzulande einen Hänfling nennt, und steckte in einer um zwei Nummern zu großen Lederhose. Am Oberkörper trug er das grün-beige gestreifte, kurzärmelige Hemd, das ihn als Mitarbeiter des Wildparks auswies. Auf dem Kopf trug er einen dunkelgrünen Hut. Der war so zerknittert, dass es offensichtlich war, dass er auch seinen Platz in der Hosentasche zu finden pflegte. Unter dem Hut standen büschelweise rotbraun und weiß melierte Haare hervor. Sein Vollbart war ganz weiß, aber man ahnte noch, dass der früher einmal feuerrot gewesen sein musste. Alles, was der Bart von seinem Gesicht sehen ließ, schien nur aus Sommersprossen und darin einem Paar glitzernder, hellgrauer Äuglein zu bestehen.

Der schmächtige Mann winkte zum Faber herüber. Faber winkte zurück. Fuzzy hatte sich in den letzten anderthalb Jahren, seit er im Wildpark Arbeit gefunden hatte, sehr zu seinem Vorteil verändert.

Aus dem Innern des Parks hörte er Lautsprecher, deren Hall brach sich im Wald: »Wir wiederholen für alle Besucher: Hier spricht die Polizei. Bitte verlassen Sie jetzt den

Wildpark ohne Hast. Es besteht keine Gefahr. Gehen Sie ganz normal zum Ausgang und dort durch das Drehkreuz hinaus. Der Wildpark wird ab sofort für polizeiliche Ermittlungen geschlossen. Wir wiederholen ...«

Als Fuzzy den Faber kommen sah, schloss er eilig eine kleine Pforte im eisernen Zaun auf, ließ ihn hereinschlüpfen und schloss hinter ihm sofort wieder zu.

»Glei do lang«, sagte er und zeigte hinter das Haus.

»Hallo, Fuzzy«, lachte Faber und streckte ihm die Hand hin, doch der eilte schon davon auf den Wald zu, lief zwischen den Tischen und Stühlen des Terrassencafés hindurch und winkte ihm, er solle ihm folgen.

Bei den Besuchern, die in dichten Scharen durch den Ausgang hinausströmten, sah Faber einen bulligen Polizisten in Uniform, der die Leute mit ungeduldigen Gesten zur Eile antrieb. Gerade eben schaute der misstrauisch zu ihm herüber. Faber erkannte gleich den Polizeikommissar Schwindt, seinen alten Intimfeind, den alle in der Stadt nur den Schwindling nannten. Schnell schlüpfte Faber um die Hausecke, um ihm aus den Augen zu kommen.

Auf dem Hauptweg strömten noch die Menschen dem Ausgang zu. Faber sah, dass weiter vorne ein Teil der Seitenwege schon mit rot-weißen Plastikbändern abgesperrt war. Dort stand eine kleine Gruppe von Männern beieinander, unter ihnen der Leiter des Mergentheimer Polizeireviers, der Erste Hauptkommissar Karl-Heinz Lustig. Der redete auf einen Mann mit kurzem, blondem Vollbart ein, der das grün-beige Hemd der Wildparkmitarbeiter trug. Fuzzy blieb hinter dessen Rücken stehen und wartete.

Als der Hauptkommissar sich einem anderen Mann zuwandte, um etwas zu fragen, fasste Fuzzy den Blonden vorsichtig am Arm.

»Gerald, gannsch gradmol en Augeblick do hergomm'?«

Der drehte sich um: »Ja, Wiesinger, was ist?«

»Presse«, sagte Faber. »Tauber-Post.«

»Ja«, antwortete Gerald. »Ich kenne Sie.«

»Haben Sie eine Minute Zeit? Nur ganz kurz, ein paar Fragen«, knurrte Faber.

Der blonde, bärtige Mann machte ein finsteres Gesicht. »Also gut. Kommen Sie.« Er ging, ohne sich noch einmal umzusehen, davon.

Faber machte schnell ein paar Fotos von den Absperrungen und den Mitarbeitern zusammen mit dem Hauptkommissar, der ihn aber nicht beachtete. Dann eilte er Gerald nach. Fuzzy trottete neben ihm her.

»Wo überall habt ihr das denn gefunden?«, fragte Faber ihn unterwegs.

»Geier«, zählte Fuzzy an den Fingern auf, »Bären, Luchse, Wölfe. Alles ang'fresse. Nor no Reste.«

»Also mehr oder weniger über das ganze Gelände verstreut?«

Fuzzy nickte.

»Und wie groß waren die Teile?«

»Es Größt', was mer g'funne han, war su«, und er zeigte dazu zwischen seinen beiden Händen einen Abstand von etwas weniger als dreißig Zentimeter. »Su lang ung'fähr.«

»Und wie viel?«

»Su genaa weiß i des ned. Awwer lauder glaani Stiggeli.«

Inzwischen hatte Gerald sich an einen kleinen Tisch in der Ecke des Terrassencafés gesetzt. Er zeigte auf den zweiten Stuhl. »Trinken Sie einen Kaffee mit mir?«, fragte er den Faber.

»Gern«, antwortete der, machte schnell ein Foto von seinem Gegenüber und setzte sich. »Ihr Name, bitte.«

»Hollweg. Gerald Hollweg. Ich bin der Meister hier. Der Tierpflegemeister.«

»Also der Chef der Tierpfleger?«

»So ist es.«

»Jetzt erzählen Sie einfach der Reihe nach, was passiert ist«, forderte Faber ihn auf. »Moment, Augenblick noch!« Faber fischte eilig sein Mobiltelefon aus der Tasche und wählte aus dem Speicher »Daheim«.

Als die Weiche sich meldete, sagte er schnell: »Ja, ich bin's. Bei mir wird's später. Wie weit bist du mit dem Mittagessen?«

»Ich will gerade anfangen zu kochen«, antwortete sie.

»Gut. Warte noch damit. Was gibt's denn?«

»Entenbrust in Orangensoße.«

»Wow! Ist heute ein besonderer Tag?«

»Ja«, antwortete sie leise.

Er erschrak. Hatte er etwas Wichtiges vergessen? »Was für einer denn?«, fragte er.

»Du warst gestern ein sehr lieber Mann«, flüsterte sie ins Telefon.

Faber konnte nicht verhindern, dass ihm das Blut in den Kopf schoss, so dass er im Gesicht so rot wurde wie eine Tomate. Dass das bekannte Sprichwort »Liebe geht durch den Magen« auch umgekehrt galt, war ihm neu. Er beschloss, es sich zu merken.

»Gut«, sagte er dann leise. »Aber warte bitte noch.«

»Wo bist du gerade?«, fragte sie.

»Im Wildpark, Einzelheiten später. Ich melde mich wieder.« Und zu Hollweg: »So, jetzt. Wie gesagt, am besten einfach von Anfang an.«

»Das war«, so berichtete Hollweg zögernd, »ungefähr um elf Uhr. Oder kurz danach, aber es waren noch nicht sehr viele Besucher da.«

»Öffentliche Fütterung«, unterbrach Faber ihn, »ist also vormittags um elf Uhr.«

»Ja, und die zweite ist am Nachmittag um vier Uhr. Da ist mehr los, da stehen die Leute hier immer dicht gedrängt. Die Geier kommen in der Regel gleich, wenn sie mich sehen, aber heute sind sie oben in den Ecken der Voliere sitzen geblieben auf ihren Stangen. Bei zweien hab ich gesehen, dass sie an etwas herumgenagt haben, und ich habe zuerst gedacht, der Wiesinger hätte gegen meine ausdrückliche Anweisung schon vorher gefüttert. Ich hab ihn gerufen, und er hat das bestritten. Er war vorne bei der Lena, hat er gesagt.

Das ist meine Stellvertreterin, eine Oberpflegerin, mit der ist er bei den Wisents gewesen zum Ausmisten, hat er gesagt. ›Ja‹, hab ich gesagt, ›und was hat denn die da? Das ist doch ein Knochen, an dem sie nagt, das Gänsegeierweibchen!‹ Wir haben nämlich vier große Geier, zwei Mönchsgeier und zwei Gänsegeier, von beiden ein Pärchen. Ja, und da haben wir gesehen, dass noch viel mehr herumgelegen hat. Mir ist gleich ein böser Gedanke gekommen, so wie das ausgesehen hat. Das eine Stück …«

Hollweg brach seinen Bericht ab und bedeckte seine Augen mit der Hand. Dann fuhr er mit brüchiger Stimme fort: »Das war da seitlich vom Hals«, er legte die Hand auf sein linkes Schlüsselbein, »und von einer Schulter. Da hat man sehen können, dass es von einem Menschen war.«

»Konnten Sie erkennen, ob es frisch war, oder eher alt? Also vielleicht irgendwo ausgegraben? Wie weit waren Sie denn weg von der Stelle?«

»Nur ein paar Meter. Nein, das war frisch.«

»Und dann?«

»Dann hab ich schnell einen Plastikeimer genommen, bin in die Voliere, hab das Ding mit einer Futterzange in den Eimer gesteckt und rausgeholt. Es hat noch mehr da gelegen, aber alles nur kleine Stücke. Ein Rückenwirbel, das weiß ich noch, mit dem Ende von der Rippe daran, war dabei. Das hab ich alles liegen gelassen, nur den Eimer mit dem großen Stück hab ich mit rausgenommen, damit die Geier nicht noch mal drangehen. Das war mir in dem Augenblick schon klar, dass es sich um so etwas wie Beweisstücke handelt und dass ich gleich die Polizei rufen muss.«

Hollweg schwieg, ein Rest des Schreckens stand immer noch in sein Gesicht geschrieben.

»War im Gehegezaun ein Loch?«

»Ja, an der einen Seite war in dieser Höhe ein Loch geschnitten worden.« Hollweg hielt eine Hand über seinen Kopf, um zu zeigen, welche Höhe er meinte. »Wie mit einer Drahtschere.«

»Und dann?«, ermunterte ihn der Faber.

»Dann ist der Wiesinger gekommen und hat gesagt, bei den Bären hätten sie auch was gefunden.«

»Bei den Braunbären.«

»Ja. Wir sind hin, aber nicht zu ihnen hinunter ins Gehege, so was ist nämlich nicht ungefährlich. Danach haben wir gleich hinüber zu den Wölfen geschaut. Dort lag auch etwas, alles weit verstreut.«

»Ihre Wölfe sind ja berühmt. Sie haben ein großes Rudel, das lebt, wie man hört, frei im Wald.«

»Es lebt nicht ganz frei im Wald, aber das Gehege ist riesig. Der halbe Wald gehört dazu, alles ganz naturnah, damit die Wölfe sich nicht zu sehr an Menschen gewöhnen. Ein sehr großes Rudel mit derzeit dreißig Tieren.«

»Dreißig Tiere! Geht das denn? Ich meine, teilt sich das Rudel da nicht auf? Kämpfe um den Leitwolfposten oder wie man dazu sagt? Gibt es keinen Ärger?«

»Nein, das Rudel hat einen guten Leitwolf«, sagte Hollweg, »einen diplomatischen, wenn man das so nennen will, mit einer starken, natürlichen Autorität. Der hat alles im Griff.«

»Und? Waren die Tiere irgendwie auffällig? Wie hat das Rudel sich verhalten?«

»Das Rudel hat sich weit in den Wald zurückgezogen. Man hat von den Wölfen gar nichts mehr gesehen.«

»Obwohl Fütterungszeit war?«

»Ja.«

»Wo haben sie noch etwas gefunden?«

»Bei den Luchsen. Da hing ein Stück in einem Baum, oben in einer Astgabel. Allerdings nicht viel, mehr so, als wäre es vom Weg aus da hinaufgeworfen worden. Und bei den Adlern und den Uhus. Sogar beim Bartkauz und bei der Schneeeule haben wir etwas gefunden.«

»Haben Sie eine Vorstellung, wie das in den Park hineingekommen sein könnte? Der ist doch fest eingezäunt.«

Hollweg nickte. »Das ist er. Ich weiß nicht, wo und wie die reingekommen sind.«

»Sie haben also kein Loch im äußeren Zaun entdeckt, wo jemand hereingekommen sein und Ihnen diesen Streich gespielt haben könnte?«

»Bisher haben wir kein Loch gefunden. Wir haben allerdings auch noch nicht richtig danach gesucht, dafür war die Zeit zu kurz. Der Zaun ist immerhin fast sechs Kilometer lang.«

»Und weiter?«

»Dann hab ich die Polizei angerufen.«

»Gut, das wär's mal fürs Erste«, sagte der Faber. »Ich würde im Gelände noch gerne ein paar Fotos machen. Könnten Sie irgendwas tun, damit die Polizei mich durchlässt?«

»Ich werde Ihnen den Wiesinger mitgeben, der soll Sie führen. Das ist ...«

»Danke«, sagte Faber und stand auf. »Ich kenne ihn.«

5

Fuzzy trippelte flott an Fabers Seite erst an den künstlich aufgeschichteten Felsen mit den Gämsen und Steinböcken, dann an der großen Rotwildweide vorüber. Dort bog er in den Weg zu den Bären ein. Quer über den Hauptweg war ein rot-weißes Plastikband gespannt. Von Weitem rätselte Faber über die Aufschrift »eiabspe« auf dem weißen Abschnitt, bis er aus der Nähe auch den Rest auf dem roten, für seine Augen graubraunen Teil entziffern und die Schrift zu »Polizeiabsperrung« ergänzen konnte.

Fuzzy hob einfach das Absperrungsband an und ließ den Faber darunter durchschlüpfen. Er schritt selbstbewusst voraus, und Faber mit der Schultertasche über dem rot karierten Hemd musste sich gehörig sputen, um Schritt halten zu können. Er stellte sich in Gedanken diesen kleinen Mann vor, den alle außer Hollweg nur Fuzzy nannten, wie er ihn vor ein paar Jahren gekannt hatte, nämlich als Stadtstreicher, zahnlos und vom Alkohol gezeichnet, wegen seiner einfallsreichen Bettelaktionen in der Stadt als Original noch gerade so geduldet.

Der Wildpark lag auf einem Hügel, und es wehte ein leichter Wind, aber dem Faber war es immer noch zu heiß. Im Storchennest auf dem hohen Pfahl fütterte, als sie vorbeikamen, ein Alttier die zwei Jungen. Das zweite Alttier kam sehr niedrig über die Storchenwiese geflogen. Es landete am Nestrand, öffnete den roten Schnabel weit und schüttete aus seinem Kropf eine Dusche Wasser über seine Kinder.

Der Weg führte auf eine Brücke, hoch über dem Bärengehege. Dort blieb Fuzzy stehen, und Faber sagte wie nebenbei, während er ein paar Fotos schoss: »Geht's dir gut hier? Wie schmeckt dir die Arbeit?«

Fuzzy nickte ernst. »Is gut so.«

»Und was genau schaffst du?«

»Alles.« Fuzzy beschrieb mit diesem Worte seine Tätigkeit als Hilfskraft und Mädchen für alles in einem Ton, als fühlte er sich für den ganzen Wildpark verantwortlich.

»Du hast früher auch schon mal in einer Bank gearbeitet«, wandte Faber ein.

Fuzzy nickte dazu und winkte gleichzeitig ab mit einer weit ausholenden Geste.

»Das gibt es also«, fuhr Faber fort, »dass einer erst spät entdeckt, was ihm liegt und was zu ihm passt.«

Wieder nickte Fuzzy mit ernster Miene. »Mer derf halt ned aufgeb'«, sagte er.

Faber suchte mit den Augen das Bärengelände ab, konnte aber nichts von irgendwelchen menschlichen Teilen entdecken – oder? War das da hinten unter dem Baum vielleicht ein Oberschenkelknochen? Oder doch nur ein Ast oder ein helles Stück Holz?

Drei Bären lagen faul im Gelände, als hätten sie den Platz unter sich aufgeteilt, so dass jeder vom anderen einen möglichst großen Abstand hatte. Einer in einem beeindruckenden, hellbraunen Fell stand aufrecht vor ihnen nicht weit hinter dem starken, mit Eisenspitzen bewehrten Zaun. Er schaute zur Brücke hinauf, die über das Gelände führte, streckte die feuchte Nase in die Luft und schnüffelte, als wunderte er sich über die heute fehlende Zuschauerkulisse. Faber machte ein Foto von ihm.

»Der ist mindestens zwei Meter groß«, sagte er.

»Zwei dreißig fast«, antwortete Fuzzy. »Der Johannes.«

»Ach!«, wunderte Faber sich, »die haben Namen?«

Fuzzy schüttelte den Kopf. Dann grinste er und bleckte dabei seine beeindruckende Zahnprothese. »Mö. Net fer de B'sucher. Sen jo gei Haustierli! Name krieche se nur fer uns, fer de Pfleecher. Do die anner Helle, des is die Bärbel.«

»Die ist aber sehr hell, die ist ja schon fast nicht mehr braun, sondern beige!« Faber war froh, dass er mit seiner Farbschwäche sich auch einmal in Bereichen bewegte, die ihm zugänglich waren und in denen er mitreden konnte.

»Hat da vielleicht mal ein Eisbär seine Finger im Spiel gehabt?«

Das war selbstverständlich scherzhaft gemeint, aber Fuzzy fasste es als Ernst auf.

»Sen Kodiaks. Von dene stamme die Eisbäre mal ab – irgendwann.« Er zeigte nach links. »Die anner da drübe, die Dunkle, des is die Urschel.«

»Für eine Ursula, also eine kleine Bärin, ist die aber ganz schön groß!«

Fuzzy glitzerte ihn aus seinen hellgrauen Äuglein an, als wollte er sagen: »Musst du wieder mal hervorkramen, dass du irgendwann einmal Latein gelernt hast?« So etwas, fand Faber, hätte der sich vor ein paar Jahren noch nicht getraut.

»Wie ich se kenn'g'lernt hob, do war se noch so«, erklärte Fuzzy schließlich und zeigte mit seiner Hand dicht unter seine schmale Brust, was bei dem kleinen Mann kaum mehr als die Höhe von einem Meter ausmachte. »Un do hinne«, fuhr er fort, »des ist der Bernd. Der is de Jüngscht. Die sen midenanner aufg'wachse un als Jungtiere hergegomm' vor em Johr.«

Als sie an den Zaun kamen, der das Wolfsgehege von den Zuschauern trennte, schien das Gelände, das bis zum Wald reichte, leer. Faber suchte mit den Augen den Waldrand ab, doch die fanden nichts, was zu einem Wolf hätte gehören können.

»Bleib ganz ruhich steh' un watt«, sagte Fuzzy leise. »Se han uns schon bemerkt.«

Und richtig. Wie aus dem Nichts aufgetaucht und ohne, dass Faber eine Bewegung wahrgenommen hätte, stand plötzlich ein großes, dunkles Tier in der Sonne, nur ein paar Schritte vor dem Schatten des Waldes, und schaute still herüber.

»Der Rudolf«, erklärte Fuzzy leise.

»Der Leitwolf des Rudels?«

Fuzzy nickte nur. »Un dahinner die Silbriche, sei Derzeitiche.«

Richtig, jetzt sah der Faber es auch: Im Schatten gleich hinter dem Leitwolf stand, regungslos wie eine Statue, ein silbergraues Tier.

Faber suchte wieder mit den Augen den Boden ab, fand aber auch hier nichts, was Teil einer Leiche hätte sein können.

»Hier han die v'lleicht scho alles abg'sammeld«, vermutete Fuzzy.

Faber kramte sein Handy hervor und sah nach der Uhrzeit. Gleich halb zwei. Wenn er vor der Redaktionssitzung, die sonntags immer am Nachmittag stattfand, noch zu seiner Entenbrust mit Orangensoße kommen wollte, dann musste er sich jetzt beeilen.

»Ich denke, das reicht fürs Erste«, sagte er deshalb zu Fuzzy. »Jetzt brauchen wir nur noch ein paar Worte vom Hauptkommissar Lustig und ein schönes Foto von dem Geier – so richtig vollgefressen.«

»Do geh mer zur Blondie«, schlug Fuzzy vor.

Das Foto vom Geierweibchen mit dem auffällig hellen Gefieder bekam er gleich. Blondie hockte in der Voliere hoch auf ihrem Ast in der Sonne, hielt Siesta und kackte auf den Boden. Sonst rührte sie sich nicht.

Doch den Leiter des Polizeireviers fand Faber nicht. Der war mit seiner Truppe, nachdem alle Besucher den Wildpark verlassen hatten, wieder abgezogen.

Statt dessen traf er den Hauptkommissar Vierneisel von der Kripo Tauberbischofsheim. Der stand, zusammen mit dem Polizeiarzt und einem Kollegen, an der Wegkreuzung und telefonierte.

Also hatte, dachte der Faber, die Kriminalpolizei den Fall schon übernommen. Er bewegte sich möglichst unauffällig, stellte sich zu den zwei Beamten, schaute in der Gegend umher und tat, als gehöre er dazu.

»Das ganze Gelände muss abgesucht werden«, hörte er Vierneisel ins Telefon sagen. »Das ist ricsig, so rüber, also eine Richtung, bestimmt ein, zwei Kilometer, und anders rüber noch viel mehr. Das geht nur mit einer Hundertschaft plus Hundestaffel.«

Faber spitzte die Ohren: Eine Hundertschaft? Da trug Vierneisel aber dick auf!

»Also gut«, hörte er ihn dann sagen, »dreißig. Morgen früh. Bis dann.« Vierneisel steckte das Telefon ein und sagte übergangslos und ohne Faber anzuschauen: »Jetzt nicht! Wir wissen so gut wie noch gar nichts. Morgen, auf der Pressekonferenz, da können wir hoffentlich mehr sagen. Die Einladung geht noch heute raus.« Damit drehte er sich weg und schritt eilig davon.

»Leichenteile«, wandte der Faber sich an den Mediziner. »Von nur einer Leiche oder von mehreren?«

»Bisher nur von einer«, antwortete der, sah Faber aber dabei nicht an, sondern redete in die Luft. »Wahrscheinlich – das muss ich betonen.« Damit wandte auch er sich ab und eilte Vierneisel nach.

»Männlich oder weiblich?«, fragte Faber nun den Dritten, der sich ebenfalls aus dem Staub machen wollte.

»Männlich«, sagte der und rannte den anderen beiden nach. Dann drehte er sich noch einmal zum Faber um und versuchte ein Grinsen: »*Möglicherweise* männlich.«

Faber lief den drei Männern nach. Die Tasche über der Schulter und die Kamera in der Hand behinderten ihn, so dass er Mühe hatte, sie einzuholen. Wie im Watschelgang musste er neben ihnen herzuckeln.

»Die Identifizierung?«, fragte er verärgert den Mediziner. »Herr Medizinalrat, wie sieht es mit der Identifizierung aus?«

Der Polizeiarzt blieb abrupt stehen und sah dem Faber direkt ins Gesicht.

»Identifizierung?«, fragte er, und seine Stimme zitterte. »Nur, damit Sie eine Vorstellung davon bekommen, womit wir es hier zu tun haben, Herr Faber! Wir haben bisher keinen Kopf, keine Füße und keine Hände gefunden! Arme und Beine sind glatt abgesägt worden. Abgesägt! So. Und wenn schon, dann bitte Obermedizinalrat.«

»Um Himmels willen!«, flüsterte die Chefin entsetzt. »Was sagst du da?«

Sie saßen zu fünft um den langen Tisch im Sitzungszimmer. Luise Blaustein hatte die Redaktionssitzung eröffnet, und Faber, noch ganz blass im Gesicht, hatte gleich berichtet.

»Bist du sicher, dass am Wildpark nicht einer auf der Bundesstraße 290 einen Fußgänger überfahren und das Opfer gleich an Ort und Stelle entsorgt hat? Die Kerle rasen doch da oben immer wie die Irrsinnigen.«

Luise Blaustein nahm die randlose Brille ab, mit deren Hilfe sie das selbst entworfene Image »kluge Frau« pflegte. Sie strich sich mit ihrer rundlichen, ringbezahnten Hand – Faber fand immer, dass die Reihe der bunten Steine ihn angrinste wie ein bleckendes Gebiss – erst über das naturidentisch getönte Haar und dann über die violett schattierten Augenlider, um eine Träne zu verbergen.

»Das scheidet als Möglichkeit aus«, widersprach Faber. »Oder würdest du, wenn du einen Fußgänger totfährst, ihm Arme und Beine absägen? Der Arzt hat ›abgesägt‹ gesagt, und nicht ›abgehackt‹ wie mit einem Beil oder einer Axt. ›Abgesägt‹, das geht doch nicht mit einer Bügelsäge oder mit einem Fuchsschwanz, damit brächtest du keinen Arm ab und erst recht kein Bein, da könntest du noch so kniefen und abmühen. Das klingt doch nach Bandsäge, wie in einem Schlachthof oder einer Metzgerei. Ich verstehe, warum der Mann so entsetzt war. Wir haben es hier, davon bin ich überzeugt, mit einem Verbrechen zu tun, wie wir es in unserer eher friedlichen Gegend bisher nicht kennen. Oder gekannt haben, besser gesagt. Kopf und Gliedmaßen wurden entfernt, offenbar, um die Identifizierung zu verhindern oder sie eben lange genug zu verzögern, bis die Täter weit genug weg sind, um sich in Sicherheit zu wissen.«

»Du meinst, es sind mehrere?«

»Die Logistik«, erklärte Faber, »denken wir die einmal durch: Eine Leiche in viele Einzelteile zu zerlegen, bei Nacht in den Wildpark einzubrechen und die Teile dort zu verstreuen – das kann ein einzelner Mensch doch gar nicht schaffen. Bedenke, allein eine Leiche so zu zerlegen, das gibt eine Riesensauerei. Schon das bedeutet, du brauchst dafür einen abgeschlossenen Raum, den du nachher leicht wieder sauber machen kannst. Eine alte Waschküche zum Beispiel oder wenigstens eine Scheune. Das kannst du nicht irgendwo im Freien machen, wo plötzlich jemand auftauchen kann. Dann, die Spuren auch nur einigermaßen zu beseitigen, so weit wenigstens, dass man nicht gleich auf den ersten Blick sieht, was da passiert ist, das dauert Stunden. Dann der Transport. Du brauchst ein Fahrzeug – na gut, das ist kein so großes Problem, aber vom Fahrzeug aus sechzig Kilo oder mehr Fleisch und Knochen in Eimern oder einem Bottich durch den Zaun in den Park zu schleppen und dort den Bären und den Wölfen über den Zaun zu werfen, dafür braucht es mehrere Männer, ich würde sogar sagen: eine richtige Mannschaft. Damit sind wir im Bereich der Bandenkriminalität. Eine Bande wollte jemanden loswerden, einen von der Konkurrenz vielleicht oder auch einen aus den eigenen Reihen, der ihnen gefährlich wurde. Einen Zeugen oder einen, der aussteigen wollte. Einen Verräter. Nach so etwas oder etwas Ähnlichem sieht mir das aus.«

»Und wo sind Hände und Füße? Und der Kopf?«, fragte die Chefin.

»Was weiß ich? Ich schätze, irgendwo vergraben. Ein Kopf, zwei Füße und zwei Hände, die passen in ein Erdloch von noch nicht mal einem halben auf einen halben Meter. So ein Loch zu graben in weicher Erde mit einem guten Spaten, dafür braucht ein geübter Mann nicht mehr als zehn Minuten. Als Platz für so etwas würde ich mir jetzt, in dieser Jahreszeit, ein frisch abgeerntetes Getreidefeld aussuchen, wo der Bauer nach dem Mähdrescher mit dem Grubber drüber gegangen ist und die Erde so richtig aufgerissen hat. Da würde ich mitten reingehen in den Acker, weil man da vom Rand, also vom Weg aus, die Unebenheiten nicht so sieht. Ein bisschen Tarnung noch dazu – fertig. Möglichst noch ein bisschen Sichtschutz, Waldrand oder vielleicht sogar eine Hecke, falls es so was noch gibt. Und in einem Seitental oder irgendwo auf der Höhe, weit genug weg vom nächsten Ort. Da könnte ich dann sicher sein, dass das in den nächsten Wochen keiner findet.«

»Mensch, du hast vielleicht eine kriminelle Energie!«, rief Hebenstreit, halb im Spaß zwar, aber man sah ihr doch an, dass ihr nicht wohl war bei diesem exakten Plan einer schweren Straftat, und den hatte er auch noch einfach so aus dem Handgelenk hingeworfen.

»Danke«, sagte er und schlug in gespielter Bescheidenheit die Augen nieder. »Aber ich habe nie Geld gehabt, das ich hätte anlegen müssen, ich habe höchstens Schulden auf dem Häusle. So habe ich auf meine kriminelle Energie nie wirklich zurückgegriffen, sondern habe sie immer nur bescheiden in meinem Herzen bewegt, so, wie andere wohlerzogene Menschen das auch tun.«

»Faber, für solche Spielchen haben wir jetzt keine Zeit!«, sagte die Chefin streng. »Wie haben wir es überhaupt erfahren?«

»Ich bin angerufen worden von einem Informanten.«

»Wer war sonst noch draußen?«

Faber verstand, dass Luise Blaustein mit »sonst noch« die Konkurrenz meinte.

»Ich habe niemanden gesehen.«

»Dann sind wir möglicherweise die Ersten überhaupt. Sehr gut! Das müssen wir gleich nach Stuttgart durchgeben. Das wirft die ganze Montagsausgabe um. Die werden Augen machen, morgen früh! Ha!« Sie ballte ihre beringte Rechte zu einer kugeligen Faust und bearbeitete damit ihre linke, ebenfalls von Metall blinkende Kapitänshand.

Wieder verstand Faber, dass mit »denen« die Konkurrenz gemeint war. Immer, wenn Luise Blaustein »die« oder manchmal auch besonders abfällig »die da« sagte, dann meinte sie die Konkurrenz.

»Das wirft allerdings ein Problem auf«, stellte die Chefin fest. »Hebenstreits Artikel zum 20. Juli. Was machen wir mit dem?« Sie sah dabei den Faber fragend an.

»Ist der fertig?«, fragte er Hebenstreit.

Die stand auf, sagte: »Entschuldigen sie bitte, Chefin. Darf ich mal?«, und tippte mit ihren überlangen Armen über deren Schultern in die Tastatur auf dem Tisch.

Faber staunte nicht schlecht, als er das sah. Was eine Riesin nicht alles kann!, dachte er.

Auf dem Bildschirm erschien ein langer Text. »Was wollten die Männer des 20. Juli?«, las er die Überschrift. Darunter stand »65. Jahrestag des Widerstands gegen Hitler.«

»Das ist gut gemacht«, nickte er, als er einen Absatz gelesen hatte.

»Für die Süddeutsche«, antwortete die Chefin, sichtlich stolz darauf, dass eine ihrer noch jungen Redakteurinnen so weiträumige Beachtung fand. »Die beiden Stuttgarter übernehmen es auch.«

»Wenn es in der Familie bleibt, dann können wir nicht zurückstehen«, stellte er fest. »Das sähe später so aus, als würden wir bei uns selber abschreiben.«

»Du meinst also, wir sollten das nicht auf Dienstag verschieben, damit du morgen genug Platz hast für die Wildparkleiche?«, fragte sie mit kokettem Augenaufschlag.

Erst jetzt erkannte Faber die Falle, die sie ihm gestellt, und in der er sich selber gefangen hatte. »Nein«, knurrte er, »das hier muss morgen raus, direkt am Jahrestag. Wir müssen eben zusammenrücken.«

»Gut!«, schloss die Chefin und lehnte sich zurück, sichtlich zufrieden damit, dass sie ihren Stellvertreter, von dem sie annahm, dass er heimlich auf ihren Posten aus war, in die Schranken gewiesen hatte. »Das ist somit beschlossen. Wie weit bist du mit deinem Text?«

»Bis jetzt hab ich nur die Fotos, Text noch gar keinen.«

»So sehr viel wirkliche Information gibt es ja im Grunde auch noch gar nicht«, stellte sie fest. »Wie stellst du dir's vor?«

»Zwei große Fotos«, antwortete er, »rechts Johannes, der Bär, in voller Lebensgröße, und links Blondie, die faule Gänsegeierin mit zwei Meter fünfzig Flügelspannweite.«

»Wie sie rülpst«, alberte Hebenstreit mit betont ernstem Gesicht und nickte dazu.

»Genau«, nickte er ebenso ernst. Wir versuchen jetzt, dachte er, unseren Schrecken durch Albereien einzudämmen.

»Und dazwischen die Überschrift ›Grausiger Fund im Wildpark‹ mit Untertitel ›Polizei geht von einem Verbrechen aus‹ – oder so ähnlich«, fuhr er fort.

»Das dürfte noch verbesserungsfähig sein«, sagte Luise Blaustein, »aber lassen wir es erst einmal dabei. – Michael«, wandte sie sich an Michael Weis, »wie weit sind Sie mit der historischen Rückschau?«

»Stephanie recherchiert gerade in unserem großen Archiv die Flutkatastrophe in der ersten Hälfte des 19. Jahrhunderts«, antwortete er und zeigte dabei auf seine junge Volontärin.

»Ja«, sagte die Chefin, »und? Stephanie?«

»Ich schlage die Kombination von Beschreibung aus heutiger Sicht und wörtlichen Zitaten aus den Zeitungen von damals vor«, sagte die junge Volontärin mit hochrotem Kopf.

»Also eine Art Dokumentation. Gut. Beispiele bitte!«, befahl die Chefin in ihrem Generalston.

Die Volontärin wollte den Text, den sie geschrieben hatte, auf den Bildschirm holen, geriet dabei aber vor Aufregung durcheinander, und Michael Weis musste ihr helfen. Sie lasen:

»Hierauf kam nun die Fluth mit einer solche Furie an, dass alsbald der niedrige Theil der Stadt 2 biß 3 Mann hoch unter Wasser gesetzet. … Manche Stadtbewohner, welche sich nicht zuoberst der Häußer retiriret hatten, wurden in den Tod gerissen und biß zu 180 Stück Vieh sind ersoffen. Wird fortgesetzt.«

»Na, gut. Das ist Originaltext von 1831.« Luise Blaustein zuckte mit den Schultern. »Es muss heißen: ›Der Bericht wird fortgesetzt‹, wir setzen doch nicht etwa die Flut fort.

Schauen Sie sich das noch mal an, Michael. – Jetzt eine andere Frage: Hat inzwischen jemand was von Andreas Oehm gehört?«

Alle Anwesenden schüttelten nur stumm die Köpfe.

»Ich kann ja mal bei ihm anrufen«, schlug Faber vor. »Vielleicht ist er tatsächlich krank.«

»Ich vermute eher …« Luise Blausteins Stimme hatte den ironischen Klang, der ihr bei der Auseinandersetzung mit dem Faber zugekommen war, noch nicht wieder abgelegt. »… ich vermute eher, dem war es zu heiß. Der hat sich, ohne zu fragen, ein paar Tage Hitzefrei genommen, liegt jetzt mit irgendeiner Tussi in Sulzfeld oder Sommerach am Mainufer und lässt es sich gutgehen. Aber wir werden ja sehen.«

Während Faber über sein Mobiltelefon versuchte, Oehm anzurufen, fuhr sie fort: »Wenn er morgen früh nicht hier auf der Matte steht, dann werden wir etwas unternehmen. So was können wir nicht durchgehen lassen.«

Faber legte das Mobiltelefon wieder aus der Hand. »Bei ihm daheim nimmt niemand ab«, sagte er. »Ich probier's mal über sein Handy.«

»Hast du die Nummer?«, fragte die Chefin.

»Hab ich«, antwortete er. Er wählte aus dem Handyspeicher und wartete.

Faber, die linke Hand mit dem Telefon am Ohr, streckte plötzlich an der Rechten den Zeigefinger hoch: »Ich bin durch! Wartet mal!« Er horchte gespannt, dann sagte er plötzlich: »Faber hier. Andreas, bitte melde dich! Wo steckst du denn? Wir machen uns schon Sorgen!« Und während er das Telefon wieder abschaltete und auf den Tisch legte, sagte er: »Nur die Mailbox. Sein Mobiltelefon ist ausgeschaltet.«

»Den letzten Satz, dass wir uns angeblich schon Sorgen machen, den hättest du dir ruhig sparen können«, bemerkte die Chefin.

6

Die Polizeidirektion Tauberbischofsheim befand sich in einem üppigen Gebäude aus der Gründerzeit, das seinerzeit der badische Großherzog Friedrich als Gymnasium hatte bauen lassen und zu dessen Einweihung Großherzogin Luise, Tochter von Kaiser Wilhelm I., ins Taubertal gekommen war.

Am Tag zuvor, am Sonntag gegen Abend war über E-Mail in der Redaktion die Einladung zur Pressekonferenz eingetroffen.

Also fuhr der Faber am Montag auf zehn Uhr nach Tauberbischofsheim und stellte das Pöschole auf dem Parkplatz hinter dem Kurmainzischen Schloss ab.

Faber war spät dran, und der Presseraum war schon voll mit Menschen, Mikrofonen von SWR 4 und anderen sowie den Kameras von drei Fernsehsendern. Viele der anwesenden Journalisten drehten sich um, als er durch die Tür kam, um den Mann zu sehen, der als Erster die Sache mit der Wildparkleiche herausgefunden hatte, und dem sie alle bisherigen, freilich noch spärlichen, Informationen darüber verdankten.

Er wich allen Blicken aus, den interessierten genau so wie den anerkennenden und den neidischen, indem er bescheiden vor sich auf den aus rissigen Dielen bestehenden Boden schaute, als fürchte er, an einer Unebenheit hängenzubleiben und zu stolpern. Eilig drängte er sich durch die Stuhlreihen, äugte nach links und nach rechts und beugte sich schließlich hinüber in die nächste Reihe, um der Kollegin Herrschlein von der Konkurrenz, dem Tagblatt Main-Tauber, die Hand hinzustrecken: »Veronika, wie geht's?«

Die grinste ihn mit zusammengekniffenen Lippen an und streckte einen Daumen in die Höhe, was in diesem Zusammenhang alles Mögliche bedeuten konnte, angefangen bei »mir geht es gut« bis hin zu »gratuliere!«, wobei zu

Letzterem die Beimischung »widerwillig« an ihrem Gesichtsausdruck abzulesen war.

Na, also!, dachte er, setzte sich, hielt seine Fotoausrüstung bereit und schaute gespannt nach vorne.

Dort saß Kriminaldirektor Wolfgang Schiller und wartete sichtlich genervt darauf, dass endlich Ruhe eintrat. Neben ihm hockten Kriminalhauptkommissar Vierneisel, der offenbar eine soeben gegründete Sonderkommission leiten sollte, und auf der anderen Seite der Kriminaloberkommissar Federolf. Wie immer bei solchen Gelegenheiten musterten die beiden Kommissare die Anwesenden mit finsteren Blicken, als würden sie in deren Reihen einen entsprungenen Sträfling suchen.

»Meine Damen und Herren«, sprach Schiller mit erkennbar geschulter Stimme, »ich heiße Sie willkommen zur Pressekonferenz. Sie wissen inzwischen sicher alle, dass gestern im Wildpark Bad Mergentheim menschliche Leichenteile, *frische* menschliche Leichenteile gefunden wurden. Falls nicht, teile ich es Ihnen hiermit, eh, nun, ja – mit.«

Er hüstelte. Offenbar war es ihm peinlich, dass seine Zunge sich verstolpert hatte.

»*Die* Wildparkleiche«, fuhr er fort, »aus dieser Formulierung erkennen sie schon, dass es sich bei den dort gefundenen Leichenteilen um die körperlichen Überreste von nur einer Person handelt, und zwar einer männlichen Person. Das Zweite, also dass es sich um eine männliche Person handelt, ist sicher, das Erste, also dass es nur eine Person ist, so gut wie sicher.«

»Es sind«, rief jemand von hinten, »demnach keine Körperteile in doppelter oder mehrfacher Ausführung gefunden worden?«

»So ist es«, bestätigte Schiller und nickte dazu fast bis auf den Tisch herunter. Es fiel ihm sichtlich schwer, bei solchen Fragen Geduld zu bewahren. »Es sind, wie gesagt, nur Teile eines einzigen, also desselben menschlichen Körpers, und zwar des Torsos – oder wenn sie so wollen, des Rumpfes.

Kopf und Gliedmaßen sind nicht vorhanden. Sie wurden abgetrennt, möglicherweise mit einer Bandsäge. Das erschwert die Identifizierung ganz erheblich, und so können wir bisher dazu, um wen es sich bei dem Toten handelt, noch nichts sagen. Lediglich, dass es sich um einen Mann handelt, der vierzig bis sechzig Jahre alt war. Er ist mit Sicherheit nicht am Fundort gestorben. Auch wo er gestorben ist, können wir noch nicht sagen. Genauso wenig wissen wir bislang über die Todesursache. Es muss sich, lassen Sie mich das klar und deutlich zum Ausdruck bringen, es muss sich also *nicht* zwangsläufig um ein Tötungsdelikt handeln. Es besteht durchaus auch die Möglichkeit, dass der Betroffene eines natürlichen Todes gestorben ist und dass wir es hier mit einer besonderen Form von Leichenschändung zu tun haben. Ja, sogar eine rituelle Tat muss mit in Betracht gezogen werden, eine Art, nun, ich nenne es einmal eine Art von Naturbestattung. Vergleichbares kennt man ja, wie Sie sicher alle wissen, aus Indien. – Herr Faber, haben Sie sich gemeldet?«

»Ja. Wann ist der Mann gestorben?«, fragte der Faber.

»Zwischen achtundvierzig und zweiundsiebzig Stunden, also zwei bis drei Tage vor dem Fund«, antwortete der Direktor. »Und der Fund lag am Sonntag so um die Mittagszeit. Oder am späten Vormittag, um es genauer zu formulieren.«

»Der Todeszeitpunkt liegt demnach zwischen dem Donnerstag- und Freitagmittag?«

»So ist es. Die Einzelteile der Leiche weisen erhebliche Fraßspuren auf, zum Teil sind nur noch abgenagte Knochen übrig, vor allem bei den Geiern.«

Oberkommissar Federolf beugte sich zum Direktor hinüber und flüsterte ihm etwas zu.

»Ach so, ja!«, sagte der. »Die Blutgruppe des Toten konnte bestimmt werden.«

Die nächste Frage lag auf der Hand, aber die Männer und Frauen um den Faber schauten ihn erwartungsvoll an. Offenbar wollten sie ihn, quasi als Anerkennung für die Rolle, die er in dieser Sache bisher gespielt hatte, für heute als ihren Sprecher betrachten.

»Wie ist sie?«, fragte also der Faber.

»Sie ist«, Schiller kramte in seinen Notizen, »sie lautet A zwei, Rhesusfaktor positiv.«

»Danke«, sagte der Faber artig. »Ach so, noch etwas: Haben sie eine Vermisstenmeldung vorliegen?«

»Nein. Oder?« Schiller sah die beiden Kommissare an. »Hat es da noch eine Änderung gegeben?« Beide schüttelten die Köpfe so plötzlich, dass es aussah, als hätte der Kriminaldirektor mit einem Knopfdruck zwei Puppen in Bewegung gesetzt. »Keine Vermisstenmeldung bisher«, ergänzte er.

»Bleibt der Wildpark geschlossen?«, fragte eine Frau in der ersten Reihe.

»Der Wildpark«, bestätigte Schiller, »bleibt bis auf Weiteres geschlossen. Wenigstens so lange, bis wir das ganze Gelände abgesucht und alle Spuren gesichert haben. Also für die nächsten zwei oder drei Tage.«

»Haben Sie dafür Hilfe aus Göppingen angefordert?«, fragte der Faber.

»Ja, das haben wir. Ein Zug der Bereitschaftspolizei ist seit heute Morgen dabei, das Gelände zu durchkämmen.«

»Ein Zug, das sind dreißig Mann?«, fragte jemand von hinten.

»Dreißig Mann, genau«, nickte Schiller.

»Auch eine Hundestaffel?«, hakte Faber nach.

»Ja, auch eine Hundestaffel«, bestätigte der Kriminaldirektor. »Leichensuchhunde, die sind speziell dafür ausgebildet.«

»Werden Sie das Landeskriminalamt einschalten?«

»Das LKA? Bisher haben wir nicht die Absicht. Es gibt dafür vorerst auch keinen Grund.«

Faber nickte und notierte. Die Pressekonferenz schleppte sich dahin. Die Journalisten stellten immer wieder ähnliche, die gleichen, oft sogar dieselben Fragen, auf welche die Polizei keine Antwort geben konnte. Faber war unruhig. Er stand auf und drängte sich durch seine Reihe nach draußen. Vor der Tür zog er das Handy aus der Tasche und rief Hebenstreit an.

»Ist Andreas Oehm inzwischen da?«, fragte er.

Er sei noch nicht da, antwortete sie, und man habe auch nichts von ihm gehört. Die Chefin sei inzwischen fuchsteufelswild.

»Hat er jetzt nicht irgendwo eine Freundin?«, fragte er.

Andreas habe, so bestätigte Hebenstreit, seit einiger Zeit so etwas wie ein loses oder halbfestes Verhältnis.

»Kennst du die?«, fragte er.

Kennen, so antwortete sie zögernd, kennen sei übertrieben. Eine alleinerziehende Frau sei sie, etwas älter als Andreas und berufstätig.

»Aber wenn Andreas ein Kind hätte, das wüsste ich doch! Oder ist es nicht von ihm? Wie alt ist es?«

Das Mädchen, sagte sie, sei etwa vierzehn oder fünfzehn Jahre alt, und Andreas sei nicht der Vater.

»Ach so. Könntest du mal dort anrufen und fragen, ob sie weiß, wo Andreas ist und wann sie ihn das letzte Mal gesehen oder etwas von ihm gehört hat? Ich schau inzwischen bei ihm in der Wohnung nach.«

Das könne sie versuchen, antwortete sie.

»Noch was«, sagte er. »Weißt du, welche Blutgruppe der Andreas hat?«

Sie schwieg. »Wofür brauchst du die?«, fragte sie dann erschrocken.

»Nur so«, antwortete er.

Faber ging nicht in den Presseraum zurück, sondern fuhr gleich über die Taubertalstraße zurück nach Bad Mergentheim und dort in die Münzgasse, wo Andreas Oehm in einem schmalen, hohen Neubau eine kleine Dachwohnung gemietet hatte. Das hellgrüne Haus stand mit dem Giebel zur Straße und erstreckte sich tief in das Grundstück hinein. Von der Straße her gab es eine Einfahrt zur Tiefgarage.

An der Haustür drückte er mehrmals und lange auf den Klingelknopf mit dem Namen »A. Oehm«, aber es rührte sich nichts.

Er betrat kurzerhand die Zahnarztpraxis im ersten Stock, und als die junge Frau an der Rezeption seinen Namen und Termin wissen wollte, entschuldigte er sich, stellte sich vor, fragte nach Oehm und erklärte, er suche ihn. Jawohl, es sei dringend. Sie antwortete, sie kenne niemanden aus dem Haus.

»Gibt es einen Hausmeister?«, fragte er.

»Ja.«

»Würden sie den für mich benachrichtigen? Bitte, es ist wichtig.«

Sie griff zum Telefon, wählte und sprach dann hinein: »Herr Krawczyk, hier vor mir steht ein Herr Faber. Er sucht im Haus einen Herrn Ehm. Wohnt der hier?«

»Oehm, mit O – e«, unterbrach sie der Faber, »nicht Ehm.«

»Oehm«, korrigierte sich die Sprechstundenhilfe ins Telefon, »mit O – e. Er sagt, er sei ein Kollege …« Sie schaute den Faber an: »Von der Tauber-Post?«

Faber nickte.

»Ja.« Sie schwieg und hörte zu. »Ja, gut.« Sie legte auf. »Er sagt, er kommt gleich«, sagte sie und beugte sich wieder über ihre Arbeit.

Nach zwei Minuten kam ein untersetzter Mann herein.

»Krawczyk«, sagte er. »Grüß Gott, Herr Faber.«

Der Hausmeister war deutlich jünger, als Faber sich ihn vorgestellt hatte. »I war grad nebe'aa«, erklärte er. »Se wellet zum Andreas Oehm? Den han i seit e paar Daach scho nimmi g'sähe.«

Es fiel auf, dass der junge Hausmeister in einem aufgesetzten Schwäbisch mit starkem, hochdeutschem Akzent redete. Ja, dachte der Faber amüsiert, so isch's halt: Mir kennet hochdaitsch, sonscht nix. Laut sagte er: »Ich auch nicht. Wir beginnen, uns Gedanken zu machen.«

»Na kommet Se gschwend mit nauf.«

Bis zum Dachgeschoss waren es noch drei Treppen. Faber, der seine Tasche an einem Riemen über der Schulter trug, musste richtig schnaufen, als sie oben ankamen.

»Hier«, zeigte der Hausmeister. Rechts neben der Tür war eine Klingel, aber kein Namensschild. Er drückte auf den Knopf, drinnen machte es Ding-dong, doch sonst rührte sich nichts. Dann klopfte er und rief: »Herr Oehm!? Sen Se dahoim?«

Faber rief: »Andreas! Ich bin's, Faber!«, doch in der Wohnung blieb es still.

»Ich habe vorhin gesehen, dass das Haus eine Tiefgarage hat«, wandte er sich an Krawczyk. »Hat er da unten einen Stellplatz?«

»Ja«, antwortete der Hausmeister.

»Können wir mal nachsehen, ob sein Wagen unten ist?«

»Könne mer. Kommet Se, mer fahret gschwend mit dem Lift nundr.«

In der Tiefgarage zeigte der Hausmeister auf einen Stellplatz. An der weiß getünchten Wand stand mit schwarzer Farbe in Schablonenschrift die Nummer 501. Auf dem Platz stand ein Auto. Faber kannte den Wagen, es war Andreas Oehms langer weißer Passat Variant.

»In der Wohnung nachschauen, das können Sie nicht, oder?«, fragte der Faber, während sie aus der Tiefgarage wieder hinauffuhren.

»Nur mit Polizei«, antwortete der Hausmeister, »odr wenn's brennt odr's Wasser unner der Dür nauslääft. Odr wenn oinr um Hilfe schreit.«

»Wenn ich es mir genau überlege«, sagte der Faber listig, »denke ich, ich habe vorhin so etwas Ähnliches gehört.« Er spitzte fragend den Mund und sah dem anderen gespannt ins Gesicht. »Hm?«

Doch der schüttelte energisch den Kopf. »I net! Awwer 'n Aug drauf han, des kann i.«

»Könnten wir im Briefkasten nachsehen, ob er seine Post herausgenommen hat?«

Der andere nickte. Also stiegen sie im Erdgeschoss aus, wo neben der Haustür in zwei Reihen die Briefkästen aller Hausbewohner hingen. Der Hausmeister suchte einen Schlüssel an seinem Bund heraus und schloss damit den Briefkasten mit der Nummer 501 auf. Werbematerial fiel heraus, dazwischen lagen zwei Briefe.

»Das da wird immer samstags ausgetragen«, sagte Faber und zeigte auf die Werbeblätter. »Er hat also über das Wochenende den Briefkasten nicht geöffnet.«

»I nehm's mit nauf und leg's em vor d' Dür«, sagte Krawczyk. »Wenn i ebbes säh odr hör, na ruf i Se aa. Hent Se Ihr Nummer parat?«

Faber gab ihm ein Kärtchen. »Tauber-Post, Hans-Ulrich Faber, Stellv. Redaktionsleiter« stand darauf gedruckt, dazu die Telefonnummer und die Adresse der Redaktion der Burgstraße und seine Handynummer.

»Also, gut«, sagte Faber. Er bedankte sich und fuhr zurück ins Zeitungshaus.

Dort war die morgendliche Konferenz gerade zu Ende. Er legte seine Notizen aus der Pressekonferenz bereit und lud die Fotos in den Computer, um gleich den Bericht fertigstellen zu können.

Hebenstreit kam ins Arbeitszimmer, wie immer musste sie sich bücken, um sich nicht den Kopf zu stoßen, und er fragte sie: »Hast du was erreicht in Sachen Freundin?«

Sie verstand nicht, wovon er sprach.

»Was für eine Freundin?«, fragte sie.

»Andreas Oehms Freundin«, antwortete er. Es war offensichtlich, dass sie die Sache mit dem Kollegen lange nicht so ernst nahm wie er.

»Ach so. Ja, den Namen habe ich und die Telefonnummer auch, aber ich habe sie noch nicht erreicht. Sie scheint unterwegs zu sein. Sie arbeitet und macht irgendwas Selbstständiges, Vertretung oder etwas in der Art. Ich versuch's heute Nachmittag noch mal.«

»Gut, tu das.«

»Wie war die Pressekonferenz?«

»Sie haben aus Göppingen eine Hundestaffel und dreißig Mann Bereitschaftspolizei geschickt, die den Wildpark durchkämmen sollen. Ich werde heute Nachmittag noch mal rausfahren und ein paar Fotos davon machen.«

»Das gibt gute Reklame für den Wildpark«, lachte sie.

»Na«, erwiderte er ernst, »die haben aber auch wirklich Pech gehabt. Da können wir ihnen zum Ausgleich ein bisschen Aufmerksamkeit zuschustern. Mal sehen, vielleicht krieg ich ein Foto, wo vorne drei Polizisten drauf sind und dahinter ein Bär oder drei Wölfe, die sie beobachten. Das wäre doch mal eine gute Werbung.«

»Faber!«, rief da die Chefin von der anderen Seite des Ganges. »Bist du endlich wieder da? Komm bitte mal rüber!«

»Wie war's in Tauber?«, fragte sie, als er in der Tür stand. »Tauber« war die hochdeutsche Abkürzung für »Tauberbischofsheim«. Die entsprechende Abkürzung im Dialekt lautete »Bischeme«, doch die wurde nur noch selten verwendet. »Hast aber lange gebraucht«, nörgelte sie.

»Ich war noch in der Münzgasse und hab versucht herauszufinden, was mit Andreas ist«, berichtete er. »Er ist nicht da, aber sein Auto steht in der Tiefgarage. Im Haus hat ihn anscheinend seit Tagen keiner mehr gesehen, und die Post war noch in seinem Briefkasten. Mindestens seit dem Samstag. Angehörige hat er, soviel ich weiß, keine. Ich denke, wir sollten die Polizei einschalten.«

»Du machst dir ernsthaft Gedanken?«, fragte sie. »Ich nicht.«

»Ja, ich werde nachher bei Lustig anrufen.«

»Das wirst du nicht tun, Faber! Du würdest uns nur lächerlich machen. Haben sie dir bei der Kripo deine inneren Windungen ... oder wie nennst du das gerne mal? Haben sie dir die verknotet oder verwurschtelt? Die haben immer so viel mit bösen Menschen zu tun, da sehen sie gar nichts anderes mehr als immer nur das Schlimmste. So was wirkt ansteckend. Haben sie die Wildparktoten identifiziert? Das wäre ja noch das Wenigste!«

»Nein, haben sie noch nicht. Aber es ist nur einer, *der* Wildparktote. Ein Mann, zwischen vierzig und sechzig Jahre alt, Blutgruppe A, gestorben in den vierundzwanzig Stunden zwischen Donnerstag- und Freitagmittag.«

»Sie suchen das Gelände ab, hast du vorhin gesagt?«

»Ja, sie sind schon dabei.«

»Also gut, das warten wir noch ab«, entschied sie. »Wir reden erst morgen darüber, ob wir etwas unternehmen.«

7

Am Nachmittag fuhr Faber hinauf zum Wildpark und versuchte dort, an Fuzzy heranzukommen. Doch er fand ihn nicht, sondern traf nur Gerald Hollweg an, und der gab sich zugeköpft, stellte die Stacheln und sagte, es tue ihm leid, aber er dürfe ihn nicht auf das Gelände lassen. Dabei zeigte er auf die drei Mannschaftstransportwagen der Bereitschaftspolizei, die aufgereiht auf der einen Seite des großen Waldparkplatzes unter den Bäumen standen.

»Das ist eine Riesenschweinerei«, schimpfte er plötzlich los, »aber ich kann mich nicht dagegen wehren. Sie haben mir den ganzen Laden einfach dichtgemacht. Spuren suchen sie, haben sie gesagt. Für wie lange?, hab ich gefragt. Da haben die gesagt, das würde ich schon sehen. Sie stochern überall mit Eisenstangen herum, und vor allem machen sie mir mit ihren Kötern alle Tiere verrückt.«

»Wie haben Sie denn das Problem mit den Wölfen gelöst?«, fragte Faber. »So ein großes Rudel kann man doch nicht einfach in einen Stall sperren.«

»Das ist nicht das Schlimmste. Die Bären sind da viel problematischer. Die sind Einzelgänger, intelligent, neugierig und unberechenbar. Die mussten wir einsperren.«

»Und wie macht man so was?«

»Mit Fressen in den Stall locken, und dann von außen die Tür zumachen. Das wäre nicht das Problem. Das Problem ist, dass man warten muss, erst, bis sie Hunger haben, und dann, bis sie sich geeinigt haben, wer zuerst und wer danach kommt. Und wenn ein Bär aufgeregt ist, dann kann er schon einiges anstellen. Die Wölfe dagegen, die haben auf ihrem Gelände weiter draußen am Zaun eine Art Pferch, ein ziemlich großes, abgeteiltes Stück. Das ist normalerweise offen, sie kennen es und gehen auch sonst tagsüber hinein. Nur heute haben wir hinter ihnen zugemacht.«

Draußen am Zaun, hatte der Tierpflegermeister gesagt, und der Faber beschloss augenblicklich, die Stelle zu finden. Er steckte die Digitalkamera lose in seine Hosentasche und machte sich auf, den Waldrand zu erkunden. Mit dem Plan des Geländes im Kopf hatte er eine ungefähre Vorstellung davon, wo das ausgedehnte Wolfsgehege auf den Waldrand stoßen musste. Er eilte über den großen Parkplatz, dann stapfte er über das Kartoffelfeld, bis er an einer Stelle durch dichtes Gebüsch einen starken Zaun schimmern sah. Er versuchte hineinzuspähen, aber im Wald war es zu dunkel, und er konnte nichts erkennen. Er zwängte sich durch die dicht belaubten Zweige bis an den Zaun vor und erschrak. Vier oder fünf Schritte vor ihm stand Rudolf, der Leitwolf. Faber hielt den Atem an, dann holte er erleichtert tief Luft, als ihm klar wurde, dass der starke Zaun zwischen ihm und den Wölfen stand. Und jetzt erkannte Faber auch, dass gleich hinter dem ersten noch ein zweiter Zaun stand.

Ein Stück weiter stand »die Silbrige« und hinter ihr ein weiteres Tier, dunkel, fast so schwarz wie der Leitwolf, wohl ein junges Weibchen. Auf einer hellen Stelle, wo die Sonne den Waldboden erreichte, standen alle drei regungslos und starrten ihn an. Weiter hinten, mehr als zehn Meter entfernt, stand wieder ein Zaun. Hinter dem bewegten sich langsam drei junge Polizeibeamte in Uniform und suchten den Waldboden ab.

Es würde nicht leicht sein, dachte Faber, ein gutes Foto durch zwei Zäune hindurch zu machen, und das auch noch bei dem flach einfallenden Licht am späten Nachmittag. Jetzt, Rudolf, dachte er intensiv, als könne er seine Gedanken auf das Tier übertragen, jetzt bewahren wir beide die Ruhe. Wir machen es wie Tino, wir machen alle Bewegungen ganz langsam, halb so schnell wie normal, das ist ein gutes Mittel gegen den Stress. Wir beide, du und ich, wir sind zwei erfahrene Leitwölfe, und wir werden nicht nervös.

Faber erinnerte sich, dass er gelesen hatte, in den Verhaltensregeln eines Rudels gelte es als unhöflich, wenn ein Wolf dem andern gerade in die Augen sah, weil das aggressive Absichten signalisiere. Also schaute er höflich einen halben Meter an Rudolf vorbei und begann, ganz langsam die Kamera aus der Hosentasche zu ziehen.

Im Wald hantierte einer der Polizisten mit einer Metallsonde. Er bückte sich, hob mit Hilfe einer Plastiktüte etwas auf und winkte heftig seinen Kameraden. Dadurch war Rudolf kurz abgelenkt, und in diesem Augenblick machte der Faber das Foto von den drei aufmerksamen Wölfen im Wald mit den drei Polizisten im Hintergrund, das bald durch alle Zeitungen gehen sollte.

Faber blieb noch ein paar Minuten still stehen. Er steckte die Kamera betont langsam wieder ein und betrachtete die kraftvollen Tiere. Die »Silbrige«, wie Fuzzy die Leitwölfin benannt hatte, besaß ein schönes, hellgraues Fell. Im Gegensatz zu Rudolf, dessen nur dünn behaarte, schwarze Rute steil aufwärts stand, trug sie die ihre schräg nach oben zeigend, was sie, wie Faber vermutete, als die Nummer zwei in der Rangordnung kennzeichnete. Die Schnauze war lang und spitz, über die Nase zog sich ein schwarzer Längsstreifen, der sich über den Augen verbreiterte und teilte und in zwei Bögen auslief wie zwei aufgemalte Augenbrauen. Schwarz waren auch die Spitzen der hoch aufgerichteten Ohren. Die Wangen waren sehr hell, fast weiß. All ihre Sinne waren sichtlich gespannt. Faber bewegte sich weiter betont gemächlich und entspannt und drehte Rudolf seine Schulter zu. Der senkte darauf den Kopf und tat, als interessiere er sich für ein Stückchen faules Holz am Boden. Faber verstand. »Du interessierst mich nicht mehr«, hieß das. Rudolf betrachtete die Begegnung als beendet. Faber fühlte sich entlassen und zog sich behutsam zurück.

Auf dem Parkplatz stand Hollweg neben dem Pöschole und erwartete den Faber misstrauisch. »Ich habe«, plapperte Faber eifrig drauflos, »ich hab nur geschaut, ob ich die Stelle finde, wo die hereingekommen sind. Aber ich hab kein Loch im Zaun gefunden.«

»Ha!«, lachte Hollweg bitter, »da drüben wäre es denen wohl auch übel ergangen! Auf dieser Seite ist das Wolfsrevier. Nein, die haben sich ausgekannt, die sind auf der anderen Seite herein, beim Damwild. Da haben sie ein Loch in den Zaun geschnitten. Bei den Wölfen und den Bären haben sie das Zeug nur über den Zaun geworfen, da haben sie sich nicht hineingetraut.«

»Und die Damhirsche?«, hakte der Faber hastig nach. Der Tierpfleger musste, so fand er, eilig von seinen Aktionen abgelenkt werden. »Haben die durch das Loch im Zaun nicht das Weite gesucht?«

Hollweg schüttelte den Kopf. »Denen ist ihr Gelände weit genug, die bleiben da, wo sie gefüttert werden. Die sind vollzählig.«

»Hebenstreit«, rief Faber schon, als er die schmale Treppe heraufkam, »kommst du gerade für einen Augenblick mit rüber?« »Mit rüber«, das hieß: ins Sitzungszimmer. Dort lud er gleich seine Aufnahmen in den Computer und schaltete den Bildschirm am Platz der Chefin ein.

»Minsch!«, rief sie in ihrem heimatlichen Flensburger Platt aus, »do slöcht di doch glik ... du, das da wird ein Knaller!« Dabei zeigte sie auf das Foto mit den Wölfen und den Polizisten.

»Was ist los?«, rief die Chefin, die von ihrem Büro aus mitgehört hatte, und kam eilig herüber. »Was hast du Schönes mitgebracht?« Sie sah ein paar Sekunden lang intensiv auf den Bildschirm. »Sehr gut!«, urteilte sie dann, wandte sich wieder ab und ordnete an: »Gleich für morgen einbauen!«

»Einen Moment, bitte!«, bat er, »sei so gut und warte noch! Die Mitarbeiter haben die Stelle gefunden, an der die mit der Leiche in den Wildpark eingedrungen sind. Das ist an der Rückseite des Geländes und der einzige Platz, an dem das überhaupt möglich ist. Und das kann nur bedeuten, dass diese Männer sich dort gut ausgekannt haben.«

»Du meinst, die kommen von hier, aus der Gegend?«, fragte Hebenstreit.

»Vermutlich«, antwortete er. »Aus der näheren Umgebung, vielleicht sogar aus der Stadt selbst. Oder aber sie haben lange genug hier gelebt, so dass sie alles sehr genau auskundschaften konnten.«

»Du meinst die Mafia«, unterbrach ihn die Chefin. »Kundschafter. Spione. Die haben in der Stadt ihre Leute sitzen, die sie bei Bedarf einsetzen können. Das wissen wir doch. Wir könnten Salvatore befragen.«

»Möglicherweise«, gab Faber zu, »aber selbst für den Fall, dass er wirklich etwas wüsste, würde er bestimmt nicht reden.« Er war nicht überzeugt, wollte aber jetzt der Chefin nicht offen widersprechen. »Das könnte sein, es gibt aber auch noch andere Möglichkeiten ...«

»Aber ein Plan steckt dahinter!«, unterbrach ihn Hebenstreit.

»Richtig!«, bestätigte er. »Genau das denke ich auch. Erinnere dich: Mindestens drei Personen, so haben wir gesagt, waren nötig für das – Unternehmen, so muss man das ja schon nennen. Das ist so etwas wie ein erstes Puzzleteilchen für uns. Dann das zweite Puzzleteilchen: Es ist alles genau ausgekundschaftet worden. So etwas müsste da oben doch eigentlich auffallen – es sei denn, die Person, die sich da über längere Zeit so genau umsieht, ist entweder extrem unauffällig oder aber – na?«

»Bekannt«, führte Hebenstreit seinen Gedanken zu Ende.

»Bekannt«, dachte er laut und nickte dazu. »Dabei denke ich an jemanden, den wir alle aus der Stadt oder der Umgebung kennen, wenigstens vom Sehen, so dass er uns nicht auffällt.«

»Eine einheimische, heimliche Bande?«, fragte Hebenstreit. »Gibt es das denn? Eine einheimische, heimliche Organisation, die ein Mitglied loswerden will, weil es ihr gefährlich wird, und die es deswegen auf diese unappetitliche

Weise entsorgt? Bei so etwas hab ich eigentlich immer mehr an Ballungsgebiete gedacht.«

»Bei uns im ländlichen Raum würden wir organisierte Kriminalität weniger erwarten – zugegeben. Aber geben kann es das überall«, gab Faber zu bedenken. »Und noch ein drittes Puzzleteilchen haben wir.«

»Ja?«, fragte Hebenstreit ungeduldig. »Nämlich?«

Faber schwieg nachdenklich. »Hat jemand von euch mal zugeschaut«, fragte er dann, »wenn ein Metzger ein Schwein zerlegt? Hackebeil, Messer, Bandsäge – das geht ruck-zuck. In Minuten ist das nur noch ein Haufen kleiner Stücke.«

»Faber, jetzt reicht es aber!«, rief die Chefin und stand auf. »Ich glaub, du bist nicht mehr ganz richtig im Kopf! Heute erst diese Andeutungen mit Oehms Blutgruppe und jetzt das!«

Faber wandte sich, von dem Ausbruch der Chefin scheinbar ungerührt, an Hebenstreit: »Hast du Andreas Oehms Freundin erreicht?«

»Ja«, antwortete sie, »hab ich. Sie behauptet, sie habe ihn am vergangenen Donnerstag zum letzten Mal gesehen. Seither habe sie von ihm weder etwas gesehen noch gehört.«

»Puzzleteilchen Nummer vier«, murmelte Faber, »vielleicht. Wenn wir in den nächsten Tagen keine Spur von Andreas finden. Und Nummer fünf: die Bandsäge.«

Fabers sonst so markantes, fast südländisch dunkles Gesicht schimmerte plötzlich grünlich. »Mir ist auf einmal ganz übel!«, flüsterte er.

»Ich habe dir zum Nachtessen ein Bier in den Kühlschrank gelegt«, verkündete ihm die Weiche gleich, als Faber daheim zur Tür hereinkam. »Ich hab mir gedacht, bei der Hitze wirst du sicher eins mögen.«

»Danke«, brummte er, schleppte sich die Kellertreppe hinunter zum Bierkasten und wieder herauf und packte zur Sicherheit gleich noch zwei weitere Flaschen in den Kühlschrank dazu.

»Was ist los mit dir?«, fragte sie. »Dir ist doch irgendwas in die Knochen gefahren. Komm, jetzt iss erst mal was, dann wird dir besser.«

Für die Weiche stand außer Frage, dass mit gutem Essen alle Krankheiten zu heilen waren. Wer nicht richtig aß, so pflegte sie zu sagen, wurde krank; wer gut aß, der war gesund. Das war für sie eine Alltagsweisheit, die jedermann offen vor Augen lag.

»Was haben wir denn zum Nachtessen?«, knurrte er.

»Griechischen Salat«, antwortete sie, »ganz frisch. Der wird dir gut tun, der ist gesund.«

»Selbstverständlich ist der gesund«, grummelte er, »du würdest mir doch nicht etwa einen kranken Salat vorsetzen!«

»Ach, Uli! Was ist denn los mit dir? Tomaten, Gurke, Zwiebel, Oliven, Schafkäse und Thymian – das ist doch genau das Richtige bei dem heißen Wetter.«

»Und Petersilie. Schon gut, entschuldige. Ich glaub, ich hab gar keinen Appetit.«

»Die Sache mit dem Wildpark? Nimmt die dich so mit?«

Er zuckte nur mit den Schultern, das war seine ganze Antwort.

»Was hat die Polizei denn bis jetzt herausgefunden?«, fragte sie arglos.

Er antwortete nicht und warf ihr nur einen stummen Blick zu. Sie verstand: Sie hätte zuerst nach *seinen* Ergebnissen fragen sollen und nicht nach denen der Polizei.

»Na immerhin«, dachte sie, »sein Selbstmitleidsprogramm ist noch aktiv, da ist er noch nicht völlig abgestürzt. Das lässt hoffen.«

»Entschuldige«, sagte sie laut, »also noch einmal: Was also hast *du* herausgefunden?« Sie lachte. »Ach, Uli! Du mit deinem Dackelblick!«

Entrüstet sah er sie an.

»Hm«, nörgelte er. »Jetzt bin ich also schon dein Dackel!«

»Jawohl«, lachte sie. »Freilich kein Langhaardackel, der gleich mit dem ganzen Körper wedelt, wenn sein Frauchen ihn ruft, sondern mehr so ein eigensinniger, der aus Prinzip nicht gehorcht. Mein eigensinniger Rauhaardackel.«

Da musste der Faber dann doch fast lachen. Zwar versuchte er, ernst zu bleiben, aber es wollte ihm nicht mehr so recht gelingen. »Du hast einen Dackel geheiratet«, brummte er, »und dabei hast du einen Rauhaardackel erwischt.«

»Ich glaub, ich muss dich ein bisschen aufmuntern, hm?«, flüsterte sie. Sie trat vor ihn hin, griff nach dem Zopf in seinem Nacken und wickelte ihn schnell um ihr Handgelenk. So drehte sie sein Gesicht zu sich herunter, stellte sich auf die Zehenspitzen und küsste ihn auf den Mund.

»Praktisch, das Ding«, sagte sie und ließ den Zopf wieder los. Seine Stimmung wurde gleich besser.

»Nur *eine* Leiche im Wildpark«, berichtete er. »Männlich, Alter zwischen vierzig und sechzig, gestorben oder getötet zwischen dem letzten Donnerstag und Freitag. Todesursache bisher unbekannt. Die Leute, die ihn da ausgestreut haben, müssen sich gut ausgekannt haben, mindestens drei Personen. Es können aber auch vier oder mehr gewesen sein.«

»Gut ausgekannt, sagst du? Willst du damit etwa andeuten, das Personal vom Wildpark hat einen von den eigenen Leuten umgebracht? Fehlt denn einer von denen?«

Auf diese Idee war der Faber bis dahin noch gar nicht gekommen, dass das Personal des Wildparks möglicherweise einen der Ihren auf diese Weise ausgeschaltet und entsorgt haben könnte. Er war bisher wie selbstverständlich davon ausgegangen, dass es sich bei der Leiche um einen Fremden gehandelt hatte, der von außen in den Wildpark gebracht worden war. Was aber, wenn die Leiche gar nicht von außen gekommen war? Dieser Gedanke lag im Grunde näher als jeder andere, und die wenigen Puzzleteilchen, die er bisher in der Hand hatte, würden damit schon ein zusammenhängendes, wenn auch noch unklares Bild ergeben.

Er versank in Gedanken, und die Weiche, die das nur zu gut an ihm kannte, schwieg und ließ ihn in Ruhe.

Der Wildpark, überlegte er, war eine private GmbH, die, wie er von Hollweg wusste, fast dreißig Mitarbeiter beschäftigte, darunter drei junge Pfleger in Ausbildung. Jetzt, im Hochsommer, kamen noch einmal fast genau so viele Hilfskräfte dazu, meist Studenten oder Schüler, die sich stundenweise ein bisschen Geld dazuverdienten. Da gab es eine Unmenge an Möglichkeiten ...

Einmal angenommen, die Leiche wäre tatsächlich aus dem Wildpark gekommen: Nachträglich ein Loch in den Zaun zu schneiden an der dafür günstigsten Stelle, um die Polizei in die Irre zu führen, das wäre für einen Insider überhaupt kein Problem gewesen. Faber musste den Chefpfleger dringend fragen, ob vom Personal des Wildparks jemand vermisst wurde. Und Fuzzy selbstverständlich, den wollte er auch noch mal ausquetschen. Der arbeitete seit fast anderthalb Jahren im Wildpark und konnte folglich sehr wohl mit in die Sache verwickelt sein.

Andererseits war Fuzzy seit Jahren, seit der Faber ihm einmal beigestanden und ihn aus den Klauen des Schwindlings gerettet hatte, sein Informant, fast schon ein Freund, und immerhin hatte er ihn sofort angerufen, so dass der Faber einmal mehr vor allen anderen Medien am Ort gewesen war, vor allem, und das war das Wichtigste, früher als die unmittelbare Konkurrenz vom Tagblatt Main-Tauber.

Und Fuzzy, so überlegte er, während er über seinem bunten Salat saß und gar nicht wahrnahm, was er aß – nun, Fuzzy wäre bei einer Auseinandersetzung mit tödlichem Ausgang als letztes, also unterstes Glied der dortigen Hierarchie wohl viel wahrscheinlicher das Opfer gewesen als der Täter. Es sei denn, dachte Faber, er hätte so weit außerhalb der Clique gestanden, dass sie ihn absichtlich ausgeschlossen und gar nicht erst eingeweiht hätten. In diesem Fall hätte Fuzzys Anruf sogar der Versuch sein können, dem Faber die richtige Spur zu zeigen, dabei aber selbst in Deckung zu bleiben.

Er brauchte unbedingt eine Personalliste des Wildparks, und er musste möglicherweise jeden einzelnen Namen darauf überprüfen. Das bedeutete, er musste persönlich mit jedem Mitarbeiter sprechen, es bestand, so nannte man das ja wohl bei der Aufklärung von Verbrechen, äußerste Verdunklungsgefahr. Falls eine Person auf der Liste verschwunden war, müsste das der Tote sein.

Doch halt! Falls nämlich die Chefin Luise Blaustein mit ihrer Vermutung recht hatte, dass die Mafia dahintersteckte und nicht das Wildparkpersonal, dann könnte, wenn einer vom Personal verschwunden war, der auch ein Mittäter sein, der Kundschafter beispielsweise, der sich rechtzeitig abgesetzt hätte. In diesem Falle käme sogar ein Student in Betracht, der sich nur ein paar Wochen in seinen Semesterferien als Aushilfe dort hatte anstellen lassen.

Aber, überlegte er weiter, verschleierte die Mafia ihre Morde überhaupt? Beging sie die nicht vielmehr so, dass sie dem eigenen Clan und den Konkurrenzclans ihre Macht demonstrierte?

Wie auch immer, er musste herausfinden, ob ein Mitarbeiter fehlte. Er sah auf die Uhr. Heute war es dafür schon zu spät. Er würde gleich morgen früh daran denken.

8

Am nächsten Morgen wollte er zwar gleich im Wildpark nach Fuzzy fragen, doch er kam nicht dazu, weil die Chefin wieder einmal das Morgengrauen herauskehrte. Sie hatte den Turbo im Leib, veranstaltete einen Riesentrubel, scheuchte ihre Leute durch die Gegend und spannte jeden, den sie zu fassen bekam, gleich für irgendetwas ein.

»Sie hat sich über Nacht anders besonnen«, flüsterte Faber Hebenstreit zu. »Ich wette, Andreas ist ihr im Traum erschienen.«

»Genau«, erwiderte sie, »und er hat ihr Angst gemacht. So, siehst du?« Hebenstreit zerstrubbelte eilig ihre blonde Chaosfrisur, kniff die Augen zusammen und fletschte ihr Gebiss. »Huaah! Sie geht jetzt davon aus, der Tote vom Wildpark könne doch Andreas sein.«

»Faber!«, rief die Chefin von ihrem Büro herüber, »versuch es gleich noch mal telefonisch bei Oehm!«

»Mach ich«, antwortete er lustlos.

»Was ist mit seinem Handy?«, rief sie.

»Eins nach dem andern«, knurrte er. Laut rief er auf die andere Seite des Ganges hinüber: »In seiner Wohnung geht niemand ans Telefon. – Moment, und auf seinem Handy?« Er wartete ein paar Sekunden. »Hallo, Andreas!«, sagte er laut.

Sofort kam die Chefin herüber. »Na also! Hast du ihn? Wo ist er?«

»Andreas, melde dich bitte! Du hast doch bestimmt dein Handy dabei! Was ist passiert? – Nichts«, sagte er dann zur Chefin und legte auf. »Nur die Mailbox.« Er stand auf. »Sein Mobiltelefon ist noch immer ausgeschaltet.«

»Schaust du zur Sicherheit noch mal in seiner Wohnung vorbei?«

»Da war ich gestern schon. Was sollte sich seither da verändert haben?«, knurrte er und setzte sich wieder an seinen Schreibtisch.

»Hebenstreit«, fragte die Chefin, »wie hieß doch noch gleich Oehms Freundin?«

»Moment … Martina Joost.«

»Versuchen Sie noch einmal, die zu erreichen. Vielleicht hat er sich inzwischen bei ihr gemeldet. Wen hat er sonst noch? Angehörige, meine ich.«

»Ich weiß nichts«, bekundete Hebenstreit. »Nur so viel, dass er angeblich keine näheren Angehörigen hat.«

»Faber?«, rief Luise Blaustein. »Und du?«

»Ja«, antwortete er genervt aus dem Nebenzimmer. »Was denn?«

»Weißt du was über Angehörige?«

»Du meinst vom Andreas?«

»Selbstverständlich! Frag nicht so dumm! Mutter, Vater, Bruder, Schwester, was weiß ich.«

»Einen Vater gibt es nicht.« Faber stand wieder auf. »Hasten und Hetzen«, brummte er, »das alles bringt gar nichts. Wir sind doch keine Ameisen.« Laut sagte er: »Tino!«, und schlenderte betont gemächlich zur Chefin hinüber.

»Andreas Oehm«, erklärte er ihr, »ist vor der Ehe seiner Mutter geboren. Die muss damals noch sehr jung gewesen sein. Ihre Eltern, so hat Andreas mir mal erzählt, seien sehr streng gewesen. Die haben ihrer Tochter die Schande, wie sie das nannten, nie verziehen. Seine Mutter hat dann bald geheiratet und den kleinen Andreas mit in die Ehe gebracht, aber der Stiefvater hat ihn wie ein fünftes Rad am Wagen behandelt und sich all die Jahre nur um seine eigenen Kinder gekümmert. So hat Andreas es mir jedenfalls erzählt. Der echte Vater, der Erzeuger, wie man damals dazu sagte, war wohl im Nachbardorf verheiratet. Du weißt ja, wie das damals, in den sechziger Jahren, auf den meisten Dörfern noch war. Wenn so ein Bastard vom Stiefvater nicht akzeptiert wurde, dann akzeptierte ihn auch die Dorfgemeinschaft nicht.«

»Wo war das?«, fragte Luise Blaustein. »Aus welchem Dorf stammt er?«

»Aus Wilmersried«, antwortete Faber.

»Wo ist das denn?«, fragte Hebenstreit, die sich jetzt aus dem Zimmer gegenüber dazugesellte.

»Irgendwo im Dreieck Boxberg, Osterburken und Buch am Ahorn«, antwortete Faber.

»Jemand muss da hin und nachfragen.« Luise Blaustein sagte das wie eine Feststellung, die keinen Widerspruch duldete.

»Ich habe keine Ahnung, wo das sein könnte«, wehrte Hebenstreit gleich ab. »Ich kenn mich in der Ecke überhaupt nicht aus.«

»Na, gut«, seufzte Faber ergeben. »Ich fahre noch heute hin.«

»Nicht irgendwann heute«, stellte die Chefin fest, »sondern jetzt auf der Stelle!«

»Ich muss aber vorher noch in den Wildpark!«, ereiferte Faber sich. »Wir brauchen unbedingt deren Personalliste und müssen jeden, der darauf steht, überprüfen! Weißt du, was das für eine Arbeit ist?«

»Wozu das denn?«, fragte Luise Blaustein verblüfft.

»Na, wozu wohl? Damit wir ausschließen können, dass die da einen ihrer eigenen Kollegen entsorgt haben!«

»He!, Faber, du hast Köpfchen! Stimmt, das muss nachgeprüft werden. Jeden Namen überprüfen, das wäre allerdings ein Haufen Arbeit!«

»Fuzzy könnte vielleicht dabei helfen«, schlug er vor. »Als Zeuge für uns würde der schon genügen. Das könnte man vielleicht auch per Telefon erledigen. Allerdings – Fuzzy ist telefonisch nicht erreichbar. Er besitzt kein Handy. Man müsste sich also an den Tierpflegermeister wenden. Der heißt Gerald Hollweg.« Er wandte sich an Hebenstreit. »Könntest du das nicht übernehmen?«

»Ich kann's versuchen«, sagte Hebenstreit und ging wieder zurück an ihren Schreibtisch.

»Und die Freundin nicht vergessen, diese Joost!«, rief Luise Blaustein ihr nach. »Und du, Faber, machst dich am besten gleich auf den Weg. Deinen Bericht erwarte ich dann bis zur Sitzung.«

Faber schaute auf die Uhr. Bis zur Redaktionssitzung war gerade noch etwas mehr als eine Stunde Zeit. Das würde mit Sicherheit nicht zu schaffen sein.

Faber war draußen in der Funkengasse gerade dabei, sich ins Pöschole zu zwängen, als sein Taschentelefon mit der Kuhkette rasselte. Das Display zeigte »Unbekannt«. Er meldete sich, während er einstieg.

»Faber!?«, schrie es aus dem Handy. »Ich bin's, der Fuzzy!«

»Gut, dass du dich meldest, Fuzzy«, antwortete Faber. »Ich muss dich dringend was fragen. Aber nicht jetzt, vielleicht heute Nachmittag. Wie finde ich dich?«

Doch Fuzzy hörte offenbar gar nicht zu. »Ene Guuchl!«, kreischte seine hohe Stimme aus dem Telefon.

»Eine – was?«, fragte Faber verblüfft und hielt das Handy auf Abstand von seinem Ohr.

»Ene Guuchl! Ene Revolverguuchl han se g'funn, de Bulle.«

»Nur ruhig, Fuzzy. Die Polizei hat bei der Spurensuche im Wildpark eine Revolverkugel gefunden. Das meinst du doch, oder?«

»Soch i doch!«

»Und wo dort?«

»Im Wald. Bei den Welf.«

»Und woher weißt du das? Hast du die Kugel gesehen?«

»Ajo, wie der se seim Chef gezeicht hot, in so rer Plastiktut drin – I muss aufhör', es kommt wer.« Damit schwieg das Telefon.

Das Display zeigte: »Anruf von Unbekannt, 0:43.«

Faber startete das Pöschole und machte sich auf den Weg nach Wilmersried.

Als er zwei Stunden später in die Redaktionsrunde zurückkehrte, war er frustriert, und seine Stimmung war mies. Seine ganze Mühe in Wilmersried war umsonst gewesen. Hebenstreit berichtete gerade, wie es ihr ergangen war. Auch sie war erfolglos gewesen. Hollweg hatte ihre Frage nach der Personalliste anfangs angeblich gar nicht verstanden. Und als sie versucht hatte, ihm genauer zu erklären, worum es ging, hatte er einfach den Hörer aufgelegt. An Fuzzy war sie gar nicht herangekommen. Und Andreas Oehms Freundin Martina Joost hatte sie zwar erreicht, doch die hatte von Andreas nach wie vor nichts gesehen oder gehört.

»Und dir, Faber?«, fragte die Chefin, als er Platz genommen hatte. »Wie ist es dir ergangen?«

»Nicht viel besser als Hebenstreit«, antwortete er. »Wilmersried ist ursprünglich ein altes Bauerndorf. Guter Ackerboden. Eine uralte Kirche, aber heute nur noch ein oder zwei Bauernhöfe, daneben zwischen fünf und sieben Bildstöcke, dazu zehn oder zwölf neuere Wohnhäuser, und nicht ein einziger Mensch auf der Straße zu sehen. Ich dachte erst, das Dorf sei ausgestorben, ein Geisterdorf.«

»Klar«, stellte Luise Blaustein fest, »die arbeiten alle außerhalb. Wenn sie überhaupt Arbeit haben.«

»Ich hab eine ganze Weile gebraucht, bis ich überhaupt jemanden gefunden hab, der bereit war, mir eine Auskunft zu geben. Das Haus, in dem Andreas aufgewachsen ist, hab ich dann gefunden. Es gehört zum einzigen landwirtschaftlichen Hof mit Vollerwerb. Der gehört seinem Bruder, aber der heißt mit Familiennamen nicht Oehm, sondern Matheis. Die Hälfte der Einwohner von Wilmersried heißt Matheis. Oehm ist der Mädchenname seiner Mutter. Die Mutter habe ich gesehen, nur gesehen, sonst nichts. Ich hab versucht, sie zu fragen, aber sie hat nicht mit mir gesprochen. Sie hat mich nur stumm und gehässig angeschaut, als ich sie nach ihrem Sohn Andreas gefragt hab. Und als ich gesagt hab, ich sei ein Kollege von ihm und wir würden uns seinetwegen Sorgen machen, weil er verschwunden sei, da hat sie sich wortlos umgedreht und ist weggegangen. Sie ist ein dunkler, hagerer, freudloser Mensch mit hinten am Kopf streng zusammengeknoteten, grauen Haaren. Eine alte Frau, obgleich sie in Wirklichkeit nicht viel älter sein kann als sechzig Jahre.« Faber fischte ein Papiertaschentusch aus seiner Schultertasche und wischte sich den Schweiß von der Stirn. Dann fuhr er fort:

»Die junge Bäuerin, also die Schwiegertochter, war etwas umgänglicher, aber sie sagte, sie hätten seit Jahren keinen Kontakt zu Andreas mehr gehabt. ›Kaan'n Kontakt zum Bruder vo mei Mou‹, so hat sie es ausgedrückt. ›Un ihrn Mou‹, so hat sie gesagt, ziemlich starker Dialekt, den sie da sprechen, der sei ›dusse uf'm Acker beim Dresche‹. Den hab ich dann schnell gefunden, der Mähdrescher mit seiner Staubwolke war nicht zu übersehen. Auch er, also Matheis, ist ein hochgewachsener, dunkler Typ wie die Mutter, ganz anders als Andreas. Er hat bestätigt, dass sie seit Jahren zu ihm keinen Kontakt mehr hatten. Und als ich ihm sagte, wir seien besorgt, weil Andreas verschwunden sei, da hat er geantwortet, sie würden sich um ihn gar keine Sorgen machen, und verschwunden sei Andreas für sie schon lange. Immerhin wusste er, dass Andreas ›bei einer Zeitung‹ arbeitet. Auf seine Mutter angesprochen, hat er nur gesagt: ›Lassen Sie die in Ruhe, die hat ein schweres Leben gehabt.‹ Gehabt, so hat er tatsächlich gesagt, fast so, als ob sie schon tot wäre. Und eine Vermisstenanzeige, so hat er gesagt, so etwas würde von ihnen niemand aufgeben. So.«

Faber warf seine dünne Mappe mit den wenigen Notizen auf den Tisch. »Das ist alles.«

»Hm«, machte Luise Blaustein, »das ist in der Tat nicht viel, aber doch ein kleines bisschen mehr als gar nichts, immerhin. Das bedeutet, wenn es sonst niemanden gibt, der die Vermisstenanzeige auf sich nimmt, dann müssen das eben wir machen.«

»Ich weiß gar nicht, ob das überhaupt geht«, erwiderte Faber. »Kennt sich jemand von uns da genauer aus?« Er schaute in die Runde.

Die Runde schüttelte einhellig ihre zahlreichen Köpfe.

»Wenn jemand in einem Wohnhaus über längere Zeit nicht mehr gesehen wurde«, warf Michael Weis dann ein, »das gibt es doch, dass dann die Nachbarn die Polizei benachrichtigen und dass die ermittelt.«

»Ich rede mal mit Lustig«, schlug Faber vor.

»Gut«, sagte die Chefin, »dann tu das am besten gleich jetzt. Hebenstreit, Sie tragen inzwischen die Daten für die Personenbeschreibung zusammen.« Sie wandte sich ab und schaute in ihre Notizen, um den nächsten Punkt aufzurufen. Doch dann schaute sie noch einmal zu Hebenstreit hinauf. »Ja«, sagte sie. »*Bitte* tun Sie das.«

Die versammelte Redaktion bekam vor lauter Staunen große Augen. Sie konnten sich nicht daran erinnern, dass Luise Blaustein schon einmal jemanden von ihnen um etwas *gebeten* hatte.

»Polizeirevier Bad Mergentheim, Polizeihauptmeister Kirchofer«, kam eine tiefe Stimme aus dem Hörer, als Faber anrief.

»Faber, Tauber-Post«, meldete Faber sich. »Grüß Gott, Herr Kirchofer. Ist Hauptkommissar Lustig da?«

»Der Erste Hauptkommissar«, antwortete Kirchofer, »ist nicht in der Sprechbereitschaft.«

»Was?!«, fragte der Faber verblüfft. »*Wo* ist er nicht?« Das kam bei Kirchofer manchmal vor, dass er, wenn er aufgeregt war oder sich besonders würdevoll äußern wollte, mit seiner Wortwahl haarscharf daneben lag. Vor Fabers innerem Auge begann das Bild von einem mit widrigen Wesen, vielleicht gar mit dem Tode ringenden Hauptkommissar Lustig Gestalt anzunehmen. »Wieso das denn?«

»Weil er bereits mit jemandem anderem spricht«, antwortete Kirchofer.

»Ach, so!« Faber erklärte ihm behutsam, worum es ihm ging, nämlich, so sagte er, es gehe um eine Vermisstenmeldung, und es sei ihm ernst.

»Eine vermisste Person?«, fragte Kirchofer unbewegt.

Faber erklärte dem langsam denkenden Beamten geduldig, genau darum handle es sich.

»Sie wissen, Herr Faber, dass wir eine vermisste Person suchen?«

»Nein, davon wissen wir noch nichts«, sagte Faber. »Wer wird vermisst?«

»Niemand bisher, das ist es ja. Wir haben eine *gefundene* Person, aber keine dazu, die vermisst wird. Also suchen wir eine. Ich spreche vom Wildpark. Und Sie sagen, Sie haben so eine vermisste Person?«

»Ja. Mein Kollege Andreas Oehm. Den kennen Sie vermutlich.«

»Sicher kennen wir den.«

»Der ist am vergangenen Donnerstag zum letzten Mal gesehen worden.«

»Donnerstag?«, überlegte Kirchofer. »Das passt zusammen! Moment, ich sehe gerade, der Erste Hauptkommissar ist jetzt frei. Ich verbinde.«

Es knackte in der Leitung, dann kam Musik aus dem Hörer. »Üb immer Treu und Redlichkeit«, ein hübscher, dreistimmiger Satz für Glockenspiel, doch die Aufnahme war grässlich verrauscht, fast so, als ob da ein altes Band liefe.

»Ja, Herr Faber?«, hörte er plötzlich Lustigs Stimme. »Ich höre. Vermisstenmeldung, sagten Sie?«

Faber schilderte knapp und präzise. Lustig hörte zu.

»Kommen Sie her mit allem, was Sie zur Person Andreas Oehm haben«, sagte er dann bestimmt. »Personalien – wann und wo unter welchen Umständen wurde er zum letzten Mal gesehen – die genaue Adresse. Wie heißt der Hausmeister in der Münzgasse? Haben Sie von dem die Telefonnummer? – Die Freundin oder Bekannte – die Angehörigen in Wilmersried. Stellen Sie das alles zusammen und bringen Sie es her. Wir kümmern uns dann darum.«

»Sie werden, so denke ich mir, zuerst in seiner Wohnung nachsehen«, vermutete der Faber.

»Sicher, genau das werden wir tun«, bestätigte Lustig.

»Ich möchte gerne dabei sein«, sagte Faber. »Ich bin ja jetzt, um es mal so zu sagen, der einzige Angehörige.«

»Na gut«, sagte Lustig, »das werden wir dann sehen. Wie lange brauchen Sie für die Zusammenstellung?«

»Eine halbe Stunde, schätze ich mal«, sagte Faber. »Ich bringe dann alles mit in die Münzgasse, in Oehms Wohnung.«

»Nein«, erwiderte Lustig. »Kommen Sie her zu mir ins Revier. Meine Leute sind alle unterwegs, ich übernehme das selbst.«

Faber rief daheim an, um der Weichen mitzuteilen, das Mittagessen müsse für ihn heute leider ausfallen. Er wollte ihr gerade erklären, warum, da rief die Chefin laut aus ihrem Büro herüber: »Faber! Gleich! Schau mal die neue E-Mail von der Kripo!«

Er sprach noch schnell ins Telefon: »Ich muss zur Polizei. Vermisstenanzeige wegen Andreas!«

Dann holte er sich die E-Mail auf den Bildschirm. »Kriminaldirektion Tauberbischofsheim«, stand oben drüber, daneben »21. Juli«, darunter »Pressemitteilung«.

Bei der intensiven Spurensuche im Wildpark durch Hundestaffel und Bereitschaftspolizei, so las er, seien neben anderen Teilen der Leiche auch weitere wichtige Hinweise auf eine Gewalttat gefunden worden. Folglich gehe die Sonderkommission Wildpark unter Kriminalhauptkommissar Vierneisel nunmehr davon aus, dass die männliche Person Opfer eines Gewaltverbrechens geworden sei. Da die Spuren auf die Beteiligung von wenigstens vier Personen hinwiesen, könne ein Bandenverbrechen nicht mehr ausgeschlossen werden. Die Kriminaldirektion habe deshalb das Landeskriminalamt Stuttgart informiert. Unterschrift: Schiller, Kriminaldirektor.

»Peng!«, sagte der Faber laut, als er den Text gelesen hatte, und lehnte sich auf seinem Stuhl zurück. »Die Kugel. Natürlich. Der alte Schlawiner hatte also recht.«

Hebenstreit, die an ihrem Schreibtisch konzentriert an der Arbeit saß, sah auf und schaute ihm aufmerksam ins Gesicht. »Was ist?«, fragte sie.

»Sie haben bei der Wildparkleiche eine Revolverkugel gefunden«, erklärte er. »Das steht so zwar nicht in der E-Mail, aber ich hab schon was läuten hören. Von einem Informanten.«

Hebenstreit musste innerlich lachen, weil er aus alter Gewohnheit einen Informanten nie mit dem Namen nannte.

»Und«, fuhr er fort, »sie haben das LKA eingeschaltet. Angeblich, weil die Spuren auf mindestens vier beteiligte Personen hinweisen, aber ich bin sicher, da steckt noch mehr dahinter. Die verschweigen noch mehr als nur die Kugel.«

»Und was, denkst du, könnte das sein?«, fragte sie und beugte sich zugleich wieder über ihre Arbeit.

»Ich weiß es nicht. Vielleicht geht es um die Waffe. Falls die auf eine internationale Bande hinweist, dann müssten sie das LKA einschalten. Nicht aber schon, wenn die Spuren auf mehrere Personen deuten. Zumindest nicht unbedingt. Vier Personen, das könnte ja durchaus auch eine Familie sein, nur mal so als Beispiel. Oder ein Gesangverein, oder auch der hiesige Tennisclub, oder was weiß ich. – Wie weit bist du mit den Daten zu Andreas?«

»So gut wie fertig«, antwortete sie.

»Gut. Druckst du es mir dann aus? Ich nehme es gleich mit zur Polizei«, erklärte er.

»Man kann dir ansehen, dass dich das alles ziemlich belastet«, sagte sie und sah dabei immer noch auf ihren Schreibtisch. »Was, denkst du, ist passiert?«

»Ich weiß es nicht.«

»Hast du Vermutungen? Was geht dir durch den Kopf?«

»Nichts Gutes«, antwortete er. »Frag mich lieber nicht.«

Dann überflog er, was Hebenstreit zur Person des Kollegen zusammengetragen hatte:

Andreas Oehm, 46 Jahre alt, Größe 175 cm, Gewicht ca. 72 kg, schlank, sportlich, zugleich kräftig. Das Haar kurz geschnitten, lockig, Haarfarbe: ein helles Braun; Augenfarbe ebenfalls braun, etwas dunkler als das Haar. Hellhäutiger Typus mit Sommersprossen. Das Gesicht ist bartlos. Er trägt keine Brille.

»Weißt du«, unterbrach sie ihn, als er bis hier her gelesen hatte, »ob Andreas früher mal geboxt hat?«

»Wie kommst du darauf?«

»Er wäre der Typ dafür«, sagte sie.

»Das hat er, meine ich, tatsächlich getan.« Faber dachte nach. »Er hat mal so was erwähnt. In seiner Mannheimer Zeit, da hat er im Verein geboxt. Da war er noch sehr jung, Bantamgewicht damals, hat er wohl gesagt, da hat er sogar was gewonnen. Was, das weiß ich nicht mehr. Aber du hast recht, er wirkt fit und flink. Wie ein guter Mittelgewichtler.«

Faber las weiter:

Andreas Oehm ist in Wilmersried, Main-Tauber-Kreis, aufgewachsen. Schulbesuch in der Realschule Boxberg bis zur Mittleren Reife. Dann Druckerlehre, Journalistenschule Mannheim, Volontariat bei der Hockenheimer Tageszeitung. Seit zwölf Jahren Redakteur bei der Tauber-Post in Bad Mergentheim. Er bewohnt eine Zwei-Zimmer-Mietwohnung in Bad Mergentheim, Münzgasse 19, Dachgeschoss. Angehörige: Mutter in Wilmersried, Familienname Matheis geb. Oehm, Vorname nicht bekannt. Bruder Holger Matheis, Adresse wie die Mutter. Beide haben uns gegenüber jeden Kontakt mit dem Vermissten geleugnet. Zuletzt wurde Andreas Oehm gesehen am Donnerstag, 16. Juli, wie er gegen 21:30 Uhr zusammen mit dem Bad Mergentheimer Kurdirektor Manfred Steffan in dessen Auto stieg. Dabei trug er die folgende Kleidung: blaue Jeanshose, kurzärmeliges Hemd, längs gestreift, weiß mit hellblau oder grau, helle (weiße?) Turnschuhe.

Faber legte das DIN-A4-Blatt in die dünne Mappe und machte sich auf den Weg zum Polizeirevier im Schloss.

9

Faber ging in den Schlosshof, läutete an der schweren Tür, über der in großem Bogen in schwarzer, alter Schrift »Polizei« geschrieben stand, und nannte seinen Namen. Drinnen saß hinter der Scheibe Hauptmeister Kirchofer. Er nahm, als er den Faber erkannte, einen Hörer ab und sprach hinein. Dann drückte er wortlos den Kontakt zur zweiten Sicherheitstür, und Faber stieg langsam die breite Treppe hinauf.

»Tino!«, sagte er laut zu sich selbst. Die Tino-Methode war sein ganz persönliches Anti-Stress-Programm, bei dem er sich zwang, alle Bewegungen nur halb so schnell zu machen wie normal. Noch einmal sagte er laut: »Tino!«

Im Obergeschoss stand der Erste Hauptkommissar in der Tür seines Büros und erwartete ihn. Seine Miene war ernst.

Karl-Heinz Lustig war ein leicht untersetzter Mann in der zweiten Hälfte der Fünfziger. Durch seinen massigen Schädel mit dem dichten, grauen Haar, das er kurzgeschoren trug, und durch seinen dichten, grauen Schnurrbart sah er ein bisschen wie ein Walross aus, doch dieser Eindruck täuschte. Lustig war alles andere als dickfellig oder gar träge. Er besaß vielmehr genau die Tatkraft und die Menschenkenntnis, die er als Leiter des großen Mergentheimer Polizeireviers brauchte.

»Nehmen Sie doch Platz«, sagte er und kam gleich zur Sache. »Wann ist Ihr Kollege zum letzten Mal gesehen worden?«

»Am Donnerstag Abend«, antwortete Faber.

»Am vergangenen Donnerstag?«

»Ja.«

»Hm. Vier Tage somit.«

»Heute Abend werden es fünf Tage. Wir haben schon Nachmittag. Wir haben niemanden gefunden, der ihn in der Zwischenzeit gesehen oder von ihm gehört hätte. In seiner Wohnung meldet sich niemand.«

»Herr Faber, der Herr Oehm ist erwachsen und niemandem Rechenschaft schuldig. Er kann gehen, wohin er will. Und er muss weder seiner Chefin noch Ihnen mitteilen, wenn er sich für ein paar Tage zurückziehen und allein bleiben will. Oder irgendwo seinen Rausch ausschlafen will.«

»Doch schaden würde er sich ungemein«, entgegnete Faber, »er würde nämlich seinen Job verlieren. Die Chefin kennt bei so was keinen Spaß. Aber Andreas ist kein Alkoholiker, und wenn er verreisen wollte, hätte er mir etwas gesagt. Er hätte zumindest eine Nachricht hinterlassen.«

»In seiner Wohnung meldet sich niemand, sagen Sie? Waren Sie drin? Ich meine in der Wohnung?« Lustig war offenbar überzeugt, dass der Faber auch illegale Mittel nicht scheute, wenn es ihm darauf ankam.

»Nein«, antwortete Faber, und als Lustig ihn nachdenklich anschaute, anscheinend wenig überzeugt, ob er diesem Pressemenschen auch wirklich trauen könne, wiederholte Faber: »Nein, ich war nicht in der Wohnung. Oehm könnte sich folglich in der Wohnung befinden – hilflos zum Beispiel.«

»Hm.« Lustig warf einen Blick auf das Blatt. »Münzgasse 19«, sagte er dann. Er ging hinüber zu seinem Schreibtisch und nahm den Hörer vom Telefon. »Kirchofer, wer ist bei dir unten? – Gut. Beide mit mir nach Münzgasse 19, jetzt gleich. Wir treffen uns unten.«

Er legte auf und wählte erneut. »Kannst du bitte mal herüberkommen und eine Vermisstenanzeige aufnehmen?«, sagte er. »Bring das Formular mit.«

Er nahm seine dunkelblaue Uniformjacke vom Bügel an der Wand, zog sie über das kurzärmelige Hemd und rückte die Krawatte gerade. Die vier silbernen Sterne blinkten auf den Schulterstücken. Als er seine Mütze aufsetzte, klopfte es an der Tür. Eine junge Beamtin kam herein. Sie trug mehrere Papierbögen in der Hand. Lustig nutzte den kurzen Moment, in dem Faber abgelenkt war, und verschwand ohne Gruß durch die Tür nach draußen.

Faber sprang auf und wollte ihm nacheilen, aber die Beamtin verstellte ihm den Weg: »Bitte behalten Sie Platz!«

Der Faber war gefangen. Lustig hatte ihn abgehängt.

Erst eine halbe Stunde später fuhr Faber in der Münzgasse mit dem Aufzug hinauf ins Dachgeschoss. Die Tür zu Andreas Oehms Wohnung stand offen, und er sah den Hauptkommissar in der Diele stehen.

»Kommen Sie herein, Faber«, sagte er, als sei nichts gewesen. »Schauen Sie, ob Ihnen was auffällt. Aber nichts anfassen! Wenigstens vorläufig nicht, bis wir mit der ersten Spurensicherung durch sind. Waren sie schon mal hier in der Wohnung?«

»Ja, aber das ist schon ziemlich lange her.«

»Wie lange etwa?«

»Mindestens ein Jahr«, antwortete Faber, »ich würde sogar sagen, eher zwei.«

»Zwei Jahre?«

»Ungefähr, ja. Ist er hier?«

»Nein«, antwortete Lustig. »Die Wohnung ist leer.«

Einer der Beamten brachte ein Handy. Er zeigte es dem Hauptkommissar und legte es dann zu den anderen Dingen in den Korb. Es war ausgeschaltet.

Der andere Polizist kam und meldete: »Keine Hinweise darauf, dass er eine Reise angetreten hätte. Koffer, Taschen, Kleidung, alles an den üblichen Plätzen.«

Faber schaute an Lustig vorbei gegen die weiße Wand und fixierte dort zwei dicke, hellblaue Aquarell-Fische in einem gerahmten Kalenderblatt, die ihn blöde anglotzten.

»Was war das für eine Kugel bei der Wildparkleiche?«, fragte er leise, aber eindringlich. Dann senkte er den Blick auf den beige-weiß-grauen, dünnen Webteppich auf dem Boden von Oehms Wohnzimmer.

Lustig stand nur einen Meter entfernt. Er warf dem Faber einen Blick zu, in dem »Woher wissen Sie denn das schon wieder?« geschrieben stand. Dann schaute auch er nach unten und starrte auf den billigen Teppich.

»Nur unter vier Augen«, antwortete er ebenso leise, »und nicht zum Mitschreiben: Sie steckte in einem Brustwirbel. Schuss von vorne. Es handelt sich um ein Projektil aus einer Pistole, möglicherweise um eine Tokarew, das ist eine alte, russische Armeepistole, wie sie die Offiziere der Roten Armee bis in die fünfziger Jahre trugen. Die TT-33 ist vielfach nachgebaut worden, überall auf der Welt.«

Faber seufzte tief und hob langsam den Blick gegen die Zimmerdecke. »Oh, Scheiße«, flüsterte er. »Ziehen Sie daraus denselben Schluss wie ich?«

»Vorerst ziehen wir gar keine Schlüsse«, antwortete Lustig. »Wir warten ab und tun einen Schritt nach dem anderen. Bisher kann man noch gar nichts sagen, es sind noch alle Möglichkeiten offen.«

Faber schaute sich in der kleinen Wohnung um. In der Küche standen Töpfe auf dem Herd und schmutziges Geschirr auf der Ablage der Spüle. Er erinnerte sich, dass Andreas Oehm, wenn er sich etwas zu essen gemacht hatte, sonst immer nur einen Teller und einen Satz Besteck gebraucht und nach der Mahlzeit alles gleich unter dem Wasserhahn abgespült und zum Trocknen aufgestellt hatte, um es bei der nächsten Mahlzeit wieder zu benutzen.

Er schaute sich in der kleinen Wohnung um, aber etwas Auffälliges sah er nicht. Er machte Fotos, vor allem im Wohnzimmer, und dort von solchen Dingen, die ihn am meisten an Andreas' Charakter und Wesen erinnerten. Er tat es mehr aus Gewohnheit und aus der Erfahrung, dass Fotos von persönlichen Gegenständen ihm schon oft geholfen hatten, sich in das Wesen und die Denkweise von deren Besitzer hineinzuversetzen.

So machte er Fotos von Oehms Fernseher, der auf einem offenen Schränkchen stand, darunter ein Videorecorder älterer Bauart und viele Videokassetten, von seiner Stereoanlage mit dem Halter für die CDs, der daneben an der Wand hing und der zu einem großen Teil Scheiben mit einer Art Musik enthielt, die der Klassikliebhaber Faber »Gartenzwergmusik« zu nennen pflegte. Er nahm eine CD-Hülle in die Hand. Sie zeigte eine ausdruckslos mit makellosen Zähnen lachende Blondine im Dirndl mit knallblauen Augen vor einem Bergsee, links Wald, rechts Felsen. »Unsere Berge« stand quer darüber.

Faber summte nach einer eigens erfundenen, banalen Melodie im Dreivierteltakt vor sich hin:

»Die blonde Alpenforstärztin
von Sankt Bartholomae
mit ihren himmelblauen Sternenaugen
bringt jeden Hansy auf die Höh'.
Dodüdeljoh, dodüdeljöh. – Hm. Na, für einen zweiten bis dritten Preis für Gartenzwergmusik könnte es reichen.«

Dann machte er noch Fotoaufnahmen vom Schreibtisch samt Computer und von allen Bildern an den Wänden. An der Wand stand ein großes Bücherregal, das aber nur zum Teil mit Büchern bestückt war. In zwei Fächern stand eine leere Vase, eine weiße, schmal und hoch, und auf der anderen Seite ein Fach höher eine runde, blaue. Sieh an, dachte Faber, männlich und weiblich. Er warf einen Blick auf die Bücher, fand aber nichts Auffälliges. Fast die Hälfte der Buchrücken zeigte Titel, die mit Sport oder mit der heimischen Landschaft und Natur zu tun hatten. Rechts standen zwei große Bildbände über den Boxsport.

Die weiße Wandfläche zwischen Bücherregal und Zimmertür war mit großen Fotos ausgefüllt, die in drei Reihen die nach Oehms Meinung wohl bedeutendsten Boxer des letzten Jahrhunderts zeigten. Die meisten waren aus Zeitschriften ausgeschnitten und die Seiten mit Reißzwecken direkt auf die Wand gepinnt. Die obere Reihe zeigte Muhammad Ali, Max Schmeling und Joe Louis, und in der mittleren erkannte er die Brüder Klitschko und Henry Maske. Die drei in der unteren Reihe schienen leichteren Gewichtsklassen anzugehören. Faber kamen die Gesichter bekannt vor, aber die Namen dazu fielen ihm nicht ein.

Als Nächstes warf Faber einen Blick in den Kleiderschrank. Der dunkelbraune Anorak hing dort auf einem Bügel, eine dünne Regenjacke und sogar ein dicker Wintermantel, daneben zwei Anzüge und mehrere Hosen, dazu eine karierte Jacke, wie sie vor mehr als zehn Jahren modern gewesen war. Faber hatte das Gefühl, dass etwas fehlte, aber ihm wollte nicht einfallen, was das sein könnte.

Der Beamte brachte eine Plastiktüte, darin waren Utensilien aus dem Bad: Haarbüste, Kamm, ein Becher, dazu ein Taschentuch mit alten Blutflecken.

»Das war im Wäschekorb«, erklärte er dem Hauptkommissar. »Was wird mit dem Computer?«, fragte er dann.

»Der bleibst vorerst hier«, entschied Lustig. »Den brauchen wir erst, wenn das mit dem Wildpark abgeklärt ist. Die Wohnung wird inzwischen versiegelt.«

»Wie lange braucht es«, fragte der Faber, »bis der genetische Vergleich vorliegt?«

»Ungefähr eine Woche nach unserer Erfahrung«, antwortete Lustig. »Mindestens, und nur, wenn wir Druck machen. So lange werden wir uns wohl oder übel gedulden müssen.«

Am Mittwochmorgen stand auf Seite eins der Zeitung, in der Spalte mit den Inhaltsangaben, oben an erster Stelle: »Redakteur der Tauber-Post vermisst« und darunter an zweiter Stelle: »Leichenfund im Wildpark – LKA eingeschaltet«.

Auf Seite drei sprang den Lesern ein großes Foto in die Augen. »Wer hat Andreas Oehm gesehen?«, stand darüber, zwei Spalten breit. Der Text dazu stammte von Hebenstreit.

Fabers Bericht über den »Wildparkmord«, wie jetzt die offizielle Bezeichnung lautete, stand direkt daneben. Die Polizei, so hatte er geschrieben, gehe inzwischen von einem Verbrechen aus. Das Landeskriminalamt sei eingeschaltet worden, weil der Verdacht bestehe, eine international arbeitende Bande könne beteiligt sein. Die Kugel wurde dabei erwähnt, jedoch nicht die Art der Waffe, aus welcher sie abgefeuert worden war. Im Übrigen, so hieß es, müsse man abwarten, weil die angesichts der besonderen Umstände ungewöhnlich schwierigen, pathologischen Untersuchungen noch andauerten.

Eine unmittelbare Verbindung zwischen den beiden Fällen wurde für die Öffentlichkeit noch nicht hergestellt.

Faber hatte sich am Abend zuvor Hebenstreits Text auf den Bildschirm geholt und ihn überflogen, während Hebenstreit dabei war, ein ansprechendes Portrait von Andreas Oehm zu suchen. Das Foto sah er erst am Morgen in der gedruckten Ausgabe im Aushang, als er das Zeitungshaus betrat. Er starrte es an und begriff lange nicht, was ihm daran auffiel. Dann kam er darauf: Die Kleidung war es. Die Jacke. Andreas trug auf dem Foto seine Lederjacke, ein teures Kleidungsstück, das hervorragend zu seinem Typ passte. Sie hatte einen Reißverschluss und einen Blousonschnitt, der seine breiten Schultern betonte, und Bünde unten und an den Ärmeln.

Er sprang die Treppe hinauf: »Hebenstreit! Von wann ist das Foto?«

»Guten Morgen, Faber«, antwortete sie, richtete sich von ihrem Schreibtisch auf und sah ihn an. »Das Foto von Andreas? Augenblick, ich sehe mal nach. Das ist zwei Jahre alt. Nein, etwas weniger. Jetzt haben wir Juli, im September werden es zwei Jahre. Warum?«

Faber überlegte laut: »Es geht um die Lederjacke. Ich erinnere mich, wie er sie gekauft und wie stolz er uns damals das teure Stück hier vorgeführt hat. Das Leder hatte genau seine Haarfarbe, braun, so hat er gesagt, mit einem leichten Goldton darin. Und Seidenfutter, Schottenmuster, rot-grün kariert.«

»Rot-grün?«, fragte sie und zog zweifelnd die Augenbrauen hoch. »Bist du da sicher?«

»Ich weiß, was du denkst«, antwortete er. »Rot-grün, so hat er ausdrücklich gesagt, ich erinnere mich ganz genau. Und Schottenmuster, da bin ich ganz sicher.«

»Und was ist mit der Jacke?«

»Sie war gestern nicht in seiner Wohnung, weder im Kleiderschrank, noch hing sie an der Garderobe in der kleinen Diele. Und wenn das Foto noch keine zwei Jahre alt ist – darauf ist die Jacke ja wie neu. Ausgemustert oder verschenkt hat er das teure Stück in dieser Zeit ganz sicher nicht. Und am vergangenen Donnerstag, als wir ihn zum letzten Mal gesehen haben, da hat er sie auch nicht getragen.«

»Nein«, bestätigte sie, »da war es brütend heiß. Er trug ein kurzärmeliges Hemd und nichts darüber.«

»Genau«, sagte er und stach demonstrativ mit dem Zeigefinger in die Luft. »Wo also ist die Lederjacke geblieben?«

»Vom Toten im Wildpark ist überhaupt keine Kleidung gefunden worden«, gab sie zu bedenken.

»Natürlich nicht«, antwortete er. »Die ist anderweitig entsorgt worden, vielleicht mit den übrigen Teilen der Leiche, um die Identifizierung möglichst lange hinauszuzögern. Verbrannt, so würde ich vermuten. Oder einer der Mörder trägt sie jetzt durch die Gegend. Aber mir fällt dazu noch eine ganz andere Frage ein.«

»Nämlich?«, fragte sie.

»Nämlich«, antwortete er, »diese: Was hatte Andreas mit seinen Mördern zu tun? Wenn er beruflich mit ihnen zu tun hatte und recherchiert hat, warum hat er uns nichts davon gesagt? Allein schon, um sich notfalls abzusichern. Hat er uns absichtlich etwas verschwiegen? Falls ja, dann würde das bedeuten: Worauf hat er sich mit ihnen eingelassen?«

»Du gehst ganz sicher davon aus, dass Andreas der Tote vom Wildpark ist? Ich wäre mir da nicht so sicher.«

»Das bin ich auch nicht, nicht unbedingt«, gab er zu. »Aber schau dir alle Fakten, die wir kennen, einfach an. Glaubst du da noch an Zufälle? Vielleicht war er dieser Bande auf der Spur?«

Sie hob die Hand zum Einwand, doch er unterbrach sie. »Ich weiß, was du sagen willst. Zugegeben, man kann sich ja auch irren. Aber stell dir einfach nur vor, ich läge richtig mit meiner Vermutung. Dann hätte am Ende ich die Nase gehabt, den richtigen Riecher!«

»Verstehe ich dich richtig?«, fragte sie reserviert, »du willst das allein durchziehen? Meinst du, du packst das?«

»Eh«, er fühlte sich ertappt, »mit dir zusammen selbstverständlich. Sonderkommission Andreas, so nennen wir das. Einverstanden?«

»Einverstanden«, erklärte sie sofort. Dann überlegte sie einen Augenblick und nickte nachdenklich. »Wir teilen uns die Arbeit und den Lorbeer.«

»Stell dir die Schlagzeile vor«, schwärmte er: »›Tauber-Post klärt Tod des Kollegen auf!‹ Na? Wäre das was? Wir müssen nur noch die Chefin überzeugen.«

»Ich stelle schon mal das Material zusammen«, sagte sie und stand auf.

Doch Luise Blaustein brauchte gar nicht überzeugt zu werden. Nachdem sie die Redaktionssitzung am Vormittag eröffnet hatte, warf sie nur einen Blick auf das, was Hebenstreit ihr an ihren Platz zum Lesen hingelegt hatte, und verkündete dann sofort:

»Punkt eins. Faber, du kümmerst dich ab sofort ganz um den Fall des vermissten Kollegen Oehm, klar? Mach ihn ausfindig, wenn er noch, eh …« Augenscheinlich wollte sie fortfahren »wenn er noch lebt«, aber diese schwer lastenden Worte verschloss sie in ihrem voluminösen Innern. Faber hörte sie trotzdem, dafür kannte er Luise Blaustein lange genug.

»Bei dir«, fuhr sie fort, »laufen in dieser Sache alle Fäden zusammen. Aber merk dir eins! Du bist nicht etwa freigestellt! Du kümmerst dich genauso um deine tägliche Arbeit. Klar?«

Faber sagte nichts, er nickte nur. Es würde demnach, so dachte er, alles so sein wie immer.

Die Chefin sah ihm aufmerksam ins Gesicht. »Noch etwas?«, fragte sie. »Möchtest du noch etwas dazu sagen?«

»Ja«, sagte er, machte dann aber erst eine lange Pause. Er tat, als sei er überrascht von der Entwicklung und müsse sich die Einzelheiten dazu erst noch überlegen. »Ich brauche Hebenstreit als Assistentin«, verkündete er dann.

»Gut«, sagte Luise Blaustein und lehnte sich zufrieden auf ihrem Chefstuhl zurück. »Einverstanden. Sie soll dir zuarbeiten. Was gedenkst du als Erstes zu tun?«

»Ich gedenke«, verkündete der Faber, »zuerst den Menschen zu suchen, der Andreas Oehm als Letzter gesehen hat.«

Die Chefin starrte ihn verblüfft an. »Aber das warst doch du!«, antwortete sie. »Oder etwa nicht?«

»Nein«, sagte er. »Ich habe gesehen, wie er bei jemandem ins Auto gestiegen ist. Folglich war dieser Mann der Letzte. Der Letzte, der Andreas Oehm gesehen hat, war Kurdirektor Manfred Steffan.«

10

Den Kurdirektor Manfred Steffan in seinem kanadischen Urlaubsort ausfindig zu machen, so dachte der Faber, als er wieder an seinem Schreibtisch saß, würde eine möglicherweise unlösbare Aufgabe werden. Manni Steffan wollte sich in ein Blockhaus in der Wildnis verkriechen und alle Kontakte zur Außenwelt abbrechen. »Morgen früh um halb sechs«, hatte er am Donnerstag Abend um halb zehn gesagt, folglich den Freitagmorgen gemeint, da werde er im Flieger nach Kanada sitzen.

Andreas war abends um halb zehn mit Manni in dessen Auto gestiegen. Wo war er an diesem Abend wieder ausgestiegen?

Donnerstag, 21:30 Uhr, und Freitag, 5:30 Uhr – dazwischen lagen acht Stunden. Das schien eine lange Zeit, doch man musste einiges davon abziehen, die Zeit zum Einchecken am Flughafen beispielsweise. Dazu die Fahrt dorthin. Wie lange brauchte man für beides zusammen?

Er stand auf und ging langsam zur Chefin hinüber, klopfte an den Rahmen der offenen Tür und wartete, bis sie von ihrem Bildschirm aufsah.

»Angenommen«, sagte er, »du hättest ab Frankfurt früh um halb sechs einen Fernflug gebucht. Wann würdest du daheim losfahren? Oder dich fahren lassen? Mit dem Pkw, meine ich.«

»Frankfurt? Zweieinhalb Stunden vor Abflug«, antwortete sie und versenkte ihren Blick wieder im Computer.

»Drei Uhr also«, sinnierte der Faber laut, als er zurück zu seinem Schreibtisch schlenderte. Zweieinhalb Stunden, fand er, diese Zeit kam ihm dafür sehr kurz vor. Die Flughäfen rechneten längst mit zwei Stunden für Einchecken und Sicherheitsprüfungen, vor allem bei Fernflügen. Und die A 3 war berüchtigt als permanent überfüllte und unfallträchtige Ost-West-Achse.

Er beschloss, sich beim Taxiunternehmen Hornung genauer zu erkundigen.

Die Frau am Telefon war freundlich, aber bestimmt. Als er fragte, ob ihre Firma kürzlich den Kurdirektor Manfred Steffan zum Flughafen gefahren habe, fragte sie prompt zurück: »Warum wollen Sie das wissen?«

Klar, antwortete er, das dürfe sie ihm genau genommen nicht sagen, aber wenn sie ihn in den letzten Wochen *nicht* befördert hätten, darüber dürfe sie doch wohl Auskunft geben.

»*Nicht* befördert?«, fragte sie überrascht. »Wir haben ihn nicht befördert! Was soll dann die Frage?«

»Schon gut, danke«, antwortete er schnell. »Noch eine andere Frage: Wenn ich einen Flug hätte, der morgens um halb sechs nach Amerika oder Kanada geht, und ich würde mich von Ihnen an den Flughafen bringen lassen – wann würden Sie in Mergentheim losfahren?«

»Für einen Interkontinentalflug käme in erster Linie Frankfurt in Frage«, antwortete sie. »Für fünf Uhr dreißig Frankfurt, da würde ich um ein Uhr bei Ihnen vor der Haustür stehen.«

Der Faber bedankte sich.

Ein Uhr, dachte er. Selbst, wenn Manni für den Urlaub alles fertig gerichtet und gepackt hatte – seine obligatorische Lederweste, seitlich geschnürte Lederleggins und kurzärmeliges Hemd, das war bestimmt nicht seine Reisekleidung gewesen. Faber rechnete eine Stunde für die letzten Reisevorbereitungen, Umziehen, noch einmal in der Wohnung nach dem Rechten sehen, Wasser und Gas abstellen, Stecker am Fernseher herausziehen – Manni würde an solche Dinge denken, wenn er seine Wohnung für drei Wochen verlassen würde. Blieben zweieinhalb Stunden, so schätzte er. Was war in diesen zweieinhalb Stunden geschehen?

Dann: Wie war er zum Flughafen gekommen? Sicher war er nicht allein mit seinem eigenen Wagen gefahren; niemand würde die horrenden Parkgebühren für drei Wochen auf sich nehmen. Bei den anderen Taxiunternehmen musste er sich noch erkundigen, ob Manni mit einem von ihnen gefahren war. Am wahrscheinlichsten war wohl, dass jemand ihn privat gefahren hatte, ein Freund etwa. Genau, und das mit seinem eigenen, Mannis, Wagen. Und der Freund, der ihn in seinem, Mannis, Wagen zum Flughafen gefahren hatte, hätte durchaus Andreas Oehm gewesen sein können.

Faber stellte sich vor, wie Manni im Laufe des späten Abends in seine Wohnung gekommen war; Koffer und Tasche hatten schon im Flur gestanden, alles fertig zur Abreise. Hatten Manni und Andreas in den zwei Stunden vor Mitternacht noch in einem Lokal etwas miteinander getrunken, und hatte Manni Andreas danach in die Münzgasse nach Hause gefahren? Zu Mannis Charakter würde es genau passen, dass er sagte: »Andreas, komm, wir trinken noch ein Viertele, bevor ich mich auf die Socken mache.«

Oder, wahrscheinlicher, hätte er nicht »ein Viertele« gesagt, sondern »einen Mouscht«. Manni Steffan, Hohenloher Bauernspross aus Stuppach, liebte den Apfelwein, das wussten alle in der Stadt. Er liebte ihn bekanntermaßen so sehr, dass vor ein paar Jahren der Fasnachter Kurt Mott für Manni die ans Englische angelehnte Adjektivsteigerung »many – more – mouscht« geprägt hatte. Und der Kurdirektor Manfred Steffan, der damals im Kursaal in der ersten Reihe gesessen hatte, der hatte dazu am lautesten geklatscht und gelacht. Die Mergentheimer mochten ihn eben, ihren leutseligen Manni, mitsamt seinen Ausfällen und Schwächen, seinen Ecken und Kanten. Er war einer von ihnen.

»Komm, Andreas«, so hätte Manni gesagt, »wir trinken noch einen Most beim Wolfi im Weinstüble hinterm Bierhals«. Oder auch woanders, aber er, der Faber, würde in jedem Fall beim Wirt Wolfi anfangen mit seinen Nachforschungen.

Warum Andreas? Warum hatte der leutselige Manni beispielsweise nicht ihn, den Faber, gefragt? Nun, da war die Antwort schnell gefunden. Faber kam dafür kaum in Frage, er hatte Familie und verbrachte seine Abende in der Regel daheim. Wann hatte er überhaupt zum letzten Mal mit jemandem zusammen auswärts ein Viertele getrunken?

Manni und Andreas dagegen waren echte Singles, Andreas mit eher lockerer Beziehung zu einer Freundin, Manni war seit vielen Jahren geschieden.

Ob vielleicht dessen Exfrau ...? Deren Telefonnummer hatte der Faber in seinem Computer gespeichert. Also rief er sein persönliches »Kleines Telefonbuch« auf und schaute unter »Margret Knopf-Steffan« nach.

»Hallo, Margret«, rief er betont munter, als sie sich meldete. »Faber hier, Tauber-Post. Ich grüße dich!«

»Hallo, Faber, das ist aber eine Überraschung, dass du dich mal bei mir meldest! Was verschafft mir die Ehre? Willst du mich interviewen?«

»Nein, aber wir haben ...«

»Schade!«

»Nun, ja, ein andermal vielleicht. Wir haben hier ein Problem. Du hast vielleicht gelesen, dass ein Kollege von uns vermisst gemeldet ist.«

Faber hatte keine Mühe, sich in Erinnerung zu rufen, wie sie ausgesehen hatte, als sie sich vor etwa einem Jahr zum letzten Mal zufällig begegnet waren: Alles an ihr war gleißende Fassade gewesen, von den blond gefärbten Haaren über Schmuckgehänge und metallisch glänzender Bluse, schimmernder Dreiviertelhose mit blinkendem Gürtel bis zu den blitzenden Schuhen, die an Ballettschuhe erinnerten. Ach so ja, und natürlich eine funkelnde Handtasche. Eine Glitzerfrau.

»Entschuldige, was hast du gesagt?«, fragte er. »Tut mir leid, aber ich bin mit meinen Gedanken woanders. Wir machen uns halt Sorgen.«

»Gelesen hab ich das nicht, hab ich gesagt«, antwortete sie. »Ich lese nur das Tagblatt. Aber gehört hab ich davon. Der – wie heißt der noch gleich?«

»Andreas Oehm.«

»Genau. Wie gesagt: Davon gehört hab ich. Und? Ist er wieder da?«

»Nein, noch nicht. Ich bin von der Zeitung beauftragt, ihn zu suchen.«

»Na, dann wünsche ich dir viel Erfolg. Und deshalb rufst du an?«

»Ja – das heißt: nicht direkt deswegen. Du hast doch gute Kontakte zu Manni.«

»Du meinst meinen Exmann?«

»Genau den.«

»Was sollte der damit zu tun haben?«

»Wahrscheinlich gar nichts. Aber er müsste einer der Letzten sein, der ihn getroffen hat. Am Donnerstagabend. Ich hab gesehen, wie Oehm bei Manni ins Auto gestiegen ist. Ich würde Manni gern fragen, wo er ihn wieder abgesetzt hat.«

»Manni ist in Urlaub«, sagte sie reserviert. »Für drei Wochen.«

»Ja, ich weiß. Das hat er mir noch selber gesagt. Er hat gesagt, er wolle nach Kanada.«

»Ja, genau. Und da hat er sich jetzt wohl eingegraben«, sagte sie.

»Hast du seine Adresse?«, fragte er.

»Nein, habe ich nicht«, antwortete sie. Ihre Stimme klang plötzlich sehr abweisend.

»Telefonnummer?«

»Auch nicht. Da gibt es kein Telefon. Er ist in der Wildnis an einem See in irgendeiner Blockhütte zum Fischen. Wie kommst du darauf, dass ich das weiß?«

»Nun, ich dachte, ihr seid doch immer noch relativ gut befreundet …«

»Relativ ist nur relativ«, verkündete sie. »Das heißt noch nicht gut.«

Er verstand nicht, warum sie so abweisend reagierte. Es war doch klar, dass sie ihrem Exmann nachtrauerte, schließlich hatte sie sogar ihren Doppelnamen behalten. »Versteh mich bitte nicht falsch«, versuchte er, sie zu beruhigen. »Ich mache mir halt meine Gedanken, und ich mache mir auch Sorgen über das, was passiert sein könnte. Meine Menschenkenntnis sagt mir …«

»Menschenkenntnis?!«, fuhr sie ihm in die Parade. »Der Faber und Menschenkenntnis? Du bist so sensibel wie ein Nashorn!«

»Ich spreche nicht von Gefühlen«, erwiderte er kleinlaut. Was hatte er ihr nur getan? Warum reagierte sie so gereizt? »Ich spreche von Erfahrung«, fuhr er fort. »Ich kenne die Leute in der Stadt. Immerhin bin ich seit Ewigkeiten in Merchedahl.«

»Na und? Ich bin noch viel länger hier, schon mein ganzes Leben lang. Ich kann dir nicht helfen. Manni hat die letzte Zeit viel Ärger gehabt. Ihr habt ihn alle gemobbt.«

»Dass er Ärger hat, das weiß ich«, unterbrach er sie. »Aber ich habe immer zu ihm gehalten, das weißt du.«

»Mir doch egal«, antwortete sie kurz angebunden. »Manni hat mir nur gesagt, er will allein sein und nicht gestört werden.«

Weg war sie. Faber schaute verblüfft den Hörer an.

Sie lügt, dachte er, als er aufgelegt hatte. Dafür, dass sie keine Ahnung hat, wo er ist, hatte sie eine Menge Einzelheiten parat. In einer Blockhütte am See in der Wildnis ohne Telefon, sagt sie, und dort wolle er nicht gestört werden. Das klingt alles ganz so, als wolle sie ihn abschirmen und vor der bösen Welt schützen. Vielleicht aber, dachte er weiter, lässt sie ihm heimlich eine Nachricht zukommen. Hoffentlich ist er klug genug, sich dann bei mir zu melden.

Kanada, so überlegte Faber weiter, war ein riesiges, ein unüberschaubares Land. Was bedeutete da das Wort »Wildnis«? Eine Blockhütte, das hörte sich doch schon recht stabil an, das musste so etwas wie ein Wochenendhaus sein. Diese Hütte musste jemandem gehören. Manni konnte sie nur gemietet haben, und es musste demnach einen Vermieter geben, den er kannte oder zu dem er anderweitig Kontakt hatte

– vielleicht über das Internet. Und Wochenendhäuser wurden von den Eigentümern normalerweise auch regelmäßig genutzt und gepflegt, zumal, wenn sie als Ferienhäuser vermietet wurden, und die Eigentümer waren ganz bestimmt keine ländlichen Typen, sondern Städter. Die Blockhütte dürfte folglich nicht allzu weit von einer größeren Stadt entfernt sein. Da war das mit der »Wildnis« wohl eher relativ zu verstehen, nämlich gemessen an städtischen Verhältnissen. Wahrscheinlich bedeutete es, dass die Hütte allein im Wald lag, ohne Telefon, ohne Elektrizität, Trinkwasser musste man sich vielleicht aus einem Brunnen oder aus einer Quelle holen, aber sonst hatte der Feriengast ein recht bequemes, wenn auch einsames Leben. Wenn er, dachte Faber, nur an Mannis Computer käme …

Von welchem Flughafen aus, so überlegte er sich, war Manni abgeflogen? Vermutlich hatte die Frau des Taxiunternehmers Hornung recht: Für einen Fernflug nach Kanada kam eigentlich nur Frankfurt in Frage.

Er setzte sich an den Computer, ging ins Internet und rief die Startseite des Frankfurter Flughafens auf. Er klickte sich zu den Abflugzeiten durch. Freitags ging die erste Maschine schon um 2:30 Uhr, ein Nachtflug. Er hatte gar nicht gewusst, dass es das gab. Er suchte die Zielflughäfen ab und wurde schnell fündig: nach Québec, Abflug 6:05 Uhr, Fluggesellschaft Air Canada. Mehr stand nicht dabei. Nun, dachte er, Manni hatte zwar »halb sechs« gesagt, aber Manni übertrieb gerne ein bisschen, und außerdem hatte er »da sitze ich in der Maschine« gesagt, und nicht »da bin ich schon in der Luft«. Eine gute halbe Stunde Boarding-Zeit, das mochte angehen.

Er suchte sicherheitshalber noch den ganzen Freitag ab, fand aber nur noch einen Flug am späten Nachmittag nach Vancouver. Der kam nicht in Frage. Also Québec.

Er rief die Seite von Air Canada auf, gab als gewünschte Flugzeit den vergangenen Freitag, 17. Juli, 6:05 Uhr ein und wartete gespannt. Das musste, wenn er sich nicht täuschte,

Mannis Flug gewesen sein. Heute war Mittwoch, und der Flug lag fast eine Woche zurück. Wenn Faber Pech hatte, dann wäre der schon gelöscht.

Nein, dort war er: AC 6741 Frankfurt – Québec, Abflug 6:05 Uhr, Ankunft Ortszeit 11:55 Uhr mit Zwischenlandung in Montréal. Preis für Hin- und Rückflug: EUR 1.916.–.

Die Ankunftszeit für Montréal stand nicht dabei. Manni Steffan konnte somit entweder am Freitagvormittag in Montréal oder gegen Mittag in Québec ausgestiegen sein.

Faber war wegen seiner Phantasie von der Chefin oft misstrauisch beäugt worden. »Der Faber hat mal wieder Ideen«, so pflegte sie sich abfällig zu äußern, wenn sein Hirn Gedankenfäden spann und zu Gebilden zusammenknüpfte, die sie schwindlig machten. Nun, so beschloss er, würde er diese seine Phantasie voll einsetzen und nutzen. Er würde sich in Manfred Steffans Lage versetzen und so vielleicht erfahren, was er an dessen Stelle getan hätte.

Ich bin jetzt also Manni Steffan, so dachte er, und ich komme nach dem langen Flug von Frankfurt aus in Québec oder Montréal Airport an. Nach der Ortszeit ist es Mittag, aber ich bin schon seit zwölf Stunden unterwegs, leide unter Jetlag und bin müde. Wie komme ich vom Flughafen weiter bis zu dieser Hütte in der Wildnis? Und wie komme ich an den Schlüssel?

Vielleicht holt mich der Vermieter am Flughafen ab, fährt mich mit seinem Wagen bis zur Hütte und schließt dort für mich auf. Könnte man in diesem Fall bei dem Platz am See überhaupt von »Wildnis« sprechen? Selbst, wenn man drei oder vier Stunden Fahrzeit rechnete, der Vermieter müsste ja am selben Tag noch zurück in die Stadt – oder nicht? Und vor allem: Ich wäre in diesem Falle am See allein ohne Fahrzeug, drei Wochen lang. Kein Fahrzeug? Das passte nicht zu Manni.

Was also tue ich? Ich nehme mir am Flughafen für die drei Wochen einen Mietwagen. Aber wie komme ich damit an die

Hütte? Kenne ich den Weg? Ja. Entweder hat der Vermieter mir den Weg beschrieben oder – hoppla! Ich kenne mich aus! Jawohl, ich war früher schon einmal dort.

Aber ich habe keinen Schlüssel. Wie komme ich in die Hütte? Ganz einfach: Der Vermieter hat den Schlüssel dort für mich deponiert. Wir haben vorher alles telefonisch vereinbart. Geht es so? Ja, es geht, aber nur, wenn es eben nicht das erste Mal ist. Es passt also nur zusammen, wenn ich früher schon mindestens einen Urlaub in dieser Hütte verbracht habe. Ich muss als Nächstes also feststellen, ob Manni schon öfter dort war und ob der Eigentümer ihn von da her gut kennt und ihm vertraut.

Das, so dachte Faber weiter, passt dann auch damit zusammen, nicht nur *dass*, sondern auch *wie* Mannis Exfrau Margret gelogen hat: Die Einzelheiten, die sie ungewollt verraten hat, die kennt sie deshalb, weil sie selber die Blockhütte kennt. Sie war schon mit Manni dort, mindestens einmal.

Allerdings habe ich dabei ein Problem: Wenn sie alles leugnet, wie kann ich sie umstimmen?

11

»Miriam liest schon ser flüsig«, stand in noch ein wenig ungelenker Handschrift auf einem großen, weißen Blatt Papier, das Faber an der Tür seines Arbeitszimmers vorfand, als er heimkam. Weiter unten auf dem Blatt stand eine große Fünf mit einem krakeligen Viereck drumherum. Er löste das Papier vorsichtig samt Klebestreifen ab und ging damit hinüber in die Küche.

»Gell, da schaust du?«, begrüßte ihn die Weiche. »Deine Tochter hat ihr erstes Jahreszeugnis bekommen. Da drüben auf dem Tisch liegt das Heft.«

Er nahm es in die Hand und schlug es auf. »Miriam ist ein aufgewecktes Kind«, las er laut vor. Was die Klassenlehrerin der Erstklässler da über »Auffassungsgabe, Leistungsbereitschaft und soziale Kompetenz« seiner kleinen Tochter zusammenfassend berichtete, das machte ihn richtig stolz.

» ›Sie arbeitet selbstständig und braucht selten Anleitung‹. Das heißt«, kommentierte er, »sie ist eigensinnig, das kennen wir. – Weiter: ›Sie erzählt lebendig und wortgewandt.‹ Damit ist gemeint, dass sie viel Phantasie hat und daherplappert. Das ist uns auch bekannt«, brummte er. »Dann: ›Miriam liest schon sehr flüssig mit guter Betonung und versteht den Sinn …‹ – Na hoffentlich! Nun, ja, nicht schlecht.« Er legte das Heft wieder aus der Hand.

»Noten in den Einzelfächern gibt es im ersten Jahr noch nicht«, erklärte die Weiche, »nur diese Zusammenfassung.«

»Und was bedeutet dann diese große Fünf da unten auf ihrer Mitteilung?«, fragte er.

»Das«, so belehrte ihn seine Frau, »ist keine Mitteilung, sondern deine Rechnung. Du hast deiner Tochter Zeugnisgeld versprochen, denke nur nicht, dass sie so etwas vergisst! Das hier«, und damit zeigte sie auf das unregelmäßige Viereck mit der großen Fünf darin, »das ist ein Fünf-

Euro-Schein. Sie ist überzeugt, dass sie den verdient hat. Und ich stimme ihr darin ausdrücklich zu, damit du das nur weißt!«

»Du tust ja geradezu«, knurrte er, »als ob ich geizig wäre.«

»Sieh es doch lieber so«, lachte sie, »deine Tochter kommt, was die Liebe zum Geld angeht, eben ganz nach ihrem Vater.«

»Die Bilder sind weg!« Mit diesen Worten begrüßte Hebenstreit ihn, als er nach der Mittagspause an seinen Schreibtisch zurückkehrte.

»Was für Bilder? Wovon redest du?«

»Der Expressionist aus der Vorhalle des Kurhauses«, erklärte sie.

»Korniliew? Was heißt das: weg? Doch nicht etwa geklaut oder geraubt?«

»'m'm!« Sie schüttelte energisch den Kopf. »Verkauft. So heißt es jedenfalls.«

»Ach was! Verkauft sind die doch schon seit fast einer Woche! Aber sie bleiben bis zum Ende des Monats hängen, so lange läuft die Ausstellung. Also bis zum übernächsten Wochenende. Dann, hat es geheißen, gebe es eine Finissage …«

»Eine was?«, unterbrach sie ihn.

»Eine Abschlussveranstaltung mit Häppchen, Schlückchen und Blabla. Mit dem neuen Eigentümer, so ist es geplant. Und der nimmt sie dann mit nach Russland.«

»Eben nicht«, antwortete sie, »weil sie schon weg sind. Ich war vorhin dort; sie haben die Ausstellung einfach geschlossen. Jemand hatte hier bei uns angerufen und gefragt, was da im Kurhaus los sei. Da hab ich mich auf ›Marilyn‹ geschwungen, bin hingerast und hab mich vergewissert. Das Foyer zum Kurhaus ist verschlossen, aber man kann durch die Glastüren sehen, dass die Bilder nicht mehr dort hängen. Ich hab gleich bei Klapproth angerufen und gefragt, was da los ist.«

»Gut so. Und was sagt er?«

»Er sagt, der Käufer habe entschieden, die Bilder schon jetzt mitzunehmen.«

»Das kann der doch gar nicht! Moment: Hast du ›mitnehmen‹ gesagt? Heißt das, der Käufer ist hier? Hier in der Stadt?«

»Ja, und das schon, halt dich fest!, seit drei Wochen! Er wohnt im Hotel Viktoria. Er ist hier zur Kur, hat die Bilder gesehen und sich spontan entschlossen, sie zu kaufen ...«

»Preis?«, unterbrach er sie.

»Danach habe ich nicht gefragt«, antwortete sie, »weil ich davon ausgegangen bin, dass er doch nichts sagt.«

»Und ihm zuzuhören, wie er herumeiert, das hat dich nicht gereizt?«

»Also gut«, sagte sie. »Ich gebe zu, da muss ich was gutmachen. Und jetzt, sagt Klapproth, hat der Käufer seine Kur plötzlich abgebrochen und ist heimgeflogen. Die Bilder hat er mitgenommen.«

»Aber so was kann der doch nicht machen! Da gibt es doch bestimmt Verträge und so weiter. Hast du den Namen von dem Käufer?«

»Nein, den hat Klapproth nicht herausgerückt.«

»Also, das hört sich alles sehr seltsam an. Da sollten wir unbedingt dranbleiben. Sieh zu, dass du da nochmal nachhaken kannst.«

»Aber das könnte doch sein, dass der Russe seine Kur plötzlich abbricht.«

»Du bist sicher, dass es auch wirklich ein Russe ist? Ist das nicht nur ein Gerücht?«

»Klapproth hat gesagt, er sei heimgeflogen nach Russland. Es kann doch sein, dass er die Kur abbricht, weil – was weiß denn ich? Weil es ihm schlecht geht oder wegen Geschäften. Und dass er die Bilder nicht allein zurücklassen will, weil ihm das zu unsicher ist.«

»Kann alles sein«, brummte er. »Trotzdem, ich hab da so ein Gefühl. Bleib dran.«

»Wo da?«, fragte sie.
»Was – wo da?«
»Dieses Gefühl. Wo hast du das?«
»In meinen inneren Windungen.«
»Gehirn? Oder Gedärm?«
»Weiß ich nicht. Vielleicht beides«, knurrte er.
»Ja, dann … ach, so! Du meinst: wegen Andreas?«
»Hm.«
»Hm – ja oder hm – nein?«
»Hm – vielleicht. Also gut: Doch. Mir ist ganz schlecht, wenn ich mir ausmale, wie das alles zusammenhängen könnte.«

»Hast du irgendwann mal was von dem Russen gehört?«, fragte Faber die Weiche beim Abendessen, »der die Bilder gekauft hat?«

»Meinst du die Gemälde aus der Lounge im Kurhaus? Ja, hab ich«, antwortete sie. »Nicht irgendwann. Heute.«

»Ach!«, rief er aus.

Sie saßen auf der Terrasse, ihrem Sommerwohnzimmer, wie er das nannte, und er schaute zum Himmel über den großen Apfelbaum hinweg, wo der Himmel sich immer mehr verfinsterte. Von ferne hörten sie Donner grollen.

»Ein typisches Hohenlohe-Gewitter«, sagte sie. »Das zieht hier vorbei.«

»Hoffentlich kühlt es die Luft ab«, erwiderte er. »Von wem hast du heute was über den Käufer gehört? Weißt du das noch?«

»Na, sicher. Von Honegg.«

»Von deinem Chef Mikka Honegg?«

»Genau von dem. Was kommt dir daran so seltsam vor?«

»Ich bin nur überrascht, dass der sich um so etwas überhaupt kümmert. Aber über den Namen hat er nichts gesagt, oder?«

»Doch«, antwortete sie, »hat er.«

Sie griff nach seinem Weinglas und trank daraus einen Schluck Tauberschwarz, von dem er sich, wenn er abends nicht mehr arbeiten musste, zum Nachtessen ein Viertel zu gönnen pflegte. Sie schluckte, spitzte anerkennend ihren hübschen Mund und schaute sich intensiv den roten Wein im Glas an. Dann küsste sie das Glas von außen und stellte es wieder vor ihn auf den Tisch.

»Korniljów heißt er«, sagte sie dann.

»Nein«, antwortete er unwillig. »Du meinst Korniliew, so heißt der Maler. Auf der zweiten Silbe betont. Du verwechselst das. Ich meine den Mann, der die Bilder gekauft hat.«

»Der Mann, der die Bilder gekauft hat, heißt Korniljów«, beharrte sie ungerührt, »Ob der Name auf der letzten oder, wie du es aussprichst, auf der zweiten Silbe betont wird, weiß ich nicht. Jedenfalls ist er ein Verwandter des Malers. Eine Art Nachkomme oder etwas Ähnliches.«

Faber starrte sie eine Weile verblüfft an. Dann sprang er auf, rannte in sein Arbeitszimmer und rief Hebenstreit an.

So kam es, dass Hebenstreit am Freitagvormittag der Redaktionskonferenz stolz ein Interview präsentierte.

»Ich hab ihn aufgetrieben«, sagte sie. »Heute morgen. Ganz früh, bevor er aus dem Hotel verschwinden konnte.«

Faber staunte und las auf dem Bildschirm. Die Überschrift lautete:

Er hat die Bilder gekauft: I. L. Korniljów.

Darunter befand sich ein großes Farbfoto von der »Dame mit dem weißen Federhut« und das folgende Interview:

Tauber-Post: Ilja Korniljów, Sie sind ein Nachkomme des großen Expressionisten Alexander Korniliew, aber Ihr Name stimmt mit seinem nicht genau überein. Wie erklären Sie das?

Korniljów: Es ist derselbe Name, nur andere Betonung. Nach der Oktoberrevolution 1917 haben viele Gutsbesitzer ihren Namen geändert. Korniljów klingt mehr nach einfache Arbeiter oder Bauer. Korniliew ist mehr, eh, ich weiß nicht …

TP: Vornehmer?

K: Ja, früher Adelsname.

TP: Und wie sind Sie mit ihm verwandt? Sind Sie wirklich ein direkter Nachkomme?

K: Nicht direkt. Er … also er ist für unsere Familie mehr ein Onkel, nur älter. Wir sagen immer Onkel Alex oder Onkel Sascha.

TP: War er demnach Ihr Großonkel?

K: Noch älter. Eine Generation mehr.

TP: Wie sicher ist es, dass Sie wirklich verwandt sind?

K: Nun, meine … Vorfahren kamen aus seiner Gegend. Sie waren dort vor der Revolution große Bauern. Gutsbesitzer, niedriger Adel. Und wir haben in der Familie nie etwas anderes gehört als, der Maler ist unser Onkel Alex. Vielleicht war er, in Russland sagen wir dwojúrodnij brat, was so viel ist wie Bruder, verwandt über zwei Schritte. Wie sagt man in Deutsch? Onkelsohn?

TP: Vetter? Cousin?

K: Ja, genau. Kusén sagen wir auch. Kusén von Vater von Urgroßvater.

TP: Alexander Korniliew ist in Deutschland ein berühmter Maler geworden. Er war eine Zeit lang mit Kandinsky zusammen, der in München die Künstlervereinigung »Blauer Reiter« gegründet hat. Er hat die meiste Zeit seines Lebens hier verbracht. Sie selber sprechen auch erstaunlich gut Deutsch.

K: Ich habe auch lange gelebt in Deutschland. Ich war Soldat, mehr als zehn Jahre in der DDR, wann ich jünger war.

TP: Sie waren Berufssoldat? Offizier?

K: Ja, ich liebe Deutschland. Und ich liebe Bad Mergentheim. Ich war schon oft hier, dritte Mal. Das Wasser hilft mir sehr, und die Ruhe. Und der Kurpark, er ist sehr schön.

TP: Jetzt aber sind Sie Industrieller. Was ist Ihr Geschäft?

K: Nun, dies und das. Wir wollen über die Bilder sprechen. Ich habe viele gesehen von Onkel Alex. Bei manchen habe ich gesagt: Er war ein berühmter Maler, aber ich verstehe nicht alle Bilder.

TP: Sie sprechen von seinen »Variationen« aus den dreißiger Jahren.

K: Ja. Onkel Alex war ein sehr religiöser Mann und hat am Ende ja gelebt wie ein Mönch. Aber als er jünger war ... Diese Dame mit dem weißen Federhut ...o lala!

TP: Wie sicher können Sie sein, dass die Bilder echt sind und keine Fälschungen?

K: Oh, es gibt gute Zertifikate von einem Professor. In Kjoln.

TP: Von der Hochschule Köln?

K: Ja.

TP: Sie sind überzeugt, diese Geschichte mit dem französischen Sammler ist wahr?

K: Warum nicht? Kurdirektor ist ehrlicher Mann, oder nicht?

TP: Sie haben Ihre Kur abgebrochen.

K: Ja, ich muss zurück, unbedingt. Noch heute Vormittag. Die Bilder sind schon fort. Ich wollte sie nicht alleine lassen. (Lacht) Es gibt viele böse Menschen in der Welt.

TP: Hat Ihr Entschluss, die Ausstellung abzubrechen, damit zu tun? Mit solchen bösen Menschen?

K: Nun, jetzt sind die Bilder ja in Sicherheit.

TP: Heißt das, Sie haben Hinweise auf Gefahr für die Bilder gesehen? Haben Sie eine Warnung bekommen?

K: (schweigt)

TP: Sie schweigen dazu?

K: Ja.

TP: Kamen diese Hinweise von der Polizei?

K: (lacht laut heraus)

TP: Oder vom Kurdirektor?

K: Schon besser.

TP: Wie konnten Sie die Bilder so einfach aus dem Land bringen? Bis man eine Ausfuhrgenehmigung bekommt, das dauert mindestens Wochen, wenn nicht gar Monate!

K: (antwortet nicht, lächelt nur)

TP: Keine Antwort?

K: Njet.

TP: Sie haben die Bilder demnach illegal nach Russland gebracht?

K: (grinst) Illegal? Was denken Sie! Nein, war lange beantragt! Sagen wir: Beziehungen.

TP: Wie haben Sie das an den Grenzen gemacht?

K: Ich sage doch: Beziehungen.

TP: Aber die Ausstellung sollte bis zum Ende des Monats Juli geöffnet bleiben. Sie haben doch sicher einen Vertrag mit dem Kurdirektor. War die Gefahr so groß, dass Sie den Vertrag gelöst haben?

K: Nein, es gibt keinen Vertrag über die Ausstellung.

TP: Aber doch sicher über den Kauf, oder?

K: Ja, sicher.

TP: Wie viel haben Sie für die drei Bilder bezahlt?

K: Zwei Millionen.

TP: Zwei Millionen Dollar?

K: Euro. Sie dürfen es ruhig wissen. Wollen Sie Beleg sehen? Hier. Wie heißt das in Deutsch?

TP: Quittung?

K: Ja, Quittung. Alles bezahlt.

TP: Darf ich das bitte etwas genauer ansehen? Danke, das scheint in Ordnung zu sein. – Zwei Millionen, das ist sehr viel Geld!

K: Für mich sind sie es wert.

Unten rechts war ein zweites Foto mit der Unterschrift: »Quittung über zwei Millionen für die Bilder«, Foto: sh. Darunter stand: Das Gespräch führte Sylke Hebenstreit.

»Kein Foto von ihm?«, fragte Faber Hebenstreit, als sie nach der Sitzung wieder in ihrem Büro waren.

»Nein, das hat er abgelehnt.«

»Wie sieht er denn aus?«

»Etwas über Sechzig, schwer einzuschätzen. Schütteres, graues Haar, Maßanzug. Nicht sehr groß. Im Ganzen gesehen eher ein unauffälliger Typ.«

»Wie ist dein Eindruck von ihm?«, fragte er.

Sie dachte nach. »In erster Linie schlitzohrig«, antwortete sie dann. »›Gerissen‹ wäre die treffende Beschreibung. Der kümmert sich weder um Recht noch Gesetz. Dessen ›Beziehungen‹, die würde ich gerne genauer kennen. Wenn wir die aufdecken könnten, dann hätten wir wahrscheinlich einen richtigen Knüller. Er hat darüber geredet, als wären illegalen Aktionen für ihn so selbstverständlich wie das tägliche Brot.«

»Er hält die Bilder für echt?«, fragte Faber.

»Naja, vielleicht tut er auch nur so, weil er sie in Russland als echt verkaufen will. Muss ich aus deiner Frage schließen, dass du sie für gefälscht hältst?«

»Weißt du, ich habe das Gesicht vom Professor Bronold gesehen, als er die Signaturen mit der Lupe untersucht hat. Wenn ich mir das jetzt noch einmal vorstelle – da bin ich ziemlich überzeugt, dass die Bilder gefälscht sind.«

»Vielleicht hast du recht.«

»Du hast die Quittung geprüft?«

»Ja. Und kopiert.«

»Wie hast du das denn gemacht?«

»Das Bild hast du doch gesehen. Ich hab sie fotografiert.«

»Er hat erlaubt, dass du die Quittung fotografierst, aber nicht sein Gesicht?«

»So ist es.«

»Das kann eigentlich nur bedeuten, dass er ein Gauner ist, aber das Geld ist wirklich geflossen.«

»So seh ich es auch«, sagte sie.

»Und er sei gewarnt worden und habe die Bilder in Sicherheit gebracht? Das kommt mir alles sehr seltsam vor. Könnte es vielleicht sein, dass jemand von hier sie unbedingt aus dem Land haben wollte?«

»Du meinst, jemand wollte sie aus dem Land schaffen, bevor sie geprüft werden konnten? Das könnte allerdings sein. Das würde bedeuten: Derjenige, der ihn gewarnt hat, weiß, dass es Fälschungen sind. So würde es passen. Jemand aus der Kurverwaltung.«

»Also Manni Steffan?«, fragte er. »Aber der ist seit einer Woche in Kanada.«

»Wann war dieser Professor aus München hier?«

»Bronold? Am letzten Freitag. Heute vor einer Woche.«

»Und da war Steffan schon weg?«

»Ja, er ist am selben Tag früh morgens geflogen. Als Bronold im Kurhaus gesagt hat, er wolle die Werke prüfen, saß der Kurdirektor schon lange im Flugzeug, kurz vor der Landung in Kanada.«

»Hat jemand zugehört, wie Bronold das mit der Prüfung gesagt hat?«

»Niemand, so viel ich weiß. Außer ihm und mir war niemand im Foyer.«

»Wie bitte? Kein Wächter?«

»Doch, stimmt! Hinter der Theke saß einer aus der Kurverwaltung.«

»Aha! Und wer?«, fragte sie gespannt.

»Seinen Namen weiß ich nicht. Nur, dass er dort im Büro für Finanzen arbeitet. Mir ist aufgefallen, dass der uns belauscht hat, da bin ich ganz sicher.«

»In der Finanzverwaltung? Folglich wäre Albert Klapproth sein Chef. Dem muss der Wächter sofort berichtet haben, dass Bronold die Bilder prüfen lassen will. Und es sieht so aus, als habe Klapproth daraufhin den Russen gewarnt, gewarnt in Anführungszeichen. Gemeint ist, er hat dafür gesorgt, dass die Bilder verschwinden. Und das bedeutet, er weiß, dass sie gefälscht sind, also wertlos. Und er hat zwei Millionen Euro dafür eingestrichen.«

Faber nickte nachdenklich. »Was ist mit dem?«

»Und der Kurdirektor selbst?«, fragte sie.

Faber schwieg und dachte einige Sekunden nach. »Der auch«, sagte er dann. »Der muss es auch wissen, es gibt keine andere Möglichkeit. Er hat die Ausstellung organisiert. Nun gut, da könnte er sich noch herausreden. Aber er hat den Prospekt geschrieben, und die Geschichte mit dem französischen Sammler – also diesen Bären hat er sich bestimmt nicht von seinem Stellvertreter Klapproth aufbinden lassen. Manni Steffan ist leutselig, und manchmal mag er auch ein bisschen naiv sein, aber er ist nicht so dumm, dass er den Strohmann hergibt und den Kopf für jemanden hinhält, ohne entsprechende«, er rieb Daumen und Zeigefinger gegeneinander, »ohne entsprechende Beteiligung. Und das, meine geschätzte Hebenstreit, das bedeutet, dass wir hier einer ganz gewaltigen Schweinerei auf der Spur sind. Weißt du, wonach das riecht? Nach Geldwäsche!«

»Wir brauchen nur noch die Beweise«, sagte sie und stand auf.

»Na!«, rief er voller Jagdeifer und rammte seine rechte Faust in die linke, hohle Hand, so dass Hebenstreit vor Schreck den Kopf einzog. »Dann: Auf geht's! Beschaffen wir sie! Erste Frage: Woher sind die zwei Millionen gekommen?«

»Der Russe ist schon weg«, wandte sie ein. »Den können wir nicht mehr fragen.«

»Der Russe – ach was! Den brauchen wir nicht. Ein alter Geheimdienstoffizier, der würde uns ohnehin einen Haufen Unsinn erzählen, allein aus Freude daran, uns durch die Gegend zu jagen. Klapproth müssen wir fragen! Die beiden, der Russe und Klapproth, die stecken doch unter einer Decke!«

Er rief gleich in der Kurverwaltung an, aber, so lautete die Auskunft, der Finanzprokurist Albert Klapproth sei nicht im Hause.

Dann rief Faber noch einmal im Polizeirevier an. Dort sprach er mit einer jungen Kommissarin. Er wolle nur nachfragen, sagte er, ob Hinweise auf Andreas Oehms Aufenthaltsort eingegangen seien.

In dieser Sache, so bekam er zur Antwort, gebe es keine neuen Erkenntnisse.

Ob die Möglichkeit bestehe, fragte er, dass jemand sein Gedächtnis einbüße und eine Woche lang oder gar noch länger umherirre.

Diese Möglichkeit, so antwortete die Beamtin, die gebe es zwar, sie sei aber nur sehr theoretisch und komme in der Wirklichkeit nur selten vor. Erfahrungsgemäß würden die Betroffenen nach spätestens einer Woche durch die örtliche Polizei aufgegriffen oder in Krankenhäuser eingeliefert. Wenn es nach mehr als einer Woche keine Spuren gebe, dann wolle entweder der Vermisste nicht gefunden werden, oder aber …

Die Beamtin machte eine bedeutsame Pause.

Faber ahnte, was nun kommen würde. »Oder aber – was?«, fragte er trotzdem.

»Oder aber er ist tot«, antwortete die Kommissarin.

»Was gibt es Neues in Sachen Wildparkmord?«, fragte Faber mit belegter Stimme.

»Nur, dass«, antwortete sie, »seit Mittwoch, also seit der Park wieder offen ist, die Leute wie verrückt dorthin strömen und unbedingt die Geier fotografieren wollen. Und die Bären und so weiter.«

»Bis wann erwarten Sie das Ergebnis des DNA-Vergleiches?«

»Sie meinen mit dem vermissten Andreas Oehm?«

»Ja.«

»Das kommt darauf an.«

»Worauf?«

»Ob das den Dienstweg geht, oder ob es eilig ist.«

»Der Dienstweg geht – wie lange?«

»Wird alles sauber der Reihe nach erledigt. Das kann Wochen dauern.«

»Der Erste Hauptkommissar Lustig hat zu mir gesagt, er dauere nur etwas mehr als eine Woche.«

»Ja, aber nur, wenn es eilig gemacht wird.«

»Aber Sie haben es doch bestimmt eilig gemacht, oder?«

»Das haben nicht wir zu entscheiden. Wir haben das Material nach Tauberbischofsheim gebracht. Alles andere ist Sache der Kollegen vom LKA.«

»Könnten Sie mich mit dem Ersten Hauptkommissar Lustig verbinden?«

»Einen Moment bitte. Ich verbinde.«

Lustig hörte sich Fabers Anliegen in Ruhe an. »Das ist eigentlich nicht unsere Sache«, sagte er dann, »aber ich werde den Kollegen Ungeheur anrufen.«

»Das ist ...«

»Das ist der Mann vom Landeskriminalamt, der den Kollegen in Tauberbischofsheim zur Unterstützung zugewiesen wurde. Der leitet die Sonderkommission Wildparkmord. Der hat das zu entscheiden. Vielleicht macht er es eilig.«

»Bis wann könnten wir in diesem Fall mit dem Ergebnis rechnen?«, fragte Faber.

»Heute ist Freitag«, sagte Lustig, »vor dem Wochenende kommt da also nichts mehr. Ich würde sagen: Frühestens am Montag. Telefonisch.«

»Wenn er sich weigert«, bat Faber, »rufen Sie mich dann an?«

»Was haben Sie vor?«, fragte Lustig zurück. »Wollen Sie ihm die Ohren volljammern? Da werden Sie bei dem kein Glück haben, der ist ein harter Hund.«

»Dann mach ich auf hysterisch«, lachte Faber. »Ich nerve ihn so lange, bis er froh ist, mich wieder loszusein.«

»Ich glaube nicht, dass Sie bei dem damit Glück hätten«, sagte Lustig. »Aber warten Sie erst einmal ab. Es wird, denke ich, schon klappen.«

Danach rief er beim Lenbachhaus in München an. Dort meldete sich eine müde, weibliche Stimme, die verkündete, Professor Bronold sei dauernd unterwegs und überhaupt so gut wie unerreichbar. Faber nannte noch einmal seinen Namen, und ob...

Sie werde dem Herrn Professor einen Zettel auf den Tisch legen, sagte die müde Stimme, und er legte enttäuscht auf.

12

Nach dem Gewitter in der vergangenen Nacht war es abgekühlt. Am Nachmittag rief der Faber zur Chefin hinüber: »Muss noch schnell was erledigen!«, schwang sich auf seinen Asinus ferrari und radelte an die Wolfgangbrücke, um seine Kastanie um Rat zu fragen. Die Chefin hatte ihn beauftragt, Andreas Oehm zu finden, und dazu brauchte er eine andere Umgebung und Ruhe.

Die Kastanie stand gegenüber der Kapelle am anderen Tauberufer und überragte alles, was sonst in der Umgebung stand, die alte Wolfgangkapelle eingeschlossen.

Faber lehnte das violett gestrichene Fahrrad gegen die dicke Natursteinmauer und stützte seine Ellenbogen auf die großen Steine. Zuerst sah er hinunter ins Wasser, das auf ihn zuströmte und schnell unter ihm hindurchrauschte, dann schaute er den Fluss hinauf, wo die Wasserfläche ruhig und glatt war und wo die Erlen und die Pappeln ihre Kronen über dem Fluss schlossen.

Seine Kastanie, schien ihm, schaute in dieselbe Richtung wie er, nur im Unterschied zu ihm genoss sie den ruhigen Sommerspätnachmittag. In ihren vielfingrigen Blättern gab es unregelmäßige, bräunliche Muster aus Minen und Kreisen, durch welche das Sonnenlicht schien. Viele Blätter außen an der hohen Krone wurden schon jetzt, im Hochsommer, gelb.

»Na, Alte«, sagte er, »haben dir die Motten wieder so arg zugesetzt? Ja, wir alle werden nicht jünger.« Dabei war Faber erst wenig über die Fünfzig hinaus. Zwar war die Kastanie erheblich älter als er, aber ob ein großer, starker Baum sich durch solche Binsenwahrheiten trösten ließ, da hatte er doch so seine Zweifel. Was, zum Beispiel, würde er antworten, wenn der Baum zu ihm sagte: »Ja, Faber, wir alle werden nicht jünger«?

Hinter ihm radelte gerade eine Gruppe Fahrradtouristen über die Brücke, manche von ihnen ausstaffiert wie bunte

Papageien. Alle trugen Helme und wunderten sich über den seltsamen Mann mit dem grauen Zopf, der da an der Brüstung stand und dem Baum am Ufer großartig klingende Allgemeinplätze verkündete.

Die Kastanie hatte dem Faber früher schon Antworten auf viele Fragen gegeben, und so hoffte er, dass ihm auch heute ihr Anblick weiterhelfen würde. Doch der Baum schwieg. Faber wollte sich schon enttäuscht abwenden, als ihm einfiel, dass er sie ja noch gar nichts gefragt hatte. Ohne Fragen konnte es keine Antworten geben. Deshalb war es ja so wichtig, wenn einer auf der Suche nach Antworten war, dass er vorher die richtigen Fragen zu den Antworten fand.

Ich muss dringend, so dachte er, mit Manni Steffan sprechen. Wie bringe ich seine Exfrau Margret dazu, mir seine Urlaubsadresse zu verraten? Was ist vor einer Woche, in der Nacht vom Donnerstag zum Freitag, passiert? Und wie finde ich Andreas Oehm? Vor Jahren waren Andreas und ich befreundet. Wie gut kenne ich ihn wirklich?

Eine Szene fiel ihm ein, die sich vor ein paar Jahren abgespielt hatte. Hebenstreit war noch gar nicht bei der Zeitung gewesen. Robert Moos, inzwischen längst im Vorruhestand, war noch stellvertretender Redaktionsleiter gewesen, und Faber hatte mit Andreas Oehm das kleine Büro geteilt.

Bei einem Blick über seinen Schreibtisch hinweg fiel dem Faber Andreas Oehms starres Gesicht auf, mit dem dieser konzentriert auf den Bildschirm seines Computers starrte und von Zeit zu Zeit Flüche murmelte.

»Andreas?«

»Ja, entschuldige. Ich habe nur kurz … was nachgeschaut …«

Faber nickte und wandte sich wieder seiner Arbeit zu.

»Noch nichts Wichtiges passiert«, sagte Andreas. »Erst das zweite Rennen.«

Als Faber die schmale Holztreppe heraufkam, saß Andreas immer noch vor seinem Computer und starrte auf den

Bildschirm, als hätte er sich nicht bewegt, seit Faber vor einer Stunde das Zimmer verlassen hatte.

»Andreas?«

Oehm hob den Blick vom Bildschirm und sah ihn an.

»Alles in Ordnung?«, fragte Faber.

»Ja, sicher«, antwortete Andreas.

Faber trat vorsichtig an Oehms Schreibtisch heran. Auf dem Bildschirm erblickte er unter dem schwungvollen Logo eines Wettanbieters eine lange Liste von Resultaten und Namen, offenbar Pferdenamen. Neben Andreas lag ein Notizbuch, dessen Seiten mit eilig hingeworfenen Zeichen und Zahlen beschrieben waren, vermutlich kombinierte Wetten und Versuchsanordnungen, die nur Andreas verstand.

»Du, Andreas«, sagte Faber, »ich muss mit dir reden.«

Andreas riss den Blick vom Bildschirm los, sah Faber an und lächelte unsicher.

»Über deine Wetten«, sagte Faber. »Deine Spielsucht.«

Andreas nickte und starrte weiter auf den Bildschirm.

»Du hast vorhin verloren, stimmt's?«

Andreas nickte wieder.

»Schon oft«, fuhr Faber fort. »Schon länger. Vielleicht schon seit Jahren. Richtig?«

Andreas nickte wieder.

»Stimmt«, sagte er.

»Ich glaube«, sagte Faber, »dass du unbedingt damit aufhören musst, und zwar jetzt gleich.«

»Klar«, sagte Andreas.

»Aber du spielst weiter.«

»Klar«, sagte Andreas.

Faber schwieg eine Weile. »Wie hoch sind die Einsätze?«, fragte er schließlich.

»Hoch«, sagte Andreas.

»Hohe Einsätze«, sagte Faber, »das bedeutet hohe Verluste.«

»Oder hohe Gewinne«, sagte Andreas. »So wie das hier.« Er deutete auf den Bildschirm. »Dreier-Kombi mit zwei Favoritensiegen, Faktor achtzehn. Aus tausend Euro werden achtzehntausend, verstehst du? Da kommt alles leicht wieder rein – und noch viel mehr!«

»Wie hoch war dein höchster Gewinn bisher?«

»Zwanzigtausend. Im letzten Jahr, in Marbella. Roulette.«

»Und der höchste Verlust?«

»Ein bisschen mehr als achtzigtausend.«

»Achtzigtausend! Bei welcher Gelegenheit?«

»Auch in Marbella beim Roulette.«

»Beides bei derselben Gelegenheit vor einem Jahr?«

Andreas nickte. »Es fing wirklich gut an, weißt du.«

»Du hast am Anfang zwanzigtausend gewonnen, und am Ende hattest du mehr als achtzigtausend verloren?«, fragte der Faber ungläubig.

»Es fing wirklich gut an«, wiederholte Andreas, »aber dann …« Er zuckte die Schultern. »Pech.«

»War das in einem staatlichen Spielcasino?«, fragte Faber. »Oder wie ist das in Spanien? Privat, aber staatliche Aufsicht?«

»Weder – noch«, sagte Andreas.

»Illegal folglich?«

»Hm.« Andreas nickte und starrte dabei immer noch auf seinen Bildschirm.

»Die haben dich erst angefüttert und dann abgezockt!«

»Es fing wirklich gut an, glaub mir's!«

»Und wie hoch sind deine Schulden jetzt?«, fragte Faber.

»Das weiß ich nicht genau«, antwortete Andreas. »Ziemlich hoch jedenfalls. Aber Mikka Honegg hat mir gute Bedingungen gemacht, da kann ich das in Monatsraten abzahlen. Und dann hab ich ja noch einen Teil von dem Geld aus meiner Wohnung.«

»Du hast deine Wohnung verkauft?«

»Aber ich hab sie gleich zurückgemietet.«

»Du musst mit all dem sofort aufhören!«, drängte Faber.

»Sicher«, sagte Andreas.

»Das macht dich kaputt! Du kommst davon nie mehr los!«

»Ach, was! Wenn ich will, jederzeit«, entgegnete Andreas, ohne den Blick vom Bildschirm zu lösen.

Das war vor jetzt etwa fünf oder sechs Jahren gewesen. Das freundschaftliche Verhältnis war schon vorher ziemlich abgekühlt gewesen, seit Faber Andreas' damalige Freundin kennengelernt und, er konnte es nicht anders nennen, sie ihm ausgespannt hatte. Ursula Weiche, die ihm anfangs als ein knuspriger Brocken erschienen war. Doch dann war alles ganz anders gekommen. Er, Faber, hatte sich ernsthaft in sie verliebt, und schon bevor die Weiche schwanger geworden war, war ihnen beiden klar gewesen, dass sie zusammengehörten wie die zwei Hälften eines Ganzen. Dann war Miriam unterwegs und drängte sich unaufhaltsam ins Leben, und Uli Faber und Ursula Weiche hatten, wie die Weiche es poetisch ausgedrückt hatte, ihre Herzen über die bürgerliche Mauer geworfen. Mit anderen Worten: Sie hatten geheiratet.

Andreas hatte getan, als interessierte es ihn kaum und als ginge es ihn nichts an. Doch nachdem Faber sich über seine Glücksspielsucht klar geworden war, hatte das Verhältnis sich noch mehr abgekühlt, weil Andreas sich verschloss und dichtmachte, sobald Faber ihn darauf ansprach. Faber hatte ein Zeit lang überlegt, ob er mit der Chefin über Andreas und sein Problem sprechen müsse, aber er hatte beschlossen, das zu unterlassen, solange Andreas das Geld der Zeitung nicht anrührte. Doch von da ab waren ihre Wege immer deutlicher auseinandergegangen.

In den Jahren davor hatte sie dagegen eine spannungsreiche Freundschaft verbunden. »Spannungsreiche Freundschaft«, das traf es genau. Der Ausdruck gefiel dem Faber. Es war eine spannende Zeit gewesen, aber auch eine, in welcher sie unter den Spannungen, die zwischen ihnen auftraten, immer wieder gelitten hatten. Andreas neigte zu Leichtsinn, er konnte den Stress großer Risiken geradezu körperlich auskosten. Wenn etwas völlig schiefgehen könne, so sagte er, dann nehme er das Leben erst richtig wahr und könne es genießen. Den Faber hatte das oft gestört, doch das Vertrauen zwischen den beiden Freunden war dadurch nicht zerrüttet worden.

Gibt es, so dachte er, aus diesen Jahren etwas, woran ich anknüpfen könnte, um ihn aufzuspüren? Was würde Charly Thoma, mein früherer Lehrmeister, jetzt tun? Er würde »radikal« vorgehen, so hatte er das immer genannt und damit gemeint: von der Wurzel, vom Ursprung her. Eine Sache dadurch verstehen, dass man sich klarmacht, wie sie geworden ist. »Geschichtlich denken« hat er dazu auch gesagt, und die Gedankenwelt des Menschen, von dem man etwas erfahren will, intuitiv aufnehmen und auf sich wirken lassen.

Andreas Oehms Denkwelt, dachte Faber weiter, ist kompliziert. Er ist sprunghaft. Wenn ich versucht habe, ihn auf seine Spielsucht anzusprechen, hat er sofort abgewehrt: »Lass nur, Faber, es ist alles wieder okay, ich hab das im Griff«. Und ich habe, dachte Faber, in der Tat nichts beobachtet, was auf einen Rückfall schließen ließe. Doch in der Regel hat ein Suchtkranker nicht die Kraft, sich selber zu befreien.

Wenn sein Verschwinden mit einem Rückfall zusammenhing, dann sah es übel aus. Dann durften sie nicht ausschließen, dass er sich zurückgezogen hatte, um sich das Leben zu nehmen. Im anderen Fall ... Hat Andreas vielleicht, ohne dass wir es gemerkt haben, eine Therapie gemacht? Falls es so war – ließe sich das überhaupt feststellen?

Vielleicht, dachte Faber weiter, kann Hans Menke helfen, Suchtberater bei der Diakonie, den habe ich vor einem Jahr interviewt und einen Bericht über seine Arbeit geschrieben. Der kann mir vielleicht sagen, welcher der Therapeuten aus der Gegend auf Spielsucht spezialisiert ist. Einen Versuch ist es jedenfalls wert. Ich werde ihn nachher anrufen.

Diese Spur, dachte Faber, ist sehr mager, sehr mager. Gibt es noch einen anderen Weg? Vielleicht über seinen Computer? Der befindet sich auf dem Schreibtisch im Wohnzimmer, soviel ich weiß, das heißt, wenn er nicht auch schon bei der Polizei ist. In die Wohnung hineinzukommen, das wäre wahrscheinlich kein so großes Problem; entweder müsste ich Hauptkommissar Lustig einwickeln oder den Hausmeister oder notfalls müsste ich es auch auf einen Einbruch ankommen lassen.

Er zuckte resigniert mit den Schultern. Eine Zeit lang, dachte der Faber weiter, und er wurde es gar nicht gewahr, dass er jetzt Andreas direkt ansprach, hatten wir sogar unsere privaten PCs vernetzt, einfach nur so aus Spaß an der Technik, oder um Spiele auszuprobieren. Das war damals ganz neu, dieses Anyplace Control. Heute arbeite ich täglich damit, wenn ich von meinem Schreibtisch in der Liobastraße aus mit meinem Computer in der Redaktion arbeiten will. Aber wir haben damals das Host-Modul für den zweiten Computer auch in deinem Gerät installiert, so konnte ich jederzeit in deinen PC. Über ein Kennwort, selbstverständlich. Das für deinen hieß … warte! Richtig: »Morgengrauen«. Typisch für dich, den Spottnamen unserer Chefin Luise Blaustein zu wählen, du warst schon immer ein frecher Hund.

Mein Kennwort war übrigens ganz anders, auch die Wahl der Kennworte spiegelte den Unterschied unserer Charaktere. Es war etwas Systematisches, eine Art Anagramm aus den Anfangsbuchstaben meines Namens und den Ziffern des Geburtsjahres. 57HU19F könnte es gewesen sein, aber auch etwas ganz anderes, ich hab es schon damals dauernd durcheinandergebracht.

Doch dann kamen erst die Weiche und dann Miriam, und alles änderte sich. Damals hätte ich, so sehe ich es heute, die Tauber-Post verlassen und mir eine andere Stelle suchen sollen. Aber in meinem Leben hatte sich so vieles so überstürzt verändert, dass ich manche Veränderung gar nicht richtig wahrgenommen habe. Auch das Interesse und erst recht das Vertrauen für Spielereien im PC des anderen haben wir verloren.

Diese Verbindung durch Anyplace Control von der Redaktion zu dem PC zu Hause – hast du dir die auch eingerichtet?

Angenommen, du hättest sie ebenfalls installiert ... und aus alter Bequemlichkeit dein Passwort für beide übernommen ... dann käme ich vielleicht an deine Daten. Und die wären aktuell dieselben wie bei dir zu Hause.

Eilig schwang Faber sich aufs Rad und trat heftig in die Pedale.

»Danke!«, rief er laut der Kastanie zu.

Eine alte Frau, die gerade hinter ihm die Straße überquerte, schaute ihm verblüfft nach.

»Keine Ursache!«, lachte sie und winkte hinter ihm her.

Doch der Faber merkte nichts davon. Er fuhr zurück ins Redaktionsbüro.

Dort suchte er im Telefonbuch unter »Suchtberatung« und rief dort an. Hans Menke würde jetzt keine Zeit haben, aber vielleicht konnte er einen Termin mit ihm ausmachen. Der Suchtberater erschien vor seinem inneren Auge, weißhaarig mit kurzgeschnittenem, weißem Vollbart, obgleich der Therapeut noch keine fünfzig Jahre alt war. Vertrauenerweckend strahlte er Ruhe und Gelassenheit aus. Ein Profi. Nach mehreren Rufzeichen meldete sich der Anrufbeantworter mit der Stimme von Menke, er befinde sich gerade in einer therapeutischen Besprechung und man möge doch bitte seine Rufnummer hinterlassen, er werde so bald wie möglich zurückrufen. Faber gab seine Handynummer durch, versicherte, es sei dringend, und legte wieder auf.

Dann ging er hinüber ins Nachbarzimmer, setzte sich dort an Andreas' PC und schaltete ihn ein. Der knurrte wie ein alter Teddybär, als wollte er sich dagegen wehren, hochgefahren zu werden. Als der Anmeldebildschirm erschien, wurde das Kennwort gefordert. Er tippte »Morgengrauen«. Andreas Oehms Computer öffnete sich. Der Desktop zeigte nicht mehr, wie Faber es in Erinnerung hatte, eine Hügellandschaft mit Wiesen, Blumen und einem Bach. Jetzt zeigte das Bild einen Boxer von vorne. Man sah übergroß zwei goldbraune Boxhandschuhe und dahinter ein Paar wachsamer, schwarzer Augen unter einer zornig gefurchten, dunklen Stirn.

Faber atmete auf. Es hatte geklappt. Er war ein positiver Pessimist, er rechnete immer mit dem Schlimmsten und konnte sich dann um so mehr freuen, wenn es nicht eintraf.

Zuerst checkte er die Mails, die Andreas auf seinem offiziellen Mailaccount der Tauber-Post erhalten hatte. Allerdings konnte er da nur das Übliche finden – Pressemitteilungen, Ankündigungen, Beschwerden oder Antworten auf Rechercheanfragen.

Aber damit hatte Faber gerechnet. Er begann zu suchen, und in kurzer Zeit hatte er ein weiteres E-Mail-Konto gefunden, das Andreas sich bei dem Anbieter einer großen Suchmaschine eingerichtet hatte. Und Andreas hatte genau das getan, wovor sie alle immer gewarnt worden waren – er hatte für den Zugang dasselbe Passwort benutzt wie auch sonst. »Morgengrauen«!

Er öffnete Oehms E-Mails. Die Eingangsbox war leer. Dann ging er auf »Gelesene E-Mails«. Eine lange Liste tauchte auf, häufig erschien »martinajoost@gmx.de«, Oehms Freundin. Dann drei-, nein, viermal »klapproth@kurverwaltung.mgh.de«. Was konnte Albert Klapproth, der Fachmann für Finanzen in der örtlichen Kurverwaltung, dem Lokalredakteur Andreas Oehm Interessantes mitgeteilt haben? Er öffnete eine Mail des Prokuristen, es war die letzte in der ganzen Reihe, und traute seinen Augen nicht.

Die ganze E-Mail bestand nur aus Zahlen. Oben drüber stand 07-15. 12:31:12, also war sie bei Oehm am Mittwoch eingegangen, einen oder zwei Tage, bevor er verschwand. Lauter Ziffern in kleinen Gruppen: *27 2 26 20 3 33 17 3 16 24 27 13 26 3 9 8 16 20 9 26 26 27 13 …* Die bis zum Schluss mehr als doppelt so lange Zahlenkolonne endete mit *8 6 24 00 0711tmt.*

Ein Code, keine Frage! Was hatten ausgerechnet die zwei miteinander für Geheimnisse? Schnell druckte er sich eine Kopie davon aus.

Außerdem gab es eine Mail von einem Absender mjasnik.bcp@estar.com. Er stand nur einmal in der Reihe, vor Albert Klapproth die zweitletzte Adresse. Estar, das klang nach einem Freemailanbieter.

Faber startete einfach den Internetbrowser und gab dort die Webadresse ein. Und gelangte sofort auf eine Seite, die offensichtlich freie E-Mail-Adressen anbot, und zwar auf spanisch. Im Impressum fand er seine Vermutung bestätigt: Der Sitz des Unternehmens war in Barcelona.

Von dieser Domain gab es noch eine zweite Adresse: »nadja-markova@estar.com«, gleich vier-, fünf-, nein, sechsmal.

Schau an, dachte der Faber, ein zweiter Frauenname! Hat er also tatsächlich irgendwo eine Zweite am Bändel!

Er öffnete wahllos eine dieser Mails mitten in der Liste. Die Nachricht war sehr kurz, sie hatte weder Anrede noch Unterschrift und lautete nur: »Du bist nicht vergesen.«

Was bedeutete das fehlende »s« in »vergesen«? War es ein simpler Tippfehler?

Er öffnete die nächste Mail von »nadja-markova@estar.com«. Dort stand genau derselbe Text: »Du bist nicht vergessen.«

Bin ich jetzt so durcheinander, dachte er, oder was ist los? Dann sah er: »vergessen« war richtig geschrieben. Er verglich noch einmal mit dem vorigen Text. Beide E-Mails waren, mit Ausnahme des Fehlers, Wort für Wort gleich, beide trugen weder Anrede noch eine Unterschrift des Absenders. Zwischen beiden Mails lag ein Zeitabstand von etwa vier Wochen.

Weiter, die nächste Nachricht mit dieser Adresse. Wieder »Du bist nicht vergessen«, wieder etwa vier Wochen, wieder weder Unterschrift noch Anrede.

Er überlegte: Hier war eine Frau, die Andreas offenbar gut kannte, und die ihm in regelmäßigen, nämlich monatlichen Abständen versicherte, dass er in ihren Gedanken eine wichtige Rolle spiele.

Sofort begann der Faber, an die Adresse eine Mail zu schreiben: »Wo finde ich Andreas? Wir suchen ihn und machen uns große Sorgen ...« Doch dann merkte er, dass das ein Fehler sein konnte – schließlich benutzte er ja dabei Andreas eigenen Mailaccount. Also löschte er wieder, was er schon eingetippt hatte, und notierte sich nur die vier Adressen.

Er öffnete die letzten drei Mails von »nadja«. Zwei hatten wie die anderen einen Zeitabstand von einem Monat und denselben Text: »Du bist nicht vergessen!« Die letzte hatte zur vorletzten einen Zeitabstand von nur zehn Tagen und lautete: »M von bcp kommt mittwoch.«

Oben drüber stand die Zeit: »07-11, 09:56:07«. Diese Nachricht war somit bei Andreas am elften Juli eingegangen, einem Samstag, kurz vor zehn Uhr am Vormittag, fünf Tage, bevor er verschwand.

Faber überlegte immer noch, ob er versuchen sollte, mit dieser Nadja in Kontakt zu kommen.

»Du bist nicht vergessen!«, das musste nicht unbedingt positiv verstanden werden, etwa als Versuch, Andreas zu trösten. Es könnte auch eine Drohung sein, eine Androhung von Rache beispielsweise.

Wer oder was war »bcp«? Eine Buchstabenkombination, die wie der Name einer Firma klang. War »M« ein Vertreter dieser Firma? Aber warum hieß es dann nicht einfach: »Unser Herr Mosbacher«, oder wie auch immer der mit vollem Namen heißen mochte, »kommt zu Ihnen«? Und was hatte die seltsame Nadja mit so einer geheimnisvoll auftretenden Firma zu tun? Stopp, »bcp«! Er schaute nachdenklich auf seine Notizen und kontrollierte und verglich sie noch einmal mit denen im Computer. »mjasnik.bcp@estar.com«. M von bcp hieß also Mjasnik, zumindest als Adresse. Was bedeutete das Wort? Es klang slawisch. »Maslo«, so fiel ihm ein, hieß das nicht »Butter« auf russisch oder tschechisch? Oder nicht doch »smetana«? Nein, smetana, das war der Rahm oder die Sahne.

Er öffnete die E-Mail von »mjasnik.bcp@estar.com« und fand zu seiner Überraschung die Worte: »la ventana gris cerrada en jueves medianoche« vor. Was sollte das jetzt wieder sein? Holperiges Spanisch offenbar. Faber ließ sich den Ausdruck über eine Internetseite übersetzen: »Das graue Fenster geschlossen am Donnerstag Mitternacht«. Datum und Uhrzeit der Mail: 07-13, 05:59:44. Dreizehnter Juli, also Montag, früh, schon vor sechs Uhr.

Das alles führte ihn zurück zu der Frage, die er sich in Gegenwart von Hebenstreit schon einmal gestellt hatte: Was hatte Andreas mit Menschen zu schaffen, die möglicherweise für sein Verschwinden oder sogar seinen Tod verantwortlich waren? Liefen hier wirklich zwei Fäden zusammen? In den Überlegungen vor ein paar Tagen war es um eine geheimnisvolle Gruppe von Leuten gegangen, die einen Menschen aus dem Weg schafften, indem sie ihn mit einem oder mehreren Schüssen töteten, seine Leiche mehr oder weniger fachgerecht zerstückelten mit dem Ziel, die Identifizierung des Toten zu verhindern oder sie doch so lange wie möglich hinauszuzögern, damit sie sich weit genug absetzen konnten, um sich sicher zu fühlen. Für so etwas kam nur eine Bande professioneller Verbrecher in Frage, eine international agierende, gut organisierte Gruppe, die wie eine Firma geführt wurde.

Und das Opfer musste jemand gewesen sein, der dieser Bande gefährlich wurde, ein Mitglied einer Konkurrenzbande. Vielleicht.

Es könnte aber auch ein Mitglied des eigenen Clans gewesen sein, ein Verräter, der als Zeuge gefährlich zu werden drohte.

Oder es könnte sich, drittens, um jemanden gehandelt haben, der von außen kam; um einen Journalisten etwa, der recherchierte und dabei den Gangstern auf die Spur gekommen war und sich in die Bande eingeschlichen hatte. Hatte Andreas diese Leute ausgeforscht, und war er ihnen dabei gefährlich geworden? Bei seiner Neigung, hohe Risiken einzugehen, ohne sich abzusichern, wäre es ihm zuzutrauen, dass er solche Nachforschung allein unternommen hatte, um auch die Lorbeeren alleine ernten zu können.

»Mjasnik« von »bcp«. Die Abkürzung »M« konnte nur bedeuten, dass Andreas wusste, wer damit gemeint war, und dass er diese Person möglicherweise kannte. War bcp so etwas wie die Chefetage der Bande? War Mjasnik also ein Bote? Was sollte er oder sie ihm mitteilen oder bringen? Sollte er ihm unter einem Vorwand den Tod bringen, mit einer Tokarew TT-33, einer russischen Armeepistole? War also Mjasnik Andreas Oehms Mörder? »Das graue Fenster geschlossen am Donnerstag Mitternacht«: Wurde so Andreas Oehm sein Todesurteil mitgeteilt? War Andreas »das graue Fenster« gewesen, das von der Bande »geschlossen« worden war, weil durch ihn Einblick von außen in die »Familie« gedroht hatte?

Es könnte, dachte Faber, so sein, aber es könnte auch alles ganz anders sein. Doch für den Fall, dass das, was er da in der Hand hielt, nur ein einziger Faden war, und nicht deren zwei oder noch mehr, in diesem Falle wäre dieser eine Faden sehr gefährlich. Äußerst gefährlich sogar. Wenn ich daran nur ein kleines bisschen ziehe, so dachte er, dann … Nein, vorerst werde ich mich hüten, das zu tun. Eine Bombe könnte daran hängen und mich zerreißen. Er hielt seine Hand so, als fasste er damit einen starken Faden. Dann zog er daran mit einem Ruck und sagte laut: »Bumm!«

Als der Faber an diesem Abend nach Hause kam, war es schon spät. Die Weiche und Miriam waren gerade mit dem Abendessen fertig geworden. Der Faber hatte seiner Tochter am Telefon versprechen müssen, ihr vor dem Einschlafen eine Geschichte zu erzählen.

»Miriam ist schon oben«, sagte die Weiche.

»Erzählst du mir noch die Geschichte? Du hast es versprochen!«, sang Miriam oben in ihrem Kinderzimmer, als er auf der Treppe war.

»Ich lese dir eine Geschichte vor«, antwortete er, ebenfalls singend.

»Nicht lesen!«, sang sie zurück. »Lesen kann ich alleine. Du musst erzählen, selber ausdenken!«

»Also gut«, rief er im selben Singsang, den seine Tochter manchmal im Umgang mit ihm anwandte, »ich komme ja schon.«

»Trinkst du zum Nachtessen Bier oder Wein?«, rief die Weiche aus der Küche mit betont nüchterner Stimme.

»Rotwein«, antwortete der Faber, mit knödelndem Tenor singend.

Miriam saß in ihrem Hochbett und schaute erwartungsvoll auf die Tür. Als Faber das Kinderzimmer betrat, legte sie sich auf die Seite, schloss die Augen und steckte den Daumen in den Mund.

Er stellte sich dicht ans Bett, direkt neben die Leiter, und legte bequem den Arm auf die Kante. So war er mit ihr auf einer Augenhöhe.

»Es waren einmal in einer kleinen Schafherde zwei Freunde«, begann er zu erzählen, »zwei Widder an den warmen, trockenen Hängen des Taubertales. Es ist die Geschichte von den zwei Widdern. Widder sind männliche Schafe«, erklärte er seiner kleinen Tochter. Sie nickte dazu mit geschlossenen Augen. »Der eine Widder war rot«, fuhr er fort, »und der andere ...«

Miriam schlug die Augen auf und nahm den Daumen aus dem Mund. »Ein rotes Schaf?«, unterbrach sie ihn ungläubig. »Du kannst Rot doch gar nicht richtig sehen!«

»Nun«, sagte er, »ich meinte eigentlich mehr braun.«

»Rotbraun«, erklärte sie und nickte. »Die kenn' ich. Solche gibt es im Wildpark.«

»Genau, rotbraun war er, der eine Widder«, stimmte er eifrig zu. »Jetzt weiß ich's wieder. Und der andere war grau und schwarz gescheckt. Sie weideten an jedem Tag zusammen mit den anderen Schafen auf den Trockenwiesen zwischen den Steinklingen und freuten sich am warmen Sonnenschein und den bunten Blumen. Und wenn es einmal kalt oder neblig war, dann standen sie dicht beieinander und schützten sich so gegenseitig vor dem Wind und vor der Nässe. Es waren noch andere Schafe in der Herde, ein altes Mutterschaf, das war schon ein bisschen zottelig, und viele andere. Eines war klug, das andere war sehr groß, eines war ein bisschen einfältig und ein anderes war neugierig. Doch das Mutterschaf hatte das Sagen in der Herde, wie sich das bei Mutterschafen so gehört, und die anderen, vor allem die weiblichen Schafe, waren damit ganz zufrieden.

Nur die beiden Widder, der rotbraune und der grau gescheckte«, erzählte er weiter, »die gingen eigensinnig ihrer Wege. Beide hatten sie starke Hörner, die waren gewunden und sahen aus wie große Schnecken, und mit denen kämpften sie und stießen einander und spielten das Königsspiel. Beim Königsspiel stellte der eine Widder sich auf einen Erdhügel oder auf einen Baumstamm oder auf einen Felsen, und der andere musste versuchen, ihn dort zu verdrängen oder herunterzustoßen und seinen Platz einzunehmen. Meist gewann dabei der graue Widder mit dem gescheckten Fell. Dann ärgerte sich der rote Widder, denn er war ein schlechter Verlierer. Trotzdem blieben sie Freunde. – So«, sagte er, »so weit für heute. Ein andermal geht die Geschichte weiter.«

Sie nuckelte noch einmal an ihrem Daumen, dann ließ sie ihn aus dem Mund fallen und nickte, schon halb im Schlaf.

»Schlaf gut, meine Kleine«, sagte er.

»Noch Öhrle machen!«, murmelte sie.

Er strich ihr über das lange, dunkelbraune Haar und zog ihr die dünne Sommerdecke bis über das Ohr.

Dann schlich er auf Zehenspitzen aus dem Kinderzimmer.

13

Am Samstag waren der Faber, seine an diesem Morgen auffällig in sich gekehrte Weiche und beider quirlige Tochter Miriam mit ihrem Frühstück auf der Terrasse fast fertig, als im Haus das Mobiltelefon mit der Kuhkette rasselte. Faber ging dem Geräusch nach und fand das Handy im Flur auf der Ablage. Er meldete sich und erwartete, dass der Suchttherapeut Hans Menke wie versprochen zurückrief, aber die Nummer, die das Display anzeigte, war ihm unbekannt, und auch die Stimme, die sich meldete, konnte er nicht gleich einordnen.

»Guten Morgen, Herr Faber. Bitte geben Sie mir Ihre private Festnetznummer. Sie sind doch jetzt gerade daheim?«

»Ja, sicher«, antwortete der Faber, »aber wer ...«

»Ach, so! Ja, entschuldigen Sie! Bronold hier. Sie haben gestern versucht, mich zu erreichen. Unsere Sekretärin hat mir eine Nachricht hingelegt, aber ich habe nur Ihre Handynummer. Die wird mir zu teuer, Sie wissen ja, staatliche Stellen ... Wenn Sie mir ihre normale Nummer geben, rufe ich Sie gleich über das Netz an. Da habe ich eine Flatrate. Also, ich schreibe mit.«

»Guten Morgen, Herr Professor! Puh!« Faber gab geräuschvoll die Luft wieder frei, die er für die Antwort in seinem Brustkorb gespeichert, aber nicht gebraucht hatte, weil er nicht zu Wort gekommen war. Dann gab er die Ziffern durch, gut verständlich und in Zweiergruppen geordnet.

»Danke«, sagte Bronold, »bis gleich.« Und im Handy machte es »blip«.

»Bronold hat anscheinend etwas gefunden«, sagte Faber zur Weichen, als er wieder auf die Terrasse kam, schon mit dem Telefon in der Hand. »Die Sekretärin hat ihm ausgerichtet, dass ich gestern versucht habe, ihn zu erreichen. ›Unsere Sekretärin‹ hat er gesagt. Die hatte eine müde Stimme und eine abweisende Art, mit den Leuten umzugehen. Er ruft gleich wieder an.«

»Wahrscheinlich müssen zwei Professoren sich eine Sekretärin teilen«, vermutete sie. »Für sie bedeutet das, dass sie zwei Chefs hat, von denen jeder etwas anderes will und anordnet. So etwas nervt. Ich kenne das.«

Die Weiche, das war dem Faber wohl bekannt, litt unter ihren beiden Vorgesetzten, die so gegensätzliche Charaktere waren.

Das Telefon in Fabers Hand düdelte, und er meldete sich.

»So«, hörte er Bronolds Stimme, »jetzt. Erst einmal möchte ich hören, wie es bei Ihnen aussieht. Was macht die Ausstellung? Wie ist die besucht?«

»Die«, antwortete der Faber, »ist abgebrochen worden.« Er stand eilig auf und ging barfuß mit dem Hörer am Ohr in den Garten hinaus zu seinem Liegestuhl am Himbeerbeet.

»Aha! Tatsächlich?«, rief der Professor triumphierend, als habe er genau das erwartet. »Und wo sind die Bilder?«

»Die hat der Käufer gleich mitgenommen. Nach Russland.«

Aus dem Telefon schallte plötzlich wieherndes Gelächter, so hemmungslos, dass Faber den Hörer einen Meter vom Ohr weghalten musste, sonst, so fürchtete er, würde es ihn das Trommelfell kosten.

»Nach Russland«, prustete Bronold, »wie schön! Von dort kommen sie ja auch, die Welt ist halt doch nur ein Dorf. Weiß man etwas über den Käufer?«

»Ja, er heißt Korniljów wie der Maler Alexander Korniliew, nur mit Betonung auf der letzten Silbe, und er behauptet, er sei ein Verwandter von ihm. Der sei sein ›Onkel Alex‹.«

»Heißt das, es geht ihm mehr um eine emotionale Beziehung als um eine Wertanlage?«

»Wenn er die Bilder nicht gleich wieder verkaufen will, könnte man das vermuten. Man könnte vielleicht auch sagen: Gefühlsduselei.«

»Nun«, sagte Bronold, »dann hat er ja, was er haben wollte. Weiß man, wie viel er bezahlt hat?«

»Ja, das weiß man. Zwei Millionen Euro.«

»Wieviel!?«, rief Bronold.

»Sie haben richtig gehört. Zwei Millionen. Wir haben eine Kopie der Quittung.«

»Aber die sind höchstens zwanzigtausend wert!«, sagte Bronold. »Und die zwei Millionen sind wirklich geflossen?«

»Ja, eindeutig. Aus Ihren Worten schließe ich: Es handelt sich um Fälschungen?«

»Selbstverständlich! Das war von Anfang an klar. Es konnte gar nicht anders sein. Haben Sie irgendwas zum Notieren bereit?«

»Moment!« Faber holte schnell seinen Notizblock und kehrte zum Himbeerbeet zurück. »Jetzt!«, sagte er.

»Passen Sie auf! Der Maler, der die ›Dame mit dem weißen Federhut‹ wirklich gemalt hat, heißt Nikolai Koslyk, ›Ziegenböckchen‹ heißt der Name auf Deutsch, im Ernst, lachen Sie nicht. Ich habe hier den Katalog von einer Bilderausstellung 1998 in St. Petersburg vorliegen, es handelt sich dabei um eine Sammelausstellung von mehreren Absolventen der dortigen Kunstakademie. Darin ist das Bild aufgeführt, und es ist signiert mit ›Kolja‹, das ist eine Kurzform von Nikolai. Ich habe es schon neulich bei Ihnen im Kurhaus erkannt, aber ich war mir noch nicht ganz sicher. Ich wollte es erst nachprüfen, und dazu brauchte ich noch die Übersetzung des Katalogs aus dem Russischen.«

»Es handelt sich also«, stellte der Faber fragend fest, »um ein Originalbild, das auf einen anderen Maler umsigniert wurde.«

»Genau so ist es.«

»Geben Sie mir noch einmal den Namen?«, bat Faber.

»Koslyk, mit y und einfachem k, Vorname Nikolai. Der ist 1960 geboren und, wie erwähnt, Absolvent der St. Petersburger Kunstakademie. Das Bild ist also ein Original-Koslyk, bei dem nachträglich die Signatur ›Kolja‹ übermalt und durch ›Korniliew‹ ersetzt wurde. Die ganze, langwierige Laborprüferei von Farbe, Leinwand und Keilrahmen konnten wir uns sparen. Koslyk, das war uns schon länger bekannt, malt im Stil von Korniliew. Das ist nicht verboten, solange er seine Werke nicht als die von jemand anderem ausgibt. Denken Sie nur einmal daran, wie viele Leute es gibt, die im Stil von Vincent van Gogh malen. Das dürfen sie selbstverständlich, solange sie nicht behaupten, was sie da produziert haben, sei ein echter van Gogh. Koslyk kopiert ja auch nicht Korniliews Bilder, er malt eigene, neue Sachen, er benutzt nur den Stil und ähnliche Motive.«

»Zumal«, warf Faber ein, »alle drei Bilder gut sind.«

»Genau so ist es«, bestätigte der Professor. »Das ›Haus am Park‹ ist gut, und die ›Dame mit dem weißen Federhut‹ könnte man durchaus als Meisterwerk bezeichnen, wenn es nicht diesen, eh, etwas seltsamen Hintergrund hätte. Wie ist es denn gekommen, dass die Ausstellung bei Ihnen so plötzlich abgebrochen wurde?«

»Es sieht danach aus«, sagte Faber, »als habe dem Käufer jemand nahegelegt, mit den Bildern eiligst zu verschwinden.«

»Das würde dann bedeuten, dass die Aussteller selber hinter dem Schwindel stecken.«

»Genau das würde es wohl bedeuten, ja«, bestätigte Faber.

Bronold machte eine Pause. »Das sieht nach mehr aus, als nur nach Kunstfälschung«, sagte er dann.

»Das denken wir auch, meine Kollegin und ich«, stimmte Faber zu. »Wir tippen auf Geldwäsche.«

»Richtig«, bestätigte Bronold. »Genau so sieht es aus. Der Kurdirektor und sein Stellvertreter, dieser Klapproth. Was sagen die dazu? Wie, sagten Sie neulich, wie heißt noch der Kurdirektor?«

»Der Kurdirektor heißt Manfred Steffan. Aber …«

»Aber, ich weiß, der ist im Urlaub. Das sagten Sie in der letzten Woche schon. Oder er *war* im Urlaub. Ist er schon wieder zurück?«

»Nein, er angelt irgendwo in der kanadischen Wildnis.«

Hemingway kam auf einem seiner Revierkontrollgänge durch die Hecke geschlichen und strich dem Faber um die nackten Beine. Das kitzelte.

»Und sein Stellvertreter«, fuhr Bronold fort, »dieser …«

»Hemingway, hör auf!«, rief Faber.

»Der heißt Hemingway?«, fragte Bronold erstaunt.

»Nein, Hemingway ist unser Kater, der kitzelt mich gerade am Bein. Der Stellvertreter heißt Klapproth. – Hemingway, hau ab! Du nervst!«, flüsterte er.

»Richtig«, sagte der Professor. »Albert Klapproth. Wenn der erst den Kauf und dann den Verkauf der Bilder gedeichselt hat, ist er der Mann, den wir festnageln müssen. Mit dem habe ich in dieser Woche gesprochen. Ich habe ihn angerufen.«

»Aha! Wann?«

»Am Montag oder am Dienstag hab ich mit ihm gesprochen. Eher am Dienstag, aber das könnte ich ja in meinem Kalender nachprüfen.«

Dienstag, dachte der Faber, und am Mittwoch waren die Bilder schon fort. Klapproth hatte sofort reagiert und den Russen gedrängt, die Bilder fortzuschaffen.

»Demnach waren Sie es«, sagte Faber, »der die Pferde scheu gemacht hat. Am Mittwochvormittag waren die Bilder schon weg, und in der Nacht zum Freitag der Russe gleich hinterdrein.«

Bronold lachte. »Ich habe Herrn Klapproth gefragt, was der Kurdirektor an Nachweis über die Echtheit vorweisen kann. Ich wollte gleich zwei Fliegen mit einer Klatsche schlagen, verstehen Sie? Dass die Bilder nicht echt waren, war von Anfang an klar, aber ich wollte auch gleich den Fälscher von einem eventuellen Echtheitsnachweis erwischen. Da war das mit diesem horrenden Preis natürlich noch nicht das Thema, das wussten wir noch nicht. Jetzt ist natürlich klar: Käufer und Verkäufer machen gemeinsame Sache. Das Geld stammt aus irgendwelchen dunklen Kanälen, eine eher wertlose Sache wird zum hundertfachen Preis in aller Öffentlichkeit verkauft, der Käufer ist angeblich reich genug dafür. Er legt eine Quittung vor, und das Geld ist sauber.«

»Was passiert, wenn Klapproth die Lunte riecht und abhaut? Ich hab versucht, mit ihm zu sprechen, aber er ist bisher nicht greifbar.«

»Lassen Sie ihn sausen, die Lunte hat er wahrscheinlich ohnehin schon gerochen, und wir sind nicht sein Kindermädchen. Er muss das Geld ja irgendwo her haben.«

»Die dunklen Kanäle«, sagte Faber.

»Richtig. Dorthin muss er sich wenden. Er muss das gewaschene Geld ja abliefern, sonst ginge es ihm sehr schlecht. Wir werden uns eben an den Kurdirektor halten. Wahrscheinlich wäre der für uns ein viel besserer Zeuge. Euer Kurdirektor«, lachte der Professor, »der wird eine schöne Überraschung erleben, wenn er aus seinem Angelurlaub heimkommt! Also dann auf Wiedersehen. Grüßen Sie Hemingway von mir.«

»Danke für den Anruf«, sagte Faber.

Faber ging nachdenklich zurück durch den Garten auf die Terrasse zu seinem Frühstück.

»Hast du gehört, Hemingway? Der Herr Professor aus München lässt dich grüßen!«

Als Antwort strich Hemingway ihm schnurrend um die nackten Beine.

Er war mit dem Frühstück gerade fertig, da rasselte das Handy wieder mit der Kuhkette. Diesmal war es Hans Menke.

»Hallo, Faber«, sagte er mit seiner ruhigen, Therapeutenstimme. »Was ist denn so eilig?«

»Danke, dass du anrufst«, antwortete Faber. »Welcher Therapeut in der Gegend befasst sich mit Spielsucht?«

»Du meinst Glücksspiel.«

»Genau. Wer macht das?«

»Ich. Unter anderem. Meist mach ich Alkohol, nicht so häufig Drogen, da ist die Psychiatrie mehr gefragt. Glücksspielsucht ist im Verhältnis zu anderen Abhängigkeiten eher selten. Warum fragst du? Bist du betroffen?«

»Nein, aber ein Freund von mir.«

»Das hätte mich auch gewundert, du bist nicht der Typ dafür. Aber falls ich die Person, die du im Sinn hast, kenne, darf ich dir keine Auskunft geben, das weißt du.«

»Sicher. Aber wenn ich dir einen Namen nenne, dann darfst du mir doch sagen, wenn du diesen Namen *nicht* kennst. Wenn du ihn kennst, dann darfst du nichts sagen.«

Am anderen Ende der Leitung war es still.

»Hallo, Hans!«, rief Faber, »bist du noch da?«

»Ich höre«, sagte Menke.

»Ich mache mir Sorgen um Andreas Oehm«, sagte Faber, »und ich weiß, dass er früher spielsüchtig war und sich damit fast zugrunde gerichtet hat. Ich habe mit ihm darüber gesprochen. Und jetzt ist er verschwunden.«

Wieder war es still im Handy. Diesmal wartete der Faber schweigend.

»Hör gut zu«, sagte Menke dann. »Den Namen kenne ich selbstverständlich von eurer Zeitung her, und aus der Zeitung weiß ich auch, dass er verschwunden ist. Darüber hinaus kann ich dir gar nichts sagen. Aber ich glaube nicht, dass du dir in der angedeuteten Richtung Sorgen machen musst. – Bist du damit zufrieden?«

»O, ja! Danke!«

Was der Therapeut gesagt, oder genauer, was er *nicht* gesagt hatte, so überlegte Faber, während er barfuß durch den Garten schlenderte, enthielt zwei wichtige Informationen. Menke kannte Oehm nicht nur von der Zeitung her, er war also sein Patient oder war es zumindest gewesen. Und Faber brauchte sich keine Sorgen zu machen. Das bedeutete, die Therapie hatte sich bei Andreas positiv ausgewirkt.

Der Samstag war für Faber üblicherweise der Gartentag. Er brauchte die körperliche Anstrengung als Ausgleich für seine sitzende Arbeitsweise und »betätigte sich«, wie er das zu nennen pflegte, doch nur, wenn er Lust dazu hatte. Heute schien die Sonne schon seit dem frühen Morgen. So beschloss er also, sich zu betätigen. Er räumte die Spielsachen seiner Tochter, Sandelküche, Plastikeimer, Schaufeln, Bälle und Tretbulldog vom Rasen und mähte ihn. Anschließend warf er alles genau so wieder hin, wie es vor dem Mähen gelegen hatte. Dann holte er den Tretblasebalg aus der Garage, blies das Planschbecken auf und legte den Wasserschlauch hinein. Bis zum Nachmittag würde die Sonne das Wasser erwärmt haben.

Die Weiche war immer noch auffällig muffig und in sich gekehrt.

»Dieses Wochenende ist Kurparkfest«, erinnerte er sie und versuchte damit, sie aufzumuntern. »Das sollten wir uns auf jeden Fall anschauen. Ich schlage vor, wir gehen heute Abend mit Miriam zum Lichterfest mit den zigtausend bunten Kerzen.«

Doch die Weiche antwortete nicht.

»Du bist so übertrieben aufgeräumt«, sagte er in einer Mischung aus Ironie und Sorge. »Was ist los mit dir?«

Erst schüttelte sie nur ihre kastanienbraune Mähne, doch dann überlegte sie es sich plötzlich anders: »Komm mal mit, ich muss dir was zeigen. Setz dich da her.«

Gehorsam setzte er sich an den Marmortisch auf der Terrasse. Sie kam mit einem großen Schreibblock samt Stift und begann zu zeichnen.

»Das«, so erklärte sie ihm nach einigen groben Strichen, »ist ein Haus. Der Bauplan von einem Einfamilienhaus, sagen wir mal: sieben auf zehn Meter groß in der Grundfläche, Erdgeschoss plus Kniestock unter dem Dach.«

Er nickte. »Ein kleines Haus«, stellte er fest. »Ein Häusle.«

»Richtig«, bestätigte sie, »alles in allem vielleicht einhundert Quadratmeter Wohnfläche. Oder auch einhundertundzehn, meinetwegen. Aber maximal. So, wie es sie überall gibt, wo die Grundstücke klein sind. Beispielsweise in der Cranachstraße. Wenn man sich an die Bestimmungen halten will, kann man gar nicht größer bauen.«

»Aber in der Cranachstraße ...«, wollte er einwerfen, aber sie unterbrach ihn.

»Wart's ab! Dieser Plan wird beim Bauamt eingereicht, er wird genehmigt und als genehmigt eingetragen. Jetzt kannst du anfangen zu bauen. Doch bevor du anfängst, die Baugrube auszuheben, änderst du hier und da ein bisschen. Überall nur ganz wenig, so, dass es nicht auffällt. Den Abstand zu den Nachbargrundstücken verringerst du auf jeder Seite um einen halben Meter, damit wird das Haus je einen Meter länger und breiter. Den Keller hebst du einen halben Meter tiefer aus, und die Außenmauer machst du um einen halben Meter höher. Das ergibt in der Höhe des Hauses einen ganzen Meter, und das bedeutet, du brauchst dich unter dem Dach nicht mit einem Kniestock und mit Dachschrägen zu ärgern, sondern du bekommst oben eine richtige, zweite Wohnung. So machst du aus einem Häusle mit hundertzehn Quadratmetern ein Zweifamilienhaus mit am Ende hundertachtzig Quadratmetern Wohnfläche. Mit zwei richtigen Wohnungen. Die Wohnungen verkaufst du einzeln, du bist schließlich Unternehmer, du bist beispielsweise, ich sag nur mal so einen Namen, der Knopf.«

»Balthasar Knopf und Söhne, Bauunternehmen?«

»Nur so zum Beispiel.«

»Hm.«

»Und so machst du durch diese kleinen, unauffälligen Veränderungen einen zusätzlichen Schnitt von einhunderttausend Euro.«

»Aber so etwas wird doch nachgeprüft!«, rief der Faber aus. »Das Haus muss doch abgenommen werden!«

»Selbstverständlich wird es abgenommen«, sagte die Weiche. »Das ist Aufgabe des Bauamtes. Das macht derjenige, der den Plan geprüft und genehmigt hat. Der betreut das ganze Projekt. Aber der läuft doch nicht mit Meterstab und Wasserwaage auf der Baustelle herum, oder? Man kennt sich schließlich vom Gesang- oder vom Schützenverein oder von den Deutschordentlichen.«

»Du sprichst von einem konkreten Fall?«, fragte er.

»Von mehreren. Es ist inzwischen schon fast üblich«, erklärte sie ihm.

»Der Plan wird aufgeblasen, nachdem er alle Stadien der Genehmigung durchlaufen hat?«

»Nennen wir es mal so: Das ganze Projekt erlebt nach der Genehmigung, aber vor dem Baubeginn, eine auffällige Energiezufuhr.«

»Diese Energie müsste der Unternehmer Balthasar Knopf aber erst zusätzlich investieren«, gab er zu bedenken.

»Ein paar Tausender, ja«, winkte sie ab. »Zehn für das zusätzliche Material und die zusätzliche Arbeit, fünf für das Bauamt ...«

»Na, na!«, unterbrach er sie, »jetzt mach mal langsam! Du meinst doch nicht im Ernst, dass da jemand sitzt, der sich schmieren lässt!«

»Nun ja«, antwortete sie, schon etwas ruhiger. »Gut. Vielleicht nicht so direkt. Aber vorstellen könnt' ich mir so etwas schon. Dann kämen noch mal zehn für eventuelle Bußgelder und fünf, um die verärgerten Nachbarn zu befrieden mit einem schmucken, kleinen Gartenhäuschen oder einer hübschen Natursteinmauer. Damit bleiben ihm immer noch siebzig übrig. Siebzigtausend!«

»Woher weißt du das alles?«, fragte er. »Und wie sicher ist das?«

»Von Kunden«, antwortete sie. »*Unseren* Kunden, und da gleich von dreien.«

»Miteinander oder jeder für sich?«

»Jeder für sich, also unabhängig.«

»Nachbarn der Baustelle, so vermute ich mal.«

»So ist es.«

»Der erste ist zu dir gekommen, und danach bist du zu den beiden anderen gegangen und hast sie gefragt. Richtig?«

»Richtig.«

»Du setzt deinen Job aufs Spiel, indem du mir das erzählst«, stellte er fest.

»Das glaube ich nicht. Denn erstens wirst du nicht selber darüber schreiben, sondern du wirst Hebenstreit anspitzen und ihr nur bei der Recherche behilflich sein. Und zweitens – falls wirklich jemand das bis zu mir zurückverfolgen sollte

– Mikka Honegg, der kann mich mal! Dem könnte ich das Kreuz brechen, wenn ich nur wollte.«

»Jetzt gib nicht so an!«

»Doch. Er macht unter dem Deckmantel der Sparbank illegale Geschäfte auf eigene Rechnung. Das kann ich beweisen, ich arbeite schließlich in seinem Büro.«

»Interessant!«, sagte Faber, noch nicht ganz überzeugt.

»Du glaubst mir nicht?«, ereiferte sich die Weiche. »Er hat seine eigene Software im Computer der Sparbank installiert, mit deren Hilfe kann er Transaktionen durchführen. Er betreibt eine Art Parasit, eine eigene, kleinere Bank, versteckt in einer größeren. Es kommt Geld herein, daraus vergibt er eigene Kredite, alles unter dem Dach der Bank. Baukredite, zum Beispiel an Balthasar Knopf.«

»Woher kommt das Geld?«

»Das weiß ich noch nicht, irgendeine Bank, die nur aus drei Buchstaben besteht, aber es kommt in US-Dollar.«

»Geht auch Geld auf demselben Weg wieder hinaus?«

»Ja. Die Tilgung. Und anderes.«

»Er steckt es nicht selber ein? Es fließt in beide Richtungen durch, und er ist dabei so etwas wie die Pumpe? Verstehe ich das richtig?«

»So etwa, ja.«

Dem Faber fiel ein, was Andreas Oehm ihm früher gesagt, und woran er sich am Vortag erinnert hatte: »Mikka Honegg hat mir für die Abzahlung gute Bedingungen gemacht«. Dabei war es um Spielschulden gegangen, mehr als achtzigtausend Euro, verspielt in einer illegalen Spielhölle in Spanien. Wieso hatten die dort Andreas überhaupt laufen gelassen, wenn sie nicht sicher wussten, dass sie das verspielte Geld von ihm auch wirklich kriegten?

Wenn er doch jetzt Andreas fragen könnte! »Wie bist du ausgerechnet an Mikka Honegg gekommen? Zufällig? Bist du einfach hingegangen in die Sparbank zum Leiter der Kreditabteilung und hast gesagt: Mikka, ich brauche Geld? Oder ist er auf dich zugekommen, hat sich angeboten oder gar aufgedrängt? Deutete das in diesem Fall nicht auf eine Verbindung zwischen Mikka Honegg und dem illegalen Glücksspiel in Spanien? Haben die in Spanien dich an Mikka Honegg weitergereicht?«

»Mikka Honegg«, fuhr die Weiche fort, »hat anscheinend gemerkt, dass man ihm auf der Spur ist. Er ist nervös und beginnt, Fehler zu machen.«

»Eure Direktion, weiß die schon was?«

»Ich habe selbstverständlich nicht gepetzt. Ich habe es denen nur so gesteckt, dass sie von selber drauf gekommen sind.«

»Könntest du Beweismaterial kopieren? Oder ausdrucken? Oder ist das zu riskant?«

»Er wird, denke ich, inzwischen schon überwacht. Er steht sichtlich unter Druck, da lass ich meine Finger draußen. Ich will nicht mit ihm in die Mühle geraten. Außerdem hat Nadjeschda ihn in der Mangel.«

»Welche Nadjeschda?«

»Seine Frau, Nadjeschda Honegg-Markova.«

»Markova!« Faber hörte in seinem Hirn den Groschen fallen. Er klapperte und löste am Ende eine Klingel aus. Nadja Markova, die Absenderadresse der E-Mails in Andreas Oehms Computer.

»Du erinnerst dich doch«, fuhr sie fort, »das war doch damals Stadtgespräch. Vor zwei Jahren. Da war er mit seiner Damaligen im Swinger-Club in Walldürn. Du weißt, wenn Mergentheimer in den Swinger-Club wollen, dann gehen sie nach Walldürn, wo man sie nicht kennt.«

»Ja, und die Walldürner kommen nach Mergentheim.«

»Genau. Und dort hat Honegg eine Russin kennengelernt. Und hat sie geheiratet. Oder besser: Sie hat ihn geheiratet. Jetzt sag nur noch, das weißt du nicht mehr. Du hörst mir ja gar nicht zu!«

»Doch, ich erinnere mich. Damals hast du in der Gerüchteküche auch kräftig den Kochlöffel geschwungen. Jeder Mergentheimer wollte unbedingt Sternekoch werden. Aber du weißt doch, Klatsch hat mich nie besonders interessiert. Nadjeschda, sagst du? Hm, Nadjeschda. Die Kurzform davon, könnte die Nadja lauten?«, dachte er laut.

»Nadjeschda heißt auf deutsch Hoffnung, das hat er selber dauernd rumerzählt. Damals, in seinen glücklichen Zeiten. Aber die sind ja nun wohl vorbei. Die Kurzform davon heißt Nadja, jawohl. Warum fragst du das?«

»Ach, nur so.«

Das, so dachte er, musste er gleich nachprüfen. Bei den Mails von Andreas, die ihm bislang nur Rätsel aufgegeben hatten, dort musste er jetzt, wo er neue Hinweise hatte, noch einmal nachschauen.

Sobald er sich unbeobachtet glaubte, verschwand er in seinem Arbeitszimmer. Aber die Weiche hatte ihn beobachtet.

»Setz dich gar nicht erst an deinen Schreibtisch!«, rief die Weiche ihm nach. »Das Essen ist in zehn Minuten fertig.«

»Nur schnell etwas nachprüfen!«, rief er zurück. Er schaltete den Computer ein, öffnete die Internetseite von Andreas' Mailanbieter und tippte, als das Kennwort verlangt wurde, »Morgengrauen« ein. Er klickte auf die Liste der gelesenen E-Mails. Alle Mails, die er dort fand, hatten als Absender ausschließlich »martinajoost@gmx.de«. Er suchte nach »nadja-markova@estar.com«, aber es gab diesen Namen in der Liste nicht mehr. Alle E-Mails mit diesem Absender und alle von Klapproth und mjasnik.bcp, die gestern noch dagestanden hatten, waren gelöscht.

Endlich, am Nachmittag, brach bei der Weichen das aus, was Faber ihre »Defrustrationsalbernheit« zu nennen pflegte. Er kannte das, dass seine Frau nach Zeiten der inneren Spannung sich lockerte und wieder entspannte, indem sie ihre Umgebung veralberte. Er nahm es geduldig hin, weil er wusste, dass ihr Geist dieses Feuerwerk brauchte, um ins normale Denken zurückkehren zu können. Meist begann es bei ihr damit, dass sie sich dumm stellte.

Im Fernsehen wurde ein geräuschvolles Fußballspiel übertragen. Faber und Miriam schauten gespannt zu, und der Vater machte kenntnisreiche Bemerkungen über Taktik, Strategie und Regeln des Spiels.

Die Weiche stand in der Tür und sah ein paar Sekunden lang ebenfalls auf den Bildschirm. Dann schüttelte sie den Kopf.

»Ich verstehe nicht, was daran so toll sein soll«, sagte sie. »Mehr als ein Dutzend buntfarbig gekleideter Männer rennt in allen Richtungen auf dem Rasen herum. Nur einer«, und sie zeigte mit ihrem molligen Finger, »der da, ist anders angezogen. Der hat wenigstens Geschmack!«

»Das ist doch der Schiedsrichter, Mama!«, rief vorwurfsvoll die Kleine, die mit ihren knapp sieben Jahren doppelt gesponnene Ironie noch nicht von einfädigen Aussagen unterscheiden konnte.

»Ach!«, sagte die Weiche und machte ein betont harmloses Gesicht dazu. »Und wer sagt ihnen, wohin sie rennen sollen?«

»Mama macht nur Spaß«, erklärte Faber seiner Tochter, aber es klang lahm. Er fühlte sich, wenn seine Frau solche Verhaltensweisen an den Tag legte, immer etwas hilflos.

Die Weiche drehte sich wortlos um und verschwand irgendwo im Haus. Faber stand auf und folgte ihr. Er musste sie suchen und fand sie im Bügelzimmer.

»Was ist nun mit heute Abend?«, fragte er sie.

»Bieten sie morgen zum Mittagessen im Kurpark wieder Wildbraten an?«, fragte sie zurück.

»Die Jäger? Ja, soviel ich weiß, haben die im Klanggarten einen großen Ausschank aufgebaut«, antwortete er.

»Dann gehen wir morgen dort hin zum Mittagessen. Einverstanden?«

»Ich hab am Nachmittag Dienst«, gab er zu bedenken.

»Dann gehen wir früh und nehmen die Fahrräder«, entschied sie. »So um halb zwölf.«

14

Sie fuhren aber schon kurz vor elf los, weil die Kleine unruhig war und quengelte. Außerdem war das Wetter schön, nicht mehr so heiß, und da lockte es auch den Faber und die Weiche heftig an die frische Luft.

Miriam radelte im Schlosspark eifrig voraus auf ihrem hellgrün-roten Kinderfahrrad, mit ihrem ebenfalls hellgrün-roten Lieblingshelm auf dem Kopf und dem hohen, roten Fähnchen am Hinterrad. Sie saß kerzengerade, schaute streng geradeaus und reckte, wenn sie in einen anderen Weg einbog, ihr Ärmchen weit nach links oder nach rechts. Sie tat das nicht etwa, um eventuelle Spaziergänger zu warnen und ihnen ihre Absicht anzuzeigen, solche Spaziergänger gab es hier im Schlosspark am Sonntagvormittag nur wenige. Sie tat es vielmehr, um ihrer Mutter zu demonstrieren: »Da geht's lang!«

Sie trat eifrig in die Pedale, und so passierte es immer wieder, dass sie ihre Eltern aus den Augen verlor. Dann drehte sie um, kam ihnen plötzlich entgegen und jauchzte: »Achtung! Ich komm!«, und umkurvte wie ein junger, ungestümer und bewegungshungriger Hund die beiden, die, um sich in Ruhe unterhalten zu können, eher gemächlich nebeneinander radelten.

So kamen sie am Gedenkstein für Schiller vorbei, ließen den Schlosspark hinter sich, überquerten die Bahnstrecke und näherten sich der Fußgängerbrücke über die Tauber und damit dem Kurpark.

»An der Kurparkbrücke absteigen!«, rief der Faber seinem Töchterchen hinterher, aber Miriam, wieder einmal ihren Eltern weit voraus, hörte nicht oder wollte nicht hören, jedenfalls fuhr sie schnurgerade die flache Brückensteigung hinauf. Dort flanierten zahlreiche Passanten und Kurgäste, in der Mehrzahl ältere Damen, um ihre unter dem Einfluss der Kur wieder passend gewordene Sonntagskleidung vorzuführen. Die Kleine wand sich geschickt mit ihrem bunten

Fahrrädchen hindurch und fuhr auf der anderen Seite des Flusses, wo der Kurpark begann, wieder hinunter. Dort umrundete sie, als wolle sie eine Zirkusvorstellung darbieten, in einem weiten, abgezirkelten Kreis den großen Springbrunnen und kam, wieder genau vor der Brücke angekommen, mit quietschenden Bremsen zum Stehen.

Sie stieg gemächlich ab und erwartete, neben ihrem Fahrrad stehend, die Eltern, die, brav ihre Räder neben sich führend, von der Brücke herunterkamen.

Miriam stand gerade, die schmale, zierliche Figur aufgereckt, so hoch es ihr möglich war. Sie schüttelte einmal kurz, aber selbstbewusst den Kopf, so dass die langen, dunkelbraunen Haare, die unter dem Fahrradhelm hervorschauten, glatt auf den Rücken herunterfielen. So schaute sie zu ihrer Mutter auf, als erwarte sie von der ein Donnerwetter oder eine Neuauflage einer der ihr zur Genüge bekannten Strafpredigten. Doch ihre großen, samtbraunen Augen glänzten in freudiger Erregung, ihr Gesicht strahlte, und ihre Körpersprache verkündete: »Sag, was du willst – das war es mir wert!«

»Schaut mal da vorn!«, rief der Faber schnell, um die Weiche von ihrer Strafpredigt abzulenken, »der Hirsch! Dort geht's zum Mittagessen!« Lebensgroß stand das Abbild eines Vierzehnenders vor dem Eingang zum Klanggarten auf der Wiese, hielt das schwere Geweih bis auf den Rücken gesenkt und schien mit erhobenem Kopf in den Eingang zu röhren.

Miriam sprang schnell wieder auf ihr Fahrrad, fuhr eilig hinüber, sprang gleich wieder herunter und ließ es achtlos auf die Rasenfläche fallen. Sie schlug dem Hirsch mit der flachen Hand kräftig gegen die Flanken. Es dröhnte, fast wie von einer Glocke.

»Der ist ja aus Blech!«, rief sie. »Und warum ist er rot angemalt?«

»Üoööh, üoööh!«, röhrte der Faber, »damit auch jeder sieht, dass es sich um einen Rothirsch handelt.«

»Faber, benimm dich!«, flüsterte die Weiche unwillig. »Wenn ich dich schon zum Essen ausführe, dann will ich mich mit dir nicht auch noch blamieren! Lies lieber mal die Speisekarte vor!«

Die Speisekarte flatterte, jägerzünftig aufgemacht, dem Rothirsch an der Flanke.

»Oh, du lädst uns ein!«, stellte Faber fest und grinste dabei.

»Ich will vorlesen!«, rief die Kleine.

»Also, bitte«, lenkte die Weiche ein. »Dann lies schon!«

»Ich kann es von hier nicht erkennen. Papa, du musst mich hochheben.«

Also hob Faber seine kleine Tochter hoch, so dass sie auf seinen Armen mit dem Angebot an Wildgerichten auf Augenhöhe war. »Komm, mein Floh«, sagte er dazu.

»Hi...Hir...Hirsch...braten«, buchstabierte Miriam.

»Nächste Zeile«, sagte Faber. »Hirschbraten ist nicht so interessant. Der kommt wahrscheinlich von einem halbstarken Damhirschjüngling aus dem Wildpark, den sie ausmustern mussten, weil er aus Weltschmerz Anzeichen von Terrorismus zeigte.«

»Setz doch deiner Tochter nicht solche Flausen in den Kopf«, unterbrach ihn die Weiche. »Damhirsche sind so sanfte Tiere, die fressen einem doch aus der Hand. Sogar Miriam hat sie in der vorletzten Woche noch mit Maiskörnern gefüttert.«

»Ja, wenn es ums Fressen geht und sie von Menschen gefüttert werden, da sind sie zahm«, sagte Faber. »Aber schau nur mal zu, wenn die jungen Kerle aufeinander losgehen, die sind ganz schön rabiat. Richtig schlimm kann es werden, wenn ein Jungtier bei Menschen aufwächst. Dann hält so ein Halbstarker dich für einen Rivalen und bohrt dir, ehe du es richtig kapiert hast, seine jungen Gabelspitzen in den Bauch! Und wehe dir, wenn du dann dagegenhältst! Der ist nämlich stärker als du oder ich und kann dich glatt umbringen! Da hilft nur eines: wegrennen, so schnell und so weit es geht.«

Miriam wurde ungeduldig und las einfach die nächste Zeile: »Wild...schwein...rücken... eh ...«

»...steak«, ergänzte die Weiche.

»Ja«, bestätigte Miriam.

»Weiter!«, sagte der Faber. »Ich bekomme langsam Hunger.«

»Wildschwein...braten«, las die Kleine nun flüssiger, »mit ... Spätzle und Kar...toffel...salat.«

»Das hört sich gut an«, stellte die Weiche fest.

»Hasen...pfef...fer«, buchstabierte Miriam weiter. »Iiiiih! Was ist das denn?«

»Stücke vom Hasen in würziger Soße«, erklärte ihr Vater. »Vom echten Feldhasen, nicht vom Kaninchen.«

»Wildschwein...«, las Miriam weiter vor, musste dann aber eine Pause machen.

»›Wildschwein‹ kann sie schon ganz gut lesen«, stellte Faber fest. »Und was weiter?«

»Brat...wur...st. Wildschweinbratwurst. Mit Brot oder mit Po...m...Pomfrit?« Das letzte Wort musste sie raten.

»Richtig. So, das reicht, du wirst mir zu schwer.« Er setzte seine Tochter wieder ab.

»Ich wäre viel früher fertig gewesen mit Lesen, wenn du nicht so viel geredet hättest«, sagte seine Tochter. »Ich will Bratwurst mit Pommes«, legte sie sich gleich fest.

Im Klang- und Lesegarten war es um diese Tageszeit noch nicht sehr voll, nur wenige Grüppchen und Einzelpersonen verloren sich zwischen den Tischen, die über den Rasen verteilt waren.

Faber stand mit seinem stadtbekannten Asinus ferrari neben dem Eingang und schaute sich erst einmal in aller Ruhe um. Es galt vor allem, Bekannte zu entdecken, solche, die man begrüßen, und solche, die man möglichst auffällig ignorieren wollte. Weit hinten, gleich neben dem Hintereingang zur Wandelhalle, gab es Schattenplätze unter den großen Schwarzkiefern und Akazien. Dort entdeckte er zwei Personen, die einander gegenüber an einem Tisch saßen, aber weil er ein bisschen kurzsichtig war, konnte er sie von hier aus nicht erkennen.

»Die Zwei da hinten unter den Bäumen«, fragte er, »sind das Hauptkommissar Lustig und seine Frau?«

»Ja«, sagte Miriam, die von allen dreien die besten Augen hatte.

»Wink mal!«, befahl er.

Die Kleine winkte heftig, und Frau Lustig lachte und winkte zurück.

»Das hätten wir schon mal«, sagte der Faber. Sie stellten ihre Räder in den Fahrradständer gleich neben dem Eingang und ketteten sie zusammen.

Die lange Theke mit den Speisen war links aufgebaut, dahinter war die Kasse, wo man Bons kaufen konnte. Gegenüber auf der rechten Seite gab es die Getränke und gleich vorne war die Spülküche.

Faber und seine kleine Familie gingen um die Tische herum auf die freien Plätze unter den Bäumen zu. Sie richteten es so ein, dass sie an der Speisentheke vorüberkamen, und studierten genau, was da alles angeboten wurde.

»Hmmm!«, schnupperte die Weiche. »Das riecht ja wunderbar! Uli, siehst du den Wildschweinbraten da drüben? Siehst du, wie der mich anlacht? – Was habt ihr für eine Soße dabei?«, fragte sie den Mann an der Theke. »Wahrscheinlich Fertigsoße aus dem Eimer.«

»Von wegen!«, widersprach lachend der Mann mit der weißen Schürze. »Alles Natur! Das macht alles unser Metzger selber.«

»Gut! Und wer ist euer Metzger im Jägerverein? Ist das der Hermann Müller-Dusse aus der Münzgasse?«

»Nein, der Franz. Metzgerei Franz Klapproth aus Herbsthausen. Da drüben steht er. – He, Franz!«

Der hoch aufgeschossene und schlanke Metzgermeister kam herüber. »Die Dame hat eine Frage?«

»Die Soße zum Wildschweinbraten«, sagte die Weiche. »Die …»

Doch der Metzger hatte schon einen Löffel aus dem Besteckkasten genommen, dazu einen kleinen Teller vom Regal. Er ließ einen Löffel voll Soße auf das Tellerchen tropfen. Dann reichte er beides, Löffel und Tellerchen, der Weichen. »Probieren geht über Studieren«, sagte er.

Die Weiche äußerte, als sie probiert hatte, nicht nur Anerkennung, sondern zeigte sich geradezu begeistert: »Hmmm! Lorbeerblatt, Wacholderbeeren und Rotwein. Spätburgunder, nehme ich mal an. Köstlich! Keine Pfifferlinge?«

»Pfifferlinge gehören zum Hirschbraten«, antwortete der Metzger, »nicht zum Schwein.«

»Da haben Sie recht, der hat's nötiger. Also, ich weiß, was ich mir heute leisten werde.«

Faber, der mit Miriam schon unter den hohen Bäumen angekommen war, begrüßte dort den Hauptkommissar Karl-Heinz Lustig, der ohne viele Worte einladend neben sich mit der Hand auf die schmale Sitzbank klopfte, und dessen Frau, eine gutmütige Matrone, die sofort Fabers Töchterchen mit Beschlag belegte.

»Des is doch die ... wie häänßt du no glaisch? Martina?«, fragte sie in ihrem singenden, kurpfälzischen Dialekt. »Du bisch awwer arrich g'wachse, seit mer uns es letscht Mool g'sehe hawwe.«

»Miriam heiße ich«, korrigierte die Kleine die rundliche Frau, die vom Alter her leicht ihre Großmutter hätte sein können.

»Miriam, rischdisch. Gucke-mool, Kalleinz«, wandte sie sich an ihren Mann, »die Klää, dieselbe samtbraune Aache hot se wie ihrn Vadder.«

Hauptkommissar Lustig tat seiner Frau den Gefallen und warf höflich einen Blick auf das Kind. Dann wandte er sich gleich wieder dem Faber zu, der sich neben ihn gesetzt hatte.

»Haben Sie sich schon entschieden, was Sie essen werden, Faber?«, fragte Lustig. »Mir ist es zum Essen ein bisschen zu früh, ich bin noch beim Frühschoppen.« Und er deutete auf sein Viertele, das noch tiefrot leuchtete.

Faber schaute sich unterdessen ungeduldig nach seiner Frau um, die noch an der Theke für die Essensausgabe stand.

»Essen und Trinken hält Leib und Seele beisammen«, sagte sie, als sie schließlich auch an den Tisch kam und sich neben Elsa Lustig setzte und das Ehepaar begrüßte. »Ich habe bereits gewählt.«

»Meine Frau huldigt der Ansicht, Essen und Trinken sei das beste Mittel gegen jede Art von Krankheit, Beschwerden, Leiden und Schwäche«, erklärte der Faber laut.

»Do hawwe Se ja e rischdisch knitze Krott«, sagte Elsa Lustig zur Weichen und zeigte dabei auf die Kleine.

Doch die war offenbar nicht geneigt, die in ihren Augen ohnehin zweifelhaften Vorzüge ihrer Tochter zu diskutieren und bemerkte stattdessen: »Wir sollten mit dem Essen nicht zu lange warten, wenn du heute Nachmittag arbeiten musst, Uli. Ich nehme Wildschweinbraten.«

»Ich Bratwurst und Pommes«, rief die Kleine und streckte eilig den Finger in die Höhe wie in der Schule.

»Na gut«, ergab sich der Faber in sein Schicksal und erhob sich mühsam, als würden ihn alle Knochen schmerzen, und als läge auf seinen Schultern eine schwere Last. »Du erinnerst dich, dass du uns eingeladen hast, so hoffe ich doch.«

»Gesagt ist gesagt, eine Weiche: ein Wort!«, verkündete sie großspurig, und Faber zog ab, dorthin, wo an der Kasse für Essensbons sich die erste Menschenschlange bildete.

»Geht's Ihrm Maa net so gut?«, fragte Elsa Lustig. »Er sieht so abg'schafft aus. Arrich agspannt.«

»Nun ja«, sagte die Weiche, »seine inneren Windungen sind durcheinander. Man muss das, denke ich mal, verstehen. Sie machen sich halt Sorgen in der Redaktion.«

»Weeche dem Kolleesch, der verschwunne is, wahrscheins«, vermutete Frau Lustig.

»Hm.« Die Weiche nickte nur und wollte offensichtlich nicht näher darauf eingehen.

Elsa Lustig schaute auffordernd ihren Mann an, doch der schien nicht geneigt, den Stand der polizeilichen Ermittlungen öffentlich zu machen.

»Morgen wissen wir mehr«, brummte der Hauptkommissar nach einer langen Pause, die deutlich machte, wie sehr auch ihn dieses Thema beschäftigte.

»Was ist morgen?«, fragte die Weiche.

»Warten Sie noch, bis Ihr Mann wieder hier ist«, antwortete Lustig.

Aber es dauerte noch, bis der Faber nacheinander alles angeschleppt und auf dem Tisch abgestellt hatte, drei Teller mit dem Essen, dazu je ein Viertel Rotwein für sich und die Weiche – »zum Wild passt am besten der Tauberschwarz«, verkündete er – dazu ein Glas Spezi für die Kleine.

»Was ist denn *das*?«, fragte Miriam, zeigte mit ihrer Stupsnase auf den tiefen Teller ihres Vaters und verzog misstrauisch das Gesicht.

»Das«, zeigte Faber mit dem Finger, »sind Spätzle, das Bratkartoffeln und das«, dabei beschrieb er mit dem Zeigefinger einen großen Kreis über seinem Teller, »ist Hasenpfeffer. Stücke vom Hasen in würziger Soße.«

»Leichenteile«, sagte die Weiche, die um alles in der Welt niemals Hasenpfeffer gegessen hätte, um ihn zu ärgern. »Aber vom Hasen. Von einer Hasenleiche. Und Spätzle mit Bratkartoffeln! Wenn ich das schon sehe!«

»Du musst es ja nicht essen«, erwiderte er.

»Aber wieso ist das schwarz?«, fragte Miriam, die ihr Misstrauen noch immer nicht abgelegt hatte.

»Da ist Rotwein drin«, erklärte er schnell, bevor die Weiche damit herausrücken konnte, dass die dunkle Farbe der Soße vom Hasenblut kam. »Rotwein, Essig, Pfeffer und Gewürze.«

Damit gab die Kleine sich schließlich zufrieden.

Eine Weile aßen und tranken sie schweigend. Dann schaute der Faber den Kommissar an und sagte leise: »Gibt es Nachrichten über die DNA-Analyse?«, und zeigte damit, dass auch ihn die Sache mit dem vermissten Kollegen keine Minute losließ.

»Das Ergebnis ist für morgen zugesagt«, antwortete Lustig, »telefonisch voraus. Rufen Sie am besten in Tauberbischofsheim an, vielleicht so kurz nach neun Uhr. Ich weiß das Ergebnis auch noch nicht.«

»Schau mal, wer da kommt!«, sagte der Faber auf einmal leise zu seiner Frau.

»Nicht so genau hinsehen!«, flüsterte sie zurück. »Ich kann ihn jetzt hier nicht brauchen. Ist er allein?«

»Es sieht so aus, als würde er auf jemanden warten«, antwortete er, stand eilig auf, griff sich seine Tasche und strebte mit großen, auffälligen Schritten dem Ausgang zu, wo sie soeben den Chef der Weichen entdeckt hatten.

»Grüß Gott, Herr Honegg!«, winkte der Faber schon von weitem, »einen Augenblick bitte!«

Mikka Honegg, Leiter der Kreditabteilung, drehte sich langsam um und suchte misstrauisch nach dem, der ihn da rief. In seinen dunklen Augen spiegelte sich die Wachsamkeit eines gehetzten Fuchses.

Faber hampelte herum und wedelte mit den Armen, um Honegg auf sich aufmerksam zu machen, und drängte sich durch die dichter werdende Menschenmenge, bis er vor ihm stand.

»Grüß Gott, Herr Honegg.« Faber schnaufte absichtlich besonders heftig, damit der andere auch merken sollte, wie sehr er sich beeilt hatte.

Michael, genannt Mikka Honegg war ein Yuppie vom Scheitel bis zur Sohle. Er war schlank, dabei fast so groß wie der Faber, und trug das dunkle, dichte Haar halblang und wie mit dem Lineal gescheitelt, so, als werde es jeden Morgen geölt und danach eine halbe Stunde lang abgeleckt. In Mikka Honeggs Vorstellung, so hatte es die Weiche dem Faber vor einiger Zeit verraten, gab es zwei Dinge, die das Leben eines Mannes bestimmten, nämlich erstens Geld und zweitens Sex. Von beidem, so lautete seine tiefe Überzeugung, konnte man nie genug haben.

Als er den Faber erkannte, war der gehetzte Ausdruck aus seinen Augen verschwunden. Er hob den Kopf, so dass es wirkte, als schaute er blasiert auf ihn herunter und sagte nur: »Ja?« Den Schreiberling von der lokalen Presse zu grüßen oder gar mit Namen anzusprechen hielt er nicht für nötig.

»Haben Sie ein bisschen Zeit für ein Interview? Wir planen eine Serie über markante Persönlichkeiten aus der Gegend, Banker, Manager, Wirtschaftsleute. Und zwar mit ihrem Umfeld. So nach dem Motto: ›Erfolgreich vor dem Hintergrund der Finanzkrise‹, oder so ähnlich.«

»Jetzt nicht«, antwortete Honegg. »Ein andermal vielleicht.«

»Irgendwann in dieser Woche?«, schlug Faber vor. »Am besten zusammen mit Ihrer Gattin. Das Umfeld, Sie verstehen.«

Honegg sah dem Faber prüfend in die Augen. Der schaute nach unten auf seine Schuhspitzen und machte dabei ein betont harmloses Gesicht. Er pflegte, wenn er diese Methode, sich dumm und harmlos zu geben, beschrieb, zu sagen: »Da stell ich mich blond.« Sie wirkte fast immer.

»Daraus wird in der nächsten Zeit leider nichts werden«, sagte Honegg schließlich von oben herab.

»Schade«, sagte Faber. »Was spricht denn ihrer Ansicht nach dagegen?«

»Nichts«, antwortete Honegg, »aber meine Frau ist nicht hier. Sie ist seit einigen Tagen verreist.«

»Ach so, ja dann … Für längere Zeit?«

»Ja. Wahrscheinlich. Auf unbestimmte Zeit.«

»Und wohin?«

»Das … das geht Sie nichts an!«

»Selbstverständlich nicht. Aber würden Sie einfach mal bei ihr, eh, vortasten und mir dann Bescheid geben? Sie können sie doch sicher telefonisch erreichen.«

»Nein, zur Zeit nicht.«

»Nicht telefonisch erreichbar!? Da ist sie bestimmt auf Safari oder so ähnlich.«

»So ähnlich, ja.«

»Darf ich das dann schon einmal schreiben? ›Nadja Honegg-Markova befindet sich derzeit auf Safari‹? Wo? In Afrika? Kenia?«

»Gar nichts dürfen Sie schreiben!«, sagte Honegg, wandte sich ab und verließ eilig den Klanggarten.

»Na, Herr Faber!«, hörte der Faber hinter sich rufen. »Hallo! Ist Sylke auch hier?«

Sylke?, fragte er sich und drehte sich nach dem Rufer um. Ein paar Meter hinter ihm stand der lange Polizeihauptmeister Kirchofer in seiner neuen, dunkelblauen Uniform und sah ihn erwartungsvoll an.

»Sylke?«, fragte Faber verständnislos. »Ach so! Hebenstreit! Ja, Sühlke Hebenstreit. Nein, die ist nicht hier. Die ist unterwegs.«

Hatte Hebenstreit, dachte er, tatsächlich mit Kirchofer etwas angefangen, oder wickelte sie ihn nur um den Finger? Dass der lange Kirchofer der noch ein bisschen längeren Hebenstreit nachstieg, war ihm bekannt. Jetzt muss ich, dachte er, plötzlich eifersüchtig geworden, rausfinden, was mit den beiden tatsächlich …

»Sagen Sie ihr einen Gruß«, rief Kirchofer, »und schönen Tag noch!«

»Hm«, brummte der Faber nur.

»Na?«, fragte die Weiche nur, als Faber sich wieder an den Tisch setzte, um seinen inzwischen kalt gewordenen Hasenpfeffer fertigzuessen.

»Es sieht fast so aus«, sagte er leise und fixierte dabei das große Ohr von Hauptkommissar Lustig, »als hätte Nadja Markova sich davongemacht.«

Lustig warf ihm einen überraschten Blick zu, sagte aber nichts. Dann schürzte er die Lippen und murmelte nur: »So, so!«

15

»Die Anzeige«, entschied Luise Blaustein gleich zu Beginn der Redaktionssitzung am Sonntagnachmittag, »werden *wir* auf den Weg bringen. Wir. Als Erste. Das gibt einen Knüller! Was hat dieser Professor gesagt, Faber, wie lange brauchen die in München, bis sie alles beisammen haben?«

»Ein paar Tage«, gab Faber Auskunft

Die Chefin hatte Fabers Bericht über dessen Gespräch mit Professor Bronold angehört und spontan entschieden: »Das machen wir selber! Noch heute werde ich bei der Staatsanwaltschaft ...«

»Heute ist Sonntag, Chefin«, unterbrach Faber sie.

»Also gleich morgen früh«, fuhr sie fort, »werde ich die Staatsanwaltschaft informieren. Du, Faber, stellst mir dafür das nötige Material zur Verfügung. Und übermorgen kommt die Sache bei uns groß raus. Überschrift: ›Kurhausausstellung mit falschen Meisterwerken‹. Untertitel: ›Nach Recherchen der Tauber-Post handelt es sich eindeutig um Fälschungen‹. Text: ›Der stellvertretende Kurdirektor Albert Klapproth zeigte sich erschüttert blablabla‹, und so weiter. ›Die Tauber-Post hat Anzeige gegen Unbekannt erstattet‹. Oder was meinst du, Faber, können wir Klapproth direkt was anhängen?«

»Ich fürchte, nein«, antwortete der Faber.

»Schade«, sagte sie. »Er hat mich auf dem Golfplatz seit Monaten geschnitten. Ich hätte ihn gern ein bisschen vor das Schienbein getreten. – Was haben wir sonst noch Neues?«

»Bei der Wildparkleiche könnte sich heute was bewegen«, erklärte der Faber. »Lustig hat mir heute verraten, der DNA-Vergleich sei fertig und das Ergebnis werde morgen in Tauber eintreffen.«

»Na, endlich!«, rief die Chefin. »Und es lautet – wie?«

»Noch nichts. Er weiß es nicht – behauptete er wenigstens.«

»Was bedeutet das? Heißt es, dass er lügt, weil er uns schonen will?«

»Das glaube ich eher nicht. Ich denke, er hat in Tauber nachgefragt, und die haben ihm gesagt, das Ergebnis kommt am Montag.«

»Gut. Das fällt in dein Ressort, Faber.«

»Gleich morgen früh rufe ich in Tauber an.«

»Erledigt«, verkündete die Chefin in ihrem Generalstimbre. »Nächster Punkt!«

»Faber«, sagte Hebenstreit am Montagmorgen, »ich bewundere dich. Du hast Nerven wie Drahtseile!«

»Von wegen!«, brummte er missmutig, setzte sich an seinen Schreibtisch und griff nach dem Telefon. Seine inneren Windungen waren in Aufruhr, in seinem Gedärm rumorte es, und in seinem Kopf hoppelten Gedanken durcheinander, die er nicht zu fassen bekam. Das war ein Zustand, den er alles andere als liebte, ja, bei dem er sich geradezu krank fühlte, denn zu seinem Selbstverständnis gehörte unbedingt, dass er Disziplin bewahrte und seine Gedanken in Ordnung und unter Kontrolle hatte. Und er verstand nicht, dass man ihm äußerlich seine innere Unruhe nicht anmerkte. Sah sie wirklich nicht, wie sein Herz bis zum Hals hinauf klopfte?

»Tino!«, sagte er laut zu sich selber, während er die Nummer der Polizeidirektion Tauberbischofsheim wählte. »So, Andreas, jetzt. Schau-mer-mal, was mit dir los ist.«

Hebenstreit stand neben ihm, sichtlich gespannt. Sie sagte nichts.

Am anderen Ende meldete sich eine weibliche Stimme und verkündete, sie sei die Pforte.

»Wie bitte?«, fragte der Faber verblüfft.

»Polizeidirektion Tauberbischofsheim, Pforte«, wiederholte die weibliche Stimme.

»Ach, so. Faber, Tauber-Post«, sagte Faber mit belegter Stimme. Er holte tief Luft, um sein Anliegen zu erklären, aber die Pforte sagte nur: »Herr Faber, einen Moment bitte, ich verbinde.«

Hebenstreit hob die Augenbrauen: »Was ist los?«, hieß das.

Er zuckte nur mit den Schultern und legte die Hand über die Sprechmuschel: »Die Pforte verbindet.«

»Oghoir!«, schallte es in diesem Augenblick aus dem Hörer.

Faber zuckte vor Schreck, seine inneren Windungen zogen sich zusammen, und er wusste zuerst nicht, was er antworten sollte.

»Hallo!?«, kam es wieder aus dem Hörer, dieses Mal in bemühtem Hochdeutsch. »Ungeheur hier, Kriminalhauptkommissar. Was ischt?«

»Faber«, sagte der Faber hastig. »Ich wollte mich nach dem Ergebnis des DNA-Vergleiches erkundigen. In Sachen Bad Mergentheimer Wildparkmord. Ich bin in der Zeitung der Kollege von Andreas Oehm, der hier vermisst wird.«

»Send Se der Aaghörige, der die Vermisstmeldung gmacht hot?«

»Ja, der bin ich, Sie können es gerne nachprüfen: Faber, Hans-Ulrich, geboren ...«

»Scho gued, Herr Faber. Hauptkommissar Luschdig hot mer hait Morge scho gsait, dess Se aarufe werdet. I leit die Sonderkommission Wildpackmodd.«

»Sie sind der Mann vom LKA?«

»Bin i. Genaur: oinr vo zwoie. Also es Ergäbnis ischt oigdroffe, telefonisch voraus. Schriftlich, also die E-Mail, do kommt des erscht hait oddr morge.«

»Und?«, fragte der Faber gespannt ins Telefon und warf zugleich einen Blick hinauf in Hebenstreits weit geöffnete, wasserhelle Augen, die so ernst blickten, wie er das bei ihr noch nie beobachtet hatte.

»Für sei Aaghörige han i e guede Nachricht«, verkündete die junge, energische Stimme aus dem Hörer. »Es Ergäbnis ischt nägativ.«

»Negativ«, wiederholte Faber laut. Er bekam seinen Gedanken noch immer nicht richtig zu fassen.

Hebenstreit aber, welche die Bedeutung dieses Wortes gleich richtig erfasst hatte, richtete sich auf und seufzte laut und tief vor Erleichterung. Sie drückte dicht über ihrer kurz geschnittenen und gekonnt gestrubbelten Chaosfrisur ihre großen Hände kräftig gegen die Zimmerdecke und rückte so ihre vor Aufregung verspannten Schultern wieder gerade.

»Der Vergleich ischt nägativ«, erklärte Ungeheur ihm, als spräche er zu einem kleinen Kind, »des bedeut', die zwoi Genanalyse stimmet ned überoi.«

»Natürlich«, sagte der Faber. »Klar. Weil sie von zwei verschiedenen Menschen stammen.«

»Genau so isch's«, sagte Ungeheur. »Etzt hent Se's au kapiert.«

Der muss mich für einen kompletten Deppen halten, dachte Faber. »Der Tote im Wildpark ist demnach nicht Andreas Oehm. Wie sicher ist das?«

»So sicher, dess mer's ausschließe könnet.«

Nur langsam wurde dem Faber so richtig klar, was das bedeutete. »Haben Sie sonst eine Spur von ihm?«, fragte er. »Von Andreas Oehm, meine ich. Irgendeinen Hinweis? – Ach, so!«, fiel ihm ein, »wenn der Wildparktote nicht Andreas Oehm ist, dann bearbeiten Sie diesen Fall ja gar nicht! Ich war noch ganz …«

Doch die Stimme am anderen Ende schwieg weiter.

»Hallo?«, sagte Faber.

»Dodezu kann i Ihne em Moment no nix sage«, antwortete Ungeheur.

Faber wurde hellhörig. Bearbeitete das LKA den Fall Oehm doch? Das würde dann ja bedeuten, dass Ungeheur einen Zusammenhang zwischen Wildparkmord und Oehms Verschwinden sah.

»Sind zum Wildparkmord noch andere Genvergleiche gemacht worden?«

»Nui, bisher net. Mir hen halt nix, womit mer vergleiche könnt. In der Umgebung wird koi annere Person vermisst. Des heißt, in der weitere Umgebung scho, in eme Dorf bei Würzburg, aber do handelt es sich um e alde Fraa, un die kommt für die Wildparkleich net in Frag.«

»Da haben demnach mehrere Leute einen toten Menschen entsorgt, den sie von irgendwoher mitgebracht haben?« fragte Faber.

»So sieht's zumindescht aus«, antwortete Ungeheur, aber Faber hörte Zweifel in seiner Stimme mitschwingen.

»Das bedeutet«, schloss Faber, »Sie haben im Moment keine Anhaltspunkte?«

»Genau so ischt's«, bestätigte Ungeheur. »Ihne müsste mer au no e paar Frage stelle, Ihne un Ihre Kollege.«

»Fragen Sie!«, forderte Faber ihn auf.

»Net am Telefo. Luschdig sait, Se sen en Maa mit Phantasie. Do möcht i Ihne scho in d' Auge sähe, wenn Se antwordet. Dess Se mi net aalüget.«

Faber wusste für den Augenblick nicht, ob er das als Kompliment werten oder beleidigt reagieren sollte.

»Wie sen Se denn zu erreiche?«, fragte Ungeheur.

»Ich bin heute«, gab Faber Auskunft, »bis Mittag in der Redaktion. Etwa bis halb eins, danach daheim. So ab zwei, halb drei bin ich dann unterwegs, aber die in der Redaktion werden Ihnen sagen, wo Sie mich erreichen können.«

»Hait waaß i ned, ob mer's langt. Un morge?«

»Rufen sie einfach vorher an.«

»Sell werd i maache.«

Faber gab noch seine Handynummer durch, dann stand er auf und ging zur Chefin hinüber.

»Negativ«, sagte er.

Hinter ihm tauchte Hebenstreit in der Tür auf.

»Negativ in Bezug auf Oehm?« fragte Luise Blaustein.

»Ja.«

»Wer ist dann die Leiche aus dem Wildpark?«

»Nach wie vor unbekannt. Es wird niemand vermisst.«

»Das ist einerseits«, sinnierte die Chefin, »eine gute Nachricht. Aber ich weiß nicht …«

»Immerhin gibt es Hoffnung«, warf Hebenstreit ein.

»Ich bin mir auch nicht so sicher«, sagte Faber leise, »ob das am Ende wirklich eine gute Nachricht ist.«

»Wenn wir jetzt wieder da stehen, wo wir angefangen haben«, sagte Luise Blaustein, »dann können wir auch, so, wie wir das am Anfang getan haben, erst einmal davon ausgehen, dass Oehm einfach nur die Arbeit geschwänzt hat. Wenigstens ursprünglich, aber dann ist vielleicht etwas dazwischengekommen. Es ist dann etwas passiert, das ihn gehindert hat, an seinen Arbeitsplatz zurückzukehren. Ein Unglück beispielsweise. Er ist, so vermute ich, über das heiße Wochenende an einen Badesee gefahren. Vielleicht irgendwohin, weit weg, ins Ausland, wo niemand ihn kennt. Ins Elsass. In der Rheinebene, da hat's jede Menge gefährliche Baggerseen. Und da ist er ertrunken.«

»Und das nennst du eine gute Nachricht?«, fragte Faber.

»Sein Auto stand in der Garage«, wandte Hebenstreit ein. »Wie sollte er ins Elsass gekommen sein?«

»Was weiß denn ich?«, winkte die Chefin ab. »Vielleicht mit einer Flamme in deren schickem Wagen. Und als er ertrunken ist, da hat die Tussi Schiss gekriegt und ist einfach abgehauen.«

»Hm«, machte der Faber, »so könnte es immerhin gewesen sein. Logisch klingt es auf jeden Fall schon mal.« Luise Blaustein, die früher eine sehr gute Journalistin gewesen war, hatte, so fand er, auch heute noch ihre lichten Momente. Das dachte er selbstverständlich nur bei sich selbst und sagte es nicht etwa laut, sondern fuhr fort: »Ich werde Lustig fragen, ob die Polizei in der Wohnung seine Badesachen gefunden hat. Wenn sie nicht dort sind, könnte es sich durchaus so oder so ähnlich abgespielt haben, wie du vermutest. Es wäre ein Strohhalm, mehr nicht, aber immerhin. Sonst stehen wir tatsächlich wieder genau so am Anfang wie dieser Ungeheur.«

»Wie was!?«, fragte Luise Blaustein erschrocken.

»Wie wer, nicht wie was. Ungeheur. So heißt der vom LKA, der die Sonderkommission Wildparkmord leitet, ein Hauptkommissar.«

»Ach so! Ich dachte schon, du meinst, jemand habe den Oehm gefressen. Na ja, so spurlos, wie der verschwunden ist.«

Sieh an, dachte Faber, noch so ein lichter Moment von der Chefin! Das ist in der Tat auffällig, dass es in diesem Fall, anders als sonst, überhaupt keine Spuren gibt. Dieses »spurlos«, könnte das vielleicht selbst eine erste Spur sein? Spurlos verschwand normalerweise niemand, höchstens, so überlegte er weiter, wenn derjenige selber unbedingt spurlos verschwinden wollte und alle Spuren hinter sich verwischte.

So weit war er mit seinen Gedanken gekommen, als er Hebenstreit fragen hörte:

»Was sagst du dazu, Faber?«

»Eh – wie? Entschuldigung, ich war gerade mit meinen Gedanken woanders ...«

»Wir können doch jetzt davon ausgehen, dass der Wildparkmord nichts damit zu tun hat, dass Andreas verschwunden ist. Oder nicht?«, wiederholte sie ihre Frage.

»Selbstverständlich!«, rief die Chefin. »Die Wildparkleiche, das war doch am Sonntag, und Oehm ist zum letzten Mal gesehen worden – wann war das noch, Faber?«

Ade, so dachte Faber, lichte Momente der Chefin!

»Am Donnerstagabend«, sagte er laut. »Von mir und nach mir noch vom Kurdirektor. Wenigstens ist uns nichts anderes bekannt. Es könnte freilich durchaus jemanden geben, der ihn noch später gesehen hat, nur rückt der damit nicht heraus, warum auch immer. Möglicherweise weiß dieser Zeuge nicht einmal, dass er etwas Wichtiges gesehen hat, und das könnte durchaus am Freitag oder auch am Samstag gewesen sein. Und der Mann im Wildpark, Chefin, der ist zwischen dem Donnerstag- und dem Freitagmittag getötet worden.«

»Na, also! Beweist das nicht, dass die beiden Sachen nichts mit einander zu tun haben?«

Diese Ansicht teilte der Faber nun gar nicht. Ihm wurde es langsam zu viel mit der Diskutiererei, und er beschloss, ab sofort seinen Weg allein zu gehen und sich von der Chefin nicht mehr dreinreden zu lassen. Also sagte er nur: »Hm.«

»Ganz von vorn«, sagte er zu Hebenstreit, als sie wieder in ihrem Arbeitszimmer waren, »wir stehen wieder ganz am Anfang, also am Donnerstagabend. Wir stehen wieder beim Kurdirektor, aber an den kommen wir nicht heran. Andreas ist seit zehn Tagen verschwunden. Genau so lange dauert es noch einmal, bis Manni Steffan aus der kanadischen Wildnis zurückkommt. Aber so lange können wir nicht warten. Ich muss jetzt nachdenken.«

Faber schwang sich auf sein Fahrrad und fuhr zu seiner Kastanie, um sich mit ihr zu beraten.

Eine Stunde später war er wieder da. Bei der Kastanie war ihm etwas eingefallen, das ihm vielleicht weiterhelfen könnte.

Außerdem hatte in seinen inneren Windungen ein Gedanke Gestalt angenommen. Könnte es sein, dass der Tote aus dem Wildpark der Kurdirektor war? Dieser Gedanke erschreckte ihn so sehr, dass er ihn sofort in sein Unterbewusstsein zurückzudrängen suchte.

Er kam unten von der Burgstraße hereingepoltert und die schmale Holztreppe heraufgeschossen, dass hinter ihm die Schwingtür nur so wedelte und das Geländer krachte, als würde es aus der Wand gerissen. Alle im Stockwerk wussten sofort, was das bedeutete: Der Faber, der alte Rausfinder, hatte mal wieder was entdeckt.

»Quis, quid, ubi, quibus auxiliis, cur, quomodo, quando!«, deklamierte er laut durch das Stockwerk. »Wisst ihr, was das ist?«

»Latein!«, rief die Chefin durch die offene Tür aus ihrem Büro.

»Hexameter!«, rief Hebenstreit aus ihrem Zimmer.

»Sieben Fragewörter«, erklärte er laut und stellte sich im Flur zwischen beide Türen. »Ein Fragenkatalog. ›Wer, was, wo, womit, warum, wie, wann?‹ Mit Hilfe dieser sieben Fragen haben sie im alten Rom Verbrechen aufgeklärt. Man ging sie der Reihe nach durch. Wenn alle beantwortet waren, war der Fall gelöst. Diese Liste musste auswendig gelernt werden, weil die Liktoren weder lesen noch schreiben konnten, also die römische Kripo. Deshalb dieser Sechservers, der sich wie ein Wurm ins Hirn bohrt. Da kann man das leicht auswendig lernen und behalten.«

Er schritt heftig aus, dass die alten Holzdielen im schmalen Flur knarrten, öffnete die Tür zum Sitzungszimmer und rief: »Hebenstreit! Kommst du mal? Brainstorming!«

Als sie, wie immer gebückt, durch die Tür in den Raum kam, sagte er: »Komm, hilf mir mal!«

Er hatte inzwischen eine Rolle aus weißem Zeitungspapier aus dem Wandschrank geholt und war dabei, ein mehrere Meter langes Stück mit seinem Taschenmesser davon abzuschneiden. Der Schnitt fiel unglücklich schief aus, aber er drückte ihr das Ende in die Hand: »Halt fest! Hierher!«

Sie trugen die lange Papierbahn an die große Magnettafel, welche die ganze Länge der Wand einnahm.

»Jetzt festmachen!«, befahl er und setzte die Magnetknöpfe auf das Papier. Sie platzierte die Knöpfe am anderen Ende und strich die weiße Papierbahn glatt.

»Eine Schautafel? Da bin ich aber gespannt!« Sie setzte sich an den langen Tisch und sah ihn erwartungsvoll an.

»Ein Ordnungssystem«, sagte er und nickte. Dann schrieb er mit einem dicken Filzstift die sieben Fragewörter oben nebeneinander, so dass sie über die ganze Breite verteilt waren.

An den linken Rand schrieb er untereinander: »Wildpark« und »Andreas«.

»So«, sagte er und trat zwei Schritte von der Wand zurück. »Erste Frage: Gibt es Gemeinsamkeiten? Welches sind die Unterschiede? Was überhaupt wissen wir bis jetzt?«

»So gut wie nichts«, antwortete sie. »Die Tafel besteht bis jetzt nur aus Lücken.«

»Nicht ganz«, widersprach er. »Schau'n mer mal. ›Wann?‹, Spalte sieben, hier.« Er zog einen senkrechten Strich. »Da wissen wir noch am meisten. Für die Zeile Wildpark sagt der Mediziner: Todeszeitpunkt ist zwischen Donnerstag- und Freitagmittag. Da nehmen wir erst einmal die Mitte.« Er schrieb in die Spalte unter »wann?« und las laut mit: »Nacht zum Freitag.« Er trat wieder zurück und betrachtete sein Werk. »Bleiben wir mal bei dieser Spalte«, sagte er dann. »Andreas. Wann ist der verschwunden?«

»Das wissen wir nicht«, antwortete sie. »Das hast du heute selber gesagt.«

»Zugegeben, das hab ich. Aber ich habe nur von der *Möglichkeit* gesprochen, dass jemand ihn noch am Freitag oder später gesehen haben *könnte*! Was wir aber *wissen*, ist, dass er Donnerstag am späten Abend gesehen *wurde*! Vor dem Kurhaus, um halb zehn.«

Er schrieb in die Andreaszeile unter »wann?«: Donnerstag, später Abend. »So. Jetzt: ›Was‹ ist passiert? Spalte zwei, Zeile Wildpark: Ein Mann ist ermordet worden. Und Andreas ist verschwunden.« Er schrieb untereinander »ermordet« und »verschwunden« in die Was?-Spalte.

»Jetzt die erste Spalte«, fuhr er fort. »›Wer?‹ Da schreiben wir unten: ›Andreas‹. Oben beim Wildpark, da müssen wir passen und schreiben ›unbekannt‹.« Er schrieb aber nur ein Fragezeichen. »Das heißt für uns ›unbekannt‹.« Wieder drängte sich der erschreckende Gedanke an die Oberfläche: Andreas Oehm und Kurdirektor Manfred Steffan waren zuletzt *miteinander* gesehen worden. Wenn der Wildparktote nicht Andreas war, könnte er Manni Steffan sein?

Doch darauf gab es bis jetzt keine Hinweise, und er sprach den Gedanken nicht aus.

»Was ist?«, fragte Hebenstreit. »Das da ist doch interessant, aber du bist in Gedanken versunken. Machen wir weiter oder nicht?«

»Ja«, antwortete er. Weiter in der Zeile Wildpark: »Womit?« Lustig sagt, der Wildparktote wurde mit einer russischen Armeepistole erschossen. Einer Tokarew TT-33, Kaliber 7,62.«

»Was!?«, rief sie aus. »Das hat er dir gesagt?«

»Allerdings nur unter vier Augen«, bestätigte er, »und wir werden es vorerst auch weiter unter Verschluss halten. Für uns jedoch ist es eine wichtige Information.« Er schrieb in die Womit?-Spalte »TT-33«.

»Außer uns beiden, denke ich, wird bei uns niemand wissen, was das heißt«, erklärte er dazu. »So, jetzt weiter. Bei ›warum?‹ fällt mir nichts ein. Und dir?«

»Nein«, antwortete sie, »auch nichts.«

»Dann müssen wir passen.« Er malte in die fünfte Spalte zwei Fragezeichen untereinander und trat wieder zwei Schritte von der Wand zurück.

»Bleibt noch ›wie?‹. Ich überlege mal laut«, sagte er, »aber noch ins Unreine gesprochen. Bei der Wildparkleiche haben sie eine Pistolenkugel gefunden. Sie steckte in einem Brustwirbel mit noch einem Stück von der Rippe daran. Schuss von vorne. Frage: War der Schuss tödlich?«

»Eher nein«, überlegte sie. »Zumindest nicht zwingend.«

»Kaliber 7,62«, bestätigte er, »das ist alles andere als schwere Artillerie.«

»Aber der Mann ist zusammengebrochen, mit einem Lungenschuss und einer Kugel im Rückgrat bleibt keiner stehen. Querschnittsgelähmt. Wahrscheinlich. Oder auch nur vielleicht.«

»Ich wollte auf etwas anderes hinaus«, wandte er ein. »So ein Mord muss doch schnell gehen. Bei einem Schuss in die Brust, der das Herz nicht trifft, bleibt der Mörder doch nicht neben dem Opfer stehen und wartet, bis es innerlich verblutet ist. Woran ist der Mann dann gestorben?«

»Der Mörder muss ein zweites Mal geschossen haben«, antwortete sie. »Wenn er einmal geschossen hat und die Pistole noch in der Hand hält, dann wird er das Opfer danach ja wohl nicht etwa vergiften wollen. Ist doch klar!«

»Aha!« Er beachtete ihren Sarkasmus nicht. »Und wo ist die zweite Kugel?«

»Sie steckt in einem der Teile, die nicht gefunden wurden. Gefunden wurde nur der Rumpf, der Körper ohne Gliedmaßen.«

»Und in welchem Teil steckt sie?«

»Im Kopf, selbstverständlich, aber nur, wenn sie nicht wieder ausgetreten ist.«

»In dem, Fall«, warf Faber ein, »wenn sie ausgetreten ist, wäre die Chance, die Kugel zu finden, gleich null, weil wir nicht wissen, wo der Mord ausgeführt wurde. Aber wir sind uns einig: Der zweite Schuss muss ein Kopfschuss aus der Nähe gewesen sein.«

Sie nickte. »Eine Hinrichtung«, sagte sie ernst.

»Darauf wollte ich hinaus. So, und jetzt schauen wir uns einmal an, was wir daraus gemacht haben.«

Sie betrachteten miteinander das große Schaubild an der Wand, das aus genau so vielen Lücken wie Antworten bestand, und dabei war bei den Antworten ein großer Teil nur geschätzt oder bestand aus Vermutungen.

»Hm, ziemlich unsicher«, urteilte er enttäuscht. »Oder siehst du etwas, was ich nicht sehe?«

»Nein«, antwortete sie. »Trotzdem ist es eine gute Methode. Lassen wir's da hängen, schlage ich vor. Vielleicht kommt uns eine Idee, wenn wir's öfter anschauen. Waren schon clever, diese alten Römer.«

Dazu, zum letzten Satz mit den Römern, beschloss der Faber, weise zu schweigen.

16

Den Kosmetikladen, in welchem Margret Knopf-Steffan, die Exfrau des Kurdirektors, arbeitete, fand der Faber am Nachmittag nach einigem Suchen im Johanniterhof. Er lehnte sein Fahrrad gegen einen Pfeiler der Arkaden und fesselte es sorgfältig mit dem Stahlseil an die Regenrinne, damit der Asinus ferrari nicht auf dumme Gedanken käme und eigenmächtig das Weite suchte; Fahrräder wurden in Bad Mergentheim häufiger gestohlen als Autos. Es war ein schmaler Laden, der aber tief ins Gebäude hineinreichte. Der enge Raum verlor sich weiter hinten im Dunkel. Die Türglocke läutete, als er die Tür öffnete.

Im vorderen Teil des Geschäftes sah er niemanden, aber weiter hinten stand eine Frau mit dem Rücken zu ihm, Mitte der Fünfzig, weißblond und rundum schimmernd und glitzernd wie ein Silberfasan auf Brautschau.

»Guten Tag, Margret«, sagte er betont munter.

Sie fuhr herum. »Faber! Wo kommst du denn auf einmal her?!«

»Von da«, sagte er und zeigte durch die Tür auf den Johanniterhof hinaus, wo in der Nachmittagssonne Kinder spielten.

Er hatte sich eine Taktik ausgedacht, mit deren Hilfe er sie zum Reden bringen wollte. Margret Knopf-Steffan, das wusste er, war nicht sehr standfest, sie war eher ängstlich. Und sie hing immer noch an ihrem früheren Ehemann. Er würde sie also nervös machen, ihr vielleicht Angst einjagen müssen.

Eine solche Taktik, das war ihm klar, war nicht gerade fair, aber was sein musste, das musste nun einmal sein.

»Einen Satz Haargummi bitte«, sagte er. »Für meinen Zopf. Möglichst in Schwarz.«

»Willst du sie mit roten Herzchen dran oder ohne?«, fragte sie schnippisch.

»Ohne, bitte«, antwortete er ernst. »Meine Tochter trägt Herzchen. Diese sind für mich. Einfach nur schwarz, bitte.«

»Da.« Sie warf einen schmalen Papierstreifen vor ihn auf die Ladentheke, um den sechs schwarze Gummiringe geschlungen waren. »Acht Euro achtzig.«

Faber zahlte den horrenden Preis mit unbewegter Miene. »Ich muss mit dir reden«, sagte er. »Über Manni.«

»Ich werde nichts sagen«, antwortete sie und presste ihre schmalen Lippen zusammen, damit ihr auch ja kein Wort durchschlüpfte. »Da kannst du machen, was du willst. Du willst Manni nur schlechtmachen. Ich kenne euch Pressefritzen. Hau ab!«

»Da irrst du dich aber sehr«, versicherte er. Ihm fiel auf, wie nervös sie war. Ihre Bewegungen waren hastig und ziellos. »Ich will dich überhaupt nichts fragen«, fuhr er fort, »sondern ...« Doch dann schwieg er und beobachtete ihr Gesicht.

»Der Tote im Wildpark«, sagte er dann. Er sprach leise, aber er betonte jedes Wort. »Das ist ...«

»Ich weiß«, unterbrach sie ihn, »das ist euer – der Dings, der Rotfuchs.«

»Nein, eben nicht. Du meinst meinen Kollegen Oehm. Der ist es nicht.«

»Quatsch! Natürlich ist er das! Wer sollte es sonst sein?«

»Es ist sicher. Sie haben im Labor herausgefunden, dass er es nicht ist.«

»Sie haben diesen, eh, Dingstest gemacht?«

»Diesen DNA-Test, ja. Man kann mit ganz wenig Material, einem Tropfen Blut zum Beispiel oder ein paar Haaren oder einem Stück Fingernagel, das ganze Erbgut eines Menschen bestimmen. Also körperliche Eigenschaften feststellen und vergleichen.«

Er beobachtete sie weiter und fuhr dann fort: »Haarfarbe, Augenfarbe, und so weiter.« Damit hatte er das ausgesprochen, was er sich vorher überlegt hatte, auch wenn es ganz und gar nicht der Wahrheit entsprach. Jetzt musste das Geschütz in Stellung gefahren werden, mit dem er sie sturmreif schießen wollte. Es war sehr riskant, was er da probierte, das war ihm klar.

»Mein Kollege«, sagte er leise, aber eindringlich, »hatte braune Haare, so rötlich-braun, das hast du gerade selber gesagt.« Wenn man lügt, dachte er, muss man die Lüge mit möglichst viel Wahrheit vermischen, damit man sie dazwischen verstecken kann.

»Na, und?«, antwortete sie.

»Die Haare des Mannes aus dem Wildpark waren aber grau.«

Dieser Schuss, das war ihm klar, war nichts anderes als eine eminente Pappgranate, und er hoffte sehr, Margret Knopf-Steffan würde das nicht gewahr werden. Denn erstens konnte man anhand der DNA keine Aussage über die Haarfarbe machen, und zweitens war Grau als Haarfarbe nicht erblich festgelegt, sondern eine Alterserscheinung. Jeder Mensch bekam von einem bestimmten Alter ab graue Haare, egal, ob die vorher blond, braun oder schwarz gewesen waren. Faber ließ sich auch gleich ein Türchen offen, für den Fall, dass sie ihn bei der Lüge ertappen würde: »Wahrscheinlich«, fügte er deshalb hinzu und wartete ab.

Sie erschrak und wandte sich ab.

»Ich denke«, bohrte er weiter, »du hast Manni in Kanada angerufen. In der Blockhütte. Oder, falls es da kein Telefon und keinen Mobilempfang gibt, dann hast du Kontakt zu dem Vermieter aufgenommen. Auf jeden Fall bist du sicher, dass Manni in Kanada gut angekommen ist.«

So, dachte er. Jetzt musste er auf die Wirkung warten.

Sie schwankte in ihrem Entschluss, das sah er, und ließ sie erst verdauen, was er ihr zugemutet hatte.

»Du kennst die Blockhütte, du warst doch mit Manni schon dort, früher, als ihr noch …« Er hatte sagen wollen »als ihr noch verheiratet wart«, besann sich aber, als ihm klar wurde, wie sehr sie noch an Manni hing, und sagte: »… als ihr noch beisammen wart.« Na ja, dachte er, auch nicht besser.

Sie hob den Blick, sah ihn an und schüttelte heftig den Kopf. »Nein!«, sagte sie dann. »Das ist nicht wahr! Ehrlich!« Dabei schaute sie ihm fest in die Augen. Sehr fest. Zu fest, fand er. Sie log.

»Doch. Das war in dem Jahr, bevor Manni sich von dir getrennt hat. Ihr habt versucht, dort durch den gemeinsamen Urlaub eure Ehe zu retten. Manni hat es mir erzählt.«

Auch das stimmte nicht oder doch höchstens vielleicht. Der Kurdirektor hatte immer viel erzählt, aber falls der zu Faber irgendwann einmal über seine Ehe gesprochen haben sollte, konnte sich dieser daran jedenfalls nicht erinnern. Aber, wer weiß, vielleicht hatte er ja nur nicht zugehört.

Margret Knopf-Steffan starrte ihm immer noch in die Augen, und er dachte, wenn sie jetzt nicht reagiert, dann kann ich wieder einpacken.

Plötzlich drehte sie sich von ihm weg und eilte in den hinteren Teil des Ladens, wo es so dunkel war, dass er nicht sehen konnte, was sie dort tat. Sie kam mit ihrer glitzernden Handtasche zurück, öffnete sie und holte ein kleines, goldenes Büchlein heraus.

»Eh, Dings, eh, Zettel!«, murmelte sie, und Faber fischte eilig seinen Notizblock aus der Tasche, riss ein Blatt ab und hielt ihr dazu gleich seinen Kugelschreiber hin. Sie schlug das goldene Büchlein auf, fuhr an der Seite mit dem Finger herunter bis zum Buchstaben K. Die Seite war voll mit durchgestrichenen, überschriebenen und unleserlichen Eintragungen. Sie schrieb etwas ab und schob ihm dann den Zettel über den Tisch. Es war eine Telefonnummer mit Auslandsvorwahl, vermutlich von Kanada, und daneben stand ein Name: Vetter, Mr. und Mrs.

»Ich weiß nicht sicher, ob die Nummer noch stimmt«, sagte sie. »Musst es halt einfach probieren.«

»Du hast demnach noch nicht angerufen?«, fragte er.

»'m, 'm.« Sie schüttelte den Kopf, und als sie ihn anschaute, sah er, dass in ihren Augen Tränen standen.

»Wo in Kanada ist das genau?«

»Der Ort heißt Colverte. Eine Stunde von Québec.«

»Eine Autostunde?«

»Ja.«

»Und die Blockhütte?«

»Von da aus noch einmal zweieinhalb Stunden.«

»Danke«, sagte er und wandte sich zum Gehen. »Ich melde mich bei dir, sobald ich was erreicht hab. Und mach dir keine großen Sorgen, das wird schon.«

»Das wird schon«, dachte er, als er draußen im Johanniterhof wieder auf sein Fahrrad stieg, was für ein blöder Satz! Ein Klischee wie »wir werden alle nicht jünger«. Ein Stereotyp ohne Inhalt. Er hasste solche Sätze, die nichts bedeuteten. »Es wird schon« – selbstverständlich wurde es, es wurde immer, fragte sich nur, wie.

Er sah auf die Uhr. In Kanada war es jetzt später Vormittag. Er würde von der Burgstraße aus gleich probieren, dort anzurufen.

Er hatte Glück, und sein Anruf kam gleich beim ersten Versuch durch. Eine weibliche Stimme meldete sich: »Yes? Wetter.«

Er nahm all sein Englisch zusammen: »Hallo, Mrs. Wetter? I'm calling from Germany, from Bad Mergentheim. My name is Faber.«

»Wetter«, sagte die Stimme. »Germany? Ja? Meine Name ist Vetter, mit Vi. Wie sagt man in Deutsch? Vau?«

»Richtig, mit Vau. Sie haben vermutlich deutsche Vorfahren.«

»Ja, ich und mein Mann, alle beide. Sie rufen from Bad Mergentheim, die Heimat von Mr. Money?«

»Mr. Manni, ja«, sagte Faber. »Manni Steffan, um den geht es. Mit dem müsste ich dringend sprechen. Wie kann ich ihn erreichen?«

»Oh, leider geht es gar nicht.«

»Es ist aber sehr wichtig.«

»Das tut mir sehr leid, aber es gibt dort in dem Blockhaus kein Telefon, gar keine Verbindung. Und er hat gesagt, er will nicht gestört sein. Seine Frau? Ist jemand krank bei ihm?«

»Ehm, nicht direkt. Aber ein Mann, den er gut kennt, ein Freund von ihm, wird vermisst. Und Mr. Manni war einer von den letzten, die mit ihm gesprochen haben.« Von dem weiteren Gedanken, der in ihm bohrte, wollte er jetzt noch nichts sagen.

»Oh, wie schrecklich! Und Sie sind …«

»Ein Angehöriger von Andreas.«

»Ist das der Mann, der gemisst ist?«

»Ja. Könnten Sie Mr. Manni bitte auf irgendeinem Wege mitteilen, er solle mich unbedingt anrufen? Faber, Uli, er kennt den Namen. Er weiß dann schon Bescheid, und er kennt auch meine Telefonnummer. Sagen Sie ihm, Andreas wird seit zehn Tagen vermisst, und wir machen uns große Sorgen.«

»Zehn Tage schon! Das ist gar nicht gut, das klingt schlimm! Ich werde es meinem Mann sagen. Der ist jetzt nicht hier. Aber er kommt am Mittag. Vielleicht wird er heute Nachmittag hinfahren und es ihm sagen.«

»Sie sind also sicher, dass Mr. Manni im Blockhaus ist?«

»Ja, sicher. Ich weiß keinen Grund, warum er nicht dort sein sollte.«

»Mr. Manni hat gesagt, er will auf keinen Fall gestört werden?«

»Ja, das hat er extra gesagt.«

»Sie haben demnach mit ihm gesprochen?«

»Ja, sicher, wir haben alles besprochen wie in jedem Jahr.«

»Dann war er also, nachdem er in Québec gelandet war, erst bei Ihnen?«

»Nein, er hat wie immer am Airport eine car gemietet und ist gleich in das Blockhaus gefahren.«

»Wer hat ihm dort das Haus aufgeschlossen?«

»Der Schlüssel bleibt immer dort in ein geheimes Ort. Aber das kennt er.«

»Ist das nicht gefährlich?«

»Oh, nein«, lachte sie. »Es sind gar keine Menschen dort, und mit Mr. Money hat es noch nie Probleme gemacht.«

»Ja, ich weiß«, sagte Faber erleichtert. Was die Vermieterin sagte, ließ immerhin die Möglichkeit offen, dass Manni in Kanada in einem Boot auf dem Waldsee saß und angelte. »Manni makes the world go round, so sagen sie hier immer.«

Sie lachte wieder.

Faber bedankte sich und legte auf.

Beim Abendessen sprachen sie, wie so häufig, über alles, was der Tag gebracht hatte, und der Faber war auffällig gelöster Stimmung.

»Es geht dir wieder besser«, stellte die Weiche fest. »Deutlich besser sogar.«

»Wir wissen jetzt, dass Andreas Oehm nicht der Tote vom Wildpark ist«, sagte er, aß ungeniert mit dem großen Löffel aus dem tiefen Teller von seinem Gurken-Tomaten-Paprika-Zwiebelsalat, nahm ein Stück vom herzhaften Ziegenkäse einfach in die Hand, biss einen großen Brocken davon ab und trank dazu einen kräftigen Schluck vom Tauberschwarz. »Ist das kein Grund zum Feiern?«

»Er ist nicht gemördert worden? Er lebt also noch?«, fragte Miriam.

»Wahrscheinlich«, antwortete Faber. »Jedenfalls haben wir keinen Grund, etwas anderes anzunehmen.«

»Und wo ist er dann?«, fragte die Weiche.

»Ich nehme mal an, er will einfach nur irgendwo allein sein«, sagte Faber. »Vielleicht hat er sich ja in eine Aussteigerkommune auf La Gomera zurückgezogen.«

»Oder er ist krank und liegt im Ausland in einem Krankenhaus und kann sich nicht melden«, mutmaßte die Weiche.

»Oder«, vermutete Miriam, die gerade begonnen hatte, ihren ersten Ritterroman zu lesen, »er wird irgendwo gefangen gehalten, gefesselt, und kann sich nicht befreien. Wie Richard Löwenherz. Den hat der böse Kaiser auch erst wieder freigelassen, als seine Mama ihm alles Gold von England gegeben hat. – Musst du heute Abend noch mal weg?«

»Dass er irgendwo gefangen gehalten wird, das könnte auch sein«, gab er zu. Kidnapping, das wäre in der Tat eine Möglichkeit, überlegte er schnell, an die sie bisher noch gar nicht gedacht hatten. Oder genauer: Oehmnapping. Aber es hatte sich niemand gemeldet, um Forderungen zu stellen. Trotzdem musste man die Möglichkeit ins Auge fassen, es konnte ja etwas schiefgegangen sein. Er würde dem also auf jeden Fall noch nachgehen müssen.

»Was ist nun, Papa?« drängelte die Kleine. »Musst du nun noch mal weg oder nicht?«

»Nein«, antwortete er, »ich muss nicht mehr fort. Ich habe zwar noch zu tun, aber das kann ich hier an meinem Schreibtisch erledigen.«

»Dann erzählst du mir nachher ganz bestimmt die Gute-Nacht-Geschichte weiter. Die mit den Schafen.«

»Gut, was sein muss, das muss sein«, nickte er zustimmend.

»Was gibt es bei Richard Löwenherz denn für Schafe?« fragte die Weiche verblüfft.

»Gar keine«, sagte Faber, machte dabei seine Stimme ganz tief und zwinkerte seiner kleinen Tochter verschwörerisch zu. »Es ist eine ganz andere Geschichte. Ein ganz neues Märchen, wir erfinden es gerade. Es heißt ›Widderherzen‹«.

Richtig: »Widderherzen«. Er war stolz darauf, dass ihm beim Wort »Löwenherz« endlich dieser Titel zu seinem offenen Märchen eingefallen war.

»Der rotbraune und der grau gefleckte Widder waren einige Jahre lang Freunde«, erzählte eine halbe Stunde später der Faber seine Geschichte weiter. »Manchmal stritten sie sich, manchmal hatten sie auch Geheimnisse voreinander, wie das bei Freunden eben so ist, aber sie vertrugen sich auch immer wieder.«

Miriam lag in ihrem Hochbett, und Faber stand, wie immer, wenn er seine Gute-Nacht-Geschichte erzählte, neben der Leiter, mit ihr auf Augenhöhe. Die Kleine drehte sich auf die Seite zu ihm hin, schloss die Augen, steckte den Daumen in den Mund und hörte zu. Solche Momente des Vertrauens gehörten für ihn als Vater zu den schönsten des Tages.

»So kam es vor, dass der rote Widder manchmal die kleine Herde verließ, und niemand sollte wissen, wohin er ging. Der Grauscheckige fand heraus, dass der eine heimliche Freundin hatte, ein ganz weißes, üppiges Schaf aus einer Nachbarherde namens Miss Molly. Der rote Widder und seine neue Freundin Miss Molly weideten zu zweit die Trockenhänge des Tales hinauf und hinunter, am liebsten aber hielten sie sich neben den eingezäunten Weinbergen auf, weil es da die saftigsten Kräuter gab: wilden Majoran, Sauerampfer, würzigen Thymian, Steinklee und junge, unglaublich frisch duftende Pimpinelle.

Einmal, als der grau gefleckte Widder oben am Hang auf einer Steinklinge stand, sah er die beiden langsam den Hang herauf weiden. Er wartete auf den Nasenstupser, mit dem Schafe einander normalerweise begrüßen, aber der Rote weidete einfach stolz an ihm vorbei und beachtete ihn nicht. Doch das weiße, mollige Schaf blieb zwei Schritte hinter dem Roten zurück und winkte dem Grauscheckigen heimlich mit einem Ohr zu.

Das schneeweiße Schaf gefiel dem grau gefleckten Widder sehr, und es dauerte nicht lange, da weidete die weiße Miss Molly mit ihm auf den Trockenhängen, und nicht mehr mit dem Roten.

Eines Tages kam das mollige, weiße Schaf zum grau gefleckten Widder. Es schlug die Augen nieder und sagte: ›Ich muss dir etwas sagen: Ich glaube, ich bekomme ein Lämmchen. Wir werden jetzt also bald eine Familie. Und du wirst in dieser Familie der Vater sein.‹

Da war der grau gefleckte Widder sehr überrascht. Er schaute vor sich auf den Boden und trat verlegen von einem

Huf auf den anderen. ›Und was ist mit *ihm*‹, fragte er leise und zeigte dabei mit seiner Schafsnase zum Roten hinüber.

›Mit dem? Phhh‹, machte das mollige, weiße Schaf abfällig. Sie wirkte sehr entschieden dabei. ›Nichts ist mit dem‹, sagte sie. ›Der kann nicht treu sein, der taugt nicht zum Vater.‹

Der Grauscheckige überlegte, dass er ja eigentlich schon lange gerne eine Familie gehabt hätte, und wurde froh darüber, dass er die weiße Miss Molly gefunden hatte.

Der rote Widder jedoch tat, als ginge ihn das alles überhaupt nichts mehr an. Er redete niemals darüber. Doch die Freundschaft der beiden Widder zerbrach dabei, und eines Tages war der rote Widder plötzlich verschwunden. – So«, sagte er, »so weit für heute. Beim nächsten Mal geht das Märchen weiter.«

Sie nickte, schon halb im Schlaf.

»Gute Nacht, meine Kleine«, sagte er. »Schlaf gut!«

»Öhrle«, murmelte sie.

Er strich ihr mit der Hand über den Kopf und zog ihr die dünne Sommerdecke bis über das Ohr.

Leise ging er aus dem Kinderzimmer.

17

Der Hauptkommissar Udo Jürgen Ungeheur vom Landeskriminalamt Stuttgart fuhr sehr pünktlich um halb zwölf Uhr am Zeitungshaus vor und brachte gleich zwei Kollegen mit. Die Chefin hatte ihm am Morgen mitgeteilt, die tägliche Redaktionssitzung am Vormittag müsse abgeschlossen sein, danach ständen alle Mitarbeiter zur Verfügung, dafür würde sie sorgen.

Einen der beiden Kollegen, die Ungeheur mitbrachte, kannte der Faber. Es war der Oberkommissar Federolf, ein Mitglied der Sonderkommission Wildparkmord unter der Leitung von Hauptkommissar Vierneisel. Folglich, so schloss Faber, waren sie bei der Kripo den üblichen Weg gegangen und hatten die erste Sonderkommission mehr oder weniger geschlossen in die erweiterte Kommission unter LKA-Führung übernommen.

Während der Redaktionssitzung hatte im Sitzungszimmer noch das große, die ganze Längswand ausfüllende Schaubild mit den sieben Fragen gehangen. Jetzt beeilte Faber sich, es abzunehmen. Er rollte die lange Papierbahn auf und versteckte die Rolle im Wandschrank. Er wusste nicht recht, warum er das tat. Er fürchtete einfach, sie könnten sich mit dem riesigen Stück Papier, auf dem unter sieben Fragewörtern nur sieben Antworten neben sieben Fragezeichen standen, vor der geballten Aufklärungsgewalt blamieren, zumal es sich bei einem Teil der Antworten auch noch um reine Spekulation handelte.

Luise Blaustein postierte sich an der schmalen Treppe und versuchte, die schlichte Ankunft der Sonderkommission Wildparkmord zu einem theatralischen Empfang umzugestalten.

»Meine Herren, willkommen in der Tauber-Post!«, dröhnte sie und stellte sich und ihre Mannschaft vor.

Der zweite Mann vom Landeskriminalamt war deutlich älter als Ungeheur. Er war untersetzt, hatte einen grauen

Kinnbart und sah so harmlos aus, dass Faber zweimal hinsehen musste, um ihn überhaupt wahrzunehmen. Er ging stracks auf die Chefin zu. Seine Stimme klang leise, aber bestimmt: »Brauchle, Hauptkommissar. Welches ist Ihr Büro?«

Sie deutete auf die erste Tür rechts. Er sagte nur: »Dann kommen Sie bitte.«

Oberkommissar Federolf vom Tauberbischofsheimer Polizeidirektorat deutete wortlos, aber höflich auf Hebenstreit, indem er ihr die Handfläche hinhielt und damit auf die Tür zu ihrem Arbeitszimmer zeigte.

Ungeheur ging gleich auf den Faber zu: »Sie sen also der Herr Faber! Wo ganget mir na?«

Faber, der begriffen hatte, dass die Herren vorhatten, die Zeitungsmannschaft einzeln, aber möglichst gleichzeitig zu befragen, sagte: »Hier, wir können ins Sitzungszimmer gehen.«

Das alles lief so leicht und so reibungslos ab, als hätten die Kommissare es jahrelang geübt und geprobt. Seit dem theatralischen Willkommensgruß der Chefin war kaum mehr als eine Minute vergangen, da saßen sie schon hinter geschlossenen Türen an der Arbeit. Die übrige Mannschaft wurde in die restlichen vier Arbeitszimmer an die Schreibtische zurückgeschickt; sie würden nach den anderen drankommen.

Hauptkommissar Ungeheur setzte sich im Sitzungszimmer an das obere Ende des langen Tisches, so dass er mit dem Rücken zum Fenster saß. Er deutete auf den Stuhl gegenüber und sagte: »Bitte!«, doch Faber setzte sich nicht ihm gegenüber, sondern über Eck, so dass er näher am Kommissar saß und eventuell in dessen Notizen spickeln konnte.

»Was für en Auto fahrt Ihr Kollege Oehm?«, fragte Ungeheur.

»Einen Passat Variant«, antwortete Faber. »Weiß. Das Baujahr weiß ich nicht, er ist vielleicht zehn oder zwölf Jahre alt.«

»Weiß«, wiederholte Ungeheur. »VW-Passat, da sen Se sicher?«

»Ja, ganz sicher. Ich hab den Wagen in der letzten Woche in der Tiefgarage stehen sehen, da war Andreas Oehm schon seit zwei oder drei Tagen verschwunden. Ich kenne den Wagen von früher.«

»Hat er no en anderes Fahrzeug? Motorrad vielleicht?«

»Nein, nicht, dass ich wüsste.«

»Oder en Lieferwage?«

»Nein, ganz sicher nicht.«

»Oder hat er mal so en Lieferwage g'mietet g'het?«

»Das weiß ich nicht. Wenn, dann habe ich davon nichts erfahren. Wir waren in der letzten Zeit nicht mehr so eng befreundet.«

»Kenne *Sie* jemand, der en weiße Lieferwage oder en Kloitransporter hod, und der mit Ihrm Kollege gut bekannt ischt?«

»Nein, dazu fällt mir nichts ein.«

»Wie hent Se von der Sach im Wildpark erfahre?«

»Mich hat jemand angerufen.«

»Wann wor des genau? Wisset Se des no?«

»Ja. Das war am Sonntag um zwölf Uhr, kurz nach dem Angelusläuten.«

»Sonntag, den neunzehnte?«

»Exakt.«

»Wisset Se, vo wo der Aaruf komme ischt?«

»Ja. Aus dem Wildpark.«

»Sen Se do sichr? Kennet Se de Aarufer?«

»Ja, ich kenne ihn gut und bin sicher. Er arbeitet im Wildpark.«

»Wieso hat er grad Sie aagrufe?«

»Wir haben auch früher schon oft zusammengearbeitet, und er hat mir bei Recherchen geholfen.«

»Ah! Den moinet Se!« Ungeheur warf einen Blick in seine Notizen. »Der Wiesinger, Spitzname Fuzzy? Hauptkommissar Luschtig hat mir scho g'sagt, dass des Ihr Spio isch.«

Dazu sagte der Faber nichts. Wenn von einem Informanten die Rede war, dann gingen bei ihm immer die Rollläden herunter. Statt dessen fragte er: »Sie stellen einen Zusammenhang her zwischen dem Wildparkmord und dem Verschwinden von Andreas Oehm?«

»Lasset Se nur mi hier die Frage stelle«, sagte Ungeheur und mühte sich, seinen Worten einen gutmütigen Beiklang zu geben, »älles andere sähet mr no spädr.«

Ungeheur kam wieder auf Andreas Oehms Lederjacke zu sprechen, danach kam er noch einmal auf den weißen Lieferwagen zurück. Er werde ihm, sagte er zum Faber, nun Informationen geben, die er nicht journalistisch verwenden dürfe, wenn die Polizei ihn, Faber, in ihre Arbeit einbinde. Der Faber sagte dazu nichts. Er nickte nur kurz mit ernster Miene.

Es gehe, verriet Ungeheur ihm, in erster Linie um diesen Kleintransporter, glatt weiß, also ohne Firmenaufschrift. So einer sei in der Nacht zu diesem bestimmten Sonntag, dem neunzehnten, aufgefallen, unter anderem sei er in der Nähe des Wildparks gesehen worden. Ein Zeuge habe sogar einen Teil des polizeilichen Kennzeichens erkannt, allerdings nicht beim Wildpark, sondern an einer anderen Stelle, nicht weit davon. Es sei somit nicht sicher, dass es sich auch wirklich um dasselbe Fahrzeug handle.

»Wo – nicht weit vom Wildpark?«, fragte Faber nach.

»Im Nachbarort.«

»Herbsthausen?«

»Hm.« Ungeheur nickte.

»Eine hiesige Nummer?«, fragte Faber weiter.

»TBB«, bestätigte Ungeheur, »zwoi Buchstabe, einer davo unsicher, dazu e Ziffer oder zwoi.« Aber, fügte er gleich hinzu, man könne das Kennzeichen ergänzen, wie man wolle, es gebe am Ende keinen weißen Kleintransporter oder Lieferwagen mit diesem Kennzeichen im ganzen Landkreis. Nur andere Fahrzeuge.

»Bedeutet das, die Nummer war falsch?«, fragte Faber aufgeregt. »Gefälscht?«

Ungeheur, so dachte er, war Spezialist für Bandenkriminalität. Diese superschnellen, geschlossenen Lieferwagen von Mercedes oder vom wem auch immer, die waren ideale Fahrzeuge, wenn es darum ging, Güter schnell über die Autobahn durch ganz Europa zu transportieren, alle möglichen Güter, auch Leichen.

Der Tote vom Wildpark war nicht Andreas Oehm, trotzdem sah das LKA einen Zusammenhang mit ihm. War Andreas so einer internationalen Bande auf der Spur gewesen?

»Gibt es«, fragte Faber nachdenklich, »so etwas wie kriminelle Logistikfirmen, die sich die Möglichkeit zum freien Güterverkehr über die Autobahnen Europas zunutze machen?«

Ungeheur sah ihn lange aufmerksam an und schwieg. Auf seiner Stirn bildeten sich nachdenkliche Falten und aus seinen Augen konnte der Faber so etwas wie Hochachtung ablesen.

»Die illegal Waren transportieren», fuhr Faber fort, »sagen wir: Drogen, Waffen, Mädchen und so weiter?«

Ungeheur schwieg weiter.

»So ebbes gibt's«, antwortete er schließlich.

»Sie sind so einer Bande auf der Spur? Bandenkriminalität ist doch Ihr Ressort!«

Ungeheur schwieg wieder.

»Hat der weiße Kleintransporter mit denen zu tun?«

Ungeheur nickte. »Der schnelle Kloitransporter un die Art, wie diese Lait beim Wildpackmodd vorgange sen, des passt zum Profil einer bestimmten Bande. Des sen Puzzleteile, die genau zum Bild passet.«

»Und was hat Andreas Oehm mit denen zu tun? War er ihnen auf der Spur, und sie haben ihn aus dem Weg geräumt oder gekidnappt oder was?«

»Des wisse mer no net genau.«

»Hat die Bande auch einen Sitz? Doch nicht etwa hier in der Gegend?«

»Nui, in Spannje. Aber die Kollege von der spanische Kripo hen den E-Mail-Verkehr verfolgt zu mehrere Persone in Bad Mergentheim.«

»Andreas Oehm hatte zu dieser Transportbande E-Mail-Kontakt?«

»Häufig.«

Der spanische Anbieter »estar«!, fiel dem Faber ein. Die Mails von Mjasnik. Und von Nadja Markova!

Nach einer halben Stunde wurde ausgetauscht und der Rest der Mannschaft befragt. Faber und Hebenstreit trafen sich im Büro der Chefin.

»Udo Jürgen Ungeheur!«, kicherte Luise Blaustein. »Wie kann einer nur so heißen?«

Faber schloss eilig die Tür. »Nicht so laut! Vielleicht waren seine Eltern Udo-Jürgens-Fans«, mutmaßte er.

»Wie alt schätzt du ihn?«, fragte die Chefin.

»Ungeheur? Höchstens Mitte der Dreißig. Er wirkt durch den Schnurrbart wahrscheinlich älter, als er in Wirklichkeit ist. Das könnte passen, zeitlich, meine ich.«

»Höchstwahrscheinlich kann er nichts für seinen Namen«, warf Hebenstreit ein. Selbstverständlich war ihr klar, dass einer ganz sicher, und nicht nur »höchstwahrscheinlich« nichts für seinen Vornamen konnte; sie selber, die Sylke hieß und von Böswilligen wie dem Faber wegen des Y darin immer wieder »Sühlke« gerufen wurde, war das beste Beispiel dafür. Das »höchstwahrscheinlich« entsprang ihrer aggressiven Stimmung, die sich während der Befragung aufgebaut hatte und die noch nicht wieder ganz abgeklungen war. Federolf hatte sie so sehr wie eine blonde, dumme Halbriesin behandelt und nicht wie die Frau mit scharfem Verstand, die sie war, dass sie am Ende den Spieß umgedreht hatte nach dem Motto: »Wer viel dumm fragt, bekommt viele dumme Antworten.« Sie hatte ihre Aussagen mit erst kleineren, dann immer kräftigeren, ironischen Seitenhieben gewürzt. Am Ende hatte er entnervt auf die Uhr geschaut und in seine Notizen etwas unter ihren Namen geschrieben, das sie mit ihren noch jungen, scharfen Augen als »Flintenweib« entziffert hatte.

»Wie war das bei dir?«, fragte der Faber sie.
Hebenstreit verzog nur verächtlich das Gesicht.
»Hat er dich getriezt?«
»Hm?«
»Unter Druck gesetzt?«
»Hm!«
»Weißt du auch, warum?«
»Hm?«
»Er hat Angst vor dir.«
»Ach, Quatsch!«
»Wetten, dass?«, lachte der Faber.
»Ich hätte ihm schon nichts getan«, sagte Hebenstreit. »Höchstwahrscheinlich!«, fügte sie nach einer Pause hinzu und grinste. »Aber du hast recht«, bemerkte sie dann nachdenklicher, »er war aufgeregt. Richtig nervös, um nicht zu sagen: zappelig. Ich musste ihm aus der Küche ein Glas Wasser holen. Sprudel, hat er extra gesagt, kein Leitungswasser. Und es durfte nicht aus dem Kühlschrank sein.«

Jetzt berichtete Faber, was er von Hauptkommissar Ungeheur erfahren hatte.

»Eine kriminelle Transportfirma?«, fragte die Chefin mit großen Augen.

Er nickte. »Internationale Logistik, die ganz professionell den freien Güterverkehr in Europa kriminell ausnutzt. Spezialisiert auf schnelle Kleintransporte über die Autobahnen.«

»Das leuchtet ein«, sagte Hebenstreit, »diese Transporter heißen nicht umsonst ›Sprinter‹. Wenn du da zwei oder drei gute Fahrer hast, die so einen Transport machen und einander ablösen, ist das die schnellste Möglichkeit, eine Ware von dem einen an das andere Ende Europas zu bringen.«

»Drogen«, erklärte Faber, »von Istanbul nach Amsterdam, junge Sklavinnen von Litauen nach Berlin oder Wien, und von Kiew über Moldawien ins Baskenland Sprengstoff oder Handfeuerwaffen nach Nordirland. Alles innerhalb von ein bis anderthalb Tagen, wenn du eine Autobahn und Beziehungen hast.«

»Beziehungen, richtig«, sagte Hebenstreit. »Mit Beziehungen gehen ja auch Kunstwerke in ein paar Tagen von Mergentheim nach Moskau.«

»Genau«, spann Faber den Faden fort. »Und vorher dieselben Kunstwerke von Sankt Petersburg nach Paris, von Paris nach Köln, wo sie umsigniert werden, und von da nach Mergentheim.«

»Und denen war Oehm auf den Fersen?«, fragte die Chefin. »Das war doch zwei Nummern zu groß für ihn! Kein Wunder, wenn sie ihn aus dem Weg geräumt haben!«

»Ungeheur hat gesagt, dass er zu ihnen nach Spanien E-Mail-Kontakt hatte«, erklärte Faber. »Mehr hat er nicht rausgelassen.«

»Schöne Neuigkeiten sind das!«, stöhnte Luise Blaustein. »Dieser Andreas Oehm war schon immer, solange ich ihn kenne, ein windiger Hund.«

In diesem Augenblick kam die übrige Mannschaft aus den Zimmern in den engen Flur geströmt. Die Befragung war beendet, und die drei Kommissare verabschiedeten sich.

»Mittagspause!«, rief die Chefin.

Als Faber nach der Mittagspause wieder in die Redaktion kam, empfing Hebenstreit ihn gleich: »Frau Knopf-Steffan, die Frau vom Kurdirektor, hat vorhin angerufen. Sie war aufgeregt, um nicht zu sagen in Panik, und wollte dich unbedingt sprechen.«

»Danke«, sagte Faber nur und setzte sich. »Exfrau des Kurdirektors«, korrigierte er sie. »Geschieden seit sieben oder acht Jahren.«

Er wählte, und sie hob sofort ab, so, als hätte sie neben dem Telefon gestanden und gewartet.

»Was ist los, Margret?«, fragte er.

»Endlich, Faber! Vor einer halben Stunde kam ein Anruf aus Kanada. Sie sagen, der Manni ist nicht im Blockhaus.«

»Wer hat dich angerufen? Der Vermieter?«

»Die Frau, ja.«

»Mrs. Vetter. Sie hat mir gestern gesagt, sie wolle ihren Mann bitten, zum Blockhaus zu fahren und nachzusehen. Das hat der demnach getan?«

»Ja, er war gestern dort, aber er sagt, Manni ist nicht da gewesen, wahrscheinlich die ganze Zeit nicht. Der Schlüssel lag noch versteckt am alten Platz, und drinnen war alles unberührt.«

»Soll das etwa bedeuten, dass er dort gar nicht angekommen ist?«

»Ja«, schluchzte sie, »so sieht es aus. Faber, es wird doch nichts passiert sein?«

»Wo bist du jetzt gerade?«, fragte er.

»Jetzt bin ich noch daheim, aber ich muss gleich los ins Geschäft. Auf drei Uhr.«

»Bleib ruhig«, sagte er. »Ich ruf gleich in Colverte an. Ich melde mich dann wieder bei dir.« Er legte auf. »Bleib ruhig«, dachte er, das ist auch so ein Klischee wie »das wird schon« oder »wir werden alle nicht jünger«. Wie soll einer da ruhig bleiben?

Er wählte gleich die Nummer in Kanada, aber es meldete sich niemand. Er sah auf die Uhr und rechnete: In Colverte war es jetzt früher Vormittag, also probierte er es fünf Minuten später noch einmal.

»Yes, Vetter«, sagte die ferne Stimme.

»Faber. Guten Tag, Mrs. Vetter. Vor ein paar Minuten hat Mrs. Steffan mit mir gesprochen. Sie ist ganz aufgelöst.«

»Herr Faber, ja. Mrs. Steffan – was ist ›aufgelost‹?«

»Erschrocken. Was ist geschehen? Ist Ihr Mann gestern noch zum Blockhaus gefahren?«

»Ja, aber Mr. Money ist nicht dort. Edward ist eine Stunde lang dort geblieben und hat ihn gesucht und alles durchgesehen. Es ist alles da, genau, wie wir es gelassen haben vor zwei Wochen. Das Boot ist an der Kette am Steg, in der Küche wurde nicht gekocht und nicht Feuer gemacht, das Bett ist nicht genutzt, und der Schlüssel war dort, wo wir ihn versteckt gelassen haben.«

»Mr. Manni ist demnach im Blockhaus gar nicht angekommen«, sagte Faber.

»So muss es ein«, bestätigte sie, »es gibt keine andere Möglichkeit.«

»Das Schlüsselversteck kannte er sicher?«

»Ja. Es ist ein geheimes Ort, aber immer dasselbe, in jedem Jahr. Ein großer Baum hinten an der Ecke am Haus, am Stamm hinter einem dicken Ast, wo es dunkel ist. Da ist ein Nagel eingeschlagen, sieben Füße über der Erde. Aber Mr. Money ist ein großer Mann, er kommt leicht daran. Ich habe auch keine Schwierigkeit, nur mein Mann, der muss sich strecken.«

Sieben Fuß, dachte der Faber, etwa zwei Meter zehn. Manni war etwa ein Meter achtzig groß. Mr. Vetter schien demnach der Kleinste in der Runde zu sein.

»Und den Nagel kannte Mr. Manni, sagen sie?«

»Ja, es war immer dort. Und wir haben vorher auch noch einmal gesagt, wieder dasselbe Ort, und er hat gelacht und gesagt, der Nagel in die Kanadische Eiche.«

»Das war am Telefon?«

»Ja, ich habe angerufen bei ihm in Germany.«

»Wann war das?«

»Einen Tag, bevor er gereist ist.«

»War das ein Donnerstag?«

»Ein Moment, ich muss nachsehen.« Er hörte Papier rascheln. »Nein«, fuhr sie fort, »Wednesday, Mittwoch, nicht Donnerstag. In mein Kalender steht July, 15th, Mr. Money und sein Telefonnummer.«

»Das ist jetzt schon fast zwei Wochen her. Seither haben Sie nichts mehr von ihm gesehen oder gehört?«

»Nein.«

»Auch nicht telefonisch? Er hat also nicht vom Airport oder von unterwegs angerufen und ihnen gesagt, dass er angekommen ist?«

»Nein, das hat er nie gemacht.«

»Hatte Mr. Manni da das Geld für die Miete schon bezahlt? Überwiesen von einer Bank vielleicht?«

»Ja, richtig. Das war das Grund, weshalb ich ihn an dem Tag angerufen habe, um zu sagen, das Geld ist angekommen bei unserer Bank.« Sie machte eine Pause. »Ich weiß nicht – was können wir tun?«, fragte sie dann.

»Ihn suchen«, antwortete er zögernd. »Sie könnten am Airport bei der Fluggesellschaft nachfragen, ob er im Flugzeug war – falls die Ihnen Auskunft geben. Falls nicht, dann müssten Sie wohl die kanadische Polizei einschalten und denen den Fall einfach schildern. Die werden sich wohl dann bei der Fluggesellschaft erkundigen. Danach müssen wir weitersehen.«

18

Jetzt ging es nicht mehr darum, ob der Wildparkmord und der Fall Andreas Oehm zwei Fälle waren oder doch nur einer. Jetzt war klar: Der Kurdirektor von Bad Mergentheim, Manfred Steffan, und der Redakteur der Tauber-Post, Andreas Oehm, waren gleichzeitig verschwunden. Und er, Faber, war der stellvertretende Redaktionsleiter der Tauber-Post. Folglich war es seine Aufgabe, ans Licht zu bringen, was aus den beiden Männern geworden war.

Die Wildparkleiche war ein Fall für das LKA und für dessen Spezialisten für internationale Bandenkriminalität, Udo Jürgen Ungeheur. Die Tauber-Post ging das nur so weit etwas an, als sie darüber zu berichten hatte.

Faber aber hatte von seiner Zeitung die Aufgabe, das Schicksal des Kollegen Andreas Oehm aufzudecken, und das war offensichtlich mit dem Schicksal des Kurdirektors eng verbunden.

Er konnte die Augen vor dem Gedanken, der unbekannte Tote im Wildpark könne der Kurdirektor Manfred Steffan sein, nicht länger verschließen. Die Polizei musste wissen, was er, Faber, aus Kanada erfahren hatte. Er überlegte einen Augenblick, ob er Ungeheur direkt anrufen sollte. Doch dann entschied er, der bessere und glattere Weg sei es, wenn Margret Knopf-Steffan ihren Exmann bei der Polizei offiziell als vermisst meldete. Am besten noch heute.

Als er im Johanniterhof den Laden betrat, stand Margret Knopf-Steffan ein Stück weiter hinten mit zwei Kunden. Er wartete und sah sich die Töpfchen, Tübchen und Gläschen an, die sie verkaufte und die ihm allesamt überhaupt nichts sagten.

Die Kundschaft zeigte sich äußerst hartnäckig. Sie wollte und wollte nicht gehen. Standhaft unentschlossen wanderte sie von einem Töpfchen zum nächsten Gläschen und wieder zurück, fragte dies und das und dann noch etwas, und kaufte nichts.

Margret sagte leise etwas zu den Kunden und kam zu ihm in den vorderen Teil des Ladens.

»Es passt jetzt nicht, das siehst du doch!« Sie hatte, stellte er fest, verweinte Augen.

»Ich hab in Kanada angerufen«, sagte er leise zu ihr. »Es sieht in der Tat so aus, als wäre Manni im Blockhaus gar nicht angekommen. Wir müssen unbedingt wissen, ob er überhaupt in der Maschine war. Das kann nur die Polizei feststellen, anders bekommen wir von der Fluggesellschaft keine Auskunft. Und das bedeutet: Du musst Manni vermisst melden.«

»Nein!«

»Margret! Manni ist verschwunden! Du darfst davor die Augen nicht verschließen. Er wird nicht etwa noch verschwundener, wenn du ihn vermisst meldest. Es ist schon viel zu viel Zeit vergangen, wir müssen jetzt so schnell wie möglich etwas unternehmen!«

Sie fischte in ihrer glitzernden Handtasche nach einem Papiertaschentuch und schnäuzte sich.

»Wenn du es nicht tust, dann tue ich es«, drohte er.

Sie schaute zur Kundschaft hinüber, die inzwischen mehr als mit den Gläschen und Töpfchen mit der heimlichen Beobachtung der verblühten Verkäuferin und des seltsamen Mannes mit dem grauen Zopf und den langen, schlenkrigen Gliedern beschäftigt war.

Dann sah sie ihn an und nickte. »Aber ich kann hier nicht vor sechs Uhr weg«, wandte sie ein.

»Macht nichts«, sagte er. »Soll ich mitkommen?«

Sie schaute ihn immer noch an und schien dabei nachzudenken. Dann nickte sie.

»Also, gut«, seufzte er erleichtert. »Ich rufe Hauptkommissar Lustig im Polizeirevier an und schildere ihm schon mal die Sache. Ich sag ihm, wir kommen um halb sieben. Hast du ein Foto von Manni daheim? Dann müssten wir nachher auf dem Weg bei deiner Wohnung vorbeifahren und es holen.«

»Ich habe es immer hier bei mir«, sagte sie. »Hier, in der Handtasche.«

Kurdirektor Manfred Steffan war nach seiner Scheidung in eine kleine Wohnung am Fuß der Löffelstelzer Steige gezogen. Die Direktorenvilla, welche die Kurverwaltung in den zwanziger Jahren gebaut und in den achtzigern aufwendig hatte renovieren lassen, stand seither leer und verkam.

Hauptkommissar Lustig hatte sich gleich, nachdem Faber mit Margret Steffan bei ihm zum Aufgeben der Vermisstenanzeige eingetroffen waren, mit Ungeheur in Verbindung gesetzt. Der hatte sich die genaue Adresse geben lassen und nicht etwa vorgeschlagen, sondern regelrecht verfügt, Frau Margret Knopf-Steffan habe sich am darauffolgenden Morgen pünktlich um neun Uhr an Manfred Steffans Wohnungstür einzufinden.

So kam es, dass am Mittwochmorgen ein ganzes Rudel streng dreinblickender Polizisten Manni Steffans Hausnachbarinnen erschreckte: Neben Ungeheur, Brauchle und Lustig waren Kirchofer und zwei Beamte von der Spurensicherung dabei. Dazu kamen noch Margret Knopf-Steffan und der Faber.

Ungeheur reagierte betont unfreundlich, als er Faber erblickte: »Sie brauchet mer net do, Se könnet glei wieder gange!«

Faber wehrte sich: »Frau Steffan hat mich gebeten, sie zu begleiten. Als Stütze. Oder, Margret?«

Die nickte und wischte sich die Augen mit einem Taschentuch. »Bitte«, flüsterte sie.

»Na, gut. Aber haltet Se sich zurück. Un nix aalange! Wehe, wenn!«

Faber nickte mit einem Gesichtsausdruck, der besagte, das sei doch selbstverständlich.

Sie drängelten sich in dem engen Treppenhaus vor der Wohnungstür. Keiner schien so recht zu wissen, wie sie anfangen sollten.

»Erst mal läuten«, schlug Lustig vor und drückte auf den Knopf, an dem »Steffan« stand. Hinter der Wohnungstür machte es »ding – dong«, sonst rührte sich drinnen nichts.

Doch bei der Wohnung gegenüber ging die Tür auf. Eine junge Frau mit einem kleinen Mädchen auf dem Arm und einem vielleicht zweijährigen Jungen an der Hand schaute mit großen, erschrockenen Augen zu ihnen herüber. Angesichts der Uniformen stellte der weißblonde Junge »Bieftäga viele!« fest und schaute stolz über diese Erkenntnis zu seiner kleinen Schwester hinauf.

Margret grüßte zu der jungen Frau hinüber. Die drehte sich um und rief in die Wohnung hinein: »Omi! Kommst du mal?«

Eine ältere Frau tauchte in der Tür auf, auch sie sichtlich erschrocken. Sie hatte eine halbe Zigarette zwischen den Fingern, nahm noch schnell einen Zug und versteckte die Hand dann schnell hinter ihrem Rücken.

»Herr Steffan ist nicht da«, sagte sie mit brüchiger Stimme. Sie musste husten. »Er ist in Urlaub«, fuhr sie fort. »Schon seit zwei Wochen.«

»Mer müsste in d' Wohnung nei«, erklärte Ungeheur, »ebbes nachsähe un überpüfe. Sie han net zufällich en Schlüssel vom Nachbar?«

Die Frau schüttelte nur stumm den Kopf.

»Odr hat's hier en Hausmeischtr?«, fragte er weiter. »Un wie finde mer den?«

In diesem Augenblick nahmen alle erstaunt wahr, wie die Tür zu Steffans Wohnung lautlos aufschwang. Margret Knopf-Steffan hatte unbemerkt einen Wohnungsschlüssel aus ihrer glitzernden Handtasche geholt und aufgeschlossen. Sie stand schon in der dunklen Diele und machte Licht.

Hauptkommissar Ungeheur schien das als Einladung zu betrachten. Als Erster der Kommission betrat er die Wohnung und sagte: »Ha, no! Warum net glei so?« Dann gab er zügig Anweisungen: Hinweise finden, ob der Bewohner wie geplant die Wohnung verlassen hatte, um in Urlaub zu fahren, den Computer sichern und beschlagnahmen und im Badezimmer Material für den DNA-Test sicherstellen, dabei Vorsicht walten lassen, denn es könnte möglicherweise auch Material von verschiedenen Personen geben – also alles gut absichern.

Dann wandte er sich an Margret Steffan: »Was hotr üblicherweise mitg'nomme an Koffer un Reisedasche? Schaue Se mal, ob se des irgendwo sähet?«

Aber die hatte schon nachgeschaut und sagte: »Zwei große Reisekoffer, so glänzig, aus Alu, also Metall. Mit Rollen und Dings, eh …«

»Tragestange?«, schlug der Faber vor.

»Ja, genau. Mit Rollen und Tragestange. Die sind nicht hier, und seine Reisetasche auch nicht. Die nimmt er immer als Bordgepäck.«

»Er hot folglich sei Wohnung verlasse, um in Urlaub zu fahre, genau wie geplant. Un Se sen sichr, dass er auch wirklich na Kanada g'wollt hot?«

»Ja, ganz sicher.«

»Un wieso sen Se da so sichr?«

»Na, weil er es mir genau so gesagt hat! Wir haben darüber gesprochen, sogar öfter als einmal. Er wollte wieder in das Blockhaus, in dem er seit Jahren seinen Urlaub verbracht hat.«

»Se sen g'schiede?«

»Das hat nichts zu sagen. Wir haben ein gutes Verhältnis.« Mannis Exfrau wurde rot im Gesicht bei diesen Worten, das fiel dem Faber auf, und er sah, dass auch Ungeheur es bemerkt hatte.

Zwei der Beamten trugen eine Kiste aus einem der Zimmer. Ungeheur warf schnell einen Blick hinein.

»Der Computer«, erklärte der eine.

»Nimm en glei mit in d' Direktio un schau, ob d' e Reisebuchung na Kanada findsch«, sagte der Kommissar.

»Wenn's eilt«, antwortete der Beamte, »das könnt ich vielleicht auch noch gleich hier am Schreibtisch hinkriegen. Der Herr Steffan hat DSL, damit käm ich gleich ins Internet. Da könnt ich einfach mal weiter probiere.«

»Gut! Also: Kommando zurück! Probier's, un sag mer glei, wenn d' ebbes findsch.«

Die zwei Beamten brachten die Kiste zurück in das Zimmer, aus dem sie gekommen waren, und schlossen die Tür hinter sich.

Aus dem Bad kam Hauptkommissar Brauchle.

»Fünf Proben«, sagte er nur. Dann wandte er sich an Margret: »Frau Knopf-Steffan, wissen Sie, ob außer Ihrem Mann noch jemand anders das Bad benutzt hat? Gläser, Haarbürste, Zahnbürste?«

Margret sah den Faber unsicher an.

»Nun«, sagte der. »Was ist? Weißt du's?«

Sie nickte.

»Und weißt du auch, wer das ist? Oder war?«

Wieder nickte sie stumm.

»Willst du es nicht sagen?«

»Doch. Ich.«

»Dann«, sagte Brauchle, »müssen wir Sie bitten, eine Vergleichsprobe abzugeben. Sind Sie mit einer Speichelprobe einverstanden?«

»Was!?«, rief sie erschrocken. »Wieso das denn?«

»Es ist nichts Schlimmes«, beruhigte Faber sie. »Du brauchst nicht zu erschrecken. Es geht um die Identifizierung.«

»Und wieso? Was ist das denn?«

»Ich hab dir doch von diesem Test erzählt«, erklärte er ihr wie einem Kind, »bei dem man feststellen kann, von wem Blut oder Haare und so weiter stammen. Dazu braucht man aber zweimal Material, zwei Proben. Man will ja vergleichen, einmal etwas von dem, eh, Toten, und dann natürlich etwas, von dem man weiß, das stammt ganz sicher von dem Menschen, der vermisst wird. Wenn die beiden Proben genau übereinstimmen, dann weiß man, dass der Tote der Gesuchte ist.«

»Na und?«, warf sie ein, »das Bad ist doch voll mit Mannis Sachen!«

»Ja«, erklärte Faber ihr, »aber wenn auch was von dir dabei ist, wenn's auch nur ein paar Haare in der Haarbürste sind, dann kann das das Ergebnis verfälschen. Dann sehen sie: Es ist von zwei Personen, aber welche davon ist nun wirklich der Manni? Deshalb brauchen sie eine Probe auch von dir, damit sie wissen, was sie bei dem Test rausnehmen müssen. Weglassen, verstehst du? Was da übrig bleibt, das gehört dann zum Manni. Es hat mit dir direkt eigentlich gar nichts zu tun.«

Schließlich gab sie zögernd nach und ließ sich überreden. Hauptkommissar Brauchle nahm geschickt mit einem Wattetupfer ihre Probe und hatte damit für den DNA-Vergleich alles beisammen.

»Danke, Herr Faber«, sagte er leise, als er sich verabschiedete. »Die Frau ist wirklich alles andere als einfach.«

»Sie ist halt ziemlich durcheinander«, verteidigte Faber sie.

Da ging die Tür zum Arbeitszimmer des Kurdirektors auf und jemand rief: »Chef! Kommst du mal? Der Computer! Ich hab's!«

Ungeheur ging schnell hinüber und schaute auf den Bildschirm. Faber tat, als gehörte er wie selbstverständlich dazu, trat leise hinter ihn und las mit.

»Ich hab's gefunden«, erklärte der Beamte. »Hier: Freitag, 17. Juli, Flug von Frankfurt nach Québec/Kanada, Abflug 06:05 Uhr, Fluggesellschaft Air Canada war eingeloggt. Mit Buchung, dort rechts das Häkchen. Und er hat den Flug auch gleich mit der Kreditkarte bezahlt.«

Es war somit eindeutig: Kurdirektor Manfred Steffan hatte den Flug von Frankfurt nach Québec in Kanada gebucht, und zwar genau den am Freitagmorgen um sechs Uhr, auf den der Faber durch seine Überlegungen gekommen war.

»Jetzt müssen wir nur noch feststellen«, sagte Faber, »ob er in Frankfurt auch wirklich eingecheckt hat, und ob er in der Maschine war.«

»Des könnte mer über's LKA mache«, sagte Ungeheur, »dann habe mir's …«

»Bei uns über das Revier geht das schneller«, widersprach Lustig und hatte schon das Telefon am Ohr.

»Ich bin's«, sprach er in knappem Befehlston in den Hörer. »Ruf die Kollegen von der Flughafenpolizei in Frankfurt an. Jetzt sofort. – Ja. Es geht um den Flug von Frankfurt nach Québec … – Ja, Québec, Kanada, am 17. Juli. Nummer – Moment – Faber?«

»Air Canada«, las Faber laut vom Bildschirm ab, »AC 6741, ab Frankfurt 6:05 Uhr.«

»Hast du's verstanden?«, fragte Lustig in den Hörer. »Gut. Wiederhol das noch mal! – Ja. Die Kollegen möchten *bitte* feststellen, ob ein Herr Manfred Steffan an Bord war. Sofort. Es eilt. Ich wiederhole: Manfred Steffan, mit zwei f. – Ja, genau um den geht es. Die Kollegen sollen dich so bald wie möglich zurückrufen. Sowie die das getan haben, gibst du mir unverzüglich Bescheid. Mach Tempo, Mädchen. Bis dann.«

Faber erlebte zum ersten Mal, dass Lustig gegenüber dem LKA-Mann Ungeheur den *Ersten* Hauptkommissar herauskehrte. Der schluckte wortlos und fragte nur: »Wie lang wird des brauche?«

»Warten wir's ab«, antwortete Lustig. »Die Kollegin Schmidbauer ist da recht geschickt in solchen Dingen. Ich denke mal, wir können hier darauf warten.«

Schon eine Viertelstunde später schrillte und wummerte es an Lustigs Körper, so dass alle, die in seiner Nähe standen, erschrocken einen Schritt zurücksprangen.

Lustig zog ungerührt das Handy aus der Tasche, klappte es auf und warf einen Blick auf das Display.

»Ja, Monika?«, fragte er. »Hast du's schon?«

Alle Augen hingen an Lustigs faltigem Gesicht, doch dessen Miene zeigte keine Regung. Er hörte lange zu. Zwischendurch fragte er: »Und das ist sicher, ja?« Und als sie etwas antwortete, brummte er: »Hm.«

Schließlich nickte er und sagte: »Hm, danke. Gute Arbeit, Monika.«

Er klappte das Handy zu, warf einen nachdenklichen Blick darauf und sagte dann: »Manfred Steffan war nicht in der Maschine. Sie haben die Buchung bestätigt, aber sein Platz war nicht belegt. Er hat gar nicht eingecheckt.«

»Das bedeutet, er ist gar nicht bis Frankfurt gekommen«, folgerte Faber. »Hier ist er in der Nacht abgereist, aber am Flughafen ist er nicht angekommen. Das sieht überhaupt nicht gut aus.«

»Ja«, sagte Hauptkommissar Udo Jürgen Ungeheur vom LKA Stuttgart, »so isch's. D' Spur verliert sich glei am Aafang. Mer kann nur sage: Etz wird's ernscht.«

»Wo ist Frau Knopf-Steffan?«, fragte der Faber.

»Drüben im Wohnzimmer«, antwortete Lustig.

»Wer sagt es ihr?«, fragte Faber weiter.

»Erscht emol gar niemand«, entschied Ungeheur. »Mir wartet ab, bis es Ergäbnis vom DNA-Vergleich do isch.«

»Und das wäre – wann?«

»Des hen mir bis morge. Brauchle und Federolf sen scho auf'm Wäg zur Rechtsmedizin na Heilbronn ins Labor.«

Von der Löffelstelzer Steige in die Redaktion nahm Faber den Weg durch den Kurpark. Er stieg vom Rad und schob es neben sich her, den Kopf voll schwerer Gedanken. Seine inneren Windungen meldeten sich wieder. In seinem Gehirn sprangen Bilder von Manni Steffan wirr durcheinander, und in seinem Gedärm rumorte es. Er kam am Eingang zum Klanggarten vorüber, wo sie am Sonntag zu Mittag gegessen hatten, Wildschweinbraten und Hasenpfeffer von der Metzgerei Franz Klapproth aus Herbsthausen. Der Ermordete vom Wildpark war von einem Fachmann zerlegt worden, möglicherweise in einer Metzgerei, und der weiße Kleintransporter war in Herbsthausen gesehen worden. Der

Metzger Franz Klapproth aus dem Nachbarort Herbsthausen war der Bruder von Albert Klapproth, dem Finanzchef in der Kurverwaltung und Stellvertreter von Kurdirektor Steffan, das wusste so gut wie jeder; auf dem Land kannte man einander. Der Kurdirektor und sein Stellvertreter handelten mit teuren, gefälschten Kunstwerken. Nadjeschda Honegg war mit unbekanntem Ziel und auf unbestimmte Zeit verreist. Die hatte verdächtige Online-Kontakte zu dieser kriminellen Transportfirma und zu Andreas Oehm gehabt. Faber hatte noch ihre E-Mail-Adresse, irgendwo auf einem Zettel in seinem Schreibtisch. Die Zeit, in der er an dem Faden ziehen und dadurch die Bombe zünden müsste, war nicht mehr fern.

Er bekam Bauchkrämpfe. Schnell lehnte er das Fahrrad gegen eine der großen Kastanien und verschwand im Haus des Kurgastes, wo es eine öffentliche Toilette gab.

Als er wieder erschien, stand das Fahrrad noch da, obgleich er nicht mehr die Zeit gehabt hatte, es abzuschließen. Menschen, die Fahrräder stehlen, so dachte er, gehen in keinen Kurpark.

Er beschloss, nicht zur täglichen Vormittagssitzung in die Redaktion, sondern heimzuradeln. Von dort versuchte er, die Chefin anzurufen, aber die meldete sich nicht. Also wählte er seine eigene Nummer in der Redaktion.

Hebenstreit nahm ab.

»Ich bin's«, sagte er. »Es geht mir nicht gut, ich glaub, ich muss zum Arzt. Sag der Chefin, ich komm nicht zur Sitzung.«

»Ist gut«, antwortete Hebenstreit, und ihre Stimme klang dabei halb abwesend, als würde sie nebenher weiterarbeiten, »ich richte es ihr aus. Gute Besserung.«

Er setzte sich und versuchte, Ordnung in seine Gedanken zu bringen, die ihm im Kopf herumschwirrten wie ein Schwarm Mücken.

Die spanische Kripo hatte laut Hauptkommissar Ungeheur vom LKA die E-Mail-Kontakte der kriminellen Transportfirma überwacht. Sie hatte die Verbindungen über die spanische Domain ›estar‹ nach Bad Mergentheim festgestellt und das Ergebnis dem LKA Stuttgart mitgeteilt.

Ungeheur kannte folglich die Mails von »Mjasnik« an Oehm mit dem Text »Das graue Fenster …« und von Nadja Markova die regelmäßig wiederholte Nachricht »Du bist nicht vergessen«. Satzfetzen beides, entweder verschlüsselt oder doch unverständlich, solange man das Umfeld oder die Hintergründe nicht kannte.

Die Nachricht des Finanzprokuristen Albert Klapproth an Andreas war sogar professionell mit einem Code verschlüsselt. Außer von seiner Freundin Martina Joost hatte Andreas Oehm nur verschlüsselte Mails bekommen. Faber musste unbedingt Albert Klapproth auftreiben. Schon seit Freitag hatte er das immer wieder versucht, aber ohne Erfolg. Klapproth war, seit Manni Steffan verschwunden war, de facto der amtierende Kurdirektor und konnte in so einer Situation nicht einfach verreisen. Irgendwann musste er in seinem Büro anzutreffen sein.

Faber griff nach dem Hörer.

Es meldete sich die Zentrale: »Kurverwaltungzentralegutentagwaskönnenwirfürsietun?«

Faber bemühte sich um den sacht-freundlich-reservierten Gesprächston, von dem er wusste, dass darin der Charme in seiner Stimme voll zum Tragen kam.

»Faber, Tauber-Post. Grüß Gott. Herrn Klapproth hätte ich gern.«

»Guten Morgen, Herr Faber«, antwortete die Zentrale ebenso freundlich. »Herr Klapproth ist leider nicht im Hause.«

Na ja, dachte Faber, das kann stimmen oder auch nicht. Möglicherweise lässt er sich verleugnen. Für solche Fälle hielt er immer eine Gegenlüge bereit: »Das verstehe ich nicht, ich habe gleich einen Termin bei ihm. Ich wollte ihn vorher nur noch schnell etwas fragen.«

»Einen Termin? Moment, ich verbinde Sie mit seinem Büro.«

»Danke.«

Für ein paar Sekunden kam Musik aus dem Hörer. »Für Elise«. Beethoven. Anscheinend kannten Telefonanlagen nichts anderes. Dann kam eine andere weibliche Stimme. »Ja, Herr Faber? Büro Herr Klapproth hier. Einen Termin, sagen Sie?«

»Ja«, antwortete er.

»Auf wann?«

»Halb zwölf.«

»Tut mir leid«, sagte die Sekretärin bestimmt, »im Kalender steht nichts davon.«

»Vielleicht hat er es irgendwo bei sich notiert?«

»Ganz sicher nicht«, sagte sie.

Jetzt geriet der Faber ins Schwimmen: »Wir haben es, glaube ich mich zu erinnern, auch nur im Vorbeigehen abgesprochen. Vielleicht hat er vergessen, es zu notieren?«

»Das ist jetzt auch egal«, sagte sie, und ihre Stimme klang jetzt gar nicht mehr so sicher. »Er ist gar nicht im Haus. Er ist wohl verreist.«

Faber wurde hellhörig. »›Wohl‹, sagen Sie? Bedeutet das, Sie wissen es gar nicht genau?«

»Er hat keine Nachricht hinterlassen.«

»Wann haben Sie ihn zum letzten Mal gesehen?«

»Am Freitag. Am Montag war er nicht hier.«

»Hatte er Termine für Montag?«

»Ja, der Kalender ist dicht voll. Für gestern, Dienstag, auch. Wir mussten alles absagen. Und heute auch.«

»Und er hat sich nicht gemeldet?«

»Nein.« Das klang schon ziemlich wässrig.

»Das hört sich aber gar nicht gut an!«, sagte er. »Was sagen seine Angehörigen?«

»Er hat keine«, sagte die Sekretärin, und ihre Worte schwammen jetzt in Tränen, »nur seinen Bruder in Herbsthausen, und der weiß auch nicht, wo er ist.« Sie schnäuzte sich, und ihre Stimme wurde wieder sicherer. »Soll ich Ihnen einen neuen Termin eintragen?«, fragte sie.

»Nein, danke«, sagte er.

An seinem Schreibtisch fuhr er den Computer hoch und überlegte. Eine Zeit lang spielte er mit dem Gedanken, über den Mailaccount von Andreas Oehm eine Mail an die Adresse von Nadjeschda Honegg-Markova zu schicken, doch dann ließ er es. Möglicherweise standen die beiden ja auch jetzt miteinander in Verbindung, dann würde er zu viel von dem, was er wusste, verraten. Er wollte in Deckung bleiben, bis er ganz sicher war, wie alles zusammenhing. Aber die Kopien der E-Mails und deren Adressen brauchte er. Er hatte sie in die untere, linke Schublade des Schreibtischs gelegt, wo er seine Notizen aufbewahrte.

Er bückte sich im Sitzen herunter und zog die Schublade auf. Ein stechender Schmerz fuhr ihm in den Rücken. Er stöhnte und richtete sich schnell wieder auf. Der Schmerz ließ etwas nach. Faber dehnte und reckte sich. Ach, ja, das wird schon!, dachte er.

Dann bückte er sich wieder hinunter, um in die Schublade zu greifen. Dieses Mal war der Schmerz noch stärker. Er fuhr durch seinen Rücken wie ein elektrischer Stromschlag und verteilte sich von dort aus über seinen ganzen Körper.

Faber schrie auf, anfangs eher zornig: »Aua! Oh, Scheiße!« Aber als er merkte, dass er nicht wieder hochkam, bekam er Angst. Auf allen Vieren kroch er durch den Flur hinüber ins Wohnzimmer und legte sich auf das Sofa. Das wird schon, dachte er wieder.

Aber es wurde nicht. Oder es wurde schon, aber nicht besser, sondern schlimmer. Unter großen Schmerzen angelte er sich das Handy aus der Tasche und rief seine Frau in der Sparbank an.

19

»Ich hab auf der Arbeit zwar nur so gesagt: Notfall daheim!, aber das scheint ja tatsächlich einer zu sein«, sagte die Weiche, als sie den Faber im Wohnzimmer auf dem Sofa so hilflos daliegend vorfand. Er lag auf der rechten Seite, hatte mit der rechten Hand das linke Handgelenk umfasst und zog damit Arm und Schulter lang, um die Schmerzen im Rücken zu lindern.

»Hexenschuss!«, stöhnte er. »Und wie! Oder sonst was. Jedenfalls kann ich mich nicht rühren«.

»Versuch mal, aufzustehen. Schaffst du es wenigstens bis in den Golf? Dann fahr ich dich gleich zu Dr. Still.«

Er versuchte es, kam aber nicht hoch und musste gleich wieder aufgeben.

»Ich rufe ihn an«, sagte sie und war schon unterwegs zur Telefonkonsole in der Diele. »Jetzt über Mittag ist das Wartezimmer so gut wie leer, vielleicht kann er gleich kommen.«

Anscheinend hatten sie in der Praxis gerade Mittagspause, denn der Hausarzt kam selber ans Telefon. Er sagte nur: »Zehn Minuten«.

Die Zeit bis dahin nutzte die Weiche, bei ihrem Mann, dem vor Schmerzen der Schweiß auf der Stirn stand, auf dem Sofa zu sitzen und ihn zu beruhigen, denn der Faber war wehleidig, pflegte genüsslich sein Selbstmitleid und wusste sich in solchen Situationen nicht zu helfen.

Außerdem überlegte sie sich jedes Wort, das sie dem Arzt sagen und alles, was sie ihn fragen wollte, denn sein Name Still passte zu ihm wie selten ein Name zu einer Person. Er war einer von den schweigsamen, aber tatkräftigen Ärzten. Sie wusste aus Erfahrung, Dr. Still packte zu, sprach aber nur, wenn es sich gar nicht mehr vermeiden ließ. Es konnte passieren, dass er grußlos hereinstürmte, ohne ein Wort den Kranken untersuchte, die nötigen Handgriffe tat, ein Rezept ausschrieb und auf den Tisch legte und wieder verschwunden war, bevor den Angehörigen eingefallen war, was sie ihn alles hatten fragen wollen.

Vor Jahren, so erinnerte die Weiche sich, als Miriam noch klein war und Fieber hatte, war es ihr so ergangen. Miriam hatte rote Flecken im Gesicht bekommen, und sie als noch unerfahrene Mutter hatte panisch reagiert. Sie hatte den Hausarzt angerufen und ins Telefon geschrieen, das Kind habe die Masern. Dr. Still war gekommen, an ihr vorbeigeeilt, hatte offensichtlich sofort das Kinderzimmer erspäht und saß, als sie, ganz zittrig vor Aufregung, dazukam, auf dem Kinderbett. Er hatte dem kleinen Mädchen schon die Windel ausgezogen, im Po steckte das Fieberthermometer, und weil das Kind schrie, als steckte es am Spieß, hatte er keine Mühe, ihm in den hochroten Hals zu leuchten. Dann hatte er in die Ohrmuschel geleuchtet, einen Blick hinter die Ohren geworfen, das Fieberthermometer aus dem Kinderpo hervorgezogen und daraufgeschaut, dem Kind sogar die Windel wieder angezogen und es zurück ins Bettchen gelegt. Im Stehen hatte er ein Rezept ausgeschrieben und es der Weichen in die Hand gedrückt.

Bei all dem hatte er so gut wie nichts gesprochen, nur: »Keine Masern. Ringelröteln sind nicht gefährlich. Wenn sie was machen wollen, dann machen Sie Wadenwickel«, und ihr war aufgefallen, dass er eine beruhigende, tiefe Stimme hatte. Doch nach wenigen Minuten, bevor sie dazu gekommen war, auch nur eine Frage zu stellen, war er wieder fort gewesen. Sie hatte abwechselnd hinter ihm her und auf das für ihre Augen absolut unleserliche Rezept gestarrt.

Der Apotheker, dem sie empört berichtet hatte, hatte nur gelacht: »Dr. Still ist hier der Einzige, auf den das Prädikat ›praktischer Arzt‹ noch zutrifft. Wenn Sie ihn was fragen wollen, müssen Sie sich vorher immer einen Zettel machen.«

»Können Sie das Rezept denn lesen?«

»Selbstverständlich. Fieberzäpfchen.«

»Wadenwickel, hat er nur gesagt.«

»Na, also. Sehen Sie? Das passt doch genau!«

Sie schaute auf die Uhr. »Von wegen zehn Minuten«, sagte sie ungeduldig, »das ist ja jetzt schon fast eine Viertelstunde!« In dem Augenblick ging die Haustürklingel.

»Endlich!«, sagte sie und ging öffnen. Faber hörte sie an der Haustür sagen: »Guten Tag, Dr. Still, hier entlang bitte«, da kam der Arzt schon ins Wohnzimmer gestürmt.

Faber lag immer noch in derselben Haltung auf dem Sofa, mit der Rechten jetzt heftig am linken Ellenbogen ziehend.

Mit einem Griff zog der Arzt ihn zu sich herum und setzte sich zu ihm aufs Sofa.

»Aua!«, schrie Faber.

»Wie ist das passiert?«, fragte Dr. Still und hatte ihm am Rücken schon das Hemd bis zur Schulter hinaufgezogen.

»Am Schreibtisch«, ächzte Faber. »Ich hab mich im Sitzen nach der Seite gebückt und dabei da drin was verdreht.«

»Nach links?« Dabei tastete der Arzt mit kräftigen Fingern die Wirbelsäule ab.

»Hm, Schublade links unten.« Faber nickte und schrie wieder: »Aaauu!«

»Da?«, der Doktor drückte dort, »oder mehr links?« Dabei bohrte er ihm den Finger links vom Wirbel in den Rücken.

Faber fuhr hoch vor Schmerz, die Luft blieb ihm weg. »Ja, da ist es«, konnte er schließlich sagen, als er wieder zu Atem kam.

Dr. Still hatte schon mit dem Kugelschreiber, der immer aus der Brusttasche seiner Jacke schaute, an Fabers Rücken ein Kreuzchen als Zielscheibe gemacht.

»Schmerzspritze?« fragte er.

»Egal, Hauptsache, es hilft«, stöhnte Faber.

Dr. Still stach zu. Und selbst der Faber, der sonst panische Angst vor Spritzen hatte, spürte diesmal einfach gar nichts. So groß waren die Schmerzen, in denen er sich noch immer wand.

»Wie lange wird es gehen?«, fragte die Weiche.

»Was gehen?«

»Bis die Schmerzen nachlassen«, präzisierte die Weiche.

»Nein, bis ich wieder fit bin«, stöhnte der Faber. »Ich muss dringend arbeiten, bin an einer schwierigen Sache dran.«

»Das«, belehrte sie der Doktor, »sind *zwei* Fragen.« Doch er beantwortete keine von beiden.

Er zog aus seiner Arzttasche einen Rezeptblock und schrieb, riss das Blatt ab und gab es der Weichen »Das holen Sie jetzt gleich in der Apotheke. Am Anfang zwei, ab morgen jeden Tag eine. Wärme und Bettruhe. Dann stand er eilig auf und sprach sogar ein paar unnötige Worte: »Auf Wiedersehen, Herr Faber, und gute Besserung!«

Der Hausarzt hatte Ruhe und Wärme verordnet, und erst unwillig, doch schließlich legte Faber sich folgsam ins Bett. Die verordnete Wärme, so dachte er, würde durch das offene Fenster hereinkommen. Wie konnte einer sich bei dieser Sommerhitze nur am hellen Nachmittag ins Bett legen? Er würde schwitzen wie …

Aber da war er schon eingeschlafen.

Er schlief länger als zwei Stunden den Schlaf, wie man so zu sagen pflegt, der Gerechten. Das war auch so eine klischeehafte Redensart, wie Faber sie hasste, denn selbstverständlich schliefen Ungerechte nicht weniger tief und nicht weniger erholsam als die Gerechten, das konnte man allenthalben beobachten.

Er wachte auf, als Miriam hereinschaute. Am letzten Schultag vor den Sommerferien hatte sie nur noch zwei Stunden Unterricht gehabt. Den Rest des Tages hatte sie mit ihrer Tagesmutter Susanne am Badesee im Münstertal verbracht. Sie flüsterte:

»Papa, schläfst du noch?«

»Nicht den Papa stören!«, flüsterte hinter ihr die Weiche. »Er ist krank!«

»Lass nur«, sagte er, blinzelte und schaute erstaunt auf die Uhr.

»Wie geht's dir jetzt?«, fragte die Weiche.

»Besser«, sagte er.

»Ich hab inzwischen mit deiner Mutter telefoniert und ihr alles geschildert.«

»Hm«, brummte er.

»Sie sagt, früher hat sie dir, wenn du krank warst, immer ein Huhn gekocht.«

»Das hat sie mir immer verordnet«, gab er zu. »Hühnerbrühe von einem richtigen Suppenhuhn.«

»Ich hab noch ein Huhn in der Kühltruhe. Das könnte ich uns richten als auf den Abend verschobenes Mittagessen. Was hältst du von Huhn mit Reis nach Omis Rezept?«

»Frikassee auf pommersche Art? Mit Zitronensaft, Rosinen und Sahne? Lecker!«

Er stand vorsichtig auf.

»Was hast du vor?«, fragte sie.

»Drüben geschwind was nachsehen«, antwortete er und schlich sich hinüber in sein Arbeitszimmer. Auf dem Schreibtisch lag das Blatt, auf dem er das Fragesystem »Quis, quid, ubi ...« ausgedruckt hatte, das im Sitzungszimmer der Redaktion groß an der Wand hing.

Miriam kam leise herein. »Geht es dir jetzt besser, Papa?«

»Ja, danke. Es geht.«

Da sah sie das Blatt liegen: »So Sachen machen wir in der Schule auch. Es heißt ›Lücken füllen‹. Nur nehmen wir dazu ganz durchsichtige Blätter.«

»Klarsichtfolie?«

»Ja. Weißt du, Papa, die kann man so verschieben gegeneinander, und dann sieht man, was aus der einen Reihe in die andere Reihe passt.«

Da tat Faber genau das, was seine kleine Tochter ihm geraten hatte, in Gedanken bei diesem Blatt. Und plötzlich wurde er richtig wach, denn er sah, was er bisher nicht gesehen hatte.

Das Telefon, das er neben sein Bett auf den Nachttisch gelegt hatte, düdelte. Faber erschrak. Er musste wieder eingenickt sein. Im Display las er »Redaktion«. Hebenstreit rief also vom Apparat auf seinem eigenen Schreibtisch an.

Entsprechend meldete er sich: »Hm?«

»Wie geht's dir?«, fragte sie.

»Ich darf nichts heben, mich nicht bücken, nicht auf dem Boden und nicht über Kopf arbeiten, mich nicht verdrehen, nicht niesen, nicht husten«, zählte er auf. »Und nicht lachen. Sonst geht's mir gut.«

»Ach, du liebe Zeit! Sind deine inneren Windungen so angegriffen, dass du … sag mal, könnte es sein, dass du einen hysterischen Darm hast? So wie der überreagiert …«

»Nicht die inneren Windungen! Hexenschuss. Ist aber schon besser. Hab kaum noch Schmerzen, muss halt noch vorsichtig sein. Morgen früh steh ich wieder auf der Matte.«

»Das bedeutet, du liegst lang?«

»Genau.«

»Sehr gut! Das ist auch nötig, damit du nicht lang hinschlägst. Gerade eben hat die Kripo Tauber eine Pressemitteilung abgeschossen. Ich hab dir gleich eine Kopie geschickt. Schau gleich mal in deine E-Mails! 'djüs, bis in zwei Minuten.«

Er stand auf und ging, vorerst noch vorsichtig, hinüber in sein Arbeitszimmer. Dort vergaß er seinen Hexenschuss.

Polizeidirektion Tauberbischofsheim, las er, *Pressestelle.*

Pathologische Untersuchung im Rechtsmedizinischen Institut Heilbronn an der Leiche vom Wildpark Bad Mergentheim, hier: Feststellung der Identität des Toten.

Die am 19. Juli im Wildpark von Bad Mergentheim aufgefundene männliche Leiche ist eindeutig identifiziert.

Bei dem Toten handelt es sich zweifelsfrei um Manfred Steffan, dem Kurdirektor von Bad Mergentheim.

Tauberbischofsheim, 28. Juli, 17:44
Schiller, Kriminaldirektor

Faber rief sofort Hebenstreit zurück.

»Hast du's gelesen?« rief sie. »Das ist eine Bombe, was?«

»Kriegst du das noch hin vor Redaktionsschluss?«, fragte er. »Was sagt die Chefin?«

»Klar«, antwortete sie. »Bin schon dran. Ich werde Jakob Kahl das Fell über die Ohren ziehen! ›Tod eines Kurdirektors‹, du erinnerst dich! Der Oberbürgermeister kriegt morgen früh Feuer unterm Hintern, dass er vor lauter Brandblasen nicht laufen, nicht liegen und nicht sitzen kann.«

»Die Chefin?«, wiederholte er, wie immer, wenn er den Turbo drauf hatte, in Stichworten redend.

»Lass mich nur machen.«

»Na gut. Meinst du wirklich, dass Kahl da seine Finger drin hat?«

»Was weiß ich denn? Vorstellen kann ich es mir jedenfalls.«

»Na ja, vorstellen schon. Vorstellen kann man sich bei dem so gut wie alles. Aber das sagt noch nichts darüber, ob wir ihn damit auch festnageln können. Wir wissen doch, dass hier bei uns eine internationale Bande am Werk ist.«

»Wissen wir«, antwortete sie.

»Dann müsste Kahl ja mit zu dieser Bande gehören!«

»Ja, und? Könnte er doch.«

»Da müsste er aber angeworben worden sein«, fuhr er fort.

»Drogen«, vor seinem inneren Auge sah er, wie sie ihre große Hand ausstreckte und an den langen Fingern aufzählte. »Sklavinnen, illegales Glücksspiel – das kann man alles als prima Köder verwenden, um einen an den Haken zu kriegen.«

»Vergiss nicht die Sache mit den gefälschten Bildern! In der Geldwäsche, da könnte er auch mit drinhängen. Überall, wo es scheinbar leichtes Geld gibt. Wenn es da, so wie es aussieht, Differenzen zwischen Klapproth und Manni Steffan gegeben hat …«

»Weil Steffan aussteigen wollte?«

»Zum Beispiel, ja. Vielleicht fühlte er sich selber getäuscht und wollte den Betrug nicht mitmachen. Jetzt pass auf«, fuhr er fort. »Wir haben vorhin gesagt, die Bande braucht Leute, die sich hier auskennen und die hier etabliert sind.«

»Ja«, sagte sie.

»Wer könnte dazugehören? Fangen wir mal so herum an: Von wem wissen wir, dass er in der letzten Zeit verschwunden ist? Sagen wir, in den letzten zwei Wochen? Plötzlich verreist, zum Beispiel? Ich fange mal gleich mit einer Person an, die dich überraschen wird, nämlich Nadja Honegg-Markova.«

»Nein!«

»Doch. Honegg hat es mir bestätigt. Er ist ganz kribbelig. Weiter: Albert Klapproth, Finanzprokurist in der Kurverwaltung. Mit unbekanntem Ziel verreist.«

»Klapproth? Woher weißt du das?«

»Von seiner Sekretärin. Heute Vormittag hab ich bei dem angerufen, kurz bevor ich mir das Kreuz ausgehängt hab. Von Klapproth stammt die verschlüsselte E-Mail an Andreas. Und jetzt ist er plötzlich nicht mehr auffindbar. Und dann natürlich, nicht zu vergessen, Manni Steffan, der Kurdirektor.«

»Der ist ermordet worden«, widersprach sie. »Das kannst du nicht ›plötzlich verreist‹ nennen.«

»Aber er passt genau mit ins Bild.«

»Es fehlt noch jemand«, sagte sie leise.

»Ich weiß«, antwortete er. »Andreas. Welche Rolle hat er gespielt? Hat er sich wirklich, wie wir angenommen haben, bei denen eingeschlichen, um zu recherchieren? Wäre es so, dann würde er jetzt nicht mehr leben, davon bin ich überzeugt. Ich weiß aber, dass er lebt. Das bedeutet, dass er von ihnen nicht als Feind gesehen wird, sondern dass er für sie nützlich ist. Mindestens nützlich.«

»Wieso nimmst du das an?«

»Ich nehme es nicht an, ich weiß es sicher. Er hat zwischen dem letzten Freitag und Samstag in seinem Computer die Mails von Klapproth und die von dieser Frau gelöscht.«

»Soll das etwa heißen, dass er hier war?«

»Nein, das hat er von irgendwo her gemacht. Aus dem Ausland, wahrscheinlich. Die zu löschen, das kann niemand anderes als Andreas selber getan haben, niemand anderes kommt an seine E-Mails, wenn er nicht sein Passwort kennt«, erklärte er ihr. »Also muss er seine E-Mail-Liste aufgeräumt haben. Das könnte er von überall her getan haben, wo er Zugang zu einem Computer hat, zum Beispiel einem Internetcafé oder einem Laden weit weg im Ausland. In vielen Ländern gibt es Computer mit Internetzugang in kleinen Lebensmittelläden bis hin zu Supermärkten. Das kann nur bedeuten, dass Andreas sich mehr oder weniger freiwillig davongemacht hat und von uns nicht gefunden werden will. Das alles zusammengenommen – du siehst, was das bedeutet?«

»Du meinst, Andreas ist *bei denen* untergetaucht?«

»Ja. Inzwischen bin ich mir da ziemlich sicher.«

»Aber Honegg ist noch hier, oder? Was sagt Uschi?« warf sie ein.

»Moment«, unterbrach er und rief ins Haus: »Weiche! Hallo! Hast du Mikka Honegg heute gesehen?«

Aus dem Haus kam eine Antwort, die Hebenstreit nicht verstand.

»Ja«, meldete er sich wieder am Telefon, »sie sagt, heute Nachmittag war er noch da. Keine Hinweise auf plötzliche Abreise.«

»Und Oberbürgermeister Jakob Kahl ist auch noch im Land«, ergänzte sie. »Du brauchst also gar nicht darauf zu warten, ob sie kommen. Sie haben noch fast die halbe Mannschaft im Land. Die Frage ist, wo sind die anderen?«

»Die sitzen irgendwo mit der Chefetage der Firma zusammen zur Krisensitzung. Die Firma nennt sich möglicherweise bcp, so stand es in der E-Mail, aber was das bedeuten könnte, weiß ich auch nicht. Für diese bcp muss hier bei uns etwas schiefgelaufen sein. Vielleicht, weil Manni Steffan aussteigen wollte.

»Und wo, denkst du, sitzt die Chefetage? In Russland?«

»Ungeheur hat gesagt, die sei in Spanien.«

»Aber russische Leitung?«

»Ja. Eine von den E-Mail-Adressen hieß ›Mjasnik‹, das ist ein russisches Wort, die Domain hieß aber ›estar‹, und das ist eine spanische Firma.«

Der Faber stutzte und wurde bleich. Es kam ihm gerade eine dieser verschütteten Erinnerungen hoch, die ein neues Puzzleteil an den Ort verschieben, an den es auch hinpasst.

»Meine Güte, jetzt wird mir fast übel. Erinnerst du dich an die russischen Besucher bei den Kurtagen im letzten Jahr? Wir waren doch damals im Kino und haben einen Film angeschaut. Und den hat ihnen ihr Dolmetscher als ›Mjasnik‹ angekündigt, so oft, dass ich das noch gut im Ohr habe.«

»Oh Gott«, japste Hebenstreit. »Das war doch ...«

»... genau, dieser österreichische Krimi. Der hieß auf Deutsch: ›Der Knochenmann‹, also konkret: der Metzger!«

»Oh, nein!«, rief sie aus. »Die Wildparkleiche ist zerlegt worden!«

»Mjasnik könnte ein Spitzname sein, der die Funktion dieses Mannes in der Firma beschreibt: Der Mann fürs Grobe. Und der hat zwei Tage vor dem Mord bei Andreas seinen Besuch angekündigt.«

»Und wo hat diese Firma sich versteckt?«, fragte sie.

»Wo würdest du einen Stein verstecken?«, fragte er zurück.

»Unter lauter anderen Steinen«, antwortete sie. »In einem Steinhaufen.«

»Besser noch in den Bergen oder in der Wüste«, sagte er. »Und ein Ahornblatt?«

»Im Wald. Am besten im Ahornwald.«

»Siehst du?«

»Du meinst, die sitzen in einer Großstadt?«

»Oder in einer anderen Menschenansammlung, wo man absolut anonym bleiben kann.«

»Meinst du eine der riesigen Hotelburgen in Spanien? Wie Torremolinos oder Marbella?«

»So etwa, ja. Übrigens, bei ›Marbella‹ gibt es gleich noch mal ein Echo in meinen inneren Windungen. Der Hexenschuss scheint mir gut zu bekommen. Mir fällt gerade was ein, ich weiß nur noch nicht, was.«

»Umgekehrt wird ein Schuh daraus«, sagte sie. »Weil du zu hektisch warst, ist dir nichts eingefallen, und deswegen hat dein Körper dich auch mit dem Hexenschuss zur Ruhe gezwungen. Jetzt bist du ruhiger, und dein Kopf wird wieder freier. Was ist mit ›Marbella‹? Hat jemand darüber gesprochen?«

»Ja.«

»Ungeheur vom LKA vielleicht?«

»Nein.«

»Oder Andreas?«

Seine Kastanie an der Tauber fiel ihm wieder ein. »Richtig, Andreas war das. Der hat mal zu mir gesagt, in Marbella habe er eine Unmenge Geld beim Roulette verloren. In einem illegalen Spielcasino. Erst habe er zwanzigtausend Euro gewonnen, doch dann erst die und dazu noch über achtzigtausend Euro verloren. Die hatten ihn erst angefüttert wie einen großen Fisch, und dann saß er plötzlich am Haken und kam nicht mehr los.«

»Er hatte Schulden beim illegalen Spielcasino?«

»Ja.«

»Wieso haben die ihn dann überhaupt weggelassen?«

»Das weiß ich nicht, das hat er nicht gesagt. Er hat nur gesagt, Mikka Honegg von der Sparbank habe ihm einen günstigen Kredit gemacht.«

»Die hatten ihn am Haken, sagst du. Solche Leute lassen einen niemals mehr los, wenn sie ihn am Haken haben. Wie lange ist das her?«

»Das weiß ich nicht mehr so genau. Vier oder fünf Jahre vielleicht.«

»Weißt du, was ich denke?«, sagte sie. »Ich denke, dass er an diesem Haken noch heute hängt. Die haben ihn damals nur freigelassen, weil er sich ihnen angeschlossen hat. Genau das denke ich!«

Noch am selben Abend überschlugen sich die Nachrichten auf allen Sendern. Es begann im Fernsehen bei SWR 3 mit der Landesschau um viertel vor sieben, während Faber sein Frikassee auf Pommersche Art genoss.

»Vor etwa zwei Wochen, wir erinnern uns«, sagte dort die Sprecherin, »hat es in der sonst so idyllischen Kurstadt Bad Mergentheim, immerhin der bedeutendsten in Baden-Württemberg, einen Mord gegeben, dessen grausame Umstände uns alle tief erschreckt haben, den sogenannten Wildparkmord. Die Polizei steckte mit ihren Ermittlungen fest; nicht einmal, um wen es sich bei dem Toten handelt, war bekannt. Jetzt ist wenigstens schon einmal das Rätsel seiner Identität gelöst. Es handelt sich um den Kurdirektor von Bad Mergentheim, Manfred Steffan.« Auf dem Bildschirm flimmerte dazu ein undeutliches, altes Foto, das Manni Steffan auf einer der vielen Tagungen mitten zwischen Vertretern anderer Kurstädte zeigte.

»Manfred Steffan galt bisher nicht als vermisst, weil er angeblich im Urlaub in Kanada und dort nicht zu erreichen war, bis sich herausstellte, dass er dort nie angekommen ist. Am Abend, an dem er zum letzten Mal lebend gesehen wurde, berichteten die Medien, es habe zwischen ihm und dem Oberbürgermeister von Bad Mergentheim einen öffentlichen Streit gegeben, bei dem das Stadtoberhaupt auch vom »Tod des Kurdirektors« gesprochen habe. Jetzt richtet sich aller Verdacht selbstverständlich erst einmal auf den Mann, der so geredet hat. Wir haben versucht, mit dem Oberbürgermeister zu sprechen, aber der ist schlicht und einfach nicht erreichbar.«

»Peng!«, rief Faber. »Hebenstreit, da brauchst du fast gar nichts mehr zu schreiben, die haben auf ihre scheinheilige Art schon deine ganze Arbeit gemacht!«

20

Früh am Morgen rief Faber Hebenstreit in ihrer kleinen Dachwohnung in Löffelstelzen an. Sie meldete sich ganz verschlafen: »Faber! Was is'n los?«

»Hör zu!«, sagte er. »Wann kannst du hier sein?«

»Wo, hier?«

»Bei mir in der Liobastraße. Mit Marilyn. Radfahren kann ich noch nicht wieder, ins Pöschole komm ich auch noch nicht rein, da hängt's mir wieder das Kreuz aus, und zu Fuß ist es zu weit. Also brauchen wir Marilyn. Wir müssen sofort ins Rathaus, Jakob Kahl festnageln. Ich hab deinen Artikel gelesen. Gut gemacht, klasse Florettfeder! Jetzt müssen wir sehen, dass wir ihn noch erwischen, bevor auch er auf und davon ist.«

»Viertelstunde«, sagte sie.

»Bis gleich. Kampfanzug nicht vergessen!«

»Bin schon unterwegs!«

Sechzehn Minuten später hörte er Marilyn kommen. Hebenstreit lag auf dem schmalbrüstigen Motorroller, als sie in die Liobastraße einbog, als hätte sie ein schweres Motorrad zwischen den Schenkeln. Er stand schon an der Straße, als sie mit kreischenden Reifen anhielt. Sie sprang ab, warf ihm den Helm zu, den sie im Rollerfach immer dabei hatte, und gab, noch während er aufstieg, schon wieder Gas.

»Achtung! Mein Kreuz!«, rief er. Aber alles ging glatt, solche Starts waren für das Zweierteam inzwischen Routine.

Das Neue Rathaus war, als sie dort ankamen, von einer Menschenmenge dicht umlagert, der Haupteingang offenbar verschlossen, ebenso das Rolltor an der Tiefgarage.

»Weiter!«, rief er ihr durch den Helm hindurch zu, »nicht anhalten!« Er lotste sie links in die nächste Straße, dann noch einmal nach links in die schmale Mauergasse zum Hintereingang des Rathauses. Aber auch der war geschlossen und belagert.

»Stopp!«, rief er. »Hier«, er zeigte auf einen in einer Nische verborgenen, schmalen Eingang an dem Anbau. »Der Fahrradeingang für die Angestellten!«

Die schmale Tür hatten sie, als sie sich im Rathaus eingeigelt hatten, offenbar vergessen. Sie ging nach innen auf. Daneben klebte an der Wand ein großes Schild mit der unmissverständlichen Aufschrift »Bitte absteigen!«. Hebenstreit schlängelte sich auf dem wendigen Axis-Roller samt Faber hinten drauf hindurch, fuhr halsbrecherisch eine schmale Rampe hinunter und ließ den Roller einfach in der Tiefgarage neben den Aufzügen stehen. Doch kein Aufzug funktionierte, alles war blockiert, anscheinend hatten sie sich im Rathaus auf eine richtige Belagerung eingerichtet. Also rannte Hebenstreit die Treppe hinauf, Faber, vorsichtig mit der Hand am Treppengeländer, hinter ihr her, drei Stockwerke weit, und sie landeten direkt vor der Tür, an der »Oberbürgermeister Jakob Kahl« stand.

»Nicht da«, flüsterte er verschwörerisch, »sondern da!« Damit zeigte er auf die Tür mit dem Schild »Sekretariat des Oberbürgermeisters, Frau Sommer-Kühl«. Er klopfte einmal kurz, aber laut, dann riss er die Tür auf und stand schon mitten im Raum.

»Machen Sie, dass Sie rauskommen!«, schrie ihm die Sekretärin entgegen. »Die Polizei ist schon unterwegs!«

»Lenk sie ab!«, rief er Hebenstreit zu und stürmte weiter durch die offenstehende Verbindungstür zum Amtszimmer des OB.

»Tod eines Kurdirektors!«, rief Faber, hielt die Seite der Tauber-Post in die Höhe, auf der Manni Steffans großes Foto prangte, und sprang auf den Schreibtisch zu.

Doch das Amtszimmer war leer. Auf dem Schreibtisch leuchtete nur der Bildschirm von Jakob Kahls Computer. Der Bildschirmschoner zeigte in bunten, leuchtenden Farben so etwas wie einen gewundenen, dicken, hohlen Wurm, der in 3-D-Darstellung langsam nach allen Seiten taumelte wie ein verlorener Schraubenschlüssel im schwarzen Weltraum. Faber steckte die Zeitung wieder ein, trat dicht heran und las am oberen Rand: »Computertomographie des Colons«. Die CT-Aufnahme stammte von einer Vorsorgeuntersuchung vor etwa zwei Jahren. Der Oberbürgermeister hatte sie, typisch für sein narzisstisches Selbstverständnis, als bewegten Bildschirmschoner bearbeiten lassen.

Jakob Kahl hatte sich somit sofort aus dem Staub gemacht. Nur den 3-D-Blick auf seinen Dickdarm hatte er seinen Verfolgern zurückgelassen. Gerade drehte sich das Bild so, dass Faber genau von hinten hinein und innen den Darm entlang schauen konnte.

Nebenan stand Hebenstreit immer noch hoch aufgereckt und mit ausgebreiteten Armen vor der eingeschüchterten Sekretärin.

»Was ist jetzt mit der Polizei?«, fragte Faber mit ruhiger Stimme. »Haben Sie nicht gesagt, die sei schon unterwegs? Oder hat sie den Herrn Kahl schon mitgenommen? Gibt es schon einen Haftbefehl?«

Die Sekretärin schimpfte und zeterte weiter, immer mit einem ängstlichen Blick auf Hebenstreit, die wie eine Amazone vor ihr aufragte und sie mit ausgebreiteten Armen und wasserhellen Augen anfunkelte.

»Hallo – Frau Sommer-Kühl, jetzt beruhigen Sie sich doch!«

»Von mir erfahre Sie nix! Grad Sie net!«

»Schon gut. Komm, Hebenstreit.«

Sein Mobiltelefon rasselte mit der Kuhkette.

»Ja?«, meldete er sich. »Hallo, Chefin. – Im Rathaus sind wir. – Ja, drinnen, im Amtszimmer des OB, aber der ist ausgeflogen. – Keine Ahnung, vermutlich noch irgendwo hier im Haus. Wahrscheinlich hat er sich ganz oben unterm Dach in einer Rumpelkammer eingeschlossen. – Ohne Kamerateam hat es keinen Sinn, ihn da aufzustöbern. – Was ist? – Wann? Gleich? – Wo? – Gut, sind schon unterwegs.« Er klappte das Handy zu.

»Abflug!«, sagte er. »In der Kurverwaltung läuft gerade eine groß angelegte Hausdurchsuchung.«

Die Kurverwaltung hatte ihren Sitz im Wilhelmsbau, einem imponierenden Gebäude aus der Gründerzeit am Rande des Kurparks. Dort wimmelte es von uniformierten Polizisten. Im Haupteingang lag das rot-weiße Band mit der Aufschrift »eiabsper« auf dem Boden, und Faber beschloss, die Absperrung zu übersehen. Er ging voraus die breite Treppe hinauf. Im Obergeschoss, genau gegenüber der Treppe, stand die Tür zum Konferenzraum offen. Von dort aus dirigierte der LKA-Hauptkommissar Ungeheur die Aktion.

Faber rief Hebenstreit zu: »Übernimm du Klapproths Büro!«. Er selbst wandte sich nach rechts, wo am Ende des Ganges das Dienstzimmer des Kurdirektors lag. Dort traf er auf Hauptkommissar Lustig.

»Ich bin in ein paar Minuten wieder da«, rief der, als er den Faber erkannte, zu einem Beamten im Raum und wandte sich dann an Faber und nahm ihn sofort beim Arm, als habe er auf ihn gewartet. »Gut, dass Sie kommen, Herr, Faber. Kommen Sic mal mit, ich muss Ihnen was unter vier Augen verraten.«

Das kam nicht oft vor, dass der alte Hauptkommissar den Faber so vertraulich ansprach, erst in der letzten Zeit war es ein paar Mal passiert, und fast jedes Mal hatte es bedeutet, dass der von ihm etwas Wichtiges erfahren wollte und ihm dafür – »Info gegen Info« – eine unbedeutende Nachricht angeboten hatte. Faber beschloss also, auf der Hut zu sein.

Lustig führte ihn durch das weite Treppenhaus hinunter in den Kurpark. Es war wieder sehr warm geworden, und er trug seine Polizeimütze in der Hand. »Kommen Sie mit da rüber in den Schatten«, sagte der Kommissar. Er sah sehr würdig aus in seiner dunkelblauen Uniform mit den vier silbernen Sternen, seinem silbergrauen Bürstenhaarschnitt und dem Schnauzbart, der ihn aussehen ließ wie ein altes Walross. Lustig war plötzlich redselig, er redete über dieses und jenes, über das Wetter von heute, von gestern und von morgen, und schließlich sagte er: »Das hier ist eine ganz böse Sache«, und dabei zeigte er auf den Sitz der Kurverwaltung.

»Die Kehrseite der Globalisierung. Damit haben wir nun also auch hier zu tun.«

Faber hörte nur zu, bis jetzt hatte Lustig noch nichts Neues gesagt.

»Übrigens« – aha!, dachte Faber, jetzt kommt's! – »die Spurensuche in Herrn Steffans Wohnung hat ergeben, dass noch eine dritte Person dort war.«

»Außer Manni Steffan und seiner Exfrau? Kann man die irgendwie zuordnen?«

»Bisher noch nicht.«

»Wie frisch sind die Spuren?«

»Teils – teils.«

»Also wiederholte Besuche über einen längeren Zeitraum?«

»So sieht es wohl aus, ja.«

»Männlich oder weiblich?«, fragte Faber.

»Weiblich wohl«, berichtete Lustig.

Hoppla!, dachte Faber. Konnte es sein, dass ein weibliches Mitglied der Bande den Kurdirektor erschossen hatte? Bisher waren sie alle wie selbstverständlich von einem männlichen Mörder ausgegangen. Hatten sie also auf den bekannten Schürzenjäger Manni Steffan keinen Killer, sondern eine Killerin mit Armeepistole angesetzt? Die Tokarew war eine leichte Waffe, die hätte durchaus von einer Frau benutzt worden sein können.

»Wo sind die Spuren gefunden worden?«

»Vor allem im Schlafzimmer.«

»Sieh mal einer an! Die vom LKA sagen, es gebe E-Mail-Kontakte von der Transportbande in Spanien zu Nadja Honegg. Und die ist seit ein paar Tagen mit unbekanntem Ziel verreist. Eine DNA-Analyse …«

»Dazu«, unterbrach Lustig ihn, »müssten wir wohl in ihre Wohnung, und einen Durchsuchungsbeschluss bekommen wir bei dieser Lage noch nicht. Und ihren Mann, nun ja …«

»Ich verstehe«, sagte Faber, »Mikka Honegg wollen Sie nicht aufscheuchen. Der steht mit unter Verdacht. Nicht, dass der auch noch stiften geht.«

»Wie auch immer«, sagte Lustig, »die E-Mails, von denen der Kollege Ungeheur gesprochen hat, würden wir gerne lesen, aber wir sind noch dabei, das Passwort zu Oehms Computer zu knacken.«

Aha, dachte der Faber, darum also geht es ihm!

»Kennen Sie es?«

»Was?«

»Das Passwort zu Oehms Computer.«

»Ja«, sagte Faber. Er wartete ein paar Sekunden und tat, als würde er überlegen. Dann sagte er: »Das kann ich Ihnen geben.«

»Sehr schön!«, sagte Lustig und nickte zufrieden. Eilig zog er sein Notizbuch hervor und hielt den Kugelschreiber bereit. »Es lautet – wie?«

»Morgengrauen«, sagte Faber.

»Morgengrauen – wie sinnig!«, murmelte Lustig, der den Spitznamen von Luise Blaustein sehr wohl kannte, und schrieb.

»Aber die Mails aus Spanien«, fuhr Faber fort, »mit denen werden Sie kein Glück haben. Die sind alle gelöscht.«

»Gelöscht!« Lustig sah überrascht auf. »Wer hat sie gelöscht? Sie etwa?«

»Nein, ich nicht.«

Lustig sah den Faber lange nachdenklich an, um festzustellen, ob er log.

»Es ist, wie ich's sage!«, beteuerte Faber. »Ich hab sie gefunden, aber am nächsten Tag waren sie gelöscht.«

»Und wer hat sie dann gelöscht?«

»Das kann nur er selber gewesen sein.«

»Aber die Mails haben Sie?«

Faber nickte. »Ausgedruckt.«

»Geben Sie sie mir!« Lustig streckte die Hand aus.

»Bei nächster Gelegenheit«, antwortete Faber. »Ich hab sie daheim. Aber man kann nicht viel damit anfangen, sie sind verschlüsselt.«

Die Redaktionssitzung begann mit Hebenstreits Kurzbericht über die Durchsuchung des Büros Klapproth.

»Die haben«, verkündete sie aufgeregt, »das halbe Büro ausgeräumt! Computer samt Zubehör, stapelweise, Papiere, Ordner und Bücher – alles mitgenommen.«

»Was hat Ungeheur gesagt?«, fragte Faber.

»Er hat gar nichts gesagt. Nichts rausgelassen. Aber nach der Menge an Material, das sie mitgenommen haben, sieht es so aus, als würde Klapproth tief drinstecken.«

»Gut!«, sagte die Chefin. »Bleiben sie dran, Hebenstreit!«

Danach ging die Diskussion vor allem darum: War Oberbürgermeister Jakob Kahl in den Mord an Kurdirektor Manfred Steffan wirklich verwickelt? Oder trafen seine Ausfälle gegen den Kurdirektor an dem Abend im Kursaal, die ja ohne Weiteres als versteckte Drohung gewertet werden konnten, und die Ausführung des Mordes nur wenige Stunden danach rein zufällig zusammen?

»Was meinst du dazu, Faber?«, fragte die Chefin. »Zufall? Oder hängt er doch mit drin?«

»Ich denke nicht, dass er wirklich mit drinhängt«, antwortete Faber. »Aber einen Zusammenhang könnte es trotzdem geben. Wenn nämlich von dieser Bandenfirma, von der wir ja ausgehen, jemand an dem Abend dabei war und Kahls Ausfälle mitbekommen hat. Er könnte die Situation genutzt haben, um ihm die Schuld in die Schuhe zu schieben.«

»War Klapproth da? Diese Frau Honegg?«

Faber schwieg dazu.

»Du kaust auf etwas herum!«, stellte Luise Blaustein fest. »Bildlich gesprochen, meine ich.«

»Ja«, musste er zugeben. »Ich kaue auf etwas, das ich nicht schlucken will. Es schmeckt mir nicht.«

Er machte eine Pause und schüttelte den Kopf. Die Chefin wollte schon weiter sprechen, da sagte Faber bestimmt: »Andreas Oehm war da an dem Abend.«

Nach der Sitzung wollte Faber gehen, aber Hebenstreit hielt ihn am Arm fest.

»Bleib noch einen Augenblick! Ich hab noch eine Frage an dich.«

Er setzte sich wieder.

»Diese gelöschten E-Mails«, sagte sie, »die sich in gleichmäßiger Folge wiederholt haben, welchen Zeitabstand hatten die?«

»Die von der Honegg-Markova? Etwa vier Wochen.«

»Regelmäßig?«

»Ja.«

»Was passiert sonst noch regelmäßig einmal im Monat, worüber man eine Nachricht bekommt, und zwar eine, die immer gleich lautet?«, fragte sie.

»Keine Ahnung«, antwortete er. »Mir fällt nichts ein.«

In der Mittagspause stellte Faber der Weichen genau dieselbe Frage: »Was geschieht regelmäßig einmal im Monat, worüber ich eine Nachricht bekomme, die immer gleich lautet?«

»Hm«, machte die Weiche und schluckte schnell. »Das könnte was mit Geld zu tun haben. Das machen wir in der Sparbank doch dauernd, monatliche gleichlautende Benachrichtigungen! Zinsen, Miete, Ratenzahlungen, Quittungen, was weiß ich. – Hier, schau dir das mal an. Miriam hat der Omi einen Brief geschrieben.«

Faber las:

Lipste Omi wir lern grad bei frau Hahnweter ein brif schreiben Den sol Mama apschigen Der Papa hat arg Rügenwe weiler so vil abeid mus.

Ich freu mich wen du uns besuchen komst ich hab ein gutes zeugnis gekrigt deine Miriam ein kus.

»Nachtigall, ich hör dir trampeln!«, rief Faber, »es geht ihr um das Zeugnisgeld!«

»Ich werde das selbstverständlich der Omi schicken«, sagte die Weiche. »Stell dir vor, der erste, eigenhändig geschriebene Brief von der Enkelin!«

»Und das ist gleich ein Bettelbrief«, lachte er. »Da kann die Omi sich schon mal auf das einstellen, was alles noch kommt.«

»Ich schreib halt ein paar Worte dazu«, sagte die Weiche.

Nach dem Essen rief er in der Redaktion an, um Hebenstreit mitzuteilen, er werde den Nachmittag über unterwegs und somit nicht in der Redaktion sein.

»Übrigens«, sagte er, »da ist, glaube ich, noch ein wichtiger Gedanke aufgetaucht. Zu diesen regelmäßigen, monatlichen Benachrichtigungen in Andreas' Computer.«

»Ist Uschi dazu etwas eingefallen?«, fragte sie.

»Ja. Sie sagt, das müsste was mit Geld zu tun haben. Mit regelmäßigen Zahlungen, die quittiert werden etwa.«

»Bestätigungen, dass Geld eingegangen ist?«, meinte sie.

»So etwas, ja.«

»Dann wäre der Text aber nicht verschlüsselt. Es steht ja nicht da: ›Geld eingegangen‹, sondern da steht ›du bist nicht vergessen‹.«

»Dazu«, sagte er, »fällt mir nur eines ein.«

»Nämlich?«

»Wir wissen, dass er Spielschulden hatte, die er mit Mikka Honeggs Hilfe in Raten abbezahlt hat. Die Mails ›Du bist nicht vergessen‹ könnten seine Quittungen für die Raten gewesen sein und zugleich die Erinnerung: ›Wenn du uns verrätst, kriegen wir dich in jedem Fall!‹. Wenn wir Nadja Honegg sicher der Bande zuordnen könnten, hätten wir den Beweis, dass die Betreiber der illegalen Spielhölle, in der er damals sein Geld verloren hat, und die kriminelle Transportfirma von heute identisch sind. Dann ist er heute in den Mord am Kurdirektor verwickelt, weil die ihn damals an den Haken gekriegt haben. Um ihm vor Augen zu führen: So ergeht es jedem, der uns in den Rücken fällt.«

21

»Mjasnik«, der Metzger. Der ging dem Faber nicht aus dem Kopf. Und der weiße Kleintransporter.

Kurz entschlossen packte er sich nach dem Mittagessen ins Pöschole und fuhr erst einmal einfach los. Die Weiche hatte ihm ein Keilkissen auf den Fahrersitz gelegt, und er stellte, erst überrascht, doch schnell zufrieden fest, dass damit sein lädiertes Kreuz entlastet wurde.

Er fuhr erst ziellos durch die Landschaft und wählte mehr zufällig als absichtlich die Straße hinauf zum Wildpark. Beim Parkplatz auf der Höhe hielt er an, stieg aus und genoss den Blick nach Nordwesten über Taubergrund und Grünsfelder Gau hinüber bis zum Spessart und zum Maintal.

Die Hochebene lag unter der Sonne, heiter und bunt in den hochsommerlichen Farben Gelb und rötlichem Ocker, der Himmel strahlte blau und weiß, violett schimmernde Schatten der Schönwetterwolken schoben sich langsam durch die Täler, als kröchen sie wie riesige Amöben über das Land. Zum Main hinüber in der Ferne standen die Staubfahnen der Mähdrescher. Er stieg wieder ein und fuhr weiter.

Fabers innere Windungen arbeiteten auf Hochtouren. Der weiße Kleintransporter war auf dieser Straße gleich zweimal gesehen worden, einmal ein Stück weiter oben beim Wildpark und dann auf derselben Straße im nächsten Ort, in Herbsthausen.

Und dort, in Herbsthausen, hatte Franz Klapproth, der Bruder des flüchtigen Prokuristen aus der Kurverwaltung, seine Metzgerei.

Bald nach der Abzweigung zum Wildpark, auf halbem Weg nach Herbsthausen, hielt er wieder an und stieg aus.

Das Land lag vor ihm, ernst und still. Von hier bot sich ein völlig anderes Bild als vorhin vom Spessartblick aus. Leuchtete dort von ferne der bunte Sandstein, vor langer

Zeit aus Wüstensand entstanden, so beherrschte hier der graue Kalkstein die Szene, der ursprünglich ein Meeresboden gewesen war. Dies war das eigentliche Hohenlohe.

Links stand der Wald, ganz rechts bestand der Horizont aus einem flachen Hügel, gespickt mit schwarzen Fichten. Dazwischen öffnete sich nach Südosten die Hohenloher Ebene, und in ihr herrschten die Farben Grün, Braun und Grau.

Von Westen her zog eine Herde Schäfchenwolken über den Himmel heran. Es würde, so dachte er, bald einen Wetterwechsel geben und wieder kühler werden. Die Zeit der drückenden und drohenden Hitze ging zu Ende.

Doch es würde, so fürchtete er, ein Ende mit Schrecken sein.

In Herbsthausen suchte er die Metzgerei. In der Brauereigaststätte fragte er nach der Adresse und fand sie an der Landstraße, die von der Hauptstraße nach links abzweigte und nach Markelsheim, wieder ins Taubertal hinunter, führte. Hier, am Rand des Ortes, überraschte ihn der vielschichtige Gebäudekomplex: ein altes Ziegelhaus mit steilem Dach, das einmal die kleine, dörfliche Metzgerei gewesen war, dann ein neuerer, großer mittlerer Teil mit einer langen Laderampe an der Straße und einem modernen Anbau, der Wohnteil und Laden enthielt.

Faber schaute sich ganz genau um. Gegenüber, auf der anderen Straßenseite, war unbebautes Land. Rinderspuren waren darauf, offenbar diente es als Viehweide. Die nächsten Häuser in dieser Richtung waren weit weg und zum Teil hinter Gebüsch und einer Reihe Pappeln verborgen. An der Rampe hätte nachts ein Kleintransporter leicht unbemerkt halten können.

Faber betrat den Laden, der kleiner war, als es von außen den Anschein hatte. Es war niemand darin, aber der Summer an der Tür rief eine rotwangige Verkäuferin in sauberer, weißer Schürze herbei.

»Bitte sehr?«, sagte sie betont freundlich.

Sowohl die Verkäuferin als auch die Wursttheke waren einladend und üppig ausgestattet. Faber betrachtete beide abwechselnd mit Wohlgefallen und beschloss, sich erst einmal bei ihr einzuschmeicheln.

»Ich war noch nie hier«, sagte er. »Das sieht ja richtig lecker aus!«

Sie errötete pflichtbewusst und zupfte an ihrer Schürze.

»Und wie das duftet!«, schwärmte er. »Zum Anbeißen!«

»Das ist aber die Wurst«, sagte sie mit einem Schmunzeln in den Augenwinkeln. »Frisch auf das Wochenende!«, und Faber platzte mit seinem Lachen laut heraus.

»Ich schau mir alles in Ruhe an«, sagte er und zeigte dabei mit der Hand die Wursttheke entlang. »Erst mal sehen, was mich anlacht. Das da, das ist roter Schwartenmagen?«

»Rotgelegter«, korrigierte sie ihn. »Das ist die bessere Sorte.«

»Genau. Der lacht so herüber, der grinst mich ja geradezu an. Von dem schneiden Sie mir eine Scheibe runter, etwa so«, er zeigte etwas mehr als eine Daumenbreite zwischen Daumen und Zeigefinger, »für heute zum Nachtessen. Und von der Zwiebelmettwurst gerade das Stück, das da liegt. Haben Sie auch Würzburger Bratwurst? Mit Weißwein gemacht?«

»Selbstverständlich. Hier drüben.«

»Gut, drei Paar bitte. Schlachten Sie auch noch selber?«, fragte er, während sie die Bratwürste auswog.

»Zum Teil«, antwortete sie. »Wir haben im Dorf einen Bauern, der mästet Jungbullen. Den großen Stall vorne an der Straße, schräg gegenüber von der Brauerei, den haben sie vielleicht gesehen.«

»Ja, freilich. Beeindruckend. Wie oft schlachten Sie normalerweise?«

»So ein bis zwei Bullen die Woche sind es schon. Immer montags.«

»Und Schweine?«

»Schweine werden fertig geliefert, vom Schlachthof Crailsheim.«

Fertig, so dachte er, das bedeutete: fertig geschlachtet.

»Schlachten Sie auch Schafe?«

»Manchmal, freilich. Aber nicht sehr oft.«

Trotzdem, so schloss Faber, ergab das eine Menge Blut, und wenn danach die ganze Anlage jedes Mal gut gereinigt worden war, dann wäre von Manni Steffan keine Spur geblieben. »Und hier gegenüber die Viehweide, gehört die auch dazu?«

»Ja. Da weiden die Jungbullen.«

»Aha, dann können die armen Kerle also gleich zuschauen, als was sie später einmal hier herauskommen. Der Betrieb ist ziemlich groß. Für so ein Dorf, meine ich. Und offensichtlich gut geführt. Und gut in Schuss.«

Oh je, dachte Faber, »in Schuss« hätte ich nicht sagen dürfen – hoffentlich fällt ihr jetzt nicht etwas ein, was ich nicht brauchen kann!

»Haben Sie vor zwei Wochen, also um den sechzehnten oder siebzehnten Juli, auch geschlachtet?«, fragte er deshalb schnell nach.

»Nein. Warum fragen Sie?« Plötzlich schien sie misstrauisch.

»Hat die Polizei auch schon danach gefragt?«

»Ja, das hat sie. Die haben hier zwei Tage lang alles umgedreht und auf den Kopf gestellt. Sind Sie von der Zeitung?«

»Ja, Tauber-Post. Und was haben Sie ihr geantwortet?«

»Dass wir nicht geschlachtet haben, weil wir da Betriebsferien hatten.«

»Na prima!«, rief er, »Sie waren in Urlaub! Wie lange war der Betrieb geschlossen?«

»Die zwei Wochen vom dreizehnten bis zum sechsundzwanzigsten Juli.«

»Und in der Zeit war gar niemand hier?«

»Doch«, sagte sie, »der Bruder vom Chef war hier. Der hat nach dem Rechten gesehen.«

»In der Schafherde«, so fabulierte Faber am Abend an seinem Märchen weiter, »machten sie sich Gedanken, wo der rote Widder wohl geblieben sein könnte. Sie gingen die

Wege nach, die er gegangen sein konnte, aber sie fanden gar keine Spuren, und das war sehr ungewöhnlich. Aber weil der rote Widder erwachsen war und gehen durfte, wohin er wollte, machten sie sich weiter keine großen Sorgen.«

Faber stand im Kinderzimmer wieder an Miriams Hochbett und spann und webte weiter für seine kleine Tochter an dem Märchen »Widderherzen«.

»Der rote Widder aber war über den Berg gewandert, erst einen schmalen Pfad entlang, dann quer über eine fremde Weide, ganz allein, dann über den nächsten Berg und schließlich über noch einen Berg und noch einen, so dass er meinte, er sei noch nie so weit von daheim fort gewesen. Es regnete, und er fror entsetzlich, und in der Nacht fühlte er sich sehr einsam.

Da sah er von Weitem eine Schafherde, alle Schafe waren ganz weiß, so wie seine Freundin gewesen war.

Aber das waren in Wirklichkeit gar keine echten Schafe, sondern es waren Wölfe, die sich Schafpelze angezogen hatten. Doch das wusste er nicht, und er freute sich, dass er wieder bei einer Herde war.

Er fand zwar, dass sie seltsam sprachen, denn Wölfe heulen ›Oouuüüii‹, und Schafe machen ›Määäääh‹. Und wenn die Wölfe zu ihm wie Schafe zu sprechen versuchten, dann krächzten sie mehr, und es klang so ähnlich wie ›Mäouuu‹.« Faber krächzte diesen Laut und musste davon husten.

Miriam schlug die Augen auf, nahm den Daumen aus dem Mund und musste lachen über die misslungenen Bemühungen ihres Vaters, wölfische Fremdsprachen zu erfinden.

»Eigentlich«, fuhr er fort, als sein Hals sich wieder beruhigt hatte, »hätte der rote Widder da merken müssen, dass mit den weißen, angeblichen Schafen etwas nicht stimmte, aber er dachte, so weit weg von daheim könne es vielleicht schon sein, dass die Sitten ganz anders seien, als er es gewohnt war, und die Schafe würden hier vielleicht alle so reden.

Doch die Wölfe in ihren Schafpelzen sagten zu ihm: ›Zeig uns den Weg zu deiner Schafherde, damit wir hingehen und sie alle fressen können!‹

Da erschrak der rote Widder sehr und wollte das nicht tun, sondern weigerte sich. Aber die Wölfe bildeten einen dichten Kreis um ihn, zeigten ihre furchtbaren Zähne und drohten: ›Wenn du nicht tust, was wir dir sagen, dann fressen wir dich jetzt gleich!‹

Zuerst fürchtete sich der rote Widder, aber dann dachte er: Die wissen nicht, wie klug ich bin! Ich werde die Wölfe in die Irre führen. Und ich bin immer noch so zornig auf den Grauscheckigen! Ich werde ihm mit den Wölfen einen richtig großen Schrecken einjagen! Ich lasse die Wölfe über ihn herfallen, aber im letzten Augenblick will ich ihn warnen, damit er fliehen kann.

Inzwischen suchte in seiner alten Herde der Grauscheckige weiter und fand doch noch eine Spur vom Roten und stellte fest, dass sie zu den Wölfen führte. Er alarmierte die Jäger, und die Jäger stellten den Wölfen eine Falle. Sie warteten mit Netzen, und als die Wölfe kamen, bildeten sie einen Kreis um sie. Da schrieen die Wölfe: ›Der Rote hat uns verraten! Bringt ihn um!‹, und stürzten sich von allen Seiten auf ihn.

Aber die Jäger warfen die Netze über die Wölfe, und da waren sie gefangen. Sie wurden in den Wildpark und dort hinter einen starken Zaun gebracht, wo sie niemandem mehr etwas antun konnten. Und dort wurden sie jeden Tag gefüttert, damit sie keine Schafe mehr reißen mussten.

Und so ist diese eigentlich ja traurige Geschichte am Ende doch noch einigermaßen gut ausgegangen, nicht wahr? So, mein Schatz, jetzt schlaf gut!«

»Noch Öhrle«, murmelte sie, schon im Halbschlaf.

Er zog ihr die dünne Sommerdecke über das Ohr, strich ihr noch einmal mit der Hand zart über das dunkelbraune Haar und schlich auf Zehenspitzen aus dem Kinderzimmer.

22

Hebenstreit saß an ihrem Schreibtisch, als Faber am Freitagmorgen die schmale Treppe heraufgestapft kam. Sie machte auffällig große Augen in seine Richtung und drückte krampfhaft ihren langen Zeigefinger gegen die Lippen.

»Still!«, hieß das.

»Was ist los?«, fragte er leise.

»Schöttle!«, flüsterte sie nur und zeigte auf die Tür zum Büro der Chefin auf der anderen Seite des Ganges.

Der Chef des Zeitungskonzerns war demnach unangemeldet ins Haus gekommen und konferierte jetzt drüben mit Luise Blaustein, der Redaktionsleiterin.

»Seit wann?«, fragte Faber.

Hebenstreit zuckte mit ihren sportlichen Schultern. »Seit einer Viertelstunde vielleicht.«

Wenn der Vorstandsvorsitzende Hans-Martin Schöttle unangemeldet im Zeitungshaus auftauchte, dann bedeutete das immer, dass es in der Redaktion, in der Mannschaft, im Hause oder gar im ganzen Konzern sehr bald wichtige Veränderungen geben würde.

Das, so dachte Faber, konnte alles Mögliche bedeuten, in Zeiten wie diesen bedeuteten Veränderungen jedoch meist wenig oder gar nichts Gutes: Einsparung, mehr Arbeit für weniger Geld, möglicherweise gar Entlassung. Luise Blaustein würde drüben jetzt ziemlich nervös sein.

»Er ist«, berichtete Hebenstreit leise, »heute ganz früh selber geflogen. Von Stuttgart. Und in Niederstetten gelandet.«

»Selber geflogen?«, lachte Faber und breitete die Arme aus. »So? Unter die Engel ist der bestimmt nicht gegangen!«

»Ach, Quatsch! Mit seiner Sportmaschine selbstverständlich. Allein! Von Niederstetten aus hat er bei der Chefin angerufen, er sei in einer halben Stunde hier. Die musste ganz schön springen! Um halb neun ist er am Hintereingang in der Funkengasse aus dem Taxi gestiegen. Bevor sie irgendjemanden warnen konnte, stand er schon im Haus.«

»Ja«, brummte Faber, »diese Frühaufsteher! Bei denen weiß man nie, woran man ist.« Seine inneren Windungen meldeten sich schon wieder.

Gegenüber ging die Tür auf.

»Faber!«, rief Luise Blaustein.

»Ja?« Faber stand auf, ging hinüber und sah die Chefin erwartungsvoll an.

»Grüß Gott, Herr Faber.« Der Konzernchef streckte ihm die Hand hin. »Sind Sie gerade abkömmlich?«

»Selbstverständlich, Herr Schöttle«, antwortete Faber. So, dachte er, einer nach dem anderen. Erst die Chefin, jetzt bin also ich dran.

»Kommen Sie«, sagte Herr Schöttle, »wir laufen ein paar Schritte. Da redet sich's besser.« Und zur Chefin: »Danke, Luise. Bis nachher.«

Er ging voraus, die schmale Treppe hinunter und durch die Schwingtür hinaus auf die Burgstraße.

Faber blieb vor dem Haus für einen Moment stehen und warf einen demonstrativen Blick am alten, dringend renovierungsbedürftigen Fachwerkgiebel hinauf.

»Ich weiß«, sagte Herr Schöttle und ging weiter, ohne sich umzudrehen. »Gehen wir Richtung Kurpark?« Das war eine Feststellung, auch wenn es als Frage formuliert war. Aufträge und Befehle in die Form von Fragen zu kleiden, das war seine Form von Höflichkeit, mit der er zeigen wollte, dass er seine Mitarbeiter achtete. Dem Faber war klar: Der Herr Schöttle wollte zur Trinkhalle, das Mergentheimer Wasser spielte in seiner Vorstellung von Gesundheit eine große Rolle.

Dr. Hans-Martin Schöttle war ein mittelgroßer Mann mit einem eindrucksvollen, Autorität ausstrahlenden Gesicht über einem schlanken, fast grazilen Körper. In seinem faltigen, glatt rasierten Gesicht fielen die dunkelgrauen Augen, aus denen es humorvoll blitzen konnte, und die lange, spitz zulaufende Oberlippe mit der tiefen Rille darin auf. En schwäbisch's Maul, dachte der Faber respektlos, oder vornehmer ausgedrückt: schwäbische Mimik, so wie sie seinerzeit Theodor Heuss eigen gewesen war. Wenn sich die Gelegenheit ergab, pflegte Herr Schöttle darauf hinzuweisen, mit seinem Namen sei er der Beweis dafür, dass die Schwaben von den Schotten abstammten.

Das graue Haar trug er relativ lang. Früher war es kraus gewesen, jetzt eher schütter, und Schöttle hatte die Angewohnheit, beim Nachdenken oder wenn er jemandem konzentriert zuhörte, eine Strähne von der rechten Schläfe um seinen Zeigefinger zu zwirbeln.

Er war sein Leben lang Single geblieben, hatte nie eine Familie gegründet, denn die Zeitung, so hatte er einmal zu Luise Blaustein gesagt – damals nur die eine in Stuttgart, noch kein Konzern –, sei seine Familie. Ihn umgab eine Aura von Askese, vermischt mit einem Hauch von Hypochondrie.

Schöttle und Luise Blaustein kannten einander schon sehr lange. Sie waren Jahrgangsgenossen und hatten, bevor er das Studium der Volkswirtschaft aufgenommen hatte, einen Teil ihrer Ausbildung gemeinsam absolviert.

Auf den ersten Blick wirkte er nicht wie ein Mann der Macht, eher wie ein Schauspieler der alten Schule, ein Burgschauspieler, und seine Bewegungen waren leicht, manchmal etwas übertrieben, um nicht zu sagen tänzerisch. Faber erinnerte sich, dass Schöttle früher gerne lachend erzählt hatte, ein Student im Bahnabteil habe ihn einmal im Gespräch für einen Tanzlehrer gehalten. Das lag freilich schon lange zurück.

»Was ist das für eine seltsame Geschichte mit Ihrem Oberbürgermeister?«, fragte Herr Schöttle, als sie durch den Schlosshof gingen.

Faber berichtete über den Fall Jakob Kahl von Anfang an, über den Mordabend, an dem dieser in der Öffentlichkeit ausfällig gegen den Kurdirektor geworden war, über den neuesten Stand der polizeilichen Ermittlungen im Mord an

Manfred Steffan und den Sturm der Medien auf das Rathaus am gestrigen Donnerstagmorgen.

Der Konzernchef hörte zu, blieb für einen Moment stehen, sah Faber mit hoch gezogenen Augenbrauen an und ging dann schweigend weiter.

Faber zweifelte nicht daran, dass Schöttle sich längst von anderer Seite hatte informieren lassen und hoffte, dass er nun seine Meinung bestätigt fand. Schöttle kam oft nach Bad Mergentheim zum Golfwochenende, verbunden mit einer Trinkkur. Er wohnte dann im teuersten Hotel der Stadt, er war sogar Mitglied im hiesigen Golfclub geworden. Von daher war er mit dem Oberbürgermeister gut bekannt. Vielleicht hatte der den Großverleger gestern nach dem Sturm auf das Rathaus gleich angerufen, möglicherweise, Faber musste schmunzeln, sogar von seinem Versteck in der Rumpelkammer unter dem Dach des Rathauses aus. »Hat er sich bei Ihnen über mich beklagt?«, fragte er.

Herr Schöttle spitzte die Lippen, zwirbelte die Haare an seiner Schläfe, schaute nachdenklich auf den Boden, als kontrollierte er die brüchigen Pflastersteine aus chinesischem Porphyr und machte: »Hm.« Im Übrigen schwieg er. »Gibt es wirklich einen Zusammenhang zwischen dem OB und dem Mord am Kurdirektor?«, fragte er dann. »Was sagt die Polizei dazu?«

»Gar nichts sagt sie«, antwortete Faber. »Sie hüllt sich in Schweigen.«

»Wer leitet die Ermittlungen?«

»Ungeheur heißt der, Vorname Udo Jürgen, Hauptkommissar beim LKA.«

»Hm.« Schöttle nickte. »Kenn ich. Jung, ehrgeizig und sehr clever. Guter Mann. Manchmal ein bisschen rüde. Und Sie? Was denken Sie?«

»Ich weiß schlicht zu wenig, und die Burschen, Entschuldigung, die Herren von der Kripo machen einfach dicht. Dabei habe ich gute Quellen, aber wenn ich etwas auftue, dann wissen die es auch schon, und noch mehr. Man könnte geradezu denken ... Klar, die haben andere Möglichkeiten. Aber einen Zusammenhang mit Jakob Kahl sehe ich eher nicht. Schließlich ist Ungeheur Spezialist für internationale Bandenkriminalität und nicht für überdrehte Selbstdarsteller.«

»Mit anderen Worten: Sie und Hebenstreit wollten Ihren OB gestern mit ihrem Sturm auf sein Amtszimmer nur ärgern?« Seinem Gesicht nach zu urteilen, schien Fabers oberster Chef das für eine eher lässliche Sünde zu halten. »Hebenstreits Artikel war sehr gut!«, schmunzelte er.

»Kahl hat sich ekelhaft benommen«, antwortete Faber. »Gegenüber dem Kurdirektor *und* gegenüber dem Publikum. Er ist ein Ekel.«

»Er hat sich damals nicht entschuldigt?«

»Entschuldigt? Da weiß der gar nicht, was das ist«, lachte Faber.

»Eine andere Frage. Vor etwa einem Jahr haben wir Ihnen die Stelle der Redaktionsleitung in Geislingen angeboten. Warum haben Sie abgelehnt?«

»Ich gehe davon aus, dass Sie das Peter-Prinzip kennen«, antwortete Faber.

»So ungefähr. Erklären Sie's mir.«

»In einer Hierarchie steigt einer so lange auf und gilt als ›der kommende, junge Mann‹, bis er eine Ebene erreicht hat, in der er seine Aufgaben nicht mehr erfüllen kann, weil seine Kräfte dafür nicht reichen. Dort bleibt er dann bis an sein Lebensende.«

»So etwas haben Sie aber doch für sich selbst nicht im Ernst befürchtet, oder?«

»Ein bisschen schon«, antwortete Faber. »Ich bin nicht besonders ehrgeizig und machtgeil schon gar nicht. Außerdem war Geislingen mir zu weit weg. Ich hatte gerade mein Haus gekauft oder war dabei, es zu kaufen. Die Sache war noch nicht abgeschlossen, aber ich konnte nicht mehr zurück.«

»Das war diese Sache mit dem schwarzen Fluss? Die hat damals ja mächtig viel Aufsehen erregt.«

»Ja, ich hab das Haus vom Nachbarn gekauft und würde am liebsten am Ort bleiben.« Auf das Aufsehen ging der Faber nicht ein, das war ihm eher peinlich.

Schöttle ging eine Weile schweigend weiter. Sie waren jetzt auf der Kurparkbrücke, und der so unauffällig auftretende Vortandsvorsitzende des Zeitungskonzerns blickte versonnen hinunter in den Fluss. Er schien zu überlegen.

»Luise Blaustein«, sagte er dann, »hat mir heute gesagt, dass sie zum Jahreswechsel aufhören und in Rente gehen will.«

»Das wusste ich nicht«, erwiderte Faber überrascht. »Ach! Jetzt verstehe ich! Jakob Kahl hat mit Ihnen gesprochen! Jetzt versucht unser sauberer Herr OB, Druck zu machen, damit *ich* nicht Nachfolger werde? Er will mich aus der Stadt vertreiben?«

Schöttle machte schnell drei Trippelschritte nach vorn, blieb stehen, drehte sich zum Faber um und schaute ihm aufmerksam ins Gesicht. Dann schmunzelte er und zwirbelte die Strähne an der rechten Schläfe. »Ein Fall für zwei echte Ritter ohne Furcht und Tadel«, bedeutete diese stumme Geste.

»Wenn es *so* ist«, sagte Faber und blieb ebenfalls stehen, »dann erst recht! Dann bewerbe ich mich.«

»Gut«, sagte Schöttle und setzte seinen Weg fort. »Tun Sie das bitte. Ich hatte gehofft, dass Sie so reagieren würden. Sie werden, wenn das schriftlich bei uns eingeht, bald von uns hören.«

Inzwischen waren sie im Kurpark an der Trinkhalle angekommen, und der Verleger ging einfach an die Theke, ließ sich das Glas mit seiner Nummer geben, füllte es mit bitterem Heilwasser aus der Karlsquelle und setzte sich auf eine Bank. Niemand nahm Anstoß; offensichtlich kannte man ihn hier.

»Wenn Sie auch wollen«, erinnerte ihn Schöttle, »dann müssen Sie sich beeilen. Um zehn machen sie zu.«

Die Frau an der Ausgabe sah den Faber aufmerksam an. Da stand er auf und ließ sich ebenfalls ein Glas geben. Sie händigte ihm ohne ein Wort eines der Gläser ohne Nummer vom Regal nebenan aus.

»Ist bestimmt gut für meine inneren Windungen«, sagte er.

Faber fand, er und Herr Schöttle verstünden sich immer besser.

Schöttle stand auf, und der Faber beeilte sich, sein noch halb volles Glas auf der Theke abzustellen.

»Es wird somit in der Redaktion einigen Wechsel geben«, sagte Herr Schöttle, als sie wieder draußen standen. »Ihre Kollegin Hebenstreit werden Sie wohl verlieren, Herr Faber.«

»Das habe ich befürchtet«, antwortete Faber, »aber ich sehe ein, dass sie inzwischen für uns eine Nummer zu groß geworden ist. Sie wollte ja schon immer zum ›Spiegel‹ oder zur ›Zeit‹.«

»Sie geht weder zum einen noch zur anderen. Sie bleibt bei uns in der Familie. Wir brauchen sie in München.«

»Bei der Süddeutschen?«

»Ja. Schon auf Oktober.«

»Schade, wirklich schade. Ich habe sie ausgebildet.«

»Das weiß ich.«

»Sie werden sich kaum vorstellen, wie ich mich anfangs über das arrogante, lange Elend geärgert habe! Und jetzt – ich fürchte, ich werde unsere Lange richtig vermissen!«

Inzwischen passierten sie die Tauberbrücke auf dem Rückweg. Schöttle blieb wieder stehen und schaute hinunter ins Wasser, wo ein Schwarm Wildenten nach Brotbrocken der Touristen und Kurgäste gierte.

»Wann ist die nächste OB-Wahl?«, fragte Schöttle leise, als sinnierte er nur so vor sich hin. »Können Sie mir das sagen?«

»In knapp drei Jahren«, antwortete Faber ebenso leise. »Eher zweieinhalb.«

»Im Regierungspräsidium Stuttgart gibt es einen begabten Verwaltungsbeamten«, murmelte Herr Schöttle, »einen jungen, ehrgeizigen Regierungsrat …«

Wieder im Zeitungshaus angekommen, klopfte Schöttle an die Bürotür der Chefin.

»Kommen Sie bitte noch für einen Augenblick mit rein«, sagte er zum Faber. Er blieb mitten im Raum stehen. »So, Luise, wir wären so weit.«

Die Chefin, die sich nicht getraute, in Fabers Gegenwart Hans-Martin Schöttle zu duzen, wie sie das seit vielen Jahren getan hatte, wies nur mit der Hand auf die Sitzecke.

»Nein, danke«, sagte Schöttle. »Ich bin schon so gut wie unterwegs nach München.«

»Gutes Flugwetter!«, sagte Luise Blaustein.

»Danke, Luise. Nur zu dieser leidigen OB-Sache wollte ich dir noch etwas sagen: Wir werden ab sofort über den Mann nicht mehr nennenswert berichten. Nur noch Notizen. Keine Fotos, auf denen er gut rüberkommt. Nichts, was länger und umfangreicher ist als zwei Module. Das wär's. Auf Wiedersehen, Luise.«

Draußen auf dem Flur drehte Schöttle sich zu Faber um und fragte leise: »Was denken Sie, was mit Oehm ist?«

»Ich weiß nur, dass er vor ein paar Tagen noch sehr lebendig und offenbar gesund war«, antwortete Faber ausweichend.

»Ist er einfach nur so abgehauen, oder hat er doch mit dieser Bande zu tun?«

»Letzteres«, sagte Faber. »Ich vermute, sie halten ihn fest. Wie gesagt: Vermutung.«

»Sie wollen nichts sagen?«

»Im Augenblick nicht, verstehen Sie das bitte.«

»Warum hat sich bisher niemand gemeldet und Forderungen gestellt?«

»Die haben mit ihm noch irgendwas vor.«

»Austauschen, meinen Sie?«

»Hoffentlich«, antwortete Faber ausweichend. »Vielleicht auch etwas anderes.«

»Etwas anderes bedeutet: Schlimmeres?«

»Ich fürchte, ja«

23

Faber saß am Schreibtisch, nagte an seinem Kugelschreiber und stierte vor sich auf die Platte.

Plötzlich warf er den Kopf hoch, schrie: »Ha!«, und sprang auf.

Hebenstreit erschrak: »Wieder dein Kreuz!?«

»Nichts da mit dem Kreuz!«, antwortete er. »Mir ist gerade was eingefallen! Bleib hier, ich bin gleich wieder da.«

Er hangelte sich die steile Treppe hinunter, schnappte sich im Hof seinen Asinus ferrari und strampelte mit der alten, abgeschabten Ledertasche auf dem Gepäckträger heftig in Richtung Weberdorf. In der Liobastraße kramte er die Notizzettel mit den E-Mail-Adressen aus der untersten Schublade seines Schreibtisches hervor, dazu ging er neben dem Schreibtisch in die Hocke und gab sehr Acht, dass er sich nicht wieder das Kreuz verrenkte. Das Blatt mit der verschlüsselten Nachricht von Albert Klapproth an Andreas Oehm, die er ausgedruckt hatte, schaute er sich noch einmal an, dann steckte er alles in eine Plastikhülle, warf die Hülle in seine Ledertasche und hastete zurück in die Redaktion.

»Du bist schon wieder da?«, wunderte sich Hebenstreit. »Das ging aber flott!«

»Komm her! Brainstorming! Setz dich da her!« Er bestand in solchen Situationen immer auf der gewohnt hierarchischen Ordnung, dass sie auf dem Stuhl saß und er neben ihr stand, damit er nicht zu ihr aufschauen musste.

Er warf die Hülle mit den Notizen auf den Tisch. Hebenstreit sah sich die Adressen an und legte sie gleich wieder beiseite.

»Das da«, sagte er und zeigte auf die verschlüsselte E-Mail, die Albert Klapproth an Andreas Oehm geschickt hatte.

Sie nahm das Blatt in die Hand und studierte es genau.

27 2 26 20 3 33 17 3 16 24 27 13 26 3 9 8 16 20 9 26 26 27 13 …

»Ein Zahlencode«, sagte sie. »Klapproth an Andreas?«

»Ja. Da oben, das Datum: *07-15. 12:31:12*. Fünfzehnter Juli, kurz nach halb eins.«

»Fünfzehnter Juli, das war doch Mittwoch, oder?«

»Genau«, sagte er, »ein oder zwei Tage vor dem Mord an Manni Steffan.«

»Oh, nein!«, rief sie erschrocken.

»Wir kriegen das raus!«, stellte er fest. »Los! Gleich anfangen! Ein Zahlencode ist nicht schwer zu knacken.«

»Das sagst du so leicht daher«, erwiderte sie. »Voraussetzung für einen simplen ABC-Code wäre, dass immer dieselbe Zahl für denselben Buchstaben steht. Aber sieh dir die Reihe doch mal an: Das Alphabet hat nur sechsundzwanzig Zeichen; warum stehen dann hier die Zahlen 27 oder 33? Also ein Zahlencode. Das ist schon schwieriger.«

»Hm. Oder ein Buchcode?«, schlug er vor.

»Du meinst, die Buchstaben wurden auf einer bestimmten Seite eines bestimmten Buches ausgezählt? In diesem Fall hätten wir so gut wie keine Chance, denn wir hätten nicht den geringsten Hinweis darauf, um welches Buch es sich dabei handeln könnte.«

»Angenommen«, dachte er laut, »du wärst Mitglied einer kriminellen Vereinigung oder wärest anderweitig konspirativ tätig. Würdest du einen Zahlencode verwenden?«

»Nein, ein Zahlencode ist zu leicht zu knacken. Und er ist unhandlich. Man muss den Code aufbewahren. Man könnte ihn verlegen oder jemand anderes könnte ihn zufällig finden. Besser ist, der Code ist in etwas enthalten, das man nicht als Code erkennt.«

»Und einen Buchcode? Würdest du den verwenden?«

Sie überlegte einen Augenblick.

»Nein«, sagte sie dann. »Ich glaube nicht. Wenn, dann höchstens einmal.«

»Aha. Und warum?«

»Zu riskant. Wenn jemand nur ein einziges Mal dahinterkäme, wären alle künftigen Nachrichten entschlüsselt.«

»Also«, dachte er laut weiter, »müsste der Code wechseln, und zwar bei jeder Nachricht. Zum Beispiel nähme man immer dasselbe Buch, aber jedes Mal als Schlüssel eine andere Seite.«

»Dann müsstest du aber die Seitenzahl in die Nachricht mit einbauen!«, wandte sie ein. »Der Schlüssel müsste Teil der Nachricht werden! Du müsstest die Zahl an eine bestimmte Stelle in der Nachricht setzen, die der Empfänger kennt, damit er sie gleich findet.«

»An den Anfang, zum Beispiel. Das wäre in diesem Fall Seite 27 des Buches, die wird aufgeschlagen, und dort der zweite, dann der sechsundzwanzigste Buchstabe und so weiter«, sagte er.

»Möglich«, warf sie ein. »Und welches Buch?«

»Keine Ahnung«, sagte er. »Aber lass uns einfach weitermachen an dem Text, wie wir ihn hier haben, vielleicht fällt uns auch so etwas auf. Gehen wir da ran wie an eine Fremdsprache, die wir noch nicht kennen.«

»Gut. Wie sieht denn beispielsweise der Schluss aus? Das wäre doch auch so eine markante Stelle, wo man eine Nachricht unterbringen würde.«

»Moment. Hier: *... 8 6 24 00 0711tmt.*«

»Das ist doch auffällig, oder?« Sie sah ihn an. »Die einzigen Buchstaben in der ganzen Nachricht.«

Er nickte. »Richtig.«

»Und hier«, sie wies mit ihrem langen Finger auf die Stelle, »›00‹? Wenn du einen Buchcode auszählst, dann gibt es die Zahl Doppelnull nicht.«

»Treffpunkt WC?«, schlug er vor.

»Ach, du Witzbold!« Sie schaute zu ihm auf, ob er es auch wirklich ernst meinte.

»Oder, wie wär's mit einer Uhrzeit?«, hakte er nach.

»Schon besser!«

»Dann könnte die Zahl davor dazugehören: 24:00 Uhr. Mitternacht.« Jetzt hatte ihn richtig das Jagdfieber gepackt.

»Möglich«, gab sie zu. »Aber nur vielleicht.«

»Die vier Ziffern am Schluss! Alle anderen stehen einzeln oder in Zweiergruppen«, gab er zu bedenken.

»Was passt zu einer Uhrzeit? Vielleicht ein Datum?«, schlug sie vor. »0711 – vielleicht amerikanisch: 11.07.?«

»Aber das steht direkt zusammen mit den Buchstaben tmt«, wandte er ein.

»TMT!«, rief sie aus. »Kein Buch! Eine Zeitung, klar! Faber! TMT, die Konkurrenz! Das Tagblatt Main-Tauber!«

»Von wann?«

»Na, hier: vom 11. Juli!« Sie sprang auf, tanzte umher und riss ihn dabei fast um.

Drüben, auf der anderen Seite des Ganges sprang die Tür auf und die Chefin kam erschrocken herüber: »Was ist denn hier los!?«

»Wir haben's!«, schrie Hebenstreit. »Los, Faber! Das Archiv!«

Sie sprangen an den Computer und riefen im Archiv die Ausgabe der Konkurrenz vom 11. Juli auf.

»So«, sagte Hebenstreit. »Wo fangen wir an?«

»Vorne«, entschied Faber. »Wir fangen mit dem Aufmacher an. Komm, ruf auf!«

Auf dem Bildschirm erschien der Artikel.

»Klimakonferenz?«, fragte sie zweifelnd.

»Das hat überhaupt nichts zu sagen«, sagte er. »Los, zählen! 27 – a, 2 – u, 26 – f … ›auf‹. Moment, so geht das nicht. Wir drucken es aus.«

Und so ging es dann.

Der Text, der herauskam, ließ beide, Hebenstreit und Faber, erst kleinlaut, dann still und schließlich blass werden. Er lautete:

auftrag vsr manfred steffan flucht ffm fr6:05 via canada verhindern! anbieten wagen würzburg hbf do 24:00.

Andreas Oehm hatte über Albert Klapproth von einem vsr den Auftrag bekommen, Manfred Steffan vor dessen Flucht abzufangen.

»Denkst du, was ich jetzt denke?«, flüsterte Hebenstreit.

»Ich fürchte, ja.«

»Das darf nicht wahr sein!«

Faber schwieg und antwortete nicht. Er erinnerte sich von einer früheren Reise her, dass es einen Nachtzug von Wien über Regensburg und Mainz nach Brüssel gab, der um 2:25 Uhr in Würzburg und um 3:53 Uhr am Flughafen Frankfurt hielt.

Der Kurdirektor war somit nachts auf dem Weg nach Würzburg ermordet worden.

»Wer oder was ist der Auftraggeber ›vsr‹?«, fragte er leise.

»Lass mal die anderen Notizen sehen«, sagte sie.

»Hier. Mjasnik von bcp. Russisch, ›der Metzger‹. Das ist der, der kommen sollte, um das graue Fenster zu schließen.«

Hebenstreit starrte vor sich hin.

»Was überlegst du?«, fragte er.

»Hm, ›bcp‹«, sagte sie, »könnten das kyrillisch, also russisch, die Buchstaben ›vsr‹ sein? Also derselbe Auftraggeber?«

»Nachprüfen!«, sagte Faber barsch, so wie er das oft tat, wenn er den Turbo drauf hatte. »Auf der Stelle!«

»Auf der Stelle? Wie denn?«

»Bender!«, sagte der Faber. »Mein Nachbar aus der Schlossgartenstraße. Der ist Russlanddeutscher.«

Faber hatte schon das Telefonbuch in der Hand und suchte unter B.

Eine Minute später, als er den Hörer aus der Hand legte, war er blass.

»Im Russischen«, sagte er, »sind ›bcp‹ die Buchstaben ›wsr‹, oder international üblich ›vsr‹.«

»Das kann nur bedeuten: Albert Klapproth ist der hiesige Lokalchef der ›vsr‹-Bande«, sagte Hebenstreit leise. »Er hat an Andreas den Auftrag weitergegeben, Steffans Flucht nach Kanada zu verhindern. Andreas und der Metzger. Das graue Fenster: der grauhaarige Manfred Steffan, der Verräter. Faber, mir ist ganz schlecht.«

Kurz vor Mittag klingelte das Telefon auf Fabers Schreibtisch. Die Stimmung war so gedrückt, dass keiner den Hörer abheben wollte. Hebenstreit nahm schließlich ab und meldete sich.

»Ja? Ich höre. – Guten Tag, Herr Lustig. Moment, ich gebe gleich weiter. Für dich«, sagte sie und hielt Faber den Hörer hin.

Der nahm den Hörer, führte ihn langsam und umständlich ans Ohr, legte erst einmal den Stift aus der Hand und brummte dann: »Hm?« Bei Faber konnte das alles heißen von »Wer ist denn da dran?« über »Was ist denn jetzt schon wieder los?« bis »Ich will jetzt nicht gestört werden.«

»Herr Faber, bitte«, sagte Lustig höflich und in reinstem Hochdeutsch. Er gibt sich also dienstlich, dachte Faber, und das bedeutet, es ist ernst. »Herr Faber, ich bitte Sie ein letztes Mal: Geben Sie uns die E-Mails, sonst müssen wir sie uns holen.«

»Also gut«, brummte Faber. »In, sagen wir, in zehn Minuten.«

Faber, mit seiner alten abgeschabten Aktentasche unter dem Arm, klingelte im Schlosshof an der schweren Tür.

Aus der Sprechanlage kam Kirchofers Stimme: »Ja, bitte?«

»Faber«, meldete er sich und drückte die Tür auf, als er den Summer hörte.

»Der Erste Hauptkommissar Lustig erwartet Sie«, sagte Kirchofer hinter der Glasscheibe und drückte gleich auf den Knopf. Die zweite Tür summte, Faber drückte auch sie auf und stand vor der Treppe, die hinauf zu Lustigs Büro führte.

In der Mitte des Ganges ging eine Tür auf. Lustig trat heraus und kam ihm entgegen. Er streckte Faber die Hand hin. »Kommen Sie«, sagte er. »Sie werden schon erwartet.«

Als er zwei Schritte weit im Büro stand, nahm Faber aus den Augenwinkeln rechts hinter sich eine Bewegung wahr und sah zu seiner Überraschung den Hauptkommissar Ungeheur vom LKA am Besprechungstisch sitzen.

In Fabers Tasche rasselte das Mobiltelefon mit der Kuhkette. Er klappte es auf, schaute auf das Display und ging hinaus auf den Flur im ersten Obergeschoss des Polizeireviers.

»Ja, Weiche?«

»Du, Uli!«, rief sie.

O ha!, dachte er. Immer, wenn seine Frau ihn so mit dem Vornamen anredete, war Aufregung angesagt.

»Ist was mit Miriam?«, fragte er.

»Ja. Das heißt: nein. Oder doch. Kannst du sie bei Susanne abholen und euch was zu essen machen? Ich kann hier nicht weg. Hier ist der Teufel los. Sie krempeln alles um!«

»Wo bist du?«

»Noch in der Bank. Neben mir steht einer von der Kripo, der sagt, du würdest ihn kennen. Er heißt – wie noch gleich?«, fragte sie nach der Seite. »Er heißt Brauchle, Hauptkommissar. Er sagt, ich darf nichts sagen, aber auch gar nichts, nur dich informieren, damit du dich um Miriam kümmerst. Mich lassen sie nicht weg. Die sind mit einer Mannschaft hier angerückt vor einer guten Stunde. Zwei Spezialisten vom LKA für Finanzsachen sind anscheinend auch dabei …«

»Wo steckt Honegg?«, fragte Faber schnell.

»In seinem Büro mit den beiden Finanzkriminalern. Du, der sitzt da, als hätte er schon die Handschellen an, ich glaub nicht, dass der noch mal loskommt …«

»Genug!«, hörte Faber Brauchles Stimme im Hintergrund.

»Weiche!«, rief Faber schnell, bevor sie das Gespräch abbrechen konnte.

»Ja?«

»Gib ihn mir! Brauchle, schnell!«

»Herr Faber, verstehen Sie bitte …«, hörte er Brauchle sagen.

»Augenblick, Herr Brauchle. Ich geb Ihnen grad den Hauptkommissar Ungeheur.«

Ungeheur stand schon hinter ihm.

»Brauchle?«, fragte er, und als Faber nickte, streckte er die Hand aus. »Derf i au mal?«

Faber drückte ihm sein Handy in die Hand, und Ungeheur ging ein paar Schritte beiseite. Dann, als er sich wieder umdrehte, nickte er und gab Faber das Handy zurück.

»Uli?«, hörte er die Weiche daraus rufen.

»Ja.«

»Ich weiß nicht, was die gerade besprochen haben, aber Hauptkommissar Brauchle sagt, ich kann jetzt reden.«

»Kannst du. Also, was ist los?«

»Eine Menge. Erst einmal die Sache mit Mikka Honegg. Darüber haben wir ja kürzlich schon geredet, du erinnerst dich bestimmt.«

»Klar, erinnere ich mich.«

»Der ist anscheinend der hiesige Bevollmächtigte einer Bank, die Geld bei uns in die Wirtschaft pumpt und dann wieder rauszieht.«

»Geldwäsche«, sagte Faber. »Er betreibt eine Geldwaschmaschine. Das Geld aus ihren schmutzigen Geschäften wird bei uns als Kredite in die Wirtschaft gegeben und danach, wenn es zurückkommt, ist es sauber.«

»Genau. Diese Bank ist sehr klein und hat ihren Sitz in Bajamar …«

»Was!? Auf Teneriffa?«

»Nein, Bajamar in Costa Rica. Sie heißt Banco V-S-R.«

»Bist du sicher? V-S-R?«

»Red mir nicht immer dazwischen! Hör zu, was ich dir sage! Die Kommission hockt hier schon mittendrin, um alles, was Honegg zusätzlich in das Programm der Sparbank installiert hat, aufzuspüren. Die Sparbank selber, so sieht es bisher jedenfalls aus, hat damit nichts zu tun. Der hat sich anscheinend da drin versteckt und getarnt wie ein Parasit.«

»Klar, wie ein Blatt im Wald. Wie reagieren die Angestellten?«

»Ruhig. Die Kommission hat gleich unsern Oberchef aus Tauber mitgebracht, und der hat gesagt, alles läuft weiter wie immer, es geht nicht um den Betrieb, also nicht um die Sparbank, sondern nur um die eine Person. Die Kunden in der Halle merken gar nichts.

Noch was. Die Konten von Andreas Oehm haben sie geprüft. Der hat jeden Monat auf diese Bank VSR in Costa Rica Geld überwiesen, über Dauerauftrag. Also immer am selben Tag des Monats, und immer dieselbe Summe, nämlich, Moment, wo hab ich das noch, hier: Tausendvierhundertnochwas Euro, aber in Dollar. Zweitausend Dollar. Du hast doch mal was gesagt, mit diesen regelmäßigen, monatlichen …«

»Ja. Die verschlüsselten Quittungen in seinen E-Mails waren das, danach hab ich dich gefragt.«

»Moment mal.« Sie sprach jetzt im Hintergrund, aber so, dass Faber sie noch gut verstehen konnte: »Herr Brauchle, mein Mann sagt, er hat in den E-Mails von Andreas Oehm so etwas wie verschlüsselte Quittungen für die monatlichen Zahlungen gefunden.«

Als Antwort kam Gemurmel, das Faber nicht verstand. Dann hörte er wieder ihre Stimme: »Uli? Bist du noch da?«

»Ja.«

»Ob das Spielschulden waren, fragt er.«

»Ja«, sagte Faber.

In diesem Augenblick mischte sich Ungeheur wieder ein: »So het des koin' Sinn! Gäbet Se mal her!« Er riss dem Faber das Telefon aus der Hand. »Ernscht? I bin's, ja. Brauchsch du no lang? Oder könntsch g'schwend nüber komme ins Revier, dass mir mitenandr de saubere Herr Faber abschöpfet?«

»Abschöpfen!«, brummte der Faber empört, aber er tat es ziemlich laut. Ungeheur sollte schon hören, dass er, der Faber, eine so rüde Behandlung nicht gewöhnt war. Er nahm Ungeheur das Handy einfach aus der Hand und klappte es zu.

Dann rief er schnell Susanne an, die Tagesmutter, und bat sie, Miriam über Mittag bei sich zu behalten.

Hauptkommissar Lustig hatte sich, als er wahrnahm, dass es zwischen Faber und Ungeheur unangenehm knirschte, dazugesellt, um gleich zu schlichten. Faber sah ihn kommen. »Können wir bei euch im Revier schnell was kopieren?«, fragte er und wandte Ungeheur einfach den Rücken zu.

Lustig, der Faber gut genug kannte, um zu ahnen, was jetzt kommen würde, schmunzelte nur, nickte und sagte: »Kommen Sie mit!«

Im Kopierraum öffnete Faber seine alte Ledertasche und holte die in Klarsichtfolie verpackten und geordneten Notizen hervor.

»So, so. Im Kopf haben Sie das«, brummte Lustig und verzog spöttisch sein faltiges Gesicht, »und sonst nirgends. Ha, ha.«

»Das sind nur die Sicherheitskopien«, verteidigte sich Faber. »Die Originale sind hier.« Dabei tippte er sich an die Stirn.

Lustig sah sich die Kopien an. »Hm«, brummte er, »V-S-R.«

»Wissen Sie, was die Buchstaben bedeuten?«

»Nicht genau. Es ist wohl was mit den Namen der Bosse. Kollege Ungeheur weiß es bestimmt.«

»Vielleicht später«, sagte Faber ausweichend. »Hier: Mjasnik. Ist russisch, heißt ›der Metzger‹. Der war um den sechzehnten Juli hier, also am Mordtag. ›Das offene, graue Fenster‹, damit ist wohl Manfred Steffan gemeint. Die Anweisung, ihn als Verräter oder Aussteiger auszuschalten. Und«, jetzt zog Faber genüsslich die entschlüsselte Nachricht von Klapproth an Andreas Oehm aus der Folie, »das hier.«

Lustig machte große Augen. »Haftbefehl!«, sagte er nur.

»Was für en Haftbefehl!?«, rief Ungeheur, der soeben hereinkam, von der Tür her. Lustig war gerade dabei, gleich mehrere Kopien davon zu machen. Eine gab er direkt an Ungeheur weiter.

Faber erklärte einfach weiter, ohne Ungeheur groß zu beachten. »Hier der Originaltext in Ziffern aus Oehms Computer. Das hier ist der Zeitungsartikel vom elften Juli mit dem Schlüssel, die Buchstaben werden einfach ausgezählt. Hier die entschlüsselte Nachricht. Das müssen Sie genau nachprüfen, damit Sie's auch glauben!« Er streckte sich und schaute hinauf zur Zimmerdecke.

Ungeheur spitzte den Mund, um zu pfeifen, bekam aber keinen Ton heraus. »Zeigen Sie mal her!«, befahl er.

»Kurdirektor Manfred Steffan«, erklärte Faber, »wollte in der Nacht zum siebzehnten Juli mit dem Nachtzug von Würzburg zum Flughafen Frankfurt fahren. Andreas Oehm hat aus der Chefetage von V-S-R über Albert Klapproth den Auftrag bekommen, das zu verhindern. Sie haben ihn irgendwo auf dem Weg nach Würzburg abgefangen. Es war Nacht und alles musste sehr schnell gehen. Andreas Oehm hat dabei Manni Steffans Wagen gefahren. ›Ich fahr dich an den Zug, Manni‹, oder so ähnlich. Und irgendwo im Wald, vielleicht zwischen Harthausen und Bernsfelden, hat an der Straße der weiße Kleintransporter mit dem Metzger gewartet.

Nach dem Mord hat Oehm Mannis Wagen wieder in dessen Garage gestellt. Oehms Wagen, den VW-Passat, konnten sie für die Aktion nicht nehmen, sonst wären darin später Spuren von Manni Steffan gefunden worden. Aber Steffans Wagen hatte Oehm an dem Abend ohnehin schon gefahren, ich habe ja gesehen, wie er am Abend auf der Fahrerseite eingestiegen ist. Da konnte er zur Not später immer sagen, seine Spuren stammten da her.«

Er nahm die Notizen, seine »Sicherheitskopien«, schob sie sorgfältig in die Klarsichtfolie und packte sie wieder in die abgeschabte Ledertasche.

»Ich muss rüber in die Redaktion«, sagte er. Dann wandte er sich an Ungeheur. »Ist noch was?«, fragte er.

Ungeheur schwieg und sah den Faber nur böse an.

»Ich mach Ihnen einen Vorschlag«, sagte Faber. »Ich schreibe eine E-Mail an die Adresse von Nadja Markova. Wir zeigen denen damit, dass wir die E-Mails gefunden haben.«

»Sie wollen ins Wespennest stechen?«, fragte Lustig.

»Genau. Das wird sie auf Trab bringen. Mal sehen, was dann passiert.«

Lustig sah Ungeheur fragend an. Der nickte.

»Gut«, sagte Faber. »Geben Sie mir Ihre Handynummer?«, fragte er Ungeheur. »Ich melde mich bei Ihnen, sobald ich die Bombe gezündet habe.«

»Moment«, wandte Ungeheur sich an Lustig und sagte die zwölfstellige Nummer auf. »Han mir mal en Zettel?«

»Ich brauche keinen Zettel«, sagte Faber großspurig. »Ich bewahre die Originale«, und dabei tippte er an seine Stirn, »immer in meinen inneren Windungen auf.« Und er wiederholte die zwölfstellige Nummer fehlerlos.

»Hier, nehmen Sie lieber doch einen«, schmunzelte Lustig und hielt ihm einen Zettel hin. »Für die Sicherheitskopie. Man kann nie wissen.«

Faber schrieb und blieb prompt nach acht Ziffern hängen.

Ungeheur wiederholte die Ziffernfolge mit unbewegter Miene: »Null-ois, sibbe-zwoi …«

»I ka den großkotziche Kerl et leide«, brummte er, als Faber gegangen war.

24

faber@tauber-post.de an nadja-markova@estar.com
07-30-2010 14:32:11

Sehr geehrte Frau Markova!
Bitte entschuldigen Sie, aber wissen Sie eventuell, wo unser Kollege und Freund Andreas Oehm sich aufhält? Wir haben Ihre Adresse in seinem Computer gefunden und machen uns große Sorgen um ihn, denn er ist seit etwa zwei Wochen spurlos verschwunden, ohne sich abgemeldet zu haben, und wir haben kein Lebenszeichen von ihm. So befürchten wir das Schlimmste!
Haben Sie Kontakt zu ihm? Wenn ja, dann teilen Sie uns bitte mit, wie wir ihn erreichen und wie wir ihm eventuell helfen können.
Vielen Dank. In der Hoffnung, dass Sie uns helfen können,
Ihr
Hans-Ulrich Faber, Tauber-Post Bad Mergentheim

Faber schickte die E-Mail ab. Danach klickte er auf »Gesendete Mails«, klickte auf »Weiterleiten« und schickte die Mail an die Polizeidirektion Tauberbischofsheim, Sonderkommission Wildparkmord, HK Ungeheur.

Der rief zehn Minuten später an.

»I han's gesehe. Des hört sich aa, wie wenn Se zwoi Woche nix wie dogsesse wäret, hättet Däumle dreht und sorgevoll gfragt: Wo bleibt nur mei lieber Freund Andreas? Es wird em doch hoffentlich nix bassiert sei.«

»So sollte es auch aussehen.«

»Und? Meinet Se, die isch wirklich so dumm, dass sie des schluckt?«

»Jetzt warten wir ab, wer anruft. Hoffentlich Andreas Oehm selber. Achten Sie vor allem darauf, dass Ihre Horchleute auf Draht sind.«

Jetzt warteten alle gespannt. Hebenstreit hatte den Telefondienst übernommen. Für sie bedeutete das zunächst nur, dass sie alle Anrufe, die hereinkamen, im Display kontrollierte. War der Anrufer bekannt, wurde das Gespräch ins Nachbarzimmer zu Michael Weis umgelegt. In den Zwischenzeiten saßen Hebenstreit und Faber am Computer und arbeiteten unter Hochdruck, die Wochenendausgabe musste rechtzeitig fertig werden.

Kurz vor halb fünf düdelte der Apparat. Im Display stand »Unbekannt«.

Hebenstreit schrie: »Achtung!«

Das Düdldadl-düdldadl hörte gleich wieder auf.

»Sch…«, zischte Faber enttäuscht.

Beide saßen bewegungslos und starrten das Telefon auf dem Schreibtisch an.

Da, wieder! Sie waren so gespannt, dass ihnen das Düdeln durch Mark und Bein ging. Im Display stand wieder »Unbekannt«.

»Langsam!«, rief Faber, »eins, zwei, drei, vier, jetzt!«

Hebenstreit nahm ab. Er machte mit den Händen und der Mimik immer noch Zeichen, die ihr sagen sollten: Langsam! Verschleppen! Hinauszögern!

Hebenstreit wählte unter den ihr zahlreich zur Verfügung stehenden Telefonantworten diejenige, die genau in der Mitte zwischen gelangweilt und genervt klang:

»Tauber-Post Bad Mergentheim, Hebenstreit. Guten Tag. – Ja. – Nein, der ist nicht hier.«

Faber hielt den Atem an. Sein Gesicht war ein einziges Fragezeichen.

Hebenstreit schaute zu ihm hoch und schüttelte den Kopf.

»Ich richt's ihm aus, wenn ich ihn sehe«, sagte sie. »Auf Wiedersehen, Frau Knopf-Steffan.«

Faber ließ die Luft aus seiner Lunge, als sei er angestochen worden.

»Margret Knopf-Steffan?«, fragte er. »Was wollte die denn?«

»Dich sprechen. Mehr hat sie nicht gesagt.« Sie beugte sich wieder über ihre Arbeit. »Ist hiermit ausgerichtet«, stellte sie fest.

»Sie ruft bestimmt später noch mal an«, sagte er.

Erst eine halbe Stunde später schlug das Telefon wieder an.

Faber hob die Hand zum Zeichen, dass er abheben werde, ließ sie ein paar Sekunden in der Luft schweben, führte den Hörer langsam zum Ohr und brummte betont genervt:

»Hm? Tauber-Post, Lokalredaktion Bad Mergentheim, Faber.«

»Hallo, Faber. Wie geht's bei euch?«, hörte er eine betont forsche Stimme. »Erkennst du meine Stimme?«

»Andreas! Klar doch! Andreas, bist du das wirklich? Das ist ja eine Überraschung!«

»Ja, hör zu, Faber ...«

»Mensch, Andreas!«, schrie Faber, »Das glauben die mir nie, wenn ich ihnen erzähle, dass du angerufen hast! Ich bin grad ganz allein in der Redaktion.« Dabei schaute er fest in Hebenstreits gespanntes Gesicht und drehte sich um zur Chefin, die regungslos in der Tür stand.

»Es ist niemand weiter bei euch in der Redaktion?«

»Nein. Wo steckst du nur?«

»Faber, spiel hier nicht den Dummen, ich kenne deine Masche. Du hast meine E-Mails gefunden.«

»So ist es«, sagte Faber, nun mit ganz sachlicher Stimme. »Und«, fuhr er nach einer kleinen Pause fort, »entschlüsselt. Auch die Nachricht von Albert Klapproth. Den Auftrag an dich, Manni Steffan betreffend. Manni Steffan, deinen Freund!«

Andreas Oehm schwieg lange. »Er wollte Ärger machen«, sagte er dann.

»Er hat Klapproths Geldwäschegeschäft mit den gefälschten, also wertlosen, Bildern durchschaut und wollte da nicht mitmachen, stimmt's? Manni hat gesagt, Betrug macht er nicht mit.«

»Das war's ja nicht, sondern ...«

»Er hat gesagt, er geht damit an die Presse?«

»Faber, das verstehst du nicht.«

»Oh, doch! Manni versteh ich schon! An wen hat er sich gewandt? An dich, oder? Er hat dir gesagt, Andreas, da läuft eine Schweinerei. So war's doch?«

»Faber, du hast keine Ahnung, was da alles abläuft! Und was da rauszuholen ist! Da gibt es gar keine andere Möglichkeit ...«

»Und du hast Manni Steffan an Albert Klapproth verraten, den Lokalboss von diesen VSR-Leuten. Warum? Weil du bei denen noch alte Schulden hattest? Du erinnerst dich, wir haben schon mal darüber gesprochen vor längerer Zeit. Haben die deshalb *dich* ausgewählt, ihn aus dem Weg zu schaffen?«

»In den Medien heißt es überall, dass der Oberbürgermeister dahintersteckt. Du hast es doch auch gehört, wie der dem Manni gedroht hat ...«

»Ich weiß«, unterbrach Faber ihn, »dass *ihr* auf dem Laufenden seid.«

Nach dem, was Andreas bisher gesagt hatte, musste er ihn zu der Bande zählen, deshalb sagte er »ihr«.

»Eure Leute hier am Ort haben euch sicher alles haarklein berichtet. Die Spur mit dem OB, in diese Richtung ermittelt die Kripo.«

Das war eine faustdicke Lüge, und alles hing davon ab, ob Oehm ihm glaubte. »Aber ich bin sicher«, fuhr er deshalb eilig fort, »du hast die TT-33 in der Hand gehalten, als Manni damit erschossen wurde. Und euer Mjasnik, der Metzger, stand dabei und hat aufgepasst, dass du nichts falsch machst. Damit haben sie dich jetzt erst recht am Haken. Du kommst nicht mehr los. Du hast keine Wahl, du musst tun, was immer sie wollen.«

»Faber, du weißt zu viel ...«

»Na, und?«

»... und du redest zu viel.«

»Hören deine Freunde mit?«

Oehm schwieg.

»Ja«, sagte er dann, und seine Stimme klang für einen Augenblick dumpfer, so, als würde er sich umdrehen, »selbstverständlich. Vor meinen Freunden habe ich keine Geheimnisse.«

»Dann sollen sie jetzt gut zuhören, wenn sie dafür genug Deutsch verstehen! Ich habe alles Material beisammen, um dich und Klapproth vor Gericht zu bringen. Im Lauf der nächsten Woche gebe ich das zugleich an die Medien und an die Staatsanwaltschaft. Was meinst du, wie da die Post abgeht!«

In der Telefonleitung blieb es still.

»Andreas!«, rief Faber. »Bist du noch da?«

»Ja. Was für Material ist das?«

»Der Nachweis, dass die Bilder von einem namenlosen Nikolai Koslyk stammen und nicht von Alexander Korniliew. Weiter: eine Kopie der Quittung über zwei Millionen Euro für wertlose, weil gefälschte Bilder, unterschrieben von Albert Klapproth. Dann die E-Mails aus deinem Computer, ausgedruckt und entschlüsselt, darunter der Auftrag an dich, Manfred Steffan auszuschalten. Genügt das, oder brauchst du noch mehr?«

Faber hörte Gemurmel.

»Hallo, Faber?«, hörte er wieder Oehms Stimme.

»Ich bin noch hier«, sagte Faber.

»Wer außer dir hat noch Zugang zu dem Material?«

»Niemand«, log der Faber im Brustton der Überzeugung.

»Wer garantiert uns das?«

»Ich«, sagte Faber. »Wer außer mir hätte sich den Zugang zu deinem Computer verschaffen können? Nur ich wusste ja das Passwort, ist doch logisch!«

»Alleingang, wieder mal, ja? Der flotte, flinke Faber natürlich!« Auf einmal klang Hass aus Oehms Stimme.

Wieder entstand eine Pause. Faber hörte Gemurmel, dann wieder Oehm: »Wir würden unter Umständen mit dir verhandeln.«

»Verhandeln!« Faber tat überrascht, aber heimlich seufzte er erleichtert. Es war ihm gelungen, das Gespräch in die Richtung zu lenken, die er haben wollte. »Verhandeln, so sagt man ja wohl, sei immer gut. Und wie sollte das aussehen?«

»Wir hätten vielleicht Interesse, das Material zu kaufen«, sagte Oehm und machte eine Pause.

»Hm.«

»Am Geld soll's nicht liegen«, sagte Oehm.

»Ich weiß, antwortete Faber, »ihr habt zwei Millionen saubergewaschen mit den paar wertlosen Bildern.«

»Faber, das ...«

»Das Geld kam von euch, ich weiß. Ihr habt es hier nur gewaschen.«

Vorsicht, Faber!, sagte er sich, jetzt, wo es in die richtige Richtung läuft, darfst du sie nicht mit vorlauten Bemerkungen verprellen!

»Also, gut«, sagte er dann, »ich will die Hälfte.«

»Die Hälfte wovon?«

»Von den zwei Millionen.«

Wieder entstand eine Pause, dann sagte Oehm: »Ich mach dir einen Vorschlag.«

»Ich höre«, sagte Faber.

»Ich komme nach Mergentheim und bringe dir zweihunderttausend mit, und du gibst mir das Material.«

»Zweihunderttausend? Spinnst du?«

»Plus Anteile bei späteren Unternehmungen.«

»Unternehmungen, bei denen ihr mich einsetzen wollt? Was sind das für Unternehmungen?«

»Das erfährst du dann rechtzeitig.«

»Also, gut«, sagte Faber. »Wann kommst du?«

»So bald ich kann. Übermorgen. Sonntag. Wir treffen uns irgendwo in der Umgebung von Mergentheim. Unauffällig.«

Ja, dachte Faber, vielleicht droben beim Wildpark, und du ziehst dann unauffällig deine TT-33 aus der Lederjacke.

»Sonntag geht nicht«, sagte er. »Ich muss für zwei Tage nach Hamburg. Mein Zug geht Sonntag früh um halb sieben.«

»Wann bist du wieder zurück?«

»Nicht vor Dienstagabend.«

»Wie wäre es mit Sonntag ganz früh, bevor du abfährst?«

Ha, dachte Faber, dann wäre ich anschließend angeblich in Hamburg, während ihr mit meiner Leiche über die Autobahn davonjagt.

»Lass mich einen Augenblick überlegen«, sagte er. »Ja, das geht.«

»Wann wird es um diese Jahreszeit hell im Taubertal?«, fragte Oehm.

Ach! dachte der Faber. Sorgt Andreas sich etwa schon um das Büchsenlicht? »Um fünf Uhr ist es schon ganz schön hell.«

»Gut. Komm um fünf Uhr auf die Fußgängerbrücke zum Kurpark. Du stellst dich mitten auf die Brücke, damit ich von Weitem sehen kann, dass du auch allein bist. Ich komme von der Klotzbücher-Straße, den Weg zwischen Diabetesklinik und Kursaal bis vor zur Brücke. Dort, am Springbrunnen, steige ich aus dem Wagen und sehe dich weiter oben allein auf der Brücke stehen. Klar?«

»Klar, Andreas. Mit was für einem Wagen kommst du? Einfach, damit es keine Verwechslung gibt.«

»Mit einem weißen Sprinter. Du weißt, wie der aussieht?«

»Klar. Sehr flotter Kleintransporter, okay. Also Sonntag früh, fünf Uhr, auf der Kurparkbrücke. Und bring das Geld mit.«

»Mach ich, verlass dich drauf. Bis dann«, sagte Oehm. Dann war die Leitung stumm.

Faber hielt den Hörer in der Hand und schaute herum in die gespannten Gesichter.

»So«, schnaufte er. »Das war's. Er glaubt mir nicht, aber das ist egal. Sie schicken ihn auf jeden Fall. Sie saßen neben dem Telefon und haben das spontan beschlossen. Die und verhandeln, von wegen! Wie lang war das Gespräch?«

»Zehn Minuten etwa«, sagte Hebenstreit.

»Gut«, nickte er zufrieden. »Wehe, wenn denen vom LKA das nicht gereicht hat! Jetzt wird's ernst.«

»Du willst den Lockvogel spielen«, stellte Hebenstreit fest. »Da zieh dich nur warm an!«

»Mach ich.«

Faber tippte Ungeheurs Nummer ins Telefon.

»Ja!«, sagte der, offensichtlich noch sehr aufgeregt. »Herr Faber? Moment! Mir senn glei so weit! So, durch sen mer. Grad krieg i Zeichen. Moment. – Geb mr mal de Zettl. – Der Aaruf kam aus Spannje, wie mir scho vermutet hent, un zwar direkt aus Marbella, en Feschtnetzaaschluss.«

»Sie sind demnach lokalisiert!«

»Wie moinet Se?«

»Wir wissen also, wo sie sind.«

»So gut wie. Etz müsset mer sähe, dass mer die spanische Kollege ins Boot brenget. Sobald mit dene älles klar isch, mache mer de Konvent. Uf jede Fall höret Sie rechtzeitich vo uns.«

»Sie haben es gehört, er hat praktisch alles gestanden.«

»Ja, bloß, des nützt uns nix, Telefonmitschnitte kammer bei Gericht net verwende.«

»Marbella«, sagte Faber, als er aufgelegt hatte, stand auf und ging hinüber ins Sitzungszimmer, wo die Europakarte hing. »Wie kommt man am schnellsten vom äußersten Süden Spaniens hierher?«

»Flughafen Malaga«, sagte Hebenstreit. »Über Frankfurt. Einen Nachtflug würde er vielleicht noch kriegen.«

»Vergiss es«, wandte Faber ein. »Eine Waffe ins Flugzeug zu schmuggeln, das geht nicht. Und hier in Mergentheim hat er keine. Er hat seine TT-33 bestimmt immer dabei.«

»Du bist sicher, dass er für das, was er vorhat, eine Waffe braucht?«

»Für das, was sie ihm aufgetragen haben, ja. Er muss also über die Autobahn kommen, hier«, er zeigte auf der Karte, »die spanische Küstenautobahn nach Frankreich, durch das

Rhonetal, von Dijon hinüber ins Rheintal, alles erstklassige Autobahnen. Mehr als zweitausend Kilometer. Mit drei Mann könnte man praktisch in einem Stück durchfahren, einer schläft, einer fährt, Wechsel immer nach zwei oder drei Stunden. Unterwegs, bei Nacht auf einem Parkplatz, wird das spanische polizeiliche Kennzeichen gegen ein gefälschtes deutsches ausgetauscht. Und das alles, dieser ganze Aufwand, nur, um *mir* zweihunderttausend Euro Bestechungsgeld zu bringen – angeblich. Zwanzig Stunden brauchen sie so, allerhöchstens. Mehr nur, wenn etwas schiefgeht. Der Vorteil von einem geschlossenen Sprinter ist, du kannst darin alles transportieren. Unsere Freunde könnten, nur mal rein theoretisch, also wenn sie wollten, mit einem schweren Maschinengewehr und acht Mann anrücken. Du weißt, wie die Russen bisher solche Fragen gelöst haben. Die brutalste Methode hat bei denen immer als die sicherste gegolten. Das bedeutet, wir müssen uns auf eine richtig heiße Schlacht gefasst machen.«

25

Am Abend kam Faber spät nach Hause. Miriam schlief schon. Die Weiche merkte sofort, dass etwas Entscheidendes sich verändert hatte. Sie schwieg und wartete. Er aß schweigend und mit unbewegtem Gesicht. Dann stand er auf, zog die unterste Schublade am Schreibschrank der Weichen auf, nahm die Dokumentenmappe heraus und kontrollierte ihr gemeinsames Testament.

Die Weiche setzte sich zu ihm. »Was ist es?«, fragte sie schließlich.

»Andreas hat angerufen«, berichtete er. »Ich glaube, sie schicken ihn zu mir, so, wie sie ihn zu Manni Steffan geschickt haben. Allerdings mit dem Unterschied, dass er erst anreisen muss und also müde sein wird, und dass wir Bescheid wissen und uns entsprechend wappnen können.«

»Und du willst einfach stillhalten?«

»Nein.«

»Sondern? Was sonst? Versuchst du, den Spieß umzudrehen?«

»Ja. Wenn's geht.«

»Den Lockvogel spielen?«

»Hm.«

»Das wirst du nicht tun! Ich dulde nicht, dass du dich so in Gefahr bringst! Du hast Familie! Denk an Miriam. Und an mich.«

»Genau das tue ich. Keine Sorge, Weiche! Die brauchen mich nur für ein paar Informationen. Ich bleibe weit weg vom Schuss und schaue aus der Ferne zu, damit ich nachher authentisch berichten kann. Außerdem wissen wir gar nicht, ob er wirklich kommt. Noch ist er nicht hier. Es könnte sein, dass das alles nichts weiter ist als ein Schuss in den Ofen.«

»Hat Andreas den Kurdirektor Steffan tatsächlich erschossen?«

»Er hat es am Telefon quasi zugegeben. Er muss tun, was seine Leute dort ihm sagen. Sie hören seine Telefongespräche ab. Oder er darf nur telefonieren, wenn von denen jemand dabei ist. Das hat man gemerkt daran, wie er geredet hat. Er kann nirgends mehr hin, weil sie ihn völlig in der Hand haben. Und das könnte unsere Chance sein.«

Die Kuhkette rasselte in seiner Tasche. Er zog das Handy hervor und klappte es auf. Es meldete sich Hauptkommissar Ungeheur.

»Entschuldiget Se, Herr Faber, dass i no so spät …«

»Schon gut.«

»Mir han e Schaltung über's LKA für e Internetkonferenz mit Spannje für morge um halber neune. Glei danach mache mer Generalstab. Luschdig wird Se abhole. Älles klar?«

»Alles klar.«

»Gut. Bis morge.«

Faber wartete am Samstagmorgen schon vor der Haustür, als der blau-silberweiße Streifenwagen in die Liobastraße einbog. Lustig stieg aus, setzte die Mütze auf und winkte dem Faber: »Kommen Sie gleich!«

Faber stieg ein. Hinter dem Lenkrad saß Kirchofer und blickte starr geradeaus. Er fuhr sofort wieder an und lenkte den Wagen hinaus in die Würzburger Straße. Faber hatte Mühe, seine Tasche unterzubringen und sich anzuschnallen.

In der Kriminaldirektion Tauberbischofsheim herrschte, als sie das alte Gebäude betraten, ein Gewusel wie in einem Ameisenhaufen, mitten drin stand wie ein Fels der füllige Kriminaldirektor Wolfgang Schiller. Es war das erste Mal, dass Faber ihn in Uniform sah.

»Herr Vierneisel!«, rief der Direktor. »Haben Sie die Fotos? Wo bleibt denn Hauptkommissar Vierneisel mit den Fotos?«

»Die Fotos sind schon eingescannt«, antwortete Vierneisel.

»Die Schaltung steht schon, Herr Direktor!«, kam aus einem der Büros die Nachricht.

Schiller eilte vor den Bildschirm. Dort saß Hauptkommissar Ungeheur und begrüßte den Gesprächspartner von der spanischen Comisaria criminal de Marbella auf dem Bildschirm, einen Offizier in Uniform. Der trug auf der linken Seite ein Schildchen »Capitan Luis Carmelo«, wohl extra für die deutschen Gesprächspartner angebracht für den Fall, dass die sich mit spanischen Rangabzeichen nicht so genau auskennen sollten. Ungeheurs Spanisch war mehr schlecht als recht, doch er redete sein Gegenüber respektvoll mit »Capitan Carmelo« und »caballero« an, und teilte ihm gerade mit:

»El hombre buscado ha llamado de Marbella, der Gesuchte hat angerufen.«

Der Capitan war ein älterer, nicht sehr großer, drahtiger Mann mit glattrasiertem, faltigem Gesicht und dichtem, grauem Haar, das er halblang, leicht gewellt und streng gescheitelt trug. Seine braunen Augen blickten prüfend, seine Mimik war höflich distanziert, seine Stimme tief.

»Si«, antwortete der Capitan bedächtig. »Entendo. Yes. Ich verstehe.« Dann sprach er ein paar Worte, und auf der anderen Seite gab es Bewegung. Ein junger Beamter in Uniform stand erst neben dem Capitan, dann setzte er sich neben ihn.

Faber und Lustig standen in der Tür, der kleine Raum war voll von Beamten, die alle auf den Bildschirm starrten.

Inzwischen stellte Ungeheur den Kriminaldirektor als »Capitan Schiller« vor.

»Capitan!«, nickte höflich grüßend der spanische Offizier.

Der junge Beamte kam ins Bild und stellte sich als Sergente Amadeo Ferrari vor.

»Muss italienische Vorfahren haben«, dachte Lustig laut, und Faber murmelte: »Oh! Der heißt wie mein Fahrrad!«

»Guten Morgen, meine Herren«, sagte Sergente Ferrari in fast fließendem Deutsch. »Capitan Carmelo sagt, er grüßt den Herrn Capitan Schiller und seine Mannschaft.«

»Oh! Vielen Dank!«, rief Schiller. »Das ist ja eine richtige Überraschung, dass Sie so gut Deutsch sprechen, und wir grüßen selbstverständlich zurück.«

»In Marbella gibt es immer viele Alemanes«, antwortete Ferrari, »da ist es nötig, dass wir machen Kurse und lernen Deutsch. Wir machen heute eine erste Versuchung mit Internetkonferenz.«

Damit schob er seinen Stuhl zur Seite, verschwand aus dem Blickfeld der Kamera und betätigte sich als Dolmetscher aus dem Off.

»Erste Versuchung, hm«, murmelte Schiller. »Vermutlich die erste Internetkonferenz mit dem Ausland.«

»Sie haben ein Foto von dem gesuchten Mann, no?«, hörten sie die Stimme des Dolmetschers.

»Doch.« Ungeheur holte mehrere Fotos von Andreas Oehm auf den Computerbildschirm, darunter das mit der Lederjacke.

Der Capitan sagte etwas, und auf der anderen Seite defilierten die Kollegen am Bildschirm vorüber und betrachteten einer nach dem anderen die Fotos.

»Si«, nickte der Capitan wieder bedächtig.

»Na«, brummte Schiller ungeduldig, »der hat aber die Ruhe weg!«

»Ja«, fuhr der Capitan fort, »zwei meiner Männer haben ihn erkannt. Befindet sich hier in Marbella seit kurze Zeit. Zusammen mit eine bekannte Junta. Kriminelle Verein. Gangster.«

Der Capitan redete nun flüssig weiter, und der Dolmetscher übersetzte simultan.

»Die Bande ist bekannt und verdächtig für viele Sachen, eh, Strafsachen. Wird beobachtet, konnte aber nicht, noch nicht gehaftet werden, eh, verhaftet werden, weil, eh, die Gruppe ist über die ganze Welt verteilt, und die Straftaten machen sie überall weit weg von hier.«

»Die werden von Ihnen rund um die Uhr beobachtet? Haben wir das richtig verstanden?«, fragte Schiller.

»No, no! Nein, nicht nur um die Uhr. Überall. Richtige Überwachung.«

»Was war das jetzt?«, fragte Schiller ratlos. »Das war doch irgendein Missverständnis!«

»Vielleicht stoht bei dene uf em öffentliche Platz e große Uhr«, vermutete Ungeheur leise. Laut fuhr er fort: »Daach un Nacht?«

»Si, sind beobachtet Tag und Nacht. Überwachung allround.«

»Bedeutet das, dass bei Ihnen in Marbella deren Zentrale ist?«, fragte Schiller. »Und diese Leute halten es wie die Adler oder die Füchse, die auch nicht in der Nachbarschaft ihrer Höhle auf Beutejagd gehen, sondern immer weit weg?«

Der Capitan hörte konzentriert zu, nickte dann und lachte dazu. Es war das erste Mal, dass sie einen freundlichen Blick von ihm sahen.

»Schiller versucht, ihn aufzutauen«, flüsterte Faber Lustig ins Ohr.

»Wir hatten sie einmal«, fuhr der Capitan mit der Stimme des Dolmetschers fort, »aber leider nicht ganz. Sie haben hier ein illegales Spielcasino betrieben. Aber als wir kamen, waren sie wieder fort, und wir konnten nicht beweisen. Sie haben geblickt und vorher gewechselt den Ort.«

»Wer sind die Drahtzieher?«, fragte Schiller.

»Die – was? Wir haben nicht verstanden das mit dem Draht.«

»Los schefes«, mischte sich jetzt Ungeheur ein.

»Los jefes, si. Yes. Numero eins heißt Wladimir. Ein Russe. Numero zwei Sergei, auch Russe. Der befindet sich derzeit hier. Wo Numero eins ist, wissen wir nicht, vielleicht in Costa Rica. Und Numero drei, der ist vielleicht in Stockholm, heißt Radko, ein checo ...«

»Tscheche.«

»Ja. Von diese drei Namen kommt der Name der Junta: Uwe-Es-Er.«

»Uwe was?«, rief der Kriminaldirektor. »Wir haben diesen Namen nicht verstanden. Uwe, und wie weiter?«

In Marbella schrieben sie etwas in Großbuchstaben auf ein großes Blatt und hielten es dann vor die Kamera: »V-S-R«.

»Uwe, des isch's Vau auf Spanisch«, erklärte Ungeheur.

Eine Hand kam ins Bild, zeigte auf die Buchstaben und der Dolmetscher erklärte dazu: »Uwe für Wladimir, S-Sergei, R-Radko.«

»Danke«, sagte Schiller. »Jetzt haben wir verstanden.«

»Diese Drei«, erklärte der Capitan, »sind nie zusammen. Sie sind immer unterwegs, jeder in einem anderen Teil der Welt, und sie machen all ihre Beratungen über das Internet. Sie sind die Procuristas, Geschäfteführer, machen nur Entscheidungen. Ausführung machen andere, in Europa vor allem schnelle Transporte, alles über Autopista. Drogen, Waffen, Menschen.«

»Waffen aus Tschechien ins Baskenland«, vermutete Schiller.

»Hm, País Vasco, si.« Der Capitan nickte ernst. »Und Irlanda norte.«

»Und Nordirland«, übersetzte der Direktor, was ohnehin alle verstanden hatten. »Auch Morde?«, fragte er dann.

»Auch, ja. Wenn sie sehen, jemand ist eine Gefahr für das Geschäft.«

»Gibt es bei denen einen Mann, der Mjasnik heißt?«

Der Capitan verstand offenbar nicht.

»Der Metzger«, sagte Schiller.

»El carnicero«, half Ungeheur.

»El carnicero! Si! Ja, der Mann für schwierige Sachen.«

»Haben Sie von dem ein Foto? Oder können sie ihn beschreiben?«

Vom Metzger, sagte er, gebe es kein brauchbares Foto. Er sei extrem vorsichtig. Aber eine weitere Russin sei noch dabei, mit Namen Nadja oder Nadeschda.

»Nadja! Nadeschda Markova!«, rief Faber von der Tür her. »Die Frau vom Honegg, haben wir von der denn kein Foto?«

»Momento«, rief Ungeheur. Er öffnete eine Bilddatei.

»Si«, bestätigte der Offizier, »das ist sie. War lange fort.«

»Und die ist auch in Marbella?«

»Si, war wieder hier, diese Woche wurde sie gesehen.«

»Deren Mann haben wir in Untersuchungshaft«, erklärte der Kriminaldirektor, »und gegen die Frau haben wir auch einen Haftbefehl. Begründung: Mitgliedschaft in einer kriminellen Vereinigung. Wir werden in jedem Fall Auslieferung beantragen.«

Der Capitan auf der anderen Seite hörte konzentriert zu und nickte.

»Na«, sagte Schiller erleichtert, »das läuft ja heute wie geschmiert!«

»Geschmiert«, hörten sie die Stimme des Dolmetschers, »das ist anderes Wort für Korruption? Bei uns ist nicht geschmiert!«

»Nein, nein! Missverständnis«, beeilte sich der Direktor zu versichern. »Ich meinte: Wir kommen gut voran!«

»Si, yes.«

»Was haben wir als Nächstes?«, fragte Schiller, durch den peinlichen Vorfall mit dem Missverständnis leicht verunsichert.

»Haben wir auch ein Foto von Albert Klapproth?«, sprang Lustig ein.

Auf das Foto von Klapproth gab es auf der anderen Seite Unruhe.

»Vielleicht wir kennen den Mann, aber nicht von V-S-R, sondern von, eh, accident.«

»Accident hoißt Oofall«, erklärte Ungeheur.

»Si. Unfall. Está muerte. Wir haben keine Papiere personale gefunden. Vielleicht Mord.«

Muerte, das hatten alle verstanden: Albert Klapproth war also tot, in Spanien bei einem offenbar verdächtigen Unfall ums Leben gekommen.

»Sie haben ihn ebenfalls beseitigt«, hörte Faber unerwartet Hebenstreits Stimme hinter sich. »Wie Manni Steffan.«

»Manni Steffan, richtig«, sagte Faber laut. »Zeigen wir doch mal von dem ein Foto.« Und zu Hebenstreit flüsterte er hinauf: »Wie bist du denn hier reingekommen?«

»Ich hab mich klein gemacht«, grinste sie.

Ein Bild vom Kurdirektor hatten sie nicht im Computer. Vierneisel reichte die Zeitung mit dem vergrößerten Foto nach vorne, und sie hielten es vor die Kamera.

Wieder bewegten sich auf der anderen Seite des Bildschirms die Gesichter vorbei. Schließlich sagte der Capitan, dieser Mann sei dort niemandem bekannt, er sei nicht gesehen worden. Außerdem sei das Foto vor der Kamera schlecht zu erkennen.

»Kriegen wir das nicht auf den Bildschirm?«, fragte Schiller ungeduldig.

Vierneisel legte das Foto in den Scanner und holte es auf den Bildschirm.

In Marbella wiederholten sie, dieser Mann sei dort nicht gesehen worden.

Ob sie da sicher seien, hakte Schiller nach.

Er sei sicher, sagte der Capitan, dass keinem seiner Männer diese Person aufgefallen sei. Dafür, dass dieser Mann nie dort gewesen sei, könne er freilich nicht garantieren.

»Selbstverständlich nicht«, antwortete Schiller. »Entschuldigung. Das bedeutet wahrscheinlich, dass er nicht zum Kern der Bande gehört hat. Haben Sie direkten Kontakt zu Ihrer Überwachungsmannschaft?«

»Si. Nicht hier, aber drüben in unserer Zentrale.«

»Könnten Sie die Verbindung bitte mal aufnehmen?«, bat Schiller. »Wenn unsere Überlegungen richtig sind, müsste sich bei diesen V-S-R-Leuten gerade jetzt, in dieser Stunde, etwas tun.«

Das Gesicht des Capitan zeigte Erstaunen. Er sprach mit jemandem im Hintergrund, und es trat eine Pause ein. Dann brachte ihm jemand anderes eine Nachricht. Er nickte, zog die buschigen Augenbrauen hoch und warf einen anerkennenden Blick in die Kamera. Dann begann er aufgeregt zu sprechen, und die Aufregung teilte sich auch dem Dolmetscher mit:

»Drei Männer verlassen mit coche die Stadt, direccion autopista …«

»Richtung Autobaa«, erklärte Ungeheur.

»Wir verstehen schon!«, sagte Schiller unwillig. »Was für eine Kutsche oder Kotsche, oder wie das bei Ihnen heißt?«

»Transporter, weiß, deutsche Marke.«

In diesem Augenblick erschien auf ihrem Bildschirm in der rechten, oberen Ecke ein Fenster. Man sah eine Straße mit starkem Verkehr. Offenbar wurden diese Aufnahmen verdeckt aus einem Streifenwagen oder Kontrollfahrzeug der Polizei gemacht, doch die komplizierte Übertragung klappte einwandfrei.

Im Bildschirm erschien eine Hand, die dem Capitan ein kleines Gerät reichte, ein Mikrofon. Er schaute es an, drückte auf den Schalter und sprach nur seinen Namen hinein: »Carmelo.«

Vor ihnen fuhr ein weißer Kleintransporter. Sie sahen nur die Heckseite ohne Fenster und ohne Aufschrift. Das polizeiliche Kennzeichen war spanisch. Das Fahrzeug war höher als normal und fuhr ein sehr hohes Tempo, weit schneller, als auf dieser Strecke zulässig war. Der Mann auf dem Beifahrersitz des verfolgenden Polizeifahrzeugs, der die Kamera über eine Fernbedienung steuerte, demonstrierte das, indem er kurz nacheinander den Tachometer im Auto und ein Verkehrschild am Straßenrand zeigte.

Die Straße wurde vierspurig. Das Gesicht des Capitan schien teilnahmslos. Er hob das kleine Mikrofon an die Lippen und murmelte: »Pasar«.

»Überhole«, übersetzte Ungeheur.

Das Polizeiauto überholte zügig den Kleintransporter und scherte vor ihm wieder ein. Dabei fiel auf, dass das weiße Fahrzeug nicht nur höher als üblich, sondern auch ungewöhnlich lang war. Im Bild war ein kurzer Wackler, als auf eine andere Kamera umgeschaltet wurde, dann sah man den

Kleintransporter von vorne. Die Frontscheibe blendete, man konnte nur erkennen, dass drei Personen dahinter saßen. Faber ging nahe an den Bildschirm und trat direkt hinter den Kriminaldirektor.

Für einen Augenblick huschte der Schatten von einem großen Baum über die Scheibe, und Faber erkannte den Mann hinter dem Lenkrad.

»El hombre conduciendo«, sagte er. »Der Mann am Lenkrad.«

»Seguro?«, fragte der Capitan zurück in einem Ton, als säße der Faber direkt neben ihm.

»Si«, nickte Faber. »Seguro, sicher. Andreas Oehm.«

»Bueno«, sagte der Capitan und nickte ebenfalls. Dann hob er das Mikrofon an die Lippen und murmelte: »Bajar.«

»Aussteigen«, übersetzte Ungeheur. »Wagen drei übernimmt.«

Das Polizeifahrzeug bog nach rechts in eine Straße ein und verließ den Autobahnzubringer.

Zum ersten Mal lehnte sich der Capitan entspannt zurück und lachte in die Camera. Er hob die Hand, als wolle er sagen: »Das hätten wir geschafft.«

Ungeheur bedankte sich: »Muchas gracias, Capitan!«

Da wollte auch Kriminaldirektor Wolfgang Schiller nicht nachstehen und sagte ebenfalls auf spanisch, allerdings in mangelhafter Aussprache: »Capitan, mutschas Kratzias, mutschas Kratzias!«

Die Internetkonferenz war beendet.

»So. Das Wolfsrudel ist unterwegs. Jetzt an die Arbeit!«, rief der Kriminaldirektor. »Wir müssen sofort das Sondereinsatzkommando anfordern. Herr Ungeheur, wissen die …«

»Wegem SEK han i geschtern no aag'rufe, de Situatio g'schildert un glei 's Fax nachg'schoba. D' offizielle Aaforderung, han i g'sait, käm heit nach der Internetkonferenz.«

»Gut, das mach ich dann sofort. Jetzt: die Herren Ungeheur, Brauchle, Vierneisel und Federolf. Und Erster Hauptkommissar Lustig, wenn Sie so gut sein wollen, zur Beratung wegen der Ortskenntnis.«

Lustig nickte nur.

»Machen Sie sich schon mal Gedanken, wie wir morgen die Herren empfangen. Die Vertreter der Tauber-Post bitten wir auch dazu. Übrigens, Herr Faber, Kompliment! Wir hätten keinen besseren Zeitpunkt für eine Verhaftung wählen können als fünf Uhr am Morgen«, lobte Schiller.

»Aber keine Weiber morgen!«, unterbrach Oberkommissar Federolf den Direktor.

Hebenstreit, »ein Meter paarundneunzig« groß, die blonde, kurze Chaosfrisur unter einer schwarzen Wollmütze verborgen, mit schwarzem Pullover, schwarzer Hose und in Turnschuhen, wirbelte aus dem Stand in einem Karatesprung die drei Meter auf den Oberkommissar zu, dass der erschrocken gegen die Wand zurückwich, als sei die Wilde Jagd über ihn gekommen.

Dann stand sie neben ihm, grinste ihn an und tat, als sei nichts gewesen.

»Bitte!«, sagte der Direktor, sichtlich genervt, »bitte halten Sie sich doch zurück, ja? Alle beide!«

Und, zuerst mit einem Blick auf Federolf, aber dann an alle gerichtet, fuhr er fort: »Herrn Faber brauchen wir in der Mannschaft. Er hat das Spezialwissen, und seinetwegen kommt unser Mann hierher, um ihn zu treffen. In einem, Frau Hebenstreit, muss ich dem Kollegen Federolf allerdings recht geben. Ich muss Sie dringend bitten, sich morgen aus der Sache völlig herauszuhalten. Es ist einfach zu gefährlich, und ich könnte in keiner Weise die Verantwortung übernehmen, wenn Sie dabei zu Schaden kämen. Also klar? Ich hoffe, wir haben uns verstanden!«

»Aber …«

»Wir haben uns doch verstanden?!« Der Direktor wurde eine Spur lauter.

»Ja«, sagte Hebenstreit und machte ein spitzes Mündchen. »Verstanden.«

Bitte, versuchte Faber ihr durch Blicke zu vermitteln, bitte, Hebenstreit, red jetzt nicht weiter! Sag einfach mal gar nichts!

Sie schwieg tatsächlich und schaute zu Boden.

»Gut«, fuhr Schiller mit normaler Stimme fort. »Wir treffen uns dann in einer Viertelstunde im Besprechungszimmer. Falls ich bis in zwanzig Minuten nicht dort sein sollte, fangen Sie bitte ohne mich an. Herr Ungeheur, übernehmen Sie in dem Fall bitte solange das Kommando. So, jetzt kommt das LKA dran, und dann die SEK. Wo ist meine Sekretärin? Kommen Sie!«

Eine Stunde später saßen sie immer noch und redeten sich die Köpfe heiß.

»Wir werden uns auf jeden Fall warm anziehen«, sagte der Kriminaldirektor, »und auf Sicherheit gehen. Wir werden keine unnötigen Risiken eingehen. Also Weste samt Pipapo, auch für uns alle. Auch für Herrn Faber, für den sogar ganz besonders.«

»Was?«, fragte Faber, der nicht richtig zugehört hatte. »Was war das?«

»Eine Schussweste«, antwortete Schiller. »Wir halten morgen eine für Sie bereit.«

»Warum fangen wir sie nicht einfach auf der Autobahn ab?«, fragte Federolf. »Autobahnpolizei, Hubschrauber, und sobald sie von Frankreich her über die Grenze kommen, haben wir sie. Wir brauchen nur …«

»Nui«, unterbrach ihn Ungeheur ungeduldig, »des goht doch et.«

»Warum denn nicht?«

»Weil se in der Nacht zwische ois un zwoi über d' Grenze kommet, un do isch's dunkl. Da nutzt dir en Hubschraubr gar nix.«

»Das ist richtig«, sagte der Direktor. »Aber die Idee an sich ist nicht schlecht. Wir werden Zivilposten aufstellen, einen oben an der A 81, Ausfahrt Nummer fünf, einen zweiten am Stadtrand, am Wachbachkreisel, die werden uns dann melden, wenn sie kommen.

Ich fasse also mal zusammen: Es bleibt bei der Kurparkbrücke, für uns Punkt drei Uhr, damit wir genügend Zeit haben für Einweisungen und so weiter, um die sauberen Herren gebührend zu empfangen. Treffpunkt direkt am ›Haus des Kurgastes‹, neben dem Springbrunnen. Das SEK im Mannschaftswagen mit zehn Mann kommt gegen zwei Uhr dreißig. Er parkt hinter dem Schloss auf dem Gelände des Polizeireviers. Zwei Saniwagen samt Mannschaft stehen im Kurpark in Bereitschaft, um die Ecke vor der Wandelhalle. Mein Platz ist im Wilhelmsbau, oben in einem der Büros der Kurverwaltung, von da habe ich den besten Überblick.«

»Sie wellet selbr dabei sei und d' Aktio leide?«, fragte Ungeheur ungläubig.

»Nicht leiten«, sagte Schiller. »Aber dabei sein will ich durchaus, um die Kollegen vom SEK mit den Örtlichkeiten vertraut zu machen. Der weiße Kleintransporter kommt ja vom Kurhaus her, da wird sich das SEK wohl hauptsächlich auf der Kurparkseite postieren und drei oder vier Mann über die Brücke auf die andere Seite der Tauber schicken.

Herr Faber steht oben auf der Brücke, wie dieser Oehm es ja verlangt hat, damit er von Weitem zu sehen ist. Von da hat man auch den besten Ausblick. Sowie er also das weiße Auto am Kurhaus um die Ecke biegen sieht, winkt er heftig und verlässt eilig die Brücke.«

Der Kriminaldirektor redete und redete. Er schien, so fand der Faber, die Aussicht auf einen seltenen, gefährlichen Einsatz im Morgengrauen regelrecht zu genießen.

Schiller wandte sich jetzt direkt an Faber: »Hören Sie, Herr Faber, Sie verlassen sofort die Brücke, sowie sie das weiße Auto sehen! Ist das klar? Sie laufen in Richtung Kurpark, also dem Auto entgegen und damit zugleich auf unsere Leute zu, die freilich in Deckung bleiben. Sie winken weiter freundlich dem Auto entgegen und spielen auch sonst in bewährter Manier den Ahnungslosen.«

Der Direktor sagte das ohne besondere Betonung. Lustig schmunzelte. Faber grinste verlegen.

»Faber trifft«, fuhr Schiller fort, »auf das Auto am Fuß der Brücke, zwischen Brückenhäuschen und Springbrunnen. Damit haben wir die Leute eingekreist. Alles andere überlassen wir den Kollegen vom Sondereinsatzkommando.«

Na, endlich!, dachte Faber.

Doch Kriminaldirektor Schiller wandte sich noch einmal an ihn: »Haben Sie noch Fragen, Herr Faber? Übrigens, bei Ihnen reicht es, wenn Sie auf vier Uhr kommen. Alles klar?«

Faber atmete tief ein. »Vier Uhr Kurparkbrücke. Geht klar. Keine Fragen«, sagte er militärisch knapp und atmete erleichtert aus.

26

Faber ging in der Nacht die wenigen hundert Meter zu Fuß. Seine alte Ledertasche trug er unter dem Arm, darin ein paar Blätter leeres Papier. Die Würzburger Straße lag still, er hatte sie lange nicht ohne Verkehr erlebt. Der Weg im Schlosspark lag finster vor ihm, aber die Beleuchtung von der parallel verlaufenden Straße her reichte aus, so dass er nicht stolperte.

Die Nachtluft war lau, und er hatte sich entschieden, ein kurzärmeliges, groß kariertes Hemd anzuziehen, das weiteste, das er besaß, damit er Platz genug hatte für die kugelsichere Weste, die er darunter tragen würde.

Über dem Stadtteil Weberdorf schaute ein abnehmender Mond zwischen den Haufenwolken heraus und zeichnete ihnen weiße Ränder. Es war still zwischen den Bäumen und Häusern, so, als hielte die Stadt den Atem an, um für die nötige Ruhe vor dem Sturm zu sorgen. Faber hörte nur überlaut in seinem Kopf das Echo seiner eigenen Schritte.

Seiner Frau gegenüber hatte er seine Rolle heruntergespielt und behauptet, die ganze Aktion sei für ihn ungefährlich, das Sondereinsatzkommando werde alles, was gefährlich werden könne, übernehmen.

Faber hatte bei seiner Arbeit keine Hemmungen, am Rande der Wahrheit zu agieren, oder auch einmal mit einem Fuß einen Schritt über deren Rand hinauszutreten. Im Verhältnis zu seiner Frau war das anders. Für ihn war die Weiche Teil seiner selbst, sie bildeten miteinander eine Einheit. »Meine Doppelmenschhälfte«, so hatte er sie manchmal scherzhaft genannt. Es belastete ihn, dass er ihr gegenüber die Wahrheit so verbogen hatte, wenn es auch, so redete er es sich zumindest ein, zu ihrem Besten geschehen war.

Er war wie gewohnt nach den Spätnachrichten im Fernsehen zu Bett gegangen, aber er hatte vergeblich versucht zu schlafen. So war er früher aufgestanden, als er vorgehabt hatte, um sich leise davonzuschleichen, aber auch die Weiche war wach geblieben. Sie hatten beide geschwiegen, bis er die Haustür geöffnet hatte.

Da hatte sie ihm schnell die Arme um den Hals geschlungen und geflüstert: »Gib gut auf dich acht, Uli! Ich weiß, du hast Andreas gegenüber ein schlechtes Gewissen. Bitte, spiel mir nicht das Opferlamm!«

Auf sich acht zu geben, das hatte er in der Tat vor. Er hatte es ihr und sich versprochen. Er würde kein unnötiges Risiko eingehen.

Hebenstreit fiel ihm ein, während er das Halbmondhäuschen passierte. Was würde seine junge Kollegin tun? Würde sie sich an das Verbot des Kriminaldirektors halten? Eher nicht, dachte er. Sie würde bestimmt auftauchen, er rechnete fest damit.

Beim Bahnübergang meldeten sich wieder einmal seine inneren Windungen.

»Tino!«, sagte er zu sich selber und zwang sich damit, alle Bewegungen halb so schnell wie normal zu machen. »Jeden Schritt«, sagte er laut, »tue ich mit Bedacht. Ich bedenke alles, was ich tue. Ich denke jede Bewegung mit. Ich mache die Bewegung erst dann zu Ende, wenn ich sie zu Ende gedacht habe.«

Die knapp dreihundert Schritte vom Bahnübergang bis zur Brücke schienen ihm besonders dunkel. Hohe Kastanien verdeckten den Himmel, nur ein paar weit auseinander stehende, schwache Laternen beleuchteten mehr als dürftig den Weg. Er schaute sich nach den Männern von der Polizei um, aber er sah oder hörte nichts.

Der Aufgang zur Brücke war auf beiden Seiten von dicken Mauern aus Natursteinen eingesäumt. Sie wurden nach einigen Metern von einem stabilen Geländer aus Metallstäben abgelöst. Dazwischen, noch auf dem Weg, stand ein rot-weißer Pfosten, der verhindern sollte, dass Fahrzeuge auf die Fußgängerbrücke fuhren.

Oben blieb Faber stehen und sah sich um, immer noch in Tino-Stimmung. Im Osten, die Tauber hinauf, bekam der

Himmel den ersten, grauen Schimmer. Der Mond war verschwunden, der Himmel hatte sich bezogen. Er schaute auf seine Armbanduhr. Zehn Minuten vor vier.

Die Brücke mündete in den Kurpark. Dort erkannte er im Dunkeln das Becken des Springbrunnens. Dessen Beleuchtung war ausgeschaltet, und der Brunnen über Nacht abgestellt. Daneben gewahrte er einen Schatten, der sich bewegte. Er ging darauf zu, die Brücke hinunter, immer noch im Tino-Schritt.

Der Schatten entpuppte sich als Hauptkommissar Ungeheur vom LKA.

»Kommet Se do nei«, sagte er leise und deutete auf den Eingang zum Haus des Kurgastes.

In der Eingangshalle war es fast dunkel. Es gab nur so viel Licht, dass man sich gerade noch orientieren konnte. Alles Licht kam von einer großen Taschenlampe, die in einer Ecke auf dem Boden aufrecht stand und gegen die Decke leuchtete.

Im Raum bewegten sich Männer, alle im tarnfarbenen Kampfanzug. Einige waren gerade dabei, sich die schwarzen Strumpfmasken überzuziehen.

Faber sagte: »Einen Moment bitte«, und hielt sich gleich nach rechts in Richtung auf die Toiletten.

Als er wieder herauskam, hörte er die Stimme des Kriminaldirektors, wie sie aus dem allgemeinen Gemurmel herausstach: »Was ist mit dem Faber? Warum ist der noch nicht hier? Es ist längst vier Uhr vorbei!«

»Er isch do, i han en scho g'sähe«, hörte er eine andere Stimme. Hauptkommissar Ungeheur. »I glaab, der isch no gschwend do nübr in d' …«

»Hier!«, antwortete Faber.

»Gut«, sagte Direktor Schiller und trat zwei Schritte vor ins Licht. Er, Ungeheur und Vierneisel waren neben dem Faber die einzigen in Zivilkleidung.

Faber erkannte Brauchle in Uniform.

»Alles in Ordnung, Herr Faber?«, fragte Schiller. Er drehte sich um und sprach ins Dunkel.

»Die Weste für Herrn Faber! – Haben Sie einen Waffenschein?«, fragte er den Faber.

Faber verneinte.

»Aber Sie brauchen doch eine Waffe! Entschuldigung, aber das hätten wir gestern unbedingt klären müssen!«

»Ich habe noch nie in meinem Leben so ein Ding in der Hand gehabt«, antwortete Faber. »Es würde mir also nichts nützen.«

»Waren Sie denn nicht beim Bund?«

»Doch, Zivi.«

»Ach, so. Na, dann muss es so gehen.«

Faber zog sein extra weites, kurzärmeliges Hemd aus, ließ sich von zwei Beamten über das T-Shirt die kugelsichere Weste anlegen und zog das großkarierte Hemd wieder darüber. Die Beamten begutachteten das Ergebnis und nickten.

Faber machte ein paar Schritte und probierte, wie gut er sich darin bewegen konnte; es ging besser, als er befürchtet hatte. In der Vorhalle herrschte gespannte Ruhe. Er trat hinaus vor die Kolonnaden und sah sich um.

Es wurde hell, auf den Wiesen zur Tauber hinunter lag eine dünne Dunstschicht. Von links, den Fluss hinauf, keckerte ein Blesshuhn, als sei es gestört worden.

Faber sah zur Eisenbahnbrücke hinüber und suchte das mit dichtem Gebüsch und großen Erlen bewachsene Ufer mit den Augen ab, erkannte aber nichts, was die Störung verursacht haben konnte, und ging ins Haus zurück. Er sah auf die Uhr: noch drei Minuten bis halb fünf.

Plötzlich kam aus dem Sprechfunk eine Stimme: »A 81 an Zentrale, kommen!«

»Ja?«, antwortete Ungeheur.

»Der weiße Kleintransporter hat uns soeben passiert und ist in die B zwo-neunzig Richtung Bad Mergentheim eingebogen. Mit drei Personen darin.«

»Schon!«, rief der Direktor. »Die sind aber früh dran! Also, auf geht's! Jeder auf seinen Platz! In fünfzehn Minuten sind sie hier!«

»Hent ihr's Kennzeiche?«, fragte Ungeheur.

»Ja«, antwortete es aus dem Sprechfunk. »Moment. Te-BeBe – JotPe, neun ...« Die zwei letzten Ziffern verstand Faber nicht. Sie hatten also unterwegs das spanische gegen ein deutsches Kennzeichen ausgetauscht, wahrscheinlich gefälscht oder gestohlen.

Faber ging mit den anderen hinaus. Alle bewegten sich konzentriert auf ihre Plätze und gingen in Deckung hinter Bäumen, Büschen, Hausecken und Kassenhäuschen.

Faber atmete tief durch und schlenderte betont gemächlich in Richtung Brücke. Er schaute immer wieder nach rechts zum Kurhaus hinüber, von wo der weiße Sprinter kommen sollte, obgleich es dafür noch viel zu früh war.

Vier Uhr dreiunddreißig, stellte er fest. Noch knapp zehn Minuten. Es wurde langsam hell.

Er stand oben, am Scheitelpunkt der Brücke, genau über dem rechten Flussufer. Er lehnte sich mit dem Rücken gegen das Metallgeländer, als wäre er ein nächtlicher oder frühmorgendlicher Spaziergänger, und schaute den Fluss hinauf.

Dort bewegte sich etwas, nur ganz wenig. Etwas Schwarzes schlich vorsichtig durch das Gebüsch am Ufer entlang auf die Brücke zu. Ein Mensch, sehr groß und schlank, nicht im Tarnanzug, sondern schwarz gekleidet, das Gesicht geschwärzt und die Haare unter einer schwarzen Wollmütze verborgen. Er atmete tief durch, besorgt und erleichtert zugleich.

Hebenstreit. Sie hatte also die Anweisung des Kriminaldirektors ignoriert. Er machte ihr ein unauffälliges Zeichen.

Sie sah es, bewegte sich jetzt in großen Schritten am Ufer entlang auf ihn zu und verschwand mit einem Sprung aus seinem Blickfeld unter die Brücke.

Nach einer Weile fragte er von oben: »Wo bist du?«

»Direkt unter dir«, antwortete sie, »am Pfeiler in einer Nische.«

Wenn er, so überlegte er, in ein paar Minuten die Brücke zum Kurpark hinunter winkend dem Auto entgegenrannte, dann würde sie folglich in seinem Rücken sein und Fotos von der Begegnung für die Tauber-Post schießen, deren Rechte die Zeitung berühmt machen und ihr viel Geld einbringen würden.

Vier Uhr fünfundvierzig.

Er ging nervös auf der Brücke hin und her und schaute hinüber zum Kurhaus. Seine Ledertasche lehnte am Geländer.

Das weiße Auto musste dort jetzt jeden Augenblick um die Ecke biegen. Den zweiten Kontrollposten am Eingang zur Stadt musste es längst passiert haben, aber Faber hatte keinen direkten Kontakt zur übrigen Mannschaft und fühlte sich da oben auf einmal ziemlich alleingelassen. Sie hätten mich, so dachte er, verkabeln können, dann hätte ich Sprechkontakt gehabt. Aber dafür war es jetzt zu spät.

Inzwischen war es ganz hell geworden, der Himmel war jetzt weiß, bezogen mit einer dünnen Wolkenschicht.

Vier Uhr fünfundfünfzig.

Er starrte weiter auf die Stelle, an der das weiße Auto hinter dem Kurhaus auftauchen musste und wurde immer unruhiger.

Irgend etwas stimmte nicht.

Er sah sich um. Die Mannschaft blieb in Deckung und rührte sich nicht.

Konnte es sein, dass Andreas ihn und sie alle geleimt hatte?

Er riss seinen Blick vom Kurhaus los, drehte sich um und lehnte sich wieder mit dem Rücken gegen das Metallgeländer. Wildenten und Blesshühner auf der Tauber hatten ihn schon entdeckt. Sie versammelten und drängelten sich auf dem Wasser und hofften offenbar, gleich werde es Brot aus dem Touristenhimmel regnen. Doch Faber hatte kein Brot einstecken.

Aus der Stadt, vom Münster her, hörte er die Uhr schlagen. Fünf Uhr.

Er warf einen Blick hinunter auf das sandige Ufer. Im flachen Wasser stand ein kleiner Schwarm junger Forellen. An dieser Stelle waren es von der Brücke bis hinunter auf die Tauberwiese mindestens drei Meter. Er stellte sich vor, wie es wäre, wenn er da hinunterspringen müsste. Er würde sich dabei garantiert den Knöchel brechen.

Von Hebenstreit sah und hörte er nichts.

Er hustete leise.

Hebenstreit unter der Brücke antwortete mit einem kaum vernehmlichen Räuspern. Sie war also auf ihrem Posten.

Am Kurhaus tat sich noch immer nichts.

Auch von der Mannschaft im Kurpark war nichts zu sehen. Inzwischen schien ihm die Stille immer bedrohlicher, und er fürchtete, trotz seiner Tino-Übungen in Panik zu geraten.

Auf der anderen Seite der Brücke, zum Schlossgarten hin, hatte sich die schwache Wegbeleuchtung ganz ausgeschaltet. Dort, im Schatten der hohen und dichten Bäume, konnte er auf dem Weg und im Park so gut wie nichts erkennen.

Doch dort!

Am Ende des dunklen Weges, auf dem er vor mehr als einer Stunde gekommen war, lag der Bahnübergang im Licht, gut zweihundert Meter von der Brücke. Dort bewegte sich etwas hinter der Hecke. Ein weißes Auto, ein auffällig hoher und langer Kleintransporter, kam von rechts hinter der Hecke hervor und bog über den Bahnübergang in den Weg zur Brücke ein.

Sie waren da.

Doch sie kamen von der falschen Seite.

»Sie kommen!«, sagte er laut, aber er versuchte, dabei so wenig wie möglich die Lippen zu bewegen. »Vom Bahnübergang her! Ich wiederhole: vom Bahnübergang her, also von der anderen Seite, über die Badstraße!«

Faber, der nicht wusste, nach welcher Seite er jetzt die Brücke verlassen sollte, blieb erst einmal wie angewurzelt stehen und sah dem Auto entgegen. Er konnte durch die Frontscheibe erkennen, dass zwei Personen in der Fahrerkabine saßen.

Der Transporter fuhr bis kurz vor die Brücke. Dort bog er nach links in den Weg ein, der aus dem Park auf den Flussdeich führte, und hielt an. Auf der Beifahrerseite stieg eilig und behände ein Mann aus und kam die Brücke herauf. Er trug eine auffällige, goldbraune Lederjacke und hatte goldbraunes Haar.

Andreas Oehm.

Inzwischen wendete das weiße Fahrzeug. Beide Flügel der Hecktür schwangen auf. Drinnen stand aufrecht ein zweiter Mann. Er hielt etwas Langes in der Hand. Ein Gewehr mit Zielfernrohr, so schien es dem Faber.

Der zweite Mann war deutlich größer als Andreas, sehr schlank und hatte auffällig weißes Haar. Er sprang auf den Weg und war mit zwei oder drei langen Schritten an der Natursteinmauer, die dort den Anfang des Brückengeländers bildete. Er kniete sich hinter die breite Mauer, legte das Gewehr darauf und zielte die Brücke entlang, als wollte er Andreas Feuerschutz geben.

Andreas kam die Brücke herauf. Er trug seine Lederjacke offen. Einen Koffer oder eine Tasche, in denen zweihunderttausend Euro sich hätten befinden können, trug er nicht bei sich. Er hatte beide Hände tief in den schräg geschnittenen Taschen und ging auf der anderen Seite dicht am Brückengeländer entlang. Er sah Faber nicht an, sondern lehnte sich, kaum mehr als zwei Meter entfernt, mit dem Rücken gegen das andere Geländer.

»Hallo, Andreas!«, sagte Faber und sah ihm in die Augen.

Der antwortete nicht, sondern schloss die Augen und zog plötzlich beide Hände zugleich aus den Taschen. In der rechten hielt er etwas aus schwarzem Metall.

Gleichzeitig gewahrte Faber hinter Andreas durch die Metallstäbe des Brückengeländers einen schwarzen Schatten. Der tauchte blitzschnell von unten auf und verschwand sofort wieder. Andreas Oehm riss vor Überraschung die Augen auf und knickte in den Knien ein.

Faber fühlte einen Schlag gegen seine linke Schulter, so stark, dass er davon umgerissen wurde. Er war wie betäubt und für einen Augenblick ohne Orientierung. »Donnerwetter!«, schoss es ihm durch den Sinn, »Andreas muss ein guter Boxer gewesen sein, wenn der Kerl auf diese Entfernung noch eine so harte, rechte Gerade schlägt!«

Dann fand Faber sich benommen auf dem Boden sitzend, mit dem Rücken gegen das Geländer gelehnt, die rechte Hand gegen die linke Schulter gepresst. Gegenüber, am anderen Geländer, lag Andreas auf dem Boden. Er lag auf der linken Seite mit dem Rücken zum Faber und bewegte sich nicht. Neben ihm lag eine schwarze Pistole auf dem Asphalt.

»Andreas?!«, rief Faber.

Er war jetzt wieder klar im Kopf und nahm wahr, was um ihn her passierte. Er hörte Stimmen, die riefen: »Polizei!« und »Waffen weg!«

Der lange, dünne Mann am Fuß der Brücke schwenkte das Gewehr mit dem Zielfernrohr und schoss in den Park. Der weiße Transporter fuhr mit aufheulendem Motor auf den Bahnübergang zu, beide Flügel der Hecktür standen noch offen. Faber hörte mehrere kurze Salven aus einer Maschinenpistole. Der dünne Mann mit dem Gewehr brach zusammen und blieb bewegungslos liegen. Das Auto schwankte und blieb stehen. Noch einmal ratterte eine Maschinenpistole, dieses Mal kamen die Schüsse aus dem Auto und wurden von mehreren Seiten erwidert. Dazwischen war ein heller, trockener Knall, und dann war es plötzlich still. Es war eine bedrückende Stille.

Dann rannten vom Kurpark her viele maskierte Menschen mit Waffen an ihm vorbei auf die andere Seite des Flusses.

Mitten unter ihnen lief Hauptkommissar Ungeheur vom LKA in Zivilkleidung. Er beugte sich zum auf der Brücke liegenden Andreas hinunter, schob vorsichtig mit dem Fuß die Pistole aus dessen Reichweite, drehte ihn auf den Rücken und hob seinen linken Arm hoch. Von außen war in der offenen Lederjacke unter der Achsel nur ein kleines, schwarz umrandetes Loch zu erkennen, aber bei dem blauen Hemd darunter sah Faber, dass es auf dieser Seite ganz nass und dunkel war. Der Arm fiel kraftlos herunter.

Ungeheur stand auf und kam zu ihm herüber.

»Könnet Se mi höre, Faber?«, fragte er.

Faber nickte.

»Un ufstande?«, fragte Ungeheur. »Goht des?«

Faber versuchte, mit den Schultern zu zucken, und schrie vor Schmerz auf.

Von links kam eine große schlanke schwarze Gestalt dazu.

»Wisch dir mal die Farbe ab!«, befahl der Faber.

Die lange Gestalt lachte, sagte: »Ach so!« und wischte sich das Gesicht sauber.

Er versuchte zu grinsen: »So, jetzt bist du wieder die Hebenstreit. – Aua!«

»Packet Se mal mit aa!«, rief Ungeheur. Als er Hebenstreit erkannte, rief er: »Ja, wo kommet Sie denn uf oimol her?«

Zu zweit versuchten sie, Faber auf die Beine zu helfen, aber der war zu schwach.

Hebenstreit stützte ihm vorsichtig den Rücken. »Bleib ganz ruhig sitzen«, sagte sie. »Der Arzt ist schon da.«

Unten an der Brücke war inzwischen einer der beiden Krankenwagen vorgefahren. Der andere war schon auf dem Weg auf die andere Seite des Flusses. Dort zogen sie gerade den dritten Mann aus der Fahrerkabine des weißen Lieferwagens. Sie gingen sehr vorsichtig zu Werke, offenbar war er schwer verwundet. Der zweite Krankenwagen musste dazu den Umweg über die Wolfgangbrücke machen, weil die Fußgängerbrücke zu schwach für das Krankenauto war.

»Den hier z'erscht!«, rief Ungeheur auf der Brücke und winkte dem Arzt zu, »den Faber. Linke Schulter, do, sähet Se? Steckschuss vermutlich, direkt nebe der Weschte. Do kammer no net sage, ob er richdich Pech g'het hot odr oifach bloß Glück.«

»Hauptsache, die Lunge ist nicht verletzt«, bemerkte der Arzt, während er den Faber untersuchte. »Haben Sie Blut gespuckt?«, fragte er ihn.

Faber schüttelte den Kopf, vorsichtig, wegen der Schmerzen.

»Machen Sie mal bitte den Mund auf.«

Faber gehorchte. Der Arzt zog einen Plastikhandschuh an, steckte ihm den Finger in den Mund, fuhr ihm damit unangenehm unter der Zunge herum.

»Bäh!«, machte der Faber und musste würgen.

Der Arzt besah sich den Finger genau. »Kein Blut«, sagte er. »Gut.«

»De Kerl, der da drübe liegt«, erklärte Ungeheur, »isch de Oehm. Der isch hee. Un do unde an der Mauer, der mit de weiße Hoor, der regt sich aa nimme. Zwoi Doode mindeschtens, so scheint's. Se hen no en Dritte, was mit dem ischt, woiß i et.«

»Sonst noch Verluste?«, fragte der Arzt.

»Bei uns? Nui, et, soviel i woiß. Bloß der da«, sagte Ungeheur und zeigte auf den Faber.

»Der wird wieder«, antwortete der Arzt.

Dann schaute er sich kurz die Leiche von Andreas Oehm an. Er tat es mit einem Gesicht, als könne er nicht glauben, was er da sah.

»Scharfschütze«, erklärte Ungeheur. »Do unde, der Weißhoorich. Gewehr mit Zielfernrohr, ufg'legt. I schätz mol, des sen vo do so an die sechzig Meter. Mindeschtens.«

»Der hat seinen eigenen Mann erschossen?«

»So sieht's aus, ja.«

Inzwischen waren die Sanitäter gekommen. Es war ihnen gelungen, Faber vorsichtig von der Weste zu befreien. Sie legten ihn auf die Trage und steckten ihm eine Infusionsnadel in den rechten Handrücken. Dem Faber wurde gleich seltsam wohlig zumute. Er wurde schläfrig und spürte, als sie ihn mit der Trage von der Brücke schoben, keine Schmerzen mehr.

27

Mord am Bad Mergentheimer Kurdirektor aufgeklärt!

So stand es am andern Morgen in riesigen Lettern auf der ersten Seite der Tauber-Post. Hebenstreit hatte Faber die Montagsausgabe ins Krankenhaus mitgebracht.

Der hatte die Zeitung vor sich auf der Bettdecke liegen und hielt sie vorsichtig so, dass er die Seite lesen konnte, indem er sie mit seiner rechten Hand beschwerte, in welcher die Infusionsnadel steckte. Seine linke Seite war dick verbunden, der Arm fest an den Körper bandagiert.

»Meine Brille, bitte«, sagte er mit leidgeschwärzter Stimme und hielt seine restliche Hand erwartungsvoll geöffnet in die Luft. Es war ihm tatsächlich elend, hundeelend sogar, aber manchmal hatte er leichte Probleme damit, wahrzunehmen, wie stark er wirklich litt und wie weit sein Leiden nur gespielt war.

»Das stimmt doch gar nicht!«, flüsterte er. Dafür, laut und deutlich zu reden, reichte seine Kraft noch nicht wieder, und das demonstrierte er Hebenstreit überdeutlich.

»Geht's dir soweit gut?«, fragte sie besorgt. »Ich meine, keine Amnesie? Kein Gedächtnisverlust? Weißt du, bei einem schweren Trauma oder so, also, wenn einer wie du seinem eigenen Tod begegnet ist ...«

»Was?«, sagte er mit überraschtem Augenaufschlag, »ich hab einen eigenen Tod? Ganz für mich allein? Was, um Himmels willen, soll dann aus all den anderen werden?«

»Gut. Ich sehe, du bist ganz der Alte. Du hast demnach auch keine Gedächtnislücken, nehme ich an.«

»Nein!«, rief er laut.

»Und was genau ist mit Andreas passiert?«, fragte sie.

»Ich weiß es nicht. Ich hab nur gesagt: ›Hallo, Andreas‹, und dann sind wir beide dagelegen.«

»Was hat er geantwortet?«

»Gar nichts hat er geantwortet. Wir lagen beide nur plötzlich auf der Brücke, er drüben und ich hüben. Und dass der Mord an Manni Steffan aufgeklärt ist, das stimmt nicht.«

»Wieso nicht?«, fragte sie.

»Wieso, das weiß ich selber noch nicht«, sagte er, »aber ich weiß, dass es nicht stimmt.«

»Deine inneren Windungen, ich weiß.« Hebenstreit konnte ironisch reden, ohne dabei die Stimme zu verändern.

Er schwieg. Ihm war inzwischen klar, dass er doch eine Gedächtnislücke hatte, er konnte sich nämlich nicht erinnern, Schüsse gehört zu haben. Er hatte am Geländer stehend »Hallo, Andreas« gesagt, hatte etwas Metallisches in dessen Hand gesehen und einen Schlag gegen die Schulter gespürt. Dann hatte er sich, mit dem Rücken gegen das Brückengeländer gelehnt, auf dem Boden sitzend wiedergefunden. Was dazwischen geschehen war, war aus seinem Gedächtnis gelöscht.

Unter der Überschrift stand: »Die Lokalredaktion der Tauber-Post hat entscheidend an der Aufklärung mitgewirkt.«

Faber las es, nachdem er sich mit seiner derzeit einzigen Hand die Lesebrille umständlich auf die Nase bugsiert hatte.

»Stuttgart/Bad Mergentheim. dpa. Der Mord vom Bad Mergentheimer Wildpark, der wochenlang das Land in Aufregung versetzt hat, ist aufgeklärt ...«

»Hast du das geschrieben?«, fragte er.

»Nein«, antwortete sie. »Sieh mal nach auf Seite drei. Das hier ist der Text, den das LKA an die Presseagenturen gegeben hat. Die Überschrift haben unsere Leute in Stuttgart gemacht.«

Er schaute sich im Krankenzimmer um, nachdenklich, als sehe er den Raum zum ersten Mal mit klaren Sinnen. Es war ein Zweibettzimmer, aber das zweite Bett war leer und unbenutzt.

Durch die Fensterfront sah er in die dichte Krone einer großen Blutbuche. Er befand sich demnach im zweiten oder dritten Obergeschoss des Krankenhauses.

An der Wand gegenüber hing ein Bild, Krankenzimmerschmuck, ein Nachdruck hinter Glas. Er sah die Farben so, wie seine Augen sie ihm vermittelten, nämlich reduziert: dunkelblau der Wald, gelbgrau die Wiesen, schwarzbraun die Fichten im Vordergrund. Eine Landschaft, das Blau des Himmels war zum Teil mit Weiß übermalt, mit dickem Pinsel getupft, als würden hinter den Bergen Wolken aufziehen, die genau auf den Betrachter zukamen. Was ihn besonders faszinierte, war, wie die Fläche durch zwei horizontale, schwungvolle, schwarze Linien in drei Teile gegliedert war, das gab dem Bild eine überraschende Tiefe, als wäre das Bild ein Fenster, durch das man in eine ganz anders gestaltete Welt blickte. Der Rhythmus, erinnerte er sich, genau, so sagte man dazu. Eine Landschaft im Schwarzwald. Das Bild kannte er von seiner Vorbereitung auf die Ausstellung im Kurhaus her, richtig: »Sommerabend am Belchen«. Ein Bild von Alexander Korniliew.

»Alles in Ordnung mit dir?«, fragte Hebenstreit.

»Hm?«

»Ich glaub, es ist für dich noch zu anstrengend. Ich geh lieber wieder.« Sie stand auf. »Soll ich Uschi was ausrichten?«

»Sie war gestern Nachmittag schon da und hat mir alles gebracht, was ich so brauche, und sie kommt nachher gegen Mittag wieder. Geh noch nicht, warte noch!«

Sie setzte sich wieder.

»Was haben sie rausgefunden mit der … mit der Pistolenkugel?«, fragte er.

Er war noch am Sonntagmorgen auf dem Operationstisch gelandet. An die Zeit davor, den Transport in die Klinik auf der anderen Seite der Stadt, die Vorbereitungen auf die Operation, Röntgen und das Gespräch mit dem Anästhesisten, an all das erinnerte er sich nur ganz schwach.

»Noch nichts«, antwortete sie. »Ich hab heute morgen angerufen, aber Ungeheur sagt, die im LKA sind noch nicht so weit. Anscheinend ist Brauchle Fachmann für ballistische Dinge. Der hat gestern, gleich nachdem sie dir das Ding aus der Schulter geholt haben, alles nach Stuttgart gebracht und will wohl dort bleiben, bis sie das Ergebnis haben. Sowie sie etwas Sicheres wissen, bekommen wir Bescheid, das hat Ungeheur uns auf Anfrage noch einmal fest zugesagt.«

»Was hast du denn gesehen?«, fragte er. »Andreas hat auf mich geschossen, und der Weißhaarige hat zugleich Andreas erschossen, so sagen sie.«

»So war es wohl auch«, antwortete sie, »aber gesehen hab ich es auch nicht. Ich war doch unter der Brücke, direkt unter Andreas. Ich hab von unten nur gesehen, wie er beide Hände aus den Taschen gezogen hat, und dann sind ganz schnell hintereinander zwei Schüsse gefallen. Sehr schnell, vielleicht zwei Zehntel Sekunden nacheinander, und aus zwei verschiedenen Waffen. So etwa: ›Pitsch-patsch‹. Ich bin sofort nach oben gerannt, aber ich musste ja vorne rum beim Kartenhäuschen vorbei, um auf die Brücke zu kommen. Als ich da oben ankam, habt ihr beide da gelegen.«

»War sonst jemand in der Nähe? Ich meine auf der Brücke?«

»Nein. Ich jedenfalls hab niemanden gesehen.«

»Hm, danke.«

Als sie gegangen war, schlug er die Seite drei der Zeitung auf, die Spalte »Im Brennpunkt«.

Kriminelle Vereinigung in Bad Mergentheim, lautete der Titel, und darunter stand: *Die berüchtigte, internationale Bande V-S-R, im Volksmund auch »Metzger-Bande« genannt, hatte einen ihrer Stützpunkte in der Kurstadt.*

Von Sylke Hebenstreit

Am gestrigen Sonntagmorgen gegen fünf Uhr fuhren die braven und ahnungslosen Bürger der Stadt erschrocken aus dem Schlaf …

Weiter unten im Text war noch einmal ein schönes Foto von Kurdirektor Manfred Steffan aus seinen jüngeren Tagen. Er trug, wohl extra für den Fotografen, ein weißes Hemd zu seiner bestickten Lederweste. Mit romantisch wehender Mähne blickte er versonnen dicht an der Kamera vorbei. Der Fotograf hatte den Ventilator zu stark eingestellt, es sah unnatürlich aus.

Faber legte erschöpft die Zeitung beiseite. Er würde sie später lesen.

Als er aufwachte, saß seine kleine Tochter an seinem Bett.

»Mama, der Papa ist wach!«, flüsterte die Kleine, so laut sie konnte. »Guck mal, Papa, was ich hier hab!«

Sie hielt ihm eine kleine Plastiktüte viel zu nah vor die Augen, so dass er anfangs nicht erkennen konnte, was darin war. Dann sah er es: Es war ein Zahn, ein kleiner Milchzahn.

»Oh!«, machte er, »ein wichtiger Tag in deinem Leben!«

»Ja«, erklärte sie wichtig, »jetzt bin ich auch verwundet. Da, guck!« Sie bleckte ihre Zähne mit der noch blutigen Zahnlücke.

»Jetzt bist du ein Zahnlückenweible«, lachte er, bereute es aber sofort. Lachen tat höllisch weh.

»Der neue wächst bestimmt schnell nach«, nickte sie altklug, um ihn zu trösten. »Gell, Mama?«

»Bestimmt«, hörte er die Stimme der Weichen von der Seite.

Er konnte kaum den Kopf nach rechts drehen, so verkrampft war alles in seinem Körper.

Die Weiche stand an seinem Schrank und räumte irgendwelche Sachen hinein. Sie drehte sich um. Ihre Augen waren verdächtig geschwollen und gerötet.

»Na, du Held«, sagte sie. »Du dummer, dämlicher, blöder Held!« Es sollte fröhlich klingen, aber der muntere Ton gelang ihr nicht. »Bist noch mal gerade so davongekommen. Gell, du hast gedacht, der Andreas schießt nicht auf dich?«

Er nickte schwach.

»Über die Toten soll man nicht schlecht reden«, sagte sie, und dabei schossen ihr die Tränen nur so in die Augen, »aber für die, die gerade so mit dem Leben davongekommen sind, gilt das nicht. Was denkst du wohl«, schniefte sie, »was du erleben kannst, wenn du erst wieder auf den Beinen bist!«

»Tut mir leid«, flüsterte er.

Es klopfte kurz aber kräftig, und die Tür schwang weit auf.

»Visite!«, hörten sie draußen jemanden sagen, und im wehenden, weißen Kittel kam mit langen, markigen Schritten der Oberarzt herein. Hinter ihm, in seinem Strömungsschatten wie ein Schwarm Wildgänse genau hierarchisch geordnet, kamen die Stationsärztin, ein junger Assistenzarzt, zwei Schwestern und am Schluss ein Zivi hereingestrudelt.

Der Doktor ging sofort auf die Weiche zu und streckte ihr die Hand hin: »Grüüüüüß Gott, Sie sind bestimmt die Frau Faber«, dann beugte er sich zu Miriam hinunter: »Und du bist das Töchterchen. Das sieht man doch!«

Er richtete sich wieder auf und sah den Faber an, der, geplagt von Schmerzen und gebeutelt vom schlechten Gewissen seiner Weichen gegenüber, im Bett lag wie ein Häuflein Elend.

»Das ist er also, unser Held!«, sagte der Doktor kernig. »Das war wohl ein Polizist, der heute Morgen die Kugel mitgenommen hat. Er hat uns ernsthaft versichert, Sie gehörten zu den Guten, und nicht zu denen mit den schwarzen Hüten.«

Faber zog den Kopf ein und versank noch tiefer in seinen Kissen. Am weißen Kittel des Arztes las er: »OA Dr. Petereit«.

OA Dr. Petereit streckte auch dem Faber die Hand hin, der sie freilich nicht ergreifen konnte, weil im Handrücken seiner Rechten die Infusionsnadel steckte und die Linke unter dem Verband an seinem Körper festgezurrt war.

»Man kennt Sie ja fast nicht wieder, heute sehen sie schon wieder aus wie das blühende Leben!«, sagte der Oberarzt. Er hatte eine spitze Nase und trug einen Dreitagebart, was bei einem langen, spitzen Kinn seltsam aussah. Faber betrachtete fasziniert diese Mischung.

»Haben Sie mich operiert?«, fragte er.

»Ja, warten Sie, ich habe Ihnen etwas mitgebracht.« Der Doktor streckte eine Hand nach hinten, der junge Assistenzarzt zog zwei Röntgenbilder aus einem großen Umschlag und reichte sie ihm. »Da, schauen Sie sich das mal an!«

Neugierig trat die Weiche näher. Um ebenfalls einen Blick auf die Bilder zu erhaschen, zog sie einen Stuhl herbei und sagte: »Setzen Sie sich doch für einen kleinen Augenblick, Doktor Petereit, dann kann ich Ihnen über die Schulter sehen.«

»Wie bitte? Ja, danke.« OA Dr. Petereit war solche Ansprache auf Augenhöhe anscheinend nicht gewöhnt, doch er war sichtlich dankbar dafür. »Sehen Sie hier: Dort steckt der Fremdkörper. Hier, diese Linie, die obere Lungenspitze. Haarscharf dran vorbei, da haben wir noch mal Glück gehabt.«

Miriam war ebenfalls neugierig. Sie schlüpfte zwischen den Erwachsenen durch und setzte sich auf das Bett. »Papa, bist du das von innen?«, fragte sie neugierig.

Faber erkannte keine Lungenspitze, nur einen dicken, weißen Punkt und ein paar Knochentrümmer, wohl vom Schlüsselbein, und rechts das Schultergelenk.

»Die eine Rippe hat was abgekriegt, davon ist das Ding abgelenkt worden, und innen am Rippenfell hat's einen ziemlichen Bluterguss gegeben. Der drückt jetzt natürlich und macht das Atmen beschwerlich, aber das alles heilt von allein. Dann natürlich das Schlüsselbein, das sieht hier, vor der Operation, noch ein bisschen chaotisch aus, aber das haben wir geflickt mit einem schönen Nagel, das wird auch wieder. – Hier die Aufnahme von der Seite. Sehen Sie da? Der Fremdkörper steckt zwischen Rippe und Schulterblatt, wir mussten deshalb ein bisschen schnippeln. Einen richtigen Zick-zack-Weg hat das Ding gemacht. Das Schultergelenk hat vom Schlüsselbein her auch einen Stumper abbekommen.«

Er stand auf und gab dem Assistenzarzt die Aufnahmen zurück. »Deshalb beginnen wir so früh wie möglich mit Massage und Gymnastik. Viel Bewegung ist wichtig, damit die Schulter nicht steif wird! Alles in allem haben wir großes Glück gehabt. Auf Wiedersehen.«

Damit war die Visite schon vorüber. OA Dr. Petereit schritt an der Spitze seiner Mannschaft wieder markig hinaus, und Faber hörte vom Nachbarzimmer her: »Grüüüüß Gott, die Herrschaften!«

Am Nachmittag rief Hebenstreit an. »Wie geht's dir jetzt?«

»Danke, es geht so. Auf jeden Fall besser als heute morgen.«

»Hör zu, Faber, Ungeheur hat gerade angerufen.«

»O ha! Und?«

»Die ersten Ergebnisse sind schon da. Er sagt, er muss uns noch ein paar Fragen stellen, aber ich denke, er will auch seinen Anteil an unserer – oder deiner – Vereinbarung erfüllen, Stichwort: Erstveröffentlichungsrecht. Vielleicht hat er so etwas wie ein schlechtes Gewissen dir gegenüber. Für morgen früh ist eine Pressekonferenz angekündigt.«

»Hm. Sieht so aus, als hätte er das extra für uns so gedreht.«

»Genau. Jetzt meine Frage: Schaffst du es, wenn wir das bei dir machen? In, sagen wir, einer halben Stunde?«

»Es wird schon gehen«, sagte er. »Ich werde bis dahin noch ein bisschen schlafen. Notfalls müsst ihr mich halt wecken.«

Faber schlief tatsächlich, als sie hereinkamen. Hebenstreit klopfte und betrat mit ihrer schwarzen Tasche das Krankenzimmer, das blonde, chaotisch gestrubbelte Haupt stolz erhoben. Von Ungeheur, der um einen Kopf kleiner war, sah man neben ihr auf den ersten Blick höchstens den dunklen Schnurrbart. Faber machte große Augen, denn der Kriminalhauptkommissar vom LKA trug doch tatsächlich Blumen in der Hand. Freilich nur einen kleinen Strauß gelber Moosröschen aus der Tankstelle für einen Euro neunundneunzig, aber immerhin.

»Haben Sie unterwegs Kaninchenfutter gerupft?«, begrüßte Faber ihn, während er mit der Automatik den Kopfteil seines Bettes hochfuhr, so dass er halbwegs aufrecht sitzen konnte. Die Frage rutschte ihm blitzschnell so heraus, er konnte nichts dafür. »Danke schön«, fuhr er schnell fort. »Kriegen wir von irgendwo eine Vase her?«

Ungeheur zog sich einen Stuhl vom Tisch an Fabers Bett herüber und setzte sich ungerührt.

Hebenstreit tat ebenfalls, als habe sie nichts gehört, setzte sich an den Tisch und packte ihr Handwerkzeug aus: Kamera, Bandgerät, Schreibblock.

So ist das halt, dachte der Faber und warf das Sträußchen ans Fußende seines Krankenbettes: Wo es nur Häuptlinge und keine Indianer gibt, da wird jede Menge entschieden, aber die richtige Arbeit bleibt liegen.

»Die Mails vom Andreas Oehm«, begann Ungeheur ohne Umschweife, »wie sen Sie do draa komme?«

»Wir hatten mal ein Programm, mit dessen Hilfe wir auf den PC des andern zugreifen konnten – vor über zehn Jahren; das gab's natürlich inzwischen nicht mehr, aber ich habe mich an sein Passwort erinnert. Und das hat der Andreas tatsächlich immer noch benutzt. So war es nicht schwer, seinen PC in der Redaktion zu knacken und seinen privaten Mailzugang zu finden. Auch den hatte er mit demselben Passwort geschützt.«

»Un da habet Se die E-Mails g'funde? Wann war des?«

»Das weiß ich nicht mehr.«

»Oog'fähr?«

»Ungefähr eine Woche nach dem Mord. Ich denke mal, das war am Freitag.«

»Freidich vorletschte Woche?«

»Ja. Ungefähr. Nein, genau am Freitag.«

»Un vorher? I mein, vor'm sechzehnte Juli?«

»Sie meinen, vor dem Mord am Kurdirektor?«

»Ja.«

»Nein, da war ich nicht dran.«

»Sie wisset, mir könnet des nachprüfe, jeden Kontakt.«

»Tun sie das ruhig. Ich bleibe dabei: Freitag zum ersten Mal.«

»Un wann habet Se g'merkt, dass se g'löscht waret?«

»Einen Tag danach. Am Samstag.«

»Hm. Des habet mer net g'wusst, dass Sie in de Redaktion an seim PC waret.«

»Ich sehe, Sie haben gedacht, dass ich …«

»Dass Sie des Mailkonto mit Oehm gemeinsam betriebe habet.«

»Sie haben gedacht, ich stecke mit ihm unter einer Decke! Jetzt verstehe ich!«

»Ha, no!«, sagte Ungeheur, »hätt ja sei könne.«

»Sie hatten mich also doch unter Verdacht!«

»Em Aafang ischt jeder verdächtig«, sagte der Hauptkommissar und kramte aus seiner Tasche eine Handvoll Papiere hervor. »Aber des isch etz jo geklärt.«

Faber nickte Hebenstreit zu, und die stand sofort auf und schaute dem Kommissar über die Schulter.

»Die Kugel zuerst«, sagte Faber. »Vermutlich aus einer Tokarew wie beim Kurdirektor, oder?«

Ungeheur nickte. »Habet Se die g'sähe?«, fragte er zurück. »In seiner Hand? Die Tokarew?«

»Nein, ich habe nur etwas Metallisches gesehen. Außerdem kenne ich mich mit Waffen überhaupt nicht aus. Aber Kurdirektor Manfred Steffan ist mit einer Tokarew erschossen worden, und da dachte ich, es könnte die gleiche Waffe gewesen sein.«

»Richtig, un net bloß die gleiche, es war sogar dieselbe Tokarew TT-33, Kaliber 7,62. Des hot die ballisdische Untersuchung im LKA ergäbe. Der Kollege Brauchle ischt Spezialist in Ballischdick. Der hot vor ner gude Stund es Ergäbnis aus Schdueged mitbrocht.«

»Damit ist nicht bewiesen«, warf Faber ein, »dass Andreas Oehm sie bei dem Mord am Kurdirektor in der Hand gehabt hat.«

»Des ischt äbefalls richtig, un do hot's au no en neue Gesichtspunkt. Da kommet mer glei dazu. Etz die Persone.«

»Der Weißhaarige, der Scharfschütze«, fragte Faber. »Kennt ihr den?«

»Ja. Nein. Oder doch.«

»Ja, wat nu?«, fragte Hebenstreit irritiert.

»Interpol hat en in der Kartei«, antwortete Ungeheur, »aber man hat scho lang nix mehr von em g'hört. Uf'm Foto han mer'n fascht nimme erkannt, do hot er no schwarze Hoor g'het un war viel bulliger. Ruud Hendryks, en Holländer. Wie der an diese V-S-R-Bande gekommen ischt, wisse mer no net. Der hot auf Brauchle g'schosse, den hot d' Weschte g'rettet. Erschosse hot'n en junger Kollege von der Seit her, um Brauchle zu schütze.«

»Wie geht es Brauchle?«, fragte Faber.

»Der hot en Bluterguss do.« Ungeheur zeigte auf sein Brustbein. »Schmerzhaft, aber net gfährlich. Der Ernscht ischt zäh.«

Ungeheur machte eine Kunstpause. »So«, sagte er. »Un etz: der dritte Mann.«

»Wo ist der?«, fragte Faber.

»Au doot«, antwortete Ungeheur. »Wie der g'sähe hot, dass der Hendryks, der Scharfschütze, g'falle ischt, wollt er sich mit em Auto davo mache un ischt g'stoppt worde. Mit ner Schnellfeuerwaffe hot er aus der Kabine raus g'schosse, die Kollege hent 's Feuer erwidert. Wie sei Magazin leer war, da hot'r sich selber erschosse. Mit erer Pischtole, die hent, scheint's, im Wage e richtigs Arsenal g'het. Mit richtigem Name hoißt'r Pjotr Wi... Wid... Widnju...«, er warf zur Sicherheit einen langen Blick auf seine Notizen, »Widnjutnjew. Schwerer Name, kam mer fascht net läse.«

»Sagt mir gar nichts«, grübelte Faber laut.

Ungeheur schwieg bedeutungsvoll, um die Spannung zu erhöhen. »Deswege«, fuhr er schließlich fort, »kennet ihn älle nur unter seim Spitzname ›Mjasnik‹.«

»Hoppla!«, rief Faber staunend. »Mjasnik! Der Metzger! Ihr habt den Metzger erwischt!«

»So isch's«, antwortete Ungeheur und fügte hinzu: »Erwischt scho. Aber leider net g'fange, also net lebendig. Der hot, scheint's, koi großes Zutraue zur deutsche Justiz g'het.«

»Die steht jetzt in der Tat vor einem Problem«, überlegte Faber. »Der Metzger oder Andreas Oehm – wer von beiden hat den Kurdirektor Manfred Steffan erschossen? Das wird man gar nicht mehr aufklären können.«

»Warte mer's ab«, antwortete Ungeheur. »Es muss im Wildpackmord ja no e zwoite Kugel gäbe, entweder da, wo de Mord verübt worde isch – da freilich hätte mer koi große Chance, sie zu finde. Aber wenn die zwoite Kugel aa aus ner leichte Waffe wie der TT-33 abg'schosse worde isch, dann steckt se womöglich no in der Leich, un zwar in dem Teil, den die Herre Mörder anderweidig entsorgt habe. Mir müsse nur die reschtliche Teile von derer Leich finde.«

Er machte eine Pause.

»Wenn die Leich in dieser Metzgerei zerlegt worde isch«, sagte er dann, »sollt mer v'leicht mit Leichesuchhund' in der Umgebung vo Herbschthause suche.«

»Ois, fuhr er dann fort, »ischt mr no net klar. Wie des auf der Brücke abg'laufe ischt in dene entscheidende zwoi Sekunde, des verstand i no net. Wahrscheins müsse mer mit Ihne no mal en Lokaltermin mache, um des zu kläre. Aber erscht, wenn's Ihne besser goht, des isch klar. Der Hendryks hot den Oehm erschosse, des ischt eideutich ermittelt. Aber warum? Un der Oehm hot auf Sie g'schosse, des isch au sicher. Aber mit dem stimmt ebbes net! Der muss den linke Arm überm Kopf g'het han. V'leicht sogar älle zwoi? Wollt der sich ergäbe? Odr ischt er g'stolpert? Worüber? Über sei eigene Füß? Do isch doch nix g'läge!«

Faber hatte inzwischen gelernt, mit nur einer, der gesunden Schulter, zu zucken, ohne dass es allzu weh tat. »Ich weiß nichts«, sagte er. »Oder kann mich an nichts erinnern.«

Hebenstreit saß in ihre Arbeit vertieft am Tisch und schrieb Notizen für ihren großen Artikel in der Dienstagsausgabe.

»Haben Sie für mich diesen schwierigen, russischen Namen schriftlich?« fragte sie, ohne aufzusehen.

28

Der von Ungeheur beantragte und von Richter und Staatsanwaltschaft anberaumte Lokaltermin auf der Kurparkbrücke fand zwei Wochen später statt.

Auf Anraten des Ersten Hauptkommissars Lustig wurde er auf morgens um neun Uhr angesetzt, weil um diese Zeit alle Kurgäste in Behandlung, die Schüler in den Ferien, die Touristen noch nicht unterwegs und die Rentner noch beim Frühstück waren. Die Störungen durch das neugierige Publikum würden sich folglich in Grenzen halten.

Die junge Vertreterin der Staatsanwaltschaft stöckelte die Brücke hinauf, eine künstliche Blondine namens Dr. Schamberger, die heimlich von allen, und das aus gleich zwei Gründen, »Dr. Scharfe« genannt wurde.

Faber sah blass und spitznasig aus, war aber halbwegs wieder auf den Beinen. Den linken Arm trug er in einer Schlinge. Eigentlich, so dachte er, stehe ihm als Tatopfer und wichtigem Zeugen im Krankenstand die komfortable Beförderung in einem Streifenwagen zu, aber ein Spaziergang in der frischen Morgenluft von der Liobastraße herüber, so entschied er sich dann, der werde ihm gut tun.

Im Streifenwagen fuhr also die Mannschaft vom Revier, zu viert, mit Kirchofer hinter dem Lenkrad.

Der Erste Hauptkommissar Lustig kam zu Fuß die wenigen Schritte vom Schloss herüber.

Hebenstreit kam auf Marilyn II. von Löffelstelzen heruntergebraust. Sie trug ein großkariertes Holzfällerhemd, Jeans, deren Hosenbeine sie, weil man Hosen in ihrer Länge in der näheren Umgebung nicht zu kaufen bekam, an den unteren Enden mit einem Stück von buntkariertem Stoff geschickt angestückelt und verlängert hatte, dazu Turnschuhe.

Von Tauberbischofsheim kamen Vierneisel und Federolf dazu. Sie werkelten, als Faber eintraf, auf der Brücke und hatten drei Videokameras dabei, die den Ablauf filmen sollten. Sie waren für Aufnahmen mit hoher Geschwindigkeit geeignet, damit man nachher in der verlangsamten Einstellung besser erkennen konnte, was genau in diesen entscheidenden zwei Sekunden auf der Brücke passiert war.

Kirchofer war gerade dabei, auf Lustigs Anweisung nach Fotos aus den Unterlagen auf der Brücke die alten, verblassten Kreidezeichnungen nachzuziehen, welche die Lage der Körper des toten Andreas Oehm und des verwundeten Faber anzeigten. Die Kreidezeichnungen lagen da auf dem Asphalt wie Schatten der Menschen, die sie darstellen sollten. Kirchofer schrieb säuberlich in Blockschrift in den einen Schatten hinein »Oehm« und in den anderen »Faber«. Neben Oehms rechter Schattenhand zeichnete er das Kreuz auf dem Asphalt nach, das Ungeheur vor zwei Wochen für die Lage der Pistole dort hingekritzelt hatte, und schrieb mit Kreide dazu in seiner steilen Schrift: TT-33

Der Hauptkommissar des LKA, Udo Jürgen Ungeheur, kam allein und direkt aus Stuttgart, »vo Schduegedd«, wie er verkündete, und er müsse dorthin auch sofort wieder zurück, er habe noch am Vormittag einen Termin, innerhalb einer guten Stunde, so sagte er, müsse die Sache hier folglich gegessen sein. Oder erledigt halt. Er sehe da keine Probleme.

»Mir spielet den Vorgang oifach nach, filmet älles vo drei Seite, und nachher werde mir scho sähe.«

Eine Kamera platzierte er auf dem Stativ neben dem Brückengeländer, einen Meter rechts von dem Schatten, in dem »Faber« stand, die zweite am Geländer gegenüber, rechts vom Schatten »Oehm«, und die dritte weiter ein Stück die Brücke hinunter.

»So«, sagte er und trat in den Schatten »Faber«. »I ben etz der Faber. Drübe stoht der Oehm, den mächt … Kirchofer, dädet Sie des übernähme?«

Kirchofer trat in den Schatten »Oehm«.

»Kamera ois: Vierneisel«, fuhr Ungeheur fort, »Kamera zwoi: Federolf. Kamera drei da unne, finde mer da au – gued. Danke Kollege.«

Faber und Hebenstreit standen an der Seite und schauten amüsiert den landeskriminalamtlichen Regieanweisungen zu.

»Du musst auf deinen Platz«, sagte er zu ihr.

Ungeheur hörte es. »Wo waret Sie?«, fragte er sie.

»Unter der Brücke«, antwortete sie.

»No ganget Se nundr!«, wies er sie an, und sie verschwand.

»Moment«, rief Ungeheur, »Kirchofer! Des goht so et! Sie sen viel zu groß, Sie sen ja um en ganze Kopf länger wie de Oehm! Tauschet Se mol mit dem Federolf! Die Kamera könnet Se bediene, gell? Gued.«

Kirchofer stand jetzt hinter der Kamera zwei, Federolf im Schatten »Oehm«, mit finsterer Miene genau dort, wo die Füße eingezeichnet waren.

»Kamera ois auf Oehm! Kamera zwoi auf Faber! Kamera drei auf Totale. Hent ihr's?«

Von allen drei Kameras wurde Zustimmung signalisiert.

»Oehm hot beide Händ in der Lederjacke, in der rechte hot'r dabei die Waffe versteckt.«

Prompt zog Oberkommissar Federolf seine Dienstpistole aus dem Holster unter seinem Sakko und steckte sie mit der Hand zusammen in seine rechte Jackentasche.

»Sie sen sicher, Kollege Federolf«, sagte Ungeheur, »dass Ihre Waffe ordnungsgemäß g'sichert ischt, odr?«

»Ja, klar«, antwortete der.

»Dädet Se bitte no emol nachprüfe? Verstandet Se, wenn Se no auf mi aaläget, do ischt mer's net so wohl. Noch lieber wär mer's, wenn Se d' Waffe ganz entlade dädet.«

»Was soll das?«, rief Federolf zornig. »Wofür halten Sie mich? Für'n Depp?«

»Nu mach schon, Alwin«, mischte Vierneisel sich ein und bemerkte bissig: »Der Herr Hauptkommissar vom Landeskriminalamt wird schon wissen, was er tut.«

Federolf warf Ungeheur einen gehässigen Blick zu, nahm das Magazin aus der Pistole, vergewisserte erst sich und zeigte dann demonstrativ herum, dass keine Kugel im Lauf war und ließ das Magazin in die linke Jackentasche rutschen. Die Pistole nahm er in die Rechte und steckte beide Hände wieder in die Jackentaschen.

»Herr Faber, was ischt g'sproche worde?«

»Gar nichts«, antwortete Faber.

»Überhaupt koi Wort?«

»Doch, ich habe gesagt: ›Hallo, Andreas!‹ Sonst nichts. Da hat er sofort beide Hände aus den Taschen gezogen und … und gleich geschossen.« Faber zögerte. Plötzlich sah er Andreas wieder am Geländer stehen. Der hatte, als er die Hände aus den Taschen zog, die Augen geschlossen gehabt. Ja, Faber war sicher: Andreas hatte die Pistole mit geschlossenen Augen abgeschossen.

»So«, sagte Ungeheur zufrieden. »Kontrolle Kamera ois. Schnellgang.«

»Fertig«, meldete Vierneisel.

»Kamera zwoi?«

»Fertig, Schnellgang«, meldete Kirchofer.

»Kamera drei?«

»Fertig!«

»Das Stichwort hent ihr älle g'hört. Es lautet: ›Hallo, Andreas!‹ Älle Kameras ab, wenn i klatsch – etzt!« Er klatschte einmal kräftig in die Hände.

Ungeheur wartete zwei Sekunden, vergewisserte sich mit einem Rundblick, dass alle Kameras richtig liefen, und sagte dann laut und mit bedeutungsschwerer Betonung zu Federolf:

»Hallo, Andreas!«

Oberkommissar Federolf zog gleichzeitig beide Hände aus den Taschen seines Sakkos. In der rechten hielt er seine Dienstpistole, sie war exakt auf den Bauch von Hauptkommissar Ungeheur gerichtet.

Genau in diesem Augenblick sprang Hebenstreit von der Tauberwiese, holte weit aus zum Schmetterschlag und schlug den Handballen der Rechten wie einen schweren Hammer zwischen den Gitterstäben des Brückengeländers hindurch Federolf mitten in die Kniekehle.

Der schrie vor Schmerz und Überraschung laut auf, knickte nach rechts ein, schlug lang hin auf die Brücke und riss dabei die zweite Kamera samt Stativ um. Kirchofer, für seine Verhältnisse ungewöhnlich geistesgegenwärtig, konnte sie gerade noch auffangen. Die Pistole klapperte auf den Asphalt.

»Stopp!«, rief Ungeheur und schwenkte wütend die Arme. »Aus, aus! Was isch des denn für en Schaiß?« Er rannte hinüber und rief am anderen Geländer auf die Tauberwiese hinunter: »Was *machet* Se denn do?!«

»Sie haben gesagt, wir spielen die Szene nach, das bedeutet, wir machen alles ganz genau so, wie es abgelaufen ist«, verteidigte sich Hebenstreit von unten.

»Ja, *ischt* des denn genau so abg'laufe?«

»Exakt«, antwortete sie, »ganz genau so.«

Er maß von oben herunter die Höhe der Brücke über der Tauberwiese mit den Augen.

»Aber des sen mindeschtens drei Meter fuchzig!«

»Volleyball«, mischte der Faber sich ein. »Sie war Angriffsspielerin in der deutschen Universitätsauswahl. Da sind drei Meter fünfzig eine Kleinigkeit für sie. Und ihr Schmetterschlag – damit haut sie glatt einen Elefanten um.«

»Aber die Kamera ist umgefallen«, rief Kirchofer. »Die Aufnahme ist verwackelt! Sylke, du hast das klasse gemacht, aber wir müssen die Aufnahme wiederholen!«

»Von mir aus sofort«, rief Hebenstreit von unten. »Der Federolf, der soll sich grad noch einmal so dahin stellen, und du stellst die Kamera einen Meter weiter nach rechts. Dann können wir das Ganze gerne noch einmal machen.«

»Ich glaub«, schrie Federolf, »ihr spinnt alle miteinander! Das kommt überhaupt nicht in Frage!«

»Fertig!«, entschied Ungeheur. »Erscht sähet mer uns die Aufnahme an. Ihr könnt abbaue. Oder, Frau Staatsanwältin?«

Dr. Scharfe nickte zustimmend. »Ich denke«, sagte sie, »es ist alles geklärt.«

»Gued«, sagte Ungeheur. »Denn treffe mer uns in ere halbe Stund in der Direktion. Herr Faber, wellet Se mit mir fahre?«

»Ja, gern«, sagte Faber – und leise zu Hebenstreit, als sie wieder oben auf der Brücke stand: »Du hast bei Federolf stärker zugehauen, als bei Andreas«.

»Rache«, antwortete sie und drückte bei diesem Wort ihre Stimme genüsslich tief nach unten. »Andreas hat mich ja auch nie ein Flintenweib genannt. Schade, dass die Wiederholung nicht zustande gekommen ist. Ich hätte diesem Kerl gerne auch noch seine anderen Gemeinheiten heimgezahlt.«

Der Computer brachte die Filmaufnahmen direkt auf die große Videowand in der Polizeidirektion.

Ungeheur stand vorne mit Zeigestock, Vierneisel bediente das Gerät. Alle anderen saßen im Vorführraum, nur Oberkommissar Federolf kam später hereingehinkt. Sein rechtes Knie war dick geschwollen, er hatte im Waschraum versucht, es mit kaltem Wasser zu kühlen.

»Erscht die Kamera drei«, entschied Ungeheur.

Sie sahen die Brücke vor sich, rechts stand, vielleicht zehn oder zwölf Schritte entfernt, Federolf mit finsterem Gesicht am Geländer. Er hatte beide Hände in den Sakkotaschen. Ein kleines Stück weiter hinten stand die Kamera zwei auf dem Stativ, dahinter, das Auge am Okular, Polizeihauptmeister Kirchofer. Am Geländer gegenüber stand Vierneisel hinter der Kamera eins, die verdeckte zum Teil Ungeheur, der mit dem Rücken am Geländer lehnte.

Ungeheur sagte etwas, was man wegen der Entfernung nicht deutlich verstand.

Federolf zog schnell beide Hände aus den Taschen. Da tauchte hinter ihm von unten Hebenstreits schwarze Gestalt auf, sie stieg hoch, lehnte sich in der Luft weit zurück, schlug

Federolf mit gestrecktem Arm den Handballen von hinten gegen das Bein und verschwand wieder nach unten aus dem Blickfeld.

Federolf knickte ein und fiel nach rechts, genau auf die neben ihm stehende Kamera zu.

»Stopp!«, rief Ungeheur. »No emol. Langsam. Zeitlupe.«

Jetzt wurde deutlich, dass Hebenstreit, als sie sprang, mit der linken Hand eine Strebe des Geländers fasste und sich daran noch ein Stück höher zog. Die Wucht des Schlages wurde in dieser Einstellung besonders deutlich, die ganze Kraft ihres Oberkörpers lag dahinter. Federolf würde mit seinem Knie für lange Zeit Probleme haben.

»Als nägschdes die Kamera ois«, entschied Ungeheur.

Jetzt stand Oberkommissar Federolf genau gegenüber, mit finsterer Miene und beiden Händen in den Taschen seines Sakkos.

»Glei langsame Ei'stellung!«, gab Ungeheur Anweisung.

Federolf zog sechsfach verlangsamt beide Hände aus den Taschen, in der rechten die Pistole. Sie zeigte noch abwärts. Unten tauchte hinter dem Geländer Hebenstreits Kopf auf. Es sah aus, als würde ihr geschwärztes, vor Anstrengung verzerrtes Gesicht langsam wie ein Ballon aus der Erde aufsteigen. Ihre linke Hand an der Strebe des Geländers wurde von Federolfs Hose verdeckt. Dann kam der rechte Oberarm nach oben, der Ellenbogen ragte über die Schulter. Erst jetzt sah man die rechte Hand. Der Arm schien immer länger zu werden, die Schulter kam nach vorne, der gestreckte Arm wurde zum Hammerstiel, und in einem großen Bogen raste der Handballen auf Federolfs Kniekehle zu.

Alle im Raum hatten auf einmal vom Schmerz verzerrte Gesichter, Oberkommissar Federolf gleich zweimal, einmal davon auf dem großen Bildschirm.

Sein rechtes Knie knickte tief ein, und sein Körper drehte sich nach links. Im Bemühen, das Gleichgewicht zu halten, riss er den linken Arm hoch über den Kopf und hob zugleich die rechte Hand, in der die Pistole lag. Die Mündung zeigte jetzt um etwa einen Meter links neben die Kamera in der Höhe von Ungeheurs Brust.

»Stopp!«, rief Ungeheur, und das Bild stand.

Faber ging nahe heran und piekte mit dem Zeigefinger auf dem Bildschirm unter Federolfs linke Achsel.

»Pitsch!«, ahmte er den scharfen Knall des langen Gewehrs nach und ging wieder zurück an seinen Platz.

»Genau«, bestätigte Ungeheur. »Des ischt der Augeblick, in wellem Oehm vom Scharfschütze getroffe worde ischt. Federolf, Sie hent do no net abdrückt, oder han i ebbes übersähe?«

»Ich konnte gar nicht abdrücken, so schnell ging das alles«, sagte Federolf.

»Gued. Etz weider, aber langsam!«

Federolf auf dem Bildschirm bewegte sich wieder. Er fiel langsam weiter nach rechts und drehte sich dabei, und mit der Drehung bewegte sich der Arm mit der Pistole weiter nach links. Erst, als die Mündung genau in die Kamera eins und damit auf die Zuschauer zeigte, sah man, dass der Finger am Abzug sich bewegte.

»Gut, dass du vorher entladen hast, Alwin«, sagte Vierneisel trocken, »du hättest mich sonst glatt erschossen.«

Federolf schwieg. Er sah jetzt sehr blass aus.

Vier oder fünf Atemzüge lang herrschte betroffene Stille.

Dann hörte man Hebenstreits Stimme: »Wer versteht, was das bedeutet? Du, Faber?«

»Ja«, antwortete der, »ich verstehe es. Oehm wollte gar nicht auf mich schießen, sondern daneben. Die Kugel sollte um etwa einen Meter an meiner linken Schulter vorbeigehen. Aber weil er sich im Fallen gedreht hat, ist er zu weit nach rechts gekommen und hat mich in die Schulter getroffen. Ein tragischer Fehlschuss. Tragisch für mich. Er selber war ja, wie wir gesehen haben, schon so gut wie tot, als er abgedrückt hat.«

»Aber warum das alles?«, fragte Vierneisel.

»Er hatte keine Chance mehr«, erklärte Faber, »und das hat er gewusst. Er hatte sich vor Jahren mit diesen V-S-R-Leuten eingelassen. Sie haben ihm über Jahre jeden Monat Geld abgepresst, und vor allem, er musste zusagen, bei Bedarf erst kleine, dann immer größere Dienste zu übernehmen. Als Manni Steffan aus dem Betrug mit den Bildern aussteigen und an die Presse gehen wollte, hat er sich ausgerechnet an Oehm um Hilfe gewandt, von dem er ja nicht wusste, dass der zu den V-S-R-Leuten gehörte, und der hat ihn an den lokalen Chef der Bande, Albert Klapproth, verraten.

Die Bande hat beschlossen, dass Andreas Oehm den Kurdirektor beseitigen sollte, und hat dazu als Hilfe und zugleich als Bewacher den Metzger nach Mergentheim geschickt.

Mit dem Mord an Manfred Steffan hatten sie Oehm erst recht in der Hand, aber sie trauten ihm nicht und wollten ihn aus dem Weg haben. Und sie wollten mich aus dem Weg haben – mit den E-Mails aus Oehms Computer hätten wir ihnen den Mord am Kurdirektor nachweisen können, dazu die Geldwäsche mit Hilfe der gefälschten Bilder. Deshalb schickten sie ihn zu mir, sie wollten zwei Fliegen mit einer Klappe schlagen. Hätte Oehm versagt, dann hätte der Scharfschütze Hendryks uns beide von der Mauer aus erschossen. Der Wagen zum Abtransport der Leichen stand schon mit offenen Türen bereit.

Aber Andreas hat absichtlich daneben geschossen. Warum, das weiß ich nicht. Vielleicht wollte er sein Leben einfach nicht mit einem Mord an einem früheren Freund abschließen.«

Faber schwieg. Der Beamer wurde ausgeschaltet, und es wurde dunkel im Raum.

In die Stille hinein spielte ein Handy den Anfang von Mozarts »Kleiner Nachtmusik«. Armer Mozart, dachte Faber, mit dir können sie es ja machen.

Ungeheur stand auf, zog sein Handy hervor und ging eilig zur Tür. Dort blieb er stehen.

»Ja?«, meldete er sich. »Hallo, Ernscht. – Des ischt gued! – Ja, i sag's ehne glei.« Er ging nach vorne. »I han e wichtige Nachricht. Der Ernscht Brauchle hot mit seiner Mannschaft un mit Leichespürhund die reschtliche Teile von der Wildparkleiche g'funde. Am Waldrand vergrabe in em Acker, net weit vo Herbschthause. Er hot die zwoite, also die tödliche Kugel, die aus'm Kopf vom Kurdirektor, g'funde, un die ischt glei ballistisch undersucht worde. Sie kam aus der TT-33 un hot im Kopf der Leich g'steckt.«

Brausender Beifall brach los, das Rätsel des Wildparkmordes war gelöst. Die Beamten schlugen sich gegenseitig auf die Schulter.

Nur der Faber schwieg bedrückt.

In den darauf folgenden Wochen waren die Medien, allen voran die Tauber-Post, ausgelastet und damit beschäftigt, alle Einzelheiten zu dem Mord am Kurdirektor aufzuarbeiten. Die Tauber-Post erlebte eine bis dahin ungekannte Wertschätzung und darüber hinaus eine höhere Auflage, die noch zusätzlichen Schwung erfuhr, als die spanische Polizei das Nest im Hochhaus von Marbella ausheben konnte. Capitan Louis Carmelo durfte dafür vom spanischen König Juan Carlos eine hohe Auszeichnung entgegennehmen.

Kriminaldirektor Wolfgang Schiller gratulierte ihm herzlich und sprach ihn am Telefon freundschaftlich mit »Luis« und mit »mi amigo« an. Den »amigo« erwiderte Luis gerne, doch beim Vornamen musste er passen, denn für eine spanische Zunge ist der Name »Wolfgang« nichts als eine unaussprechliche Konsonantenhäufung.

In den Gassen und auf den Plätzen von Bad Mergentheim gratulierten die Leute sich gegenseitig. Sie riefen sich zu, dass sie verdientermaßen wieder einmal davongekommen seien, und dass die Welt wieder in Ordnung sei, und sie feierten, wie in Tauberfranken üblich, ausgiebig sich selbst.

Sogar die Chefin gratulierte Faber und Hebenstreit und dem Ersten Hauptkommissar Karl-Heinz Lustig. Der packte sie in einem Anfall von ungewohnt leidenschaftlicher Freude und drückte ihr einen lauten Schmatz auf die faltige Wange.

Luise Blaustein schmolz dahin. Sie schloss genüsslich die Augen und rührte sich nicht.

»Habt ihr das gesehen?«, flüsterte sie strahlend. »Er hat mich geküsst!«

Zu dieser Geschichte

Dies ist ein Roman, und alle in der Geschichte vorkommenden und handelnden Personen gibt es nicht wirklich. Ich habe sie mir, ehrlich!, einfach nur ausgedacht. Die meisten Namen sind in Tauberfranken häufig und für die Gegend typisch, so taucht der Name Andreas Oehm in den Telefonbüchern der näheren Umgebung gleich mehrmals auf.

Ausgedacht habe ich mir auch das Zeitungshaus in der Burgstraße von Bad Mergentheim mitsamt der »Tauber-Post«, dazu die Liobastraße und das Haus Nr. 19 in der Münzgasse, das Dorf Wilmersried und die drei Bilder der Ausstellung im Kurhaus samt ihrem Maler Alexander Korniliew.

Viele haben mitgeholfen, dass diese Geschichte entstehen konnte, und so danke ich vor allem der Kurdirektorin von Bad Mergentheim, Katrin Löbbeke, der Kurpfarrerin Angelika Segl-Johannsen und dem Ersten Hauptkommissar Albrecht Kucher, der in der realen Welt der Leiter des Polizeireviers Bad Mergentheim und damit das Pendant zum erfundenen Karl-Heinz Lustig ist. Außerdem danke ich dem Geschäftsführer des Bad Mergentheimer Wildparks, Frank Hofmann.

»Göckel sind zum Krähen da« in Kapitel 1 ist ein populäres Lied der Mergentheimer Kabarettgruppe »Grüne Filzläuse«, der Text stammt von Helmut Klöpfer.

Bad Mergentheim, im Juli 2010

Wolfgang Stahnke

Zu dieser Geschichte